GRIT LANDAU

Marina, Marina

ROMAN

DROEMER

Besuchen Sie uns im Internet:
www.droemer.de

Aus Verantwortung für die Umwelt hat sich die Verlagsgruppe Droemer Knaur zu einer nachhaltigen Buchproduktion verpflichtet. Der bewusste Umgang mit unseren Ressourcen, der Schutz unseres Klimas und der Natur gehören zu unseren obersten Unternehmenszielen. Gemeinsam mit unseren Partnern und Lieferanten setzen wir uns für eine klimaneutrale Buchproduktion ein, die den Erwerb von Klimazertifikaten zur Kompensation des CO_2-Ausstoßes einschließt. Weitere Informationen finden Sie unter: www.klimaneutralerverlag.de

FSC www.fsc.org
MIX
Papier aus verantwortungsvollen Quellen
FSC® C083411

Vollständige Taschenbuchausgabe Juli 2020
Droemer Taschenbuch

Ein Imprint der Verlagsgruppe
Droemer Knaur GmbH & Co. KG, München

Redaktion: Dr. Heike Fischer
Covergestaltung: ZERO Werbeagentur, München
Coverabbildung: Collage unter Verwendung von Motiven von Ildiko Neer / Arcangel, 500px / Getty Images und Lukasz Szwaj / shutterstock.com
Satz: Adobe InDesign im Verlag
Druck und Bindung: CPI books GmbH, Leck
ISBN 978-3-426-30664-2

2 4 5 3 1

Le Famiglie

LANTERI

Davide Lanteri, Besitzer der wichtigsten Olivenplantage und Ölmühle von Sant'Amato, der *Frantoio Lanteri*
Nunziata Lanteri, seine Frau, eine geborene Parodi, Schwester von Don Benedetto und Luca Parodi
Nino, ihr ältester Sohn und Erbe, ein Tierfreund und leidenschaftlicher Taucher
Mariangela, ihre Tochter
Leonida »Leo« Lanteri, Davides Vater, ein Kriegsheld
Gioia Lanteri, Davides Mutter, stammt aus Sardinien
Bragadin, der ehemalige Pressmeister der *Frantoio Lanteri*

VASSALLO

Carlo Vassallo, Friseur in Sant'Amato, einst der beste Freund von Leo Lanteri
Marina Vassallo, seine Frau, geboren und aufgewachsen in Rom, in einem Arme-Leute-Viertel nahe der Cinecittà
Matteo, ihr ältester Sohn, ein Nachwuchsfußballer
Flora, ihre Tochter, später Sekretärin in Rom
Raffaele, Marinas jüngster Sohn, er kommt ganz nach seinem Vater und Großvater
Sofia Vassallo, Carlos Schwester, eine Ex-Krankenschwester

PARODI

Luca Parodi, der Verkehrspolizist (*poliziotto*) von Sant'Amato, ein Nichtsnutz mit Hang zum Glücksspiel

Stella Parodi, seine bildhübsche Frau, eine geborene Amoretti. Stella wurde schon mit fünfzehn Mutter, sie träumt von einer Karriere als Schönheitskönigin.

Giuseppe »Beppe«, der älteste Sohn und das klügste Mitglied der Familie Parodi. Ein Selfmademan.

Violetta, die Tochter von Stella und Luca

AMORETTI

Mafalda Amoretti, eine geborene Lanteri. Leos jüngere Schwester, im Krieg Partisanin. Witwe des Kommunisten Vincente Amoretti.

Gianni, ihr Sohn, ein Kinderarzt. Aus Familientradition ebenfalls Kommunist.

Stella, ihre Tochter und jetzige Frau von Luca Parodi

Buffon, ihr Hund, ein gescheckter Tigerdackel

MORONE

Enzo Morone, illegitimer Halbbruder von Leo Lanteri. Kriegsgewinnler, Filmproduzent und reicher Geschäftsmann.

Alice Grand, seine Frau Nr. 3, ein US-Starlet mit Drogenproblem

Isabella, *la Giraffa*, seine einzige Tochter

GLI ALTRI

Don Benedetto, Sant'Amatos Pfarrer, später Weihbischof in Genua, ältester Bruder von Nunziata und Luca Parodi

Renate »Reni« Klopp, Tochter des deutschen Industriellen Willy Klopp aus Wuppertal

Giorgio Merlan, ein berühmter Opernregisseur aus München

Lilo Merlan, seine erste Frau, eine Fotografin

Maestro Barnabà, Buchhändler in Rom, im Nebenberuf Souffleur am Theater, eine Art geistiger Ziehvater für Marina

Agnese Parodi, eine entfernte Tante der Geschwister Nunziata, Luca und Benedetto Parodi

Guy Barone, geboren als Gaetano Baroni in Alassio, jetzt US-Showstar mit Engagement im Hotel »Riviera« in Las Vegas

1960

»Mi sono innamorato di Marina ...«

Titel: »Marina«, Künstler: Rocco Granata, Jahr: 1959, verkaufte Singles in Italien bis Ende 1960: 1 Million, weltweit insgesamt: 10 Mio.
Granata sagte über die Geburt seines größten (und einzigen) Hits: »Ich improvisierte damals in einer Bar, während meine Bandkollegen Pause machten. Da sah ich das Plakat mit dem Mädchen und der Reklame für diese bekannte Zigarettenmarke damals: Marina.«

Uno

Es ist für Marina.«

Jetzt war es raus. Nino hatte zum ersten Mal ihren Vornamen laut ausgesprochen, hatte sie genannt wie in seinen Träumen. Nicht *signora* Vassallo. Nicht *la Romana* wie die meisten Alteingesessenen in *Sant'Amato*. Nein, Marina nannte er sie. Ma-ri-na. Nur drei Silben, und doch steckte in ihnen die ganze Sehnsucht seines dreizehnjährigen Lebens.

Beppe, sein Cousin und zweitbester Freund, zeigte sich unbeeindruckt.

»Häh?«, sagte er und kratzte sich hinter einem seiner abstehenden Ohren. »Welche Marina?«

»Na, Marina Vassallo.«

»Die vom Frisiersalon da drüben?« Beppe wollte schon zum anderen Ende der Piazza zeigen, doch Nino fiel ihm in den Arm.

»Ja, Mensch.«

»Nein.«

»Doch.«

»*È vero?*«

»Wenn ich es doch sag.«

»Was, die Frau von Carlo Vassallo? Matteos Mutter?«

»Ja, verdammt. Nicht so laut.«

»Aber, aber …«, sein Freund rang nach Worten, »die ist *uralt*. *Mamma* sagt, die ist sogar älter als *papà*, und der ist fünfunddreißig.« Beppe schüttelte fassungslos den Kopf. Dann sah er Nino streng ins Gesicht.

»Ninù, du verarschst mich.«

»Tu ich nicht.«

Beppe streckte beide Zeigefinger aus, tippte und rieb sie längs aneinander und schnitt eine ungläubige Grimasse. »Du willst

mir also tatsächlich weismachen, du treibst es mit der Mutter deines Pultnachbarn?«

Gott, wie konnte Beppe nur!

»Was? … Nein!«, rief Nino. »Und hör bloß auf, so über sie zu reden. Ich …«, er zögerte, »… ich liebe sie.«

Ungläubiges Schweigen.

»Du *liebst* sie?« Beppes Augen wurden rund wie die Glasmurmeln, mit denen er früher immer die anderen Dorfjungen abgezogen hatte. Dann begann er haltlos zu lachen.

»Schau dir den an, Buffon!«, rief er ihrem vierbeinigen Begleiter zu, der daraufhin höflich wedelte. »Wir reden hier von der Mutter seines Lieblings Matteo, dieses hirnlosen Kickers, ja? *Der Mutter, Buffon!* Und: Er liebt sie …« Beppes Stimme troff vor Spott.

Giovanni Lanteri, von aller Welt nur »Nino« gerufen, fühlte, wie sein ganzer Kopf erglühte. »Psssssst«, zischte er, »nicht so laut.«

Sie hockten an der Ostseite von *San Pietro* auf einer Bank im Schatten der Pinien, schnippten Steinchen über das Pflaster des Kirchplatzes und warteten darauf, dass sich *zia* Mafaldas altersschwacher Dackel so weit erholte, dass sie weitergehen konnten. Pure Zeitverschwendung nannte Ninos Mutter Nunziata diese Touren und zog jedes Mal ein Gesicht, wenn er losging, um den Hund von Mafaldas Grundstück zu holen, wo er – ab und an mit Essensresten versorgt – allein wachte, während die Tante im *ospedale* lag.

»Was hast du nur immer mit all dem Viehzeugs?«, schimpfte sie dann und forderte, er solle lieber seinem Vater mit der Sense zur Hand gehen, beim Mähen in den Hainen. Wozu sonst seien die Sommerferien da? Helfen solle er und lernen, wie ein Lanteri zu leben: für die Erde, für die Oliven. Nicht für unnütze Viecher, die man längst entsorgen sollte. Nino hörte seiner Mutter zu und nickte, zog dann aber trotzdem los, zum alten Buffon, zu

den Hafenkatzen oder zur Delfinbucht – ja, am allerliebsten hinunter zum Meer, wo ihn das türkisblaue Wasser lockte und das silbrig schimmernde Leben darin. Denn was war ein Mensch ohne Herz, ohne Träume? Nino dachte an seine Pläne für die Zukunft und wusste: Die Enttäuschung seiner Mutter würde unendlich sein, wenn er *Sant'Amato* eines Tages verließe. Den Gedanken an die Reaktion seines Vaters schob er weg.

Nino hockte weiter neben dem kichernden Beppe und bereute längst, dass er ihn überhaupt um Hilfe gebeten hatte, als dieser sich endlich beruhigte.

»Na gut«, sagte Beppe und zeigte sein übliches Komplizen-Gesicht, »ich versteh schon, dass du diesmal nicht deinen heiß geliebten Matteo fragen kannst. Da *Juventus Turin* also wegfällt, darf jetzt wieder *Sampdoria Genua* ran, was?«

»Ach, komm schon.« Nino wunderte sich ein wenig über Beppes Eifersucht. Trotzdem befürchtete er nicht, dass dieser ihn hängen ließ. Sein Cousin mochte ein Schlawiner sein, jemand, der aus Kontakten Profit schlug, dazu noch ein eitler Geck und Fan des falschen Fußballvereins – doch wenn es darauf ankam, das wusste Nino, hatte er keinen treueren Freund als ihn.

»*Ma che cazzo vuoi?* Ich kapier's immer noch nicht!«, rief Beppe jetzt. »Ich soll dir eine Single besorgen?«

»Ja.«

»Aber welche? … Ah, die mit ihrem Namen etwa?« Beppe summte die Melodie, und Nino nickte. »Kriegst du das hin?«

»Keine Chance. Die läuft doch rauf und runter im Moment, ist bestimmt komplett ausverkauft.«

»Deshalb frag ich ja dich …«

»Hmmm«, machte sein Cousin und schnalzte mit der Zunge. »Das wird dich was kosten …«

»Wie viel?«

Nino hatte in den vergangenen Monaten sein Taschengeld so

eisern gespart wie noch nie, aber das würde er Beppe nicht verraten, sonst würde sein Geschenk für Marina noch teurer werden.

»Lass mich überlegen«, sagte Beppe. »Ich muss dazu nach *Imperia,* du weißt schon, zu dem Plattenladen gleich hinterm Dom im Stadtteil *Porto Maurizio.* Dazu brauch ich den Roller, den bekomm ich nur mittwochs organisiert, wenn der alte Testa ihn nicht braucht. Und meine Eltern dürfen das nicht spitzkriegen. Also, das wird schwer. Sehr schwer …«

»Jetzt sag schon. Wie viel?«

Beppe zog die Nase hoch. »Dreitausend. Und ein halbes Päckchen Chesterfields.«

»Sei pazzo?!«, rief Nino und tippte sich an die Stirn. »Ich geb dir die Hälfte und fünf Zigaretten. Mehr hab ich nicht.«

Beppe prustete los, stieß ihm scherzhaft in die Seite.

»Ein Lanteri ohne Geld? Schon klar, erzähl das Don Benedetto bei der nächsten Kollekte. Zweifünf und sechs.«

»Du ruinierst mich …«, stöhnte Nino, »mehr als zweitausend geht wirklich nicht.«

»Zweifünf und sechs. Letztes Wort.«

»Stronzo!«

»Letztes Wort.«

Beppe erhob sich und streckte Nino die Hand hin. Um sie herum erwachte der Kirchplatz nach der Mittagshitze zu neuem Leben. Der dicke Ottavio schloss seine Bar an der Ecke auf, die Metzgerei seines Bruders nebenan zog rasselnd die Schutzgitter hoch, die zweite Tageshälfte begann. Auch im Frisiersalon drei Häuser weiter surrten die Jalousien; Nino achtete darauf, nur ja nicht hinzusehen. Die neue *signora* Morone klapperte auf Pfennigabsätzen an ihnen vorbei, ihre Pudeldame im Schlepptau. Sofort spitzte Buffon die Ohren, rappelte sich auf und fiepte. Nino gab sich einen Ruck. *Was tut man nicht alles aus Liebe.*

»Also gut, Halsabschneider«, sagte er, stand ebenfalls auf und schlug ein. Beppe lächelte.

»Gleich morgen bringst du mir das Geld, ja? Unten am Strand, im Laden für die Touristen, hab ich ein Polohemd gesehen, das letzte in meiner Größe. Genauso eins trägt Celentano. Und nächsten Donnerstag bekommst du dafür die Single.«

Sie schlenderten los und tauchten ins Labyrinth der Gässchen und Treppendurchgänge von *Sant'Amato* ein. Wenig später hatten sie die Altstadt durchquert und wanderten über die *Via della Rivolta* und den Klippenweg zurück zu *zia* Mafaldas Anwesen, das sich am Ortsrand an den Steilhang schmiegte. Vom Meer kam ein lauer Wind, auf dem die Möwen gelassen hinunter zum Hafen glitten. Unten am Strand öffneten sich die ersten Sonnenschirme. Nino sog den Geruch des Meeres tief in seine Lungen und lächelte. Ferienzeit. Und endlich reichte sein Erspartes für den Tauchkurs.

Die beiden Freunde hatten die Hälfte des Pfades schon hinter sich, da blieb Beppe unvermittelt stehen.

»Aber hör mal, eins frag ich mich doch die ganze Zeit: Warum ausgerechnet die Vassallo? Ich mein, keine Frage, die ist eine Granate. Auch *mamma* guckt böse, wenn *papà* neuerdings lieber zu Vassallos Salon geht als zum alten Ruggero und seinem Barbiermesser im Hinterhof. Und klar, die kann kochen, dass du denkst, du hörst die Engel im Himmel singen, das wissen wir alle spätestens seit ihrem *agnello al forno* zu Ostern. Aber ich bitte dich, Ninù, schau dich doch mal an! Du bist jung, du hast das gute Aussehen der Lanteris, musst dich auch nicht mit meinen Fledermausohren rumschlagen, warum nimmst du dir nicht ein junges, hübsches Mädchen?« Beppes Miene nahm einen andächtigen Ausdruck an. »Ich weiß, sie spielt in einer anderen Liga als wir – aber hast du neulich Isabella gesehen? Die hat Klasse.«

»Die Tochter von Enzo Morone? Ich bin doch nicht lebensmüde.«

»Oder meinetwegen auch Matteos Schwester Flora? Warum die Mutter?«

Ja, warum nur, dachte Nino. *Weil keine andere so lebendig ist? Weil keine in ihrer Küche ganze Filme nachspielt? Weil ich es liebe, wie sie mit dem Radio um die Wette singt? Und süchtig bin nach ihrem heiseren Lachen? Weil mich die Sehnsucht nach ihr nächtelang wachhält? Weil ich es jedes Mal, wirklich jedes Mal, kaum erwarten kann, bis ich sie endlich wiedersehe?*

Nino zuckte mit den Achseln und schwieg.

»Nun ja, egal«, sagte Beppe und lachte, »*amore regge senza legge,* das hast du dir nicht ausgesucht.«

Sie hatten Mafaldas Haus erreicht und sperrten Buffon in den Hof, wo er mit hängenden Ohren zurückblieb – ein geschecktes Ungetüm mit Drahtbürstenbart und Elendsblick. Bevor sie sich trennten, packte Nino seinen Cousin an der Schulter und starrte ihn eindringlich an.

»Das ist doch klar, oder? Kein Wort zu niemandem.«

Beppe machte ein beleidigtes Gesicht.

»Hab ich dich je verraten?«

*

Nino musste diesmal nicht lange warten. Zwei Tage später, an einem Samstag, nahm ihn sein Vater Davide Lanteri mit hinunter nach *Sant'Amato,* zum Haareschneiden im Salon Vassallo. Ninos Mutter Nunziata hatte sich ein paar spitze Bemerkungen über die Rückkehrer aus der Hauptstadt nicht verkneifen können, doch sein Vater hatte ihre Einwände mit einer Handbewegung beiseitegewischt.

»Die Vassallos sind ebenso gut wie der Friseur in *Alassio* und eindeutig besser als Ruggero mit seinem Triefauge. Ich will Carlo beistehen, so, wie er meinem Vater früher beigestanden hat. Und egal, wie lange er weg war, egal, wen er dort geheiratet hat – er ist ein *Santamatino* wie wir.«

Nunziata schürzte die Lippen, und auch Nino war überrascht.

Denn es kam kaum je vor, dass sich sein schweigsamer Vater in den Alltag der Familie oder in Dorfangelegenheiten einmischte. Diese Dinge zu organisieren, überließ er Ninos Mutter, die so viel besser darüber reden und auch streiten konnte als er. »Du hattest doch davon gesprochen, mit mir heute vielleicht nach *Alassio* zu fahren«, sagte sie jetzt.

»Das können wir später ja noch machen.«

»Aber kann Nino nicht auch nächsten Samstag gehen?«, beharrte seine Mutter, die es noch weniger leiden konnte, wenn Dinge, die ihre Kinder betrafen, ohne ihr Zutun geschahen. »Vassallo und seine Römerin bleiben uns da unten ja wohl erhalten, leider Gottes.«

Die grünen Augen seines Vaters wurden hart wie unreife Oliven. »Wir gehen heute.«

Nunziata setzte zu einer erneuten Erwiderung an, doch die ruhige Stimme ihres Mannes ließ sie verstummen.

»*Cara, adesso basta.*«

Nur wenig später folgte Nino der breitschultrigen Gestalt seines Vaters die Stufen der *Scaletta di San Pietro* hinab, zwischen Agaven und Scheibenkakteen, den Berghang im Rücken und vor den Augen die Bucht, ganz weit und zartblau im Licht des Vormittags. Sonst liebte er diese Gänge mit seinem Vater. Der ältere Lanteri schritt voran, der jüngere hinterher. Generation folgte auf Generation, so sicher wie der nächste Sonnenaufgang draußen über dem Meer. Nino betrachtete seinen Vater, dessen wiegenden Gang und kompakte Statur, von der Arbeit im Hain und den langen Tagen auf den Oliventerrassen geprägt. Ja, Davide Lanteri war stark, doch in den Erzählungen der Alten blieb er stets *il Giovane*. Zu mächtig war das Echo seines eigenen Vaters Leonida, des Kriegshelden, der weit oben in den Bergen lag – unerreicht, ungeborgen und unvergessen.

Nino wusste, es war vor allem dem Opfer seines Großvaters

geschuldet, dass die Familie Lanteri im Ort größten Respekt genoss. Und gerade ihn, den Heldenenkel mit dem weichen Herzen, schien man besonders zu lieben. Nino fühlte sich in den gepflasterten Gassen von *Sant'Amato*, den *carruggi*, stets willkommen und flüchtete oft hierher, wenn ihm das Joch seines Erbes, die stille Arbeitswut seines Vaters und die Gebete seiner Mutter zu viel wurden. Heute allerdings erfüllte ihn der Abstieg vom Gut hinunter in den alten Ortskern – über lange Treppen und Treppchen, auf ausgetretenen Stufen und überwucherten Torwegen – nicht wie sonst mit Freude. Stattdessen war ihm, als führe ihn sein Vater zum Schafott.

Wie sollte er es nur ertragen, mit *ihr* zusammen in einem Raum zu sein, während alle zusahen? Wie konnte er vermeiden, dass er sich verriet? Denn es war eine Sache, nachmittags bei Matteo vorbeizuschauen – wenn er mit ihm Diktat übte oder ihn zum Angeln oder Schwimmen abholte – und dabei auch Marina anzutreffen, zu einer Tageszeit, wo Mütter und Kinder unter sich blieben. Aber dieser Gang zum Friseur war eine andere, viel heiklere Angelegenheit. Matteo würde fehlen, samstags war Fußballtraining, dafür würden sein Vater und Marinas Mann Carlo zugegen sein, erwachsene Männer. Und die würden das Begehren womöglich erkennen, das jedes Mal durch seinen Jungenkörper tobte, sobald Marina auftauchte. Eine schreckliche Vorstellung, die Ninos Schritt lähmte, sodass er, sobald sie *Sant'Amato* erreicht hatten, immer weiter zurückfiel, je näher er und sein Vater der zentralen Piazza kamen. Dass er dort zudem noch auf seinen Mitwisser Beppe Parodi traf, der gerade mit den Perretti-Brüdern am Brunnen herumlungerte und der Welt sein neues Polohemd präsentierte, machte es nicht besser.

»*Buongiorno, signor Lanteri.*«

»*Ciao,* wie geht's?«

»Ah, lässt du dir die Haare machen, Ninù?«

»Wunderbar!« So grüßten und witzelten sie, und obwohl Nino auf Beppes Schweigen vertraute, brach ihm der kalte Schweiß aus, sodass ihm binnen Sekunden das Hemd auf der Haut klebte. *Na großartig, und jetzt auch noch Flecke unter den Achseln.*

Die Glasfront in der Mitte der Tür zum Frisiersalon trug die Aufschrift *Vassallo – Parrucchiere dal 1896*. Carlo Vassallo war zwar erst im vergangenen Winter aus Rom zurückgekehrt, als Erbe seines Onkels, doch die Mitglieder seiner Familie frisierten die *Santamatini* schon in dritter Generation, und so verströmte der Salon mit seinen holzverzierten Wandspiegeln und den lederbezogenen Frisierstühlen den Duft alten Handwerks und vergangener Zeit. Als Ninos Vater den Messingknauf der Tür drehte und sie eintraten, bimmelte ein Glöckchen im Innern und verriet ihr Kommen. Doch niemand war da. Das heißt, natürlich herrschte Betrieb im Salon: Carlos redselige Schwester Sofia fegte Haarbüschel zusammen und trug sie nach draußen. *Signora* Bruzzone – wie immer ganz in Schwarz – stemmte sich mit bereits fertig frisiertem Haar aus dem Stuhl und griff nach ihrem Gehstock. Stadtrat Rossi, mit verräterisch dunklen Koteletten, richtete vor dem Wandspiegel neben der Garderobe seine Krawatte, und die winzige *signora* Pertini hockte in der Mitte, den halben Oberkörper unter einer gigantischen Trockenhaube. Doch Carlo selbst war nicht zu sehen, und auch die einzige Person, auf die es Nino ankam, fehlte. Davide Lanteri schickte einen Gruß in die Runde, der von allen Seiten erwidert wurde. Dann blieben sie neben der Tür stehen und warteten. *Wo ist sie?*

Als Marina Vassallo aus dem Hinterzimmer eilte, mit den Händen noch im hastig hochgesteckten Haar, brachte sie ihren typischen Duft nach Ginsterblüten mit sich; Nino hatte den Namen des Parfums, das sie verwendete, trotz heimlicher Inspektionen im Bad der Familie Vassallo noch immer nicht herausbe-

kommen. Sie begrüßte Vater und Sohn Lanteri hastig, entschuldigte sich mehrmals ohne besonderen Grund und lotste sie an *signora* Pertini vorbei zu den Frisierstühlen im hinteren Teil des Salons. Wie üblich, wenn Nino auf Marina traf, versetzte ihm ihr Anblick eine Art schwachen Stromschlag. Bemerkte denn niemand, wie vollkommen diese Frau war? Der Sitz ihres Kleides: *perfetto*. Die Rundung ihrer Hüften: rasant. Ihr Mund mit der winzigen Lücke zwischen den Schneidezähnen: unwiderstehlich.

Ninos Handflächen wurden feucht, und sein Herz begann zu rasen, als er sich ausmalte, wie er Marinas Lippen berührte, zuerst mit der Hand, dann mit dem Mund. Wie er sie küsste und küsste und dabei Knöpfe öffnete und mit seiner Hand unter den dünnen Baumwollstoff glitt und … Das Bimmeln des Glöckchens, als Sofia wieder eintrat, holte ihn zurück.

Jetzt schürzte Marina ihre unwiderstehlichen Lippen, als Ninos Vater ihr Anliegen beschrieb. Carlo, beschied sie Davide dann, sei heute zur Nachsorge in die Klinik nach *Sanremo* gefahren – das Herz eben, ja leider – und sie als Ungelernte mit Sofia allein im Salon. Dem Jungen könne sie das Haar schneiden, auch sicher ordentlich, nur wolle er selbst nicht lieber abwarten, bis mit Carlo wieder ein Friseurmeister da sei? Oder doch lieber Ruggero Barberi bemühen, anstatt sich in ihre Hände zu begeben?

»In Ihrem Fall hätte ein Haarschnitt, wie ich sehe, ähm …«, sie stockte, »ja auch noch etwas Zeit. Also, ich meine …« Marinas halb vollendete Sätze standen wie Fragezeichen im Raum.

Sein Vater strich sich mit den Händen durch das dunkle Haar, das sich im Nacken allerdings tatsächlich kaum lockte. Dann sagte er: »Glauben Sie, ich könnte es bereuen?« Er betrachtete sie mit ruhigem Blick.

»Nein«, murmelte Marina, »natürlich nicht.«

»Also?«

Nino hatte noch nie erlebt, dass sein Vater etwas Unüberlegtes tat. Es musste ihm daher ernst sein mit seinem Wunsch, die Familie Vassallo zu unterstützen.

Marina räusperte sich, bevor sie antwortete.

»*Va bene.* Dann der Junge als Erster. Bitte, hierher …«

Sie winkte Nino zu sich nach vorn und wies ihm einen Platz zu. Dann griff sie nach dem Schutzumhang.

Ihre Finger waren kühl. Sie strichen ihm prüfend durchs Haar, von der Stirn und entlang der Schläfen nach hinten, und schoben sich dann gegen den Strich seinen Nacken hinauf. *Sie berührt mich.* Nino atmete tief ein und aus. Ihm kam ein verwegener Gedanke: Konnte es sein, dass Marina ihn ebenfalls mochte? *Besonders* mochte? Warum sonst sollte sie ihn derart verwöhnen? Er schmiegte seinen Kopf in ihre Handflächen und war versucht, die Augen zu schließen, wagte es jedoch nicht. *Mein Gott, mag sie mich etwa?!*

»Gut«, sagte Marina schließlich leise und legte den Kopf schief, als wolle sie Maß nehmen. Dann griff sie zu Kamm und der Friseurschere, glitt mit Feingefühl unter eine seiner Locken und schnitt sie ab.

Nino wurde schwindlig.

Sein Vater war inzwischen hinter ihnen zur Sitzgruppe neben der Garderobe geschlendert, wo ihn Michele Rossi, *assessore municipale* im Rathaus, mit der Vertraulichkeit des alten Schulfreunds begrüßte.

»Ciao Davide, come stai?«

»*Ciao Miché, è tutto a posto,* alles bestens, danke.« Damit begannen die beiden Männer eine oberflächliche Unterhaltung.

Alles bestens?

Bei Rossi lag schon seit März ein Genehmigungsgesuch der Familie Lanteri zur Pflanzung am *Colle Sereno.* Nino wusste, welche Schlüsselrolle diese Pflanzung in den Plänen seines Vaters spielte. Er wusste außerdem, dass ihnen die Zeit davonlief,

weshalb sie Rossi schon vor Wochen einen diskreten Umschlag hatten zukommen lassen. Er hatte die Flüche seines Vaters gehört, über die Unfähigkeit der Verwaltung und seine Abhängigkeit von Rossi, diesem *stronzo corrotto*. Doch das würde der Stadtrat nie erfahren. Ein Davide Lanteri wahrte stets das Gesicht. Wie bekam sein Vater das nur hin? Dort stand er, im blütenweißen Hemd, das im Gegensatz zu Ninos eigenem noch wie frisch gebügelt aussah. *È tutto a posto.* Und nur wer seinem Vater so nahestand wie er selbst, hätte an der Sorgfalt, mit der dieser den Sitz seiner Armbanduhr richtete, ablesen können, unter welch innerer Anspannung sein Vater in diesem Moment stand.

Davide Lanteri plauderte mit Rossi über das Wetter und die *Serie A*, berichtete auch, wie es den Tanten in Amerika ging – »Ja, beide sind in Philadelphia verheiratet, gut versorgt, danke«. Er schenkte Rossi jedoch schon nach kurzer Zeit nicht mehr die Aufmerksamkeit, die diesem andere in seiner Lage zugebilligt hätten. Stattdessen verfolgte er durch den großen Wandspiegel, wie sein Sohn die Haare geschnitten bekam.

Die Zeit dehnte und dehnte sich – bis ins Unendliche. Nino atmete Marinas Ginsterduft ein, seine Kopfhaut kribbelte unter ihren Fingern, und er spürte, wie sich die Härchen an seinen Unterarmen aufstellten. *Oh, ja, mach weiter,* flehte er still und ergab sich ihrer Schere, *mach weiter und hör nicht auf. Nie mehr.*

»So, fertig«, murmelte Marina endlich. Sie fuhr mit den Fingern durch sein Haar, kämmte es mechanisch, während auch ihr Blick zum Spiegel wanderte und zu seinem Vater, der sich soeben von Rossi verabschiedete. *Nein, bitte!* Nino überkam der irrwitzige Wunsch, Marinas Hände festzuhalten, sie zu sich auf den Stuhl zu ziehen und zu küssen. Stattdessen klebte er stocksteif in seinem Sitz und starrte auf sein Spiegelbild. Marina lächelte ihn an, fegte ihm die Haare ein letztes Mal von Schulter und Rücken. Dann waren ihre Hände fort.

Als Nino mit weichen Knien aufstand und mit seinem Vater den Platz tauschte, knuffte ihn dieser freundlich in die Seite.

»Gut siehst du aus. Da hat sich *signora* Vassallo aber besonders viel Mühe gegeben. Bekomme ich auch so eine liebevolle Behandlung?«

Marina schoss die Röte ins Gesicht. Sie murmelte einen Dank und presste die Lippen zusammen. Dann wies sie mit förmlicher Geste zum Stuhl.

»Bitte hier, *signore* …«

Warum ist sie so nervös?, wunderte sich Nino. Da kam ihm ein schwindelerregender Gedanke. Fürchtete Marina etwa, dass jemand mitbekam, wie bevorzugt sie ihn behandelte? Ninos Herz machte einen Satz. Die Sorgfalt, die sie auf seinen Haarschnitt verwendet hatte, ihre verlegene Reaktion auf den Scherz seines Vaters – bewies dies nicht, dass Marina ihn vielleicht wirklich *mochte?* Nino taumelte auf seinen Warteposten bei der Garderobe und rang noch um Fassung, als es laut klapperte.

Marina war die Friseurschere entglitten und zu Boden gefallen. Sein Vater Davide hob sie schnell auf und gab sie ihr zurück. Dann nahm er auf dem Frisierstuhl Platz und nickte Marina zu, ruhige Erwartung im Blick – und dahinter eine Art verborgenes Funkeln, das Nino bei seinem Vater sonst nur sah, wenn dieser die allererste Probe des neuen Öls verkostete. Für einen Moment, so kam es ihm vor, schien der ganze Salon auf etwas zu warten. Dann straffte Marina die Schultern, griff nach einem Rasiermesser und beugte sich über Davides Nacken.

»Stillhalten, bitte …«

»Marina wird sich wunderbar um Sie kümmern«, kam es von Sofia, die gerade Ninos Haare unter dem Stuhl wegfegte. »In Rom hat Carlo sie damals beim besten Friseur von *Trastevere* untergebracht, ohne Ausbildung. Ein Naturtalent. Mit dem Rasiermesser ist sie fast so geschickt wie ein Barbier alter Schule, das kann ich Ihnen versichern, *signor* Lanteri.«

»Ich habe keinen Zweifel daran«, erwiderte sein Vater und lächelte. Dann senkte er den Kopf ein wenig und schloss die Augen.

Leise umspielten Geigen ein bittersüßes Akkordeon. Aus dem Radio neben dem geöffneten Salonfenster dudelte die x-te Sondersendung zum plötzlichen Tod von Mario Lanza. Dessen Herz hatte in einem römischen Hotel aufgehört zu schlagen, was die RAI zum Anlass nahm, fast stündlich den letzten Hit des Startenors über den Äther zu schicken: *Arrivederci Roma.*

Ninos Anspannung legte sich etwas. *Hat doch keiner was gemerkt,* dachte er, während Lanzas *bel canto* den Raum füllte. Er rieb sich ein paar Schnitthaare aus dem Nacken und wollte schon nach der *Gazzetta dello Sport* greifen – von der Titelseite lächelte Boniperti von *Juventus Turin* –, als auch draußen plötzlich jemand zu singen begann, und das so laut, dass er das Radio mühelos übertönte …

Mi sono innamorato di Marina
una ragazza mora, ma carina …

Beppe Parodi paradierte durch die Strophe, seine heisere Stimme eine einzige Herausforderung. Als Ninos panischer Blick zum Fenster schoss, konnte er gerade noch das Blitzen in den Augen seines Cousins erahnen, bevor dieser sich wieder wegdrehte, die Arme ausbreitete und den Refrain wie einen Schlachtruf über das Kopfsteinpflaster der Piazza schmetterte.

Marina, Marina, Marina,
ti voglio al più presto sposar …

Weiter kam er nicht, denn die so Besungene stürmte mit hochrotem Kopf zum Fenster und knallte es zu. Dann drehte sie am

Lautstärkeregler des Radios und gab Mario Lanza damit die akustische Oberhand im Salon zurück.

»Wie schade«, murmelte Ninos Vater, und ein kaum merkliches Zucken umspielte seine Mundwinkel. Schade? Nino wunderte sich. Seit wann hatte sein unmusikalischer Vater Sinn für Gesang? Mit seiner angeborenen »Schwäche«, wie er es nannte, hätte sein Vater Caruso nicht einmal von einem jaulenden Hund unterscheiden können.

Sofia Vassallo seufzte und machte ein kummervolles Gesicht. »Oh, ja, *signor* Davide, da haben Sie recht, wirklich schade! So eine traurige Geschichte … Lanza war ja noch so jung …«, murmelte sie und wiegte sich im Takt der Melodie. Im Spiegel bemerkte Nino, wie sein Vater den singenden Beppe vor den Fensterscheiben beobachtete.

»So ein schönes Lied«, murmelte Davide Lanteri. Sein Blick glitt zurück in den Raum und zu Marina. »Wo sind nur die Frauen geblieben, die ein Kompliment wie dieses noch annehmen?«

Marina hob die Augenbrauen. »Und wo sind die Männer, die es noch wagen, solch ein Kompliment zu machen?«

Mit diesem Satz kehrte sie an ihren Platz hinter Davides Stuhl zurück und hob erneut die Schere. Eine Weile hörte man nur Scherenklappern und Lanzas Tenor, und Nino wurde auf seinem Platz ganz unruhig. Etwas, so schien es ihm, lag in der Luft. Aber was? Ein Streit? Ehe er darüber nachdenken konnte, schoss ihm die Erkenntnis auch schon wie flüssige Lava durch die Adern: Das Lied – *Marina* – sie sah es als Kompliment! Sie wünschte sich, dass ihr jemand dieses Kompliment machte. *Das* war die Lösung! Und er, Nino Lanteri, würde ihr das Lied schenken! Nicht heimlich, sondern persönlich. Vor lauter Aufregung wäre Nino fast aufgesprungen. Ursprünglich hatte er vorgehabt, die Single irgendwie, im Salon oder bei der Sonntagsmesse, in Marinas Handtasche zu schmuggeln, zusammen

mit einem anonymen Gruß. Doch das würde nicht genügen, erkannte er jetzt. Marinas Antwort auf die scherzhafte Frage seines Vaters war klar gewesen. Sie wartete auf einen Mann, der den Mut besaß, sich ihr zu erklären. Nur einen solchen wollte sie. Und bei Gott, sie sollte ihn bekommen! Ninos Herz klopfte bis zum Hals.

»Ja, etwas wagen, das haben die Männer früher gekonnt«, ließ sich Sofia vernehmen, während sie *signora* Pertini endlich von der Trockenhaube befreite. Ihre Stimme hatte einen schwärmerischen Klang angenommen, und in ihrem Gesicht leuchtete ein Lächeln auf. Einen Augenblick lang ließ dieses Lächeln wieder die blutjunge Sofia Vassallo aufscheinen, die Schwesternschülerin am *ospedale militare,* deren Bräutigam zwei Monate vor der Hochzeit zu den Partisanen gegangen und nie zurückgekehrt war. »Mein Alberto zum Beispiel, der hat sich aus seinem Lager in den Bergen einmal heruntergeschlichen, um mir nachts vor meinem Fenster ein Ständchen zu bringen. Dabei zechte gleich nebenan eine ganze Einheit Schwarzbrigadisten! Und Luigi Testa, die Jüngeren hier kennen ihn ja nur als Tüftler in seiner Werkstatt, der hat sich damals mit drei Deutschen gleichzeitig angelegt, weil die seine Verlobte – endlich hatte er eine! – belästigt haben. Oder denken wir nur an den alten Bragadin oder an Ruggeros Sohn Genio, der uns noch warnen wollte, der Arme. Aber vor allem natürlich – *mi scusi, signor* Davide, dass ich daran rühre – denken wir an das heldenhafte Opfer ihres Herrn Vaters. Ich habe in meinem Leben keinen mutigeren Mann getroffen als Leonida Lanteri. Keinen mit mehr Ehre. Keinen, der seine Familie und seine Frau mehr liebte. Und Gioia war seiner Liebe würdig, ich glaube, das hat sie an jenem unseligen Tag auch bis zum Schluss getragen, Friede ihrer Asche …«

In diesem Moment klirrte es, und die Tür des Frisiersalons fiel ins Schloss. *Signora* Bruzzone war grußlos gegangen und tappte jetzt, schwer auf ihren Stock gestützt, über die Piazza

und hinab Richtung Meer nach Hause. Alle im Raum beobachteten durch die Glasfront, wie sie dabei ihren üblichen Umweg über ein Seitentreppchen nahm und so die *Via dei Fossi* umging, jene zentrale Gasse in *Sant'Amato*, in die *signora* Bruzzone seit jenem »unseligen Tag« nie mehr einen Fuß gesetzt hatte. Für einen Moment herrschte beklommene Stille im Raum. Dann fuhr Sofia fast trotzig fort: »Aber das muss man sagen dürfen, *signor* Lanteri, finde ich! Bei allem Unglück, das an jenem Tag geschah: Ihre Eltern waren Helden. Das darf nie vergessen werden, niemals!«

Bei diesen Worten wischte sie sich verstohlen die Augenwinkel und kehrte zu ihrem Besen zurück.

Nino beobachtete gespannt seinen Vater. Auch Davide Lanteri, das wusste er von seiner Mutter, ertrug es kaum, wenn die Sprache auf den *venerdì di sangue* kam, den Blutfreitag. Wie könnte er auch! Doch jetzt gab sich sein Vater unbeteiligt, so als ginge ihn Sofias Rede und *signora* Bruzzones Reaktion nichts an. Stattdessen neigte er seinen Kopf ein wenig nach links, um Marina Vassallos Schere ihre Aufgabe zu erleichtern, und warf einen kurzen Blick auf seine Uhr.

Keine zehn Minuten später waren sie dann fertig. Ninos Vater zahlte und winkte seinen Sohn mit einem knappen Nicken zu sich. Marina begleitete sie zur Tür und öffnete sie.

»*Grazie, signore,* für Ihren Besuch bei uns«, murmelte sie und nestelte an ihrer Frisur, aus der sich eine widerspenstige Locke löste.

»Jederzeit gerne wieder. Grüßen Sie Carlo von mir«, antwortete sein Vater und schob Nino durch die Salontüre hinaus in die Mittagssonne. Nino stand bereits ein Stück weiter oben auf dem abschüssigen Pflaster der Piazza, da stoppte sein Vater in der Tür des Salons und drehte sich nochmals um, als sei ihm im letzten Augenblick ein Gedanke gekommen. Seine Hand fuhr in die Hosentasche.

»Wie unverzeihlich, ich habe das Wichtigste vergessen. Hier, eine kleine Aufmerksamkeit zum Dank. Für Ihre Mühe mit dem Jungen. Es ist wirklich gut geworden …«

Er drückte Marina ein Bündel Lire-Scheine in die Hand und hielt diese kurz fest. Nino konnte den Betrag zwischen den ineinander verschlungenen Fingern nur schätzen, es war auf jeden Fall mehr als üblich.

»Mein Kompliment, *signora* Vassallo …«

Für einen kurzen Moment schien die Zeit stillzustehen. Sein Vater und Marina standen dort unten im Schatten des Türrahmens beieinander, und Nino überkam auf einmal das Gefühl, als befände er sich im Traum eines anderen Menschen. Eines Traums voller Zeichen und Rätsel, deren wahre Bedeutung ihm verschlossen blieb. *Lass dir von der Sonne nicht das Hirn wegbraten,* schalt er sich. Dann verflog das Gefühl, und sein Vater schlenderte zu ihm herauf.

»Auf geht's, *andiamo*«, sagte er, klopfte ihm auf die Schulter und schob sich an ihm vorbei. Nino sah Marina Vassallo noch immer in der Salontür stehen und ihnen nachblicken, die Lire-Scheine hielt sie fest umklammert.

Ciao, Marina. Er winkte ihr zum Abschied und folgte seinem Vater über die Piazza. Sie nahmen den gleichen Weg zurück, passierten die Kirche und stiegen dann die unzähligen Stufen der *Scaletta di San Pietro* hinauf, sein Vater voran, er hinterher. Die Rätsel verblassten, hinterließen in seinem Kopf das vage Echo einer Frage. Und erst fünf Treppenabsätze später konnte Nino den Sinn der Frage greifen: War da nicht ein handbeschriebener Zettel gewesen zwischen den Geldscheinen?

*

Nino duckte sich zwischen die Oleanderbüsche vor dem Haus der Vassallos und bebte vor Erwartung. Heute sollte es sein! Matteo hatte ihm erzählt, sein Vater Carlo würde bis spät in die Nacht unterwegs sein, um einen neuen Waschsessel aus Genua abzuholen. Matteo und seine jüngere Schwester wiederum verbrachten die Nacht bei Sofia, um auf dem Fernsehgerät der Tante das Halbfinale der *campionato europeo* in Frankreich zu verfolgen. Ihre Mutter Marina, sonst stets von Mann und Kindern umgeben, würde den Abend daher allein verbringen. Ja, Marina war allein und er auf dem Weg zu ihr, was für ein köstlicher Gedanke!

Die *Via della Rivolta,* in der die Friseurfamilie von *Sant'Amato* schon seit Ewigkeiten lebte, bildete den äußersten Ring der Altstadt und mündete an ihrem unteren Ende in die Auffahrt von der Küstenstraße. Wer hier wohnte, konnte sogar noch mit seinem Auto vor der Haustür parken und genoss den freien Ausblick über die Bucht, bekam jedoch auch jede Regung der Natur als Erstes zu spüren. Etwa den *scirocco,* den die Fischer schon gestern erwartet hatten und der jetzt vom Meer heraufstrich. Er trieb Nino roten Sand in die Augen und erhitzte sein Blut. *Gut so,* dachte er, *schwül und unberechenbar, das ist das perfekte Wetter für diese Nacht. Wetter für Dummheiten. Jetzt-oder-nie-Wetter.*

Unter dem Arm trug er die Single mit dem Lied, notdürftig in das Löwenkopf-Papier geschlagen, in dem sonst die Ölflaschen der *Frantoio Lanteri* eingewickelt wurden. Beppe hatte, allem Spott zum Trotz, Wort gehalten. Die Single war brandneu, die Albumhülle ungeöffnet. Aber jetzt kam das Allerschwerste: Nino musste klingeln und Marina zeigen, dass er ein Mann war, einer, der etwas wagte. Er schob sich aus seinem Oleanderversteck, zögerte, starrte auf die Tür. Hinter ihm, weit draußen auf dem Meer dröhnte das Nebelhorn eines Öltankers, der kurz vor dem Zielhafen Genua seinen Kurs ein letztes Mal

anpasste. Der heiße Wind trieb das Echo seines Signals gegen die Tür des Hauses und weiter hinauf über das Dach bis zu den Oliventerrassen.

Marinas Tür.

Die Tür mit der Klinke, die sie jeden Tag benutzte. Die Klinke, die auch er, der Eindringling, jetzt berühren würde. Nino fühlte sich für einen Moment wie ein Dieb – es war nicht recht, was er tat. Oder doch? Was, wenn Marina ihn erwartete, was, wenn sie genau deshalb ihre Kinder zur Tante geschickt hatte? Er klingelte.

Irgendwo im Haus bimmelte eine Glocke. Nino, abwartend, betrachtete seine Finger auf dem Klingelknopf, begutachtete seinen mageren Arm mit dem hochgekrempelten Hemd und erschrak. Was war er nur für ein Schlaks, dünn wie eine Sardine! Scham überfiel ihn. Er verglich seine Arme und Hände im Geiste mit denen eines Mannes, eines Mannes wie sein Vater Davide. Breit waren dessen Hände, mit kurzen Fingern und Nägeln, die Gelenke stark, die Unterarme voller Sehnen und so kräftig, dass das Aufkrempeln der Hemdsärmel Mühe bereitete. Bei ihm, Nino, machte das Krempeln keine Mühe, stattdessen schlotterten ihm die Ärmel um die Ellbogen. Und in diese Ärmchen sollte die anbetungswürdige Marina sinken? Lächerlich! Nino schrak zurück, doch über ihm im Haus erklangen schon Schritte.

»Wer da?«, rief Marina.

Er antwortete nicht, die Kehle war ihm wie zugeschnürt. Die Schritte kamen die Treppe hinunter. Nur weg von hier! Nino entdeckte, dass jemand die Tür zum Innenhof versehentlich offen gelassen hatte. Er entschied kurzerhand, die Single unter dem Türschlitz hindurchzuschieben und sich im Hof zu verstecken. Dort lauschte er mit laut pochendem Herzen. Huschte dann, einem Impuls folgend, die Außentreppe zur langen Veranda im ersten Stock hoch. Verbarg sich dort hinter einem üp-

pig blühenden Sternjasmin, der sich um das Haus wand wie eine Schlange. Spitzte durch die halb offenen Fensterläden in ein Zimmer mit Messingbett und Kommoden aus dunklem Holz, wohin auch Marina gerade zurückkehrte, seine Single an die Brust gepresst. Die Single war noch eingewickelt – in Lanteri-Papier. *Verdammt!*

Nino fluchte lautlos und beobachtete gebannt das Geschehen. Die Sternblüten des Jasmins baumelten vor seinem Gesicht, ihr Vanilleduft benebelte seine Sinne. *Du Vollidiot,* schalt er sich, *jetzt bist du dran! Das Papier wird dich verraten.* Doch spielte das noch eine Rolle? Nino war viel zu berauscht von der Aussicht, einen Blick in Marinas Schlafzimmer zu erhaschen. Sie legte die Single auf den Tisch, dann entfaltete sie das Papier. Als sie mit den Fingern darüberstrich, murmelte sie etwas Unverständliches und stieß dann einen leisen Freudenschrei aus. *Oh, Gott, sie erkennt das Papier.*

Nino barg sein heißes Gesicht am Holz der Fensterläden, starrte ins Innere des Zimmers und vergaß die Zeit. *Wie schön du bist, wie wunderschön.*

Wie die meisten Frauen in *Sant'Amato,* wenn sie daheim waren und keinen Besuch mehr erwarteten, trug auch Marina einen Hausmantel und hatte ihr Haar auf Wickler gedreht. Unter dem Mantel erahnte Nino ein kurzes Unterkleid und helle Haut über dem Rand ihrer Strümpfe. Jetzt holte sie die Single aus der Hülle, lief mit ihr zu einem aufgeklappten Kofferplattenspieler, der auf ein niedriges Tischchen neben einem Sessel gequetscht war, und hantierte mit dem Tonarm. Sie wandte ihm den Rücken zu, der Mantelsaum tanzte um ihre Schenkel, und Nino fühlte, wie der *scirocco* sein Inneres erreichte. Trug sie Seidenstrümpfe? Die ersten Takte des Liedes erklangen, der Samba-Rhythmus setzte ein. Marina presste die Hülle der Single an ihre Brust wie einen Geliebten und begann, sich mit geschlossenen Augen hin und her zu wiegen. Dabei lächelte sie. *Sie träumt*

von mir, dachte Nino, und sein Herz hüpfte, während der Gesang in den Refrain wechselte. *O mia bella mora, no, non mi lasciare – ja meine Schöne, ich bitte dich auch, verlass mich nicht.* Die Musik füllte den Raum, füllte Ninos Herz, und er hoffte, sie möge nie enden, so wie dieser Traum, dieser Moment, diese Nacht. *Non mi devi rovinare – ja,* dachte Nino, *denn das wäre auch mein Ende.* Er lauschte auf die letzten Takte des Liedes, beobachtete Marina, die mit der Single im Arm weiter- und immer weitertanzte, als habe sie nicht vor, je damit aufzuhören. *Meine Schöne, versprochen: Eines Tages tanzen wir, du und ich.* Nino wischte sich mit dem Hemdsärmel über das Gesicht, als Marinas Bild langsam vor seinen Augen verschwamm.

Da ging unten die Haustür.

»Liebling, ich hab es schon früher geschafft …!«, rief Carlo Vassallo gut gelaunt, und schnelle Schritte kamen die Treppe herauf. Marina, kalkweiß im Gesicht, stoppte die Musik, riss die Single vom Gummi des Plattentellers und stopfte sie samt Hülle und Papier in die offene Schublade einer Wäschekommode.

»Carlo, Liebster«, rief sie dabei, »lass dir doch Zeit! Denk an dein Herz!« Sie knallte die Schublade zu, und in der gleichen Sekunde öffnete sich die Tür, und Carlo Vassallos leicht gebeugte Gestalt füllte den Rahmen. Der Friseur atmete schwer und musste sich abstützen, und Nino fand, dass er noch älter wirkte als die elf Jahre, die er seiner Frau voraushatte. Doch auf seinem hageren Gesicht lag ein strahlendes Lächeln.

»Ich musste mich doch beeilen für dich, meine Süße. Gerade heute.«

»Wieso?«

»Kannst du dir das nicht denken?« Er breitete die Arme aus.

Marina wirkte plötzlich verlegen. Statt zu antworten, lief sie auf Carlo zu, barg ihr Gesicht an seiner Brust, murmelte etwas. Er umarmte sie, strich ihr lächelnd über den Rücken.

»Nicht schlimm, meine Süße, ich sag's dir gerne: Heute vor

fünfzehn Jahren haben wir uns zum ersten Mal getroffen. Und ich hatte nicht damit gerechnet, überhaupt nicht. Du warst meine größte Überraschung. Fünfzehn Jahre, Marina! Die schönsten meines Lebens. Und ich freue mich schon auf die nächsten fünfzehn. Oder sagen wir lieber fünfzig?«

Er drückte sie an sich, nahm ihren Kopf in seine Hände, gab ihr einen Kuss, so innig, dass es Nino einen scharfen Stich versetzte. *Wieso nur hat sie diesen alten Mann geheiratet? Sie hätte jeden haben können!* Nach einem weiteren Kuss zog Carlo seine Frau zum Bett. Marina versuchte ein kleines, etwas atemloses Lachen, schob ihn sacht von sich.

»Ist es nicht ein bisschen früh nach dem Eingriff? Hat der Kardiologe nicht zwei Monate Karenz gefordert?«

»Nein, acht Wochen. Acht Wochen wie jedes Mal, meine wunderschöne, junge, verführerische Frau.« Mit diesen Worten hielt er sie fest, strich ihr über die Hüften. »Und diese acht Wochen sind heute vorbei. Noch ein Grund zu feiern, oder?«

Nino versuchte, endlich wegzusehen, konnte sich aber erst nach etlichen Minuten vom Fenster lösen. Leise kroch er rückwärts, schlich die Treppe hinab, hinaus aus dem Tor, zurück auf die Straße. Dort ging er zuerst und begann dann zu laufen. Er rannte die Straße hinunter, an den Häusern vorbei, immer schneller, bis er zur *Via Aurelia* kam, zu dieser späten Stunde ein verlassenes, schwarzes Band unter dem Nachthimmel, auf das der *scirocco* dünnes Geäst und Sand wehte. Ohne nach rechts oder links zu schauen, kreuzte Nino die Uferstraße und lief hinunter zum nächtlichen Strand. Er wollte allein sein und nachdenken, dazu brauchte er das Meer, *sein Meer.* Denn eines stand fest: Auch wenn es dem armen Carlo sein schon geschwächtes Herz brechen würde, auch wenn die Geschichte so hoffnungslos war wie nur irgendetwas, Nino, vom Rennen und vom Glück noch ganz außer Atem, war sich jetzt sicher: *Sie liebt mich.* Per Dio, *so ist es. Marina liebt mich.*

1961

»Con ventiquattro mila baci …«

Titel: »24.000 baci« oder »24 mila baci«, Interpret: Adriano Celentano, Jahr: 1961, Nr.-1-Hit in Italien: 6 Wochen, nachdem der Rock-'n'-Roll-Newcomer aus Mailand erstmals beim Sanremo-Festival antrat und Platz 2 holte.
Wenig später gründete Celentano, wegen seines Tanzstils auch »il Molleggiato« – der Federnde – genannt, mit dreiundzwanzig Jahren sein eigenes, unabhängiges Musiklabel »Clan Celentano«, welches bis heute existiert.

Due

Baia delle stenelle, Freitag. Ich warte bis Mitternacht.

Marina Vassallo nahm den Zettel mit der verblichenen Schrift aus dem Nachtschränkchen, das sie jetzt seit fast einem Jahr stets abschloss. Dann faltete sie das Stückchen Papier und schob es in den Ausschnitt ihres Kleides. Obwohl sie allein im Zimmer war, fühlte sie sich beobachtet.

War er im vergangenen Sommer tatsächlich dort gewesen? Hatte er den Pfad kurz hinter dem Sarazenen-Turm hinunter zum Strand genommen und dort unten auf sie gewartet, vielleicht rauchend auf einem der schwarzen Felsblöcke, die dort mitten im Sand schliefen? Oder im Schutz der Steilklippen, die die »Bucht der Delfine« umschlossen wie die Schalen einer Muschel? Marina wusste es nicht. Und wie es aussah, würde sie es auch nicht mehr erfahren, denn Davide Lanteri hatte mit keinem Blick, keinem Wort jemals erkennen lassen, wie er über ihr Wegbleiben dachte. Vielleicht hatte er die Episode auch schlicht vergessen angesichts der weiteren Geschehnisse. Ihre Schwägerin Sofia, die als ehemalige Lazarettschwester mitten in der Nacht gerufen worden war, hatte ihren diskreten Nachfragen am nächsten Tag im Salon nicht lange standhalten können.

»Ach, Marina, furchtbar war's. Alles voller Blut, der Doktor nicht aufzutreiben, keine Hilfe sonst – ein Graus. Und stell dir vor, *signor* Lanteri selbst tauchte erst nach Mitternacht auf. Aber dem hab ich was erzählt. Aschfahl wurde er, als er's endlich kapiert hat; denn glaub's oder glaub's nicht, sie hat ihm wahrhaftig *nichts* über ihren Zustand gesagt, diese elende Geheimniskrämerin. *Dio mio,* was führen diese Leute überhaupt für eine Ehe!? Und dann war's eben zu spät. Ich sollte eigentlich auch meinen Mund halten. ›Schwör's mir‹, hat sie gesagt und mich dabei so fest am Arm gepackt, dass ich – schau, hier! –

immer noch ganz blau und grün bin. *Perbacco*, was diese Frau für eine Kraft hat, wie eine Wahnsinnige, selbst nach diesem Blutverlust. Und dann nur Gebete und Psalmen von Schuld, von Feuer, von Blut, mir wurde regelrecht angst und bange. Richtig gewaschen bekam ich sie auch kaum. Aber was regt sie sich auf? *Sie* hat immerhin Kinder …« An dieser Stelle war Sofia zu ihrem Lieblingsthema abgeschweift, dem bitteren Los einer Frau ohne eigene Familie, und Marina hatte nicht mehr zugehört.

Baia delle stenelle, ich warte bis Mitternacht.

Er hatte sich in den darauffolgenden Monaten ihr gegenüber so verhalten, als habe es diese Nachricht nie gegeben. Und manchmal war Marina sogar der verrückte Gedanke gekommen, seine Botschaft entspränge nur ihrer Einbildung, wäre ein Ausdruck ihrer überhitzten Fantasie. Der Schreck schoss ihr dann in alle Glieder, und sie erfand vor Carlo und den Kindern eine Ausrede, um hoch ins Schlafzimmer zu laufen und im Nachtschrank nachzuschauen. Dort hortete sie zwischen alten Kinokarten und *maestro* Barnabàs sorgfältig gehüteten Textheftchen zu Shakespeares Dramen die Single in ihrer Schutzhülle und den Zettel mit seiner Botschaft. Ihr geheimer Schatz.

Das Lanteri-Papier, in welches die Single eingewickelt gewesen war, hatte sie weggeworfen. Sie war ja nicht völlig von Sinnen, viel zu leicht ließe sich sonst eins und eins zusammenzählen. Doch das Lied legte sie auch jetzt noch gelegentlich auf, und den Zettel trug sie jeden Sonntag auf ihrer Haut. Immer wenn sie damit rechnen konnte, *ihn* zu sehen.

»Marina! Wie weit seid ihr?! Der Wein für die *sagra* muss vorher noch zu Ottavio in die Kühlung.« Carlos Stimme verriet leichte Ungeduld.

»Geh schon vor, ich komme mit Flora nach!«, rief sie und bürstete ihr Haar. »Und trag nicht alles allein, nimm Matteo mit,

damit er sich nützlich macht.« Nützlicher jedenfalls als seine Schwester, die sicher gerade erst aufstand. Wovon waren halbwüchsige Mädchen eigentlich immer so müde? Marina seufzte, setzte sich an den Schminktisch und kramte ein paar Nylons aus der Schublade. Während sie die Strümpfe aufrollte, begutachtete sie ihre nackten Schenkel und Knie. Gute Beine waren das! Vielleicht nicht mehr so straff wie früher, aber glatt und gebräunt, davon konnte Nunziata, diese Eiskönigin, nur träumen. Gott, was gäbe sie dafür, ihr den Zettel ihres Mannes ins hochmütige Gesicht zu schleudern. Und was täte sie nicht dafür, die Zeit zurückzudrehen.

Ich warte bis Mitternacht.

Davides Nachricht hatte, auch wenn sie darüber nur ungern nachdachte, vieles verwandelt: was sie sah, wenn sie morgens in den Spiegel blickte, wie sie ihr Leben mit Carlo empfand zwischen Zuhause und Frisiersalon. Vor allem hatte sich dieser Ort für sie verwandelt, *Sant'Amato*. Fegte der Wind nun vom Meer in ihre Straße, dann zerrte er an ihr und lockte mit geheimen Versprechen. Im Schlagschatten der Häuser und Natursteinmauern erschienen plötzlich verschwiegene Winkel, und jeder Blick, jedes Kopfnicken, ja selbst das *buongiorno* in Ottavios Bar bekam auf einmal einen versteckten Hintersinn. War alles ein Schwindel? Unter der schläfrigen Oberfläche des Provinzstädtchens, in das Marina ihrem Mann vor zwei Jahren notgedrungen gefolgt war – denn was blieb ihnen anderes übrig nach Carlos Kündigung –, zeigte sich jetzt ein zweites *Sant'Amato*, ein *Sant'Amato* der Strudel und Untiefen, die sich demjenigen auftaten, der es wagte zu springen.

Doch zu spät, vorbei, das Spiel ist aus. Er will dich nicht mehr, und du allein hast es verpatzt. Auch wenn Marina sich immer wieder sagte, dass sie recht getan hatte, damals nicht zur Bucht zu gehen – was also hätte sie sich im Nachhinein vorwerfen müssen! –, blieb da doch diese Stimme in ihrem Kopf, die ihr

zusetzte, wann immer sie in den Spiegel sah. *Feigling*, raunte die Stimme. Und: *Ist Nunziata seitdem auch nur ein Deut freundlicher geworden?* Und: *Was brauchst du noch Rücksicht zu nehmen? Worauf wartest du?*

Ach, Schluss jetzt damit!, dachte Marina und bedachte ihr Ebenbild im Schminkspiegel mit einem bösen Blick. *Als hätte ich überhaupt eine Wahl. Als wäre ich ein Mann und könnte entscheiden. Als könnte ich etwas tun.*

Sie stand abrupt auf, zurrte sich den Strumpfgürtel um die Taille, befestigte die Nylons und schlüpfte dann in den schwarzen Rock. Sie knöpfte die Baumwollbluse über der Brust zuerst ganz zu und öffnete dann nach einem kurzen Blick in den Spiegel wieder einen Knopf. *Schaut nur her*, dachte Marina, *das ist das Einzige, was eine Frau tun kann.* Es folgte das Make-up: tiefrote Lippen, getuschte Wimpern, nachgezogene Brauen, gepuderte Haut. Ihre Maske gegen die Angst, ihr Schutzschild gegen die Häme der hiesigen Frauen, allen voran deren Wortführerin Nunziata, die keine Gelegenheit ausließ, Marina ihre Herkunft spüren zu lassen. Sie steckte ihr Haar hoch, fixierte ihre Locken mit Haarspray und suchte nach den Pumps mit den strengen Absätzen, die sie stets beim Kirchgang trug. Wenigstens ihr Äußeres würde perfekt sein. Sollte er nur sehen, was ihm entging. Die Blicke der anderen würden es ihm zeigen. Und wer wusste schon, vielleicht …

Es klingelte an der Tür. So früh, noch vor der Messe? Hatte Carlo etwas vergessen?

»Flora! Machst du auf? … Flora?!«

Keine Antwort. Stattdessen dröhnte Musik aus dem Zimmer ihrer Tochter. Dieser Rocksänger aus Mailand, Celentano, drohte seiner Liebsten vierundzwanzigtausend Küsse an und klang so, als habe er Energie für mindestens die doppelte Menge. Marina fluchte leise, huschte auf Strümpfen die Treppe hinunter zur Haustür und öffnete.

Draußen stand Nino Lanteri. Der beste Freund ihres Sohnes errötete heftig und streckte ihr einen Korb entgegen. Darin lagen eine Flasche Lanteri-Öl und ein feucht glitzerndes Netz Venusmuscheln.

»*Signora* Vassallo, für Sie«, brachte er stotternd hervor, »ich soll die Muscheln vorbeibringen. Mit freundlichen Grüßen von … von meinen Eltern.«

»Deinen Eltern?«

Er zögerte. »Ähm, so hat er's mir gesagt.«

»*Tu padre?*«

Nino nickte, das Gesicht halb abgewandt, und Marina wunderte sich einmal mehr über sein Verhalten. *Was ist in letzter Zeit mit dem Jungen los? Er sieht mich doch fast jede Woche.* Davides Sohn, ebenso alt wie Matteo, hatte im vergangenen Jahr einen Wachstumsschub gehabt und überragte sie jetzt schon fast mit seinen vierzehn Jahren. Zum Glück kam er äußerlich nicht nach seinem Vater, sondern besaß die langgezogenen Gesichtszüge und die Statur seiner Mutter. Marina hätte es kaum ertragen, ständig Davides jugendliche Kopie um sich zu haben. Es reichte, quälte sie schon genug, das Original bei jeder Sonntagsmesse zu sehen. Ja, das reichte völlig: Davide, manchmal nur eine Bankreihe weiter vor ihr, kaum eine Armlänge von ihr entfernt; so nah, dass ihr der Geruch seines Rasierwassers wie zum Hohn in die Nase stach. Bergamotte und Eisenkraut. *Unerreichbar.*

Und was sollten jetzt die Muscheln? Marina sah Nino fragend an. Dieser räusperte sich, bevor er antwortete: »Sie mögen für heute Abend für die Pasta Ihren berühmten *sugo alle vongole* machen, ist die Bitte. Und falls Sie noch etwas dafür brauchen, mögen Sie es mir einfach sagen …«

Ninos Stimme erstarb, er blickte zu Boden.

Was ich brauche? Weiß dein Vater das denn nicht? Marina bemühte sich um einen neutralen Gesichtsausdruck, während mit

einem Mal irrwitzige Freude ihr Herz erfasste. *Es ist doch nicht vorbei! Es geht wieder los. Und diesmal spielst du mit.*

»Also gut, gib her«, sagte sie und nahm Nino den Korb ab. »Ich denke, es passt schon.« Sie überlegte kurz, bevor sie hinzufügte: »Ich gebe noch einen Spritzer *chinotto* dran, ein bisschen bitter darf es wohl schmecken. Wie alles Schöne im Leben. Sag das deinem Vater, ja?«

Nino nickte verlegen. Die Musik in Floras Zimmer wurde lauter gedreht, dröhnte in der ganzen Gasse. Zu Celentanos angedrohten Küssen gesellte sich jetzt ein angriffslustiges Saxofon.

Madonna, *wie lang kann ein Lied nur sein!*

Nino blieb, wo er war, und sah Marina an wie ein Schlachtkalb. Diesen Gesichtsausdruck kannte sie von ihrer Tochter zur Genüge. *Ragazzi* und ihre Launen.

»Was ist?«, fragte sie. »Haben wir noch was vergessen?«

»Nein, *signora.*« Er ließ die Schultern hängen und erinnerte Marina nun noch mehr an Flora. Sie wurde ungeduldig.

»Ah, du willst sicher zu Matteo!«, rief sie. »Dann lauf zur Kirche, er ist schon auf dem Weg …«

Mit diesen Worten schloss sie die Tür, trug den Korb in die Küche und verstaute die Venusmuscheln im Kühlschrank. Dann stürmte sie die Treppe hinauf zurück ins Obergeschoß, scheuchte ihre Tochter aus dem Bett, trieb sie energisch ins Bad, stellte die Musik ab und suchte unter saftig-römischen Flüchen weiter nach ihren Schuhen. Währenddessen verfiel ihr Herz in wilden Galopp. *Einen* sugo *willst du also? Den sollst du haben!*

Später, auf dem Weg zur Messe, summte sie vor sich hin. *Vierundzwanzigtausend Küsse, was für ein Blödsinn. Mir würde ein einziger reichen.* Sie hatte sich kurzerhand für ein paar rote Sandalen entschieden, die seit Jahren in ihrem Schrank verstaub-

ten. Deren Absätze ließen sie größer erscheinen, hoben sie aus der Menge der Alten und Matronen heraus und verwandelten den Gang hinauf zu *San Pietro,* über die Katzenköpfe des Pflasters, in einen Balanceakt. *Er wird es bemerken, ganz sicher,* dachte sie. *Doch was ist, wenn es ihm nicht gefällt? Was, wenn es ihn abstößt?* Die Menschen drängten in die Kirche. Carlo kam ihr vom Portal aus entgegen, schloss sie kurz in die Arme und raunte ihr ein Kompliment ins Ohr. Marina fühlte einen Kloß im Hals. Ihr schwindelte.

Bin ich ein schlechter Mensch?

Auf dem marmornen Treppenaufgang tastete sie nach dem Arm ihres Mannes. Carlo reichte ihn ihr und lächelte ihr zu. Seine Hand war warm.

Ja, das bin ich. Und nur Gott allein weiß, wie schlecht.

Während die Vassallos Nachbarn und Bekannte begrüßten, studierte Marina möglichst unauffällig die Gesichter in der Menge. Wo saß die Familie Lanteri?

In nomine Patris et Filii et Spiritus Sancti …

Der Barockbau von *San Pietro* war an diesem Sonntag bis auf den letzten Platz besetzt. Keine *sagra del pesce* begann ohne Gottes Segen für die Boote und Netze, und so waren die ersten Bankreihen diesmal auch für die Fischerfamilien reserviert, vielköpfige Sippschaften, deren wettergegerbte Oberhäupter sich in ihre besten Anzüge gezwängt hatten. Dahinter erst sortierten sich die übrigen *Santamatini* in den Bänken. Abgesehen von der leicht geänderten Sitzordnung nahm die Messe ihren üblichen Gang. Don Benedetto am Altar beendete seine Eröffnung und orderte mit einem herrischen Wink in Richtung des Organisten ein Zwischenspiel aus sinnlosen Läufen. Monotonie legte sich auf die Gemeinde, leerte die Gesichter. Man drängte sich etwas improvisiert zusammen, stand sich gerade in Marinas Bank ziemlich auf den Füßen. Deshalb dauerte es fast bis zum Gloria, bis ihr nervöser Blick den schwarz verhüllten Kopf

von Nunziata Lanteri entdeckte, die kein Gotteshaus ohne altmodischen Spitzenschleier betrat. *Na, endlich!*

... per omnia saecula saeculorum ...

Marina atmete aus und stimmte erleichtert mit ein. »*Amen.*« Als sich nach dem Gebet alle setzten, stellte sie allerdings fest: Etwas war doch anders als sonst.

Davide fehlte.

Eine Panne in der Ölmühle, hörte sie später. Die Reparatur würde dauern, vermutlich bis zum Festessen am Abend.

*

Die Musik setzte ein, als Marina die Piazza betrat, in den Händen eine der Schüsseln mit den dampfenden Muscheln. Der dicke Ottavio liebte Jazz, Swing und als Instrument neuerdings vor allem die Hammondorgel. Er hatte die Musikbox seiner Bar bis zur Tür gewuchtet und versorgte die Gesellschaft nun mit einem sirrenden Klangteppich, ganz so, als säßen sie in Rom auf der *Via Veneto* und nicht an Holztischen zwischen Metzgerei, Polizeiwache, Frisiersalon und Kirche. Das weiche Abendlicht überzog alle Gesichter mit einem rosigen Schimmer, und die Akustik trug jede Stimme, jedes Lachen und jedes Flüstern über den Platz. *Es ist fast wie früher auf der Bühne oder am Set,* dachte Marina, *und da überleben nur Profis. Also Klappe, Szene fünf, die erste, und los!*

Sie hielt direkt auf die voll besetzten Tischreihen zu. *Ist dies auch Wahnsinn, so hat es doch Methode,* rezitierte sie leise für sich. Sie dachte an die Ersatzstrümpfe, die sich jetzt in ihrer Handtasche rollten. An die Stecknadeln, die ihren Büstenhalter im Ausschnitt fixierten. An die halbe Dose Haarspray in ihrem toupierten Haar. *Ja, vielleicht bin ich wahnsinnig, doch auf jeden Fall gerüstet. Aber – wo bist du?* Ihr Blick glitt suchend über die Menge.

»*Mamma,* warte …«

Sie versuchte, die Stimme auszublenden. *Jetzt kommt es darauf an. Kinn hoch. Bleib locker. Lächle …*

»Wirklich, *mamma,* das ist so ungerecht …« Die Stimme nahm den sattsam bekannten Quengelton an. *Hör nicht hin, konzentrier dich, nein, hör nicht …*

»*MAMMA!!* Jetzt wart doch mal!«

Marina seufzte und drehte sich um, bemüht, ihre Ungeduld zu verbergen. *Warten.* Was tat sie anderes den ganzen Tag, die ganzen vergangenen Jahre.

»*Mamma, è un tormento!* Ich breche gleich zusammen …«

Ihre Tochter Flora stapfte hinter ihr her, das Gesicht missmutig verzogen. Auch sie balancierte eine Schüssel *sugo* in den Händen und schien schwer an ihr zu tragen – ob wegen des Gewichts der Meeresfrüchte oder der Peinlichkeit, vor den Augen der anderen *ragazzi* Essen durchs Dorf zu tragen, konnte Marina nicht einschätzen. Es war ihr auch gleich. Flora, mit den schmalen Gliedmaßen und der markanten Nase eine Miniaturausgabe ihres Vaters, war seit geraumer Zeit sowieso ständig in Nöten wegen irgendeiner Nichtigkeit, hockte in ihrem Zimmer, blies Trübsal, stöhnte wegen jeder an sie herangetragenen Bitte. War sie selbst mit dreizehn auch so reizbar gewesen? Möglich, aber dann nur, weil sie halbe Tage für Brot aus Maismehl angestanden hatte, das es dann doch nicht gab. Weil sie nicht hatte einschlafen können vor Magenknurren, mit dreizehn, mit vierzehn, eigentlich die ganze Zeit. Doch durfte sie ihrer Tochter vorwerfen, dass diese den Biss des Hungers nicht kannte? Sollte sie sich nicht stattdessen beglückwünschen, dass Flora eine warme Mahlzeit überhaupt als Zumutung empfinden konnte? Denn das hieß doch, dass sie selbst, das Mädchen aus der Gosse, ihren Kindern ein besseres Leben bieten konnte. Ja, sie hatte es geschafft, den ganzen langen Weg von *Quadraro* hierher – zu *sugo alle vongole* und einem Leben ohne Not. *Ma davvero! Wo ist er denn jetzt?*

Marina schickte Flora zum unteren Ende der Tafel, wo Carlo mit Mafalda Amorettis Sohn Gianni beisammensaß. Gianni, erst seit Kurzem von einem Besuch in der Heimat seines italoamerikanischen Vaters zurückgekehrt, redete lebhaft auf Carlo ein. Erregte Satzfetzen sagten ihr, dass die beiden wieder eine ihrer geliebten politischen Debatten führten, wahrscheinlich von Gianni angestoßen, denn der junge Arzt brannte trotz seines bürgerlichen Berufs für den Kommunismus fast so sehr wie für blonde Strandschönheiten. Ihr Ältester, Matteo, saß neben seinem Vater über einem Teller Pasta und beobachtete verstohlen, wie seine Schwester Flora den erstaunlichsten Gast der *sagra* begrüßte. Isabella Morone war mit Flora zur Grundschule gegangen, wurde jedoch seit ihrem Wechsel aufs *liceo* in Genua kaum je im Ort gesichtet. Und wenn, dann nie ohne Bewachung. *La Giraffa,* wie die anderen Jugendlichen Enzo Morones hochgewachsene Tochter nannten, wurde auch diesmal von ihrem Fahrer begleitet, der wie ein Schatten hinter den Stuhlreihen Posten bezogen hatte. Isabella nahm Flora die Schüssel mit den Muscheln ab und sagte etwas, was diese mit einem glücklichen Lachen quittierte. *Un tormento, dieser Abend, aber sicher, mein Kind,* dachte Marina und musste unwillkürlich lächeln. Dann schob sie sich durch spielende Kinder zum oberen Ende der Tafel, dem Stammplatz der Familie Lanteri. Dort, kurz vor dem Kopfende, sprang Mariangela im Rüschenkleid um die Tische, Davides achtjährige Tochter. Ein Stück weiter Richtung Kopfende hockte ihr älterer Bruder Nino verdrossen zwischen den Erwachsenen. *Vielleicht ärgert er sich, dass er keinen Platz neben Matteo erwischt hat?* Marina schenkte dem besten Freund ihres Sohnes ein freundliches Lächeln, doch dieser senkte schnell den Blick und nestelte an seinem Trinkglas. Ein paar Sitze weiter, bei Ottavios Frau Lidia, beugte sich Nunziata Lanteri über den Tisch und sagte etwas zu ihrer Schwägerin Stella Parodi, die daraufhin pflichtschul-

digst in schrilles Gackern ausbrach. Stella war noch als Mädchen Nunziatas nichtsnutzigem Bruder Luca auf den Leim gegangen – einem *poliziotto* mit einem unseligen Hang zum Glücksspiel – und hielt sich jetzt meist an ihre wohlhabendere und angesehenere Schwägerin. *Tja, Nunziata, da hast du deinen feinen Hofstaat wieder mal versammelt,* dachte Marina grimmig. Als sich Nunziata mit einem selbstzufriedenen Lächeln wieder zurücklehnte, gab sie den Blick frei auf den Platz neben ihr. Und dort saß er.

Davide Lanteri, Erbe der *Frantoio Lanteri,* Herr über das Gut, die Ölmühle und neunhundert Olivenbäume auf den Terrassen rund um *Sant'Amato.* Seine letzte Ernte hatte alle wichtigen Preise abgeräumt und bei den Olivendynastien drüben im *Val Prino* und *Valle Argentina* für Aufsehen gesorgt. Erstklassiges Öl aus *Sant'Amato?* Von Lagen so nahe am Meer? In *Dolcedo* merkten die Leute nun auf, wenn der Name Lanteri fiel. Davide goss Nunziata und sich selbst etwas Rotwein nach und trank einen Schluck. Während seine Frau ihm etwas ins Ohr raunte, wanderte sein Blick gelassen über die Festgesellschaft.

Dann hatte er sie entdeckt. Sie sahen sich in die Augen, sekundenlang, während das Tischgespräch um sie herum unvermindert weiterrauschte.

»Ja, so ist die Liebe – grausam!«, rief Lidia gerade, die sich jeden Mittwoch einen neuen Schwung Heftromane am Kiosk holte und nichts mehr genoss als menschliche Dramen. Sie sah erwartungsvoll in die Runde. »Und wisst ihr, was sie der Polizei gesagt hat? Warum sie dem *avvocato* nachgegeben hat?«

Nunziata verzog den Mund. »Kannst mich totschlagen, aber das weiß ich nicht. Verderbtheit? Romantische Verblendung?«

»Nein, wegen der Sehnsucht! Sie sagte, die Sehnsucht habe sie befallen wie eine unheilbare Krankheit und sie hätte kein anderes Mittel mehr finden können, als …« Lidia räusperte sich verlegen, »tja, und jetzt hat man sie von *Pozzuoli* ins Bezirksge-

fängnis nach Neapel gebracht. Drei Kinder verlieren ihre Mutter, ist das nicht schrecklich?«

Stella seufzte voller Mitgefühl, doch Nunziata blieb ungerührt. »Eine Ehebrecherin als Mutter? Das wäre doch viel schlimmer. Stellt euch vor, in welchem widerlichen Sumpf man diese unschuldigen Seelen in diesem Fall ließe – noch dazu in *Pozzuoli*. In dem Haus, an diesem Ort der Schande …« Sie bekreuzigte sich.

Ihre Schwägerin Stella Parodi riss die Augen auf. »Sie haben es im Haus getan?!«

Da von Nunziata daraufhin nur ein entsetztes Zischen kam, sprang erneut Lidia ein. »Das glaubt der Ehemann, übrigens einer der größten Bauunternehmer dort. Aber erwischt hat er sie mit dem *avvocato* woanders, und zwar«, Lidia senkte dramatisch die Stimme, »nachts am Strand.« Ein Raunen ging durch die Runde.

Also gut, bringen wir es hinter uns, dachte Marina, deren Mutter aus Pozzuoli stammte. Sie trug die Schüssel zur Tafel und stellte sie direkt vor das Ehepaar Lanteri.

»*Sugo alle vongole?*«, fragte Davide.

Sie nickte stumm, und er lächelte.

»Eine gute Idee, *mille grazie*.«

Nunziata hob die Augenbrauen und schürzte die Lippen. Sie hatte den Mund einer Fürstin, schmal, entschlossen, mit steter Skepsis in den Mundwinkeln. Die Art Mund, die es seit den Tagen der Gonzagas, Viscontis und Sforzas gewohnt war, Befehle zu geben und Urteile zu fällen. Ein Mund, der sich jetzt zu einem abschätzigen Lächeln verzog.

»Was ist denn das für ein Rezept? Eins aus dem Süden?«

Du arrogante Ziege. Marina spürte, wie Wut in ihr hochkroch. »Wonach sieht es denn aus?«, konterte sie.

»*Alla pescatora?* Ist da auch Zitrone drin?«

»Es steht Ihnen frei zu probieren, *signora* Lanteri.«

»Und allen anderen auch«, setzte Davide hinzu. Er nahm sich reichlich vom *sugo,* bedachte auch seine entsetzte Frau mit einer Portion und reichte die Schüssel weiter. Binnen weniger Minuten leerten sich Marinas Schüsseln, klapperten Muscheln auf Teller neben weiches Brot oder Pasta, tropfte Saft von den Gabeln. Ansonsten war in der Runde für eine ganze Weile nur wohliges Schmatzen zu hören.

Ich kann es also noch …

Stella seufzte. »Wie kriegst du das nur hin, Marina …«

»He, ihr da!«, rief Carlo vom anderen Ende des Tisches und wedelte mit den Armen. »Habt ihr noch von den Muscheln? Hier ist schon alles leer.« Und Amoretti, wer auch sonst, warf ihr hinter Carlos Rücken eine Kusshand zu.

Nunziata, mit einem Seitenblick auf ihren Mann, pickte mit spitzer Gabel nach dem Fleisch einer Muschel, während Stella sich den Mund mit einer Papierserviette abwischte und zum Thema zurückkehrte.

»Und wie ging's dann weiter am Strand?«, fragte sie gespannt. »Hat er den *avvocato* erschossen?«

Lidia machte ein gewichtiges Gesicht. »Was denkst du wohl, Stella. Das sind Süditaliener, *terroni,* natürlich hat er das! Also, versucht zumindest. Aber er hat ihn nur knapp an der Schulter erwischt, und jetzt hockt der *avvocato* mit Armbinde in der Zelle.«

»Wie romantisch!« Stellas Unterlippe bebte. »Aber ist das nicht furchtbar? Im Gefängnis zu landen, nur wegen der Liebe?«

»Liebe? Schwachsinn.« Nunziata bedachte ihre Schwägerin mit einem verächtlichen Blick. »Hast du bei der Predigt meines Bruders heute Morgen nicht zugehört? Hier geht es um Begierde. Unzüchtige Begierde, die Mutter allen Übels. Schlag bei Jakobus nach oder frag Benedetto, er wiederholt es gerne für dich: ›Wenn die Begierde empfangen hat, gebiert sie die Sünde, und

ist die Sünde vollendet, gebiert sie den Tod‹; so steht's geschrieben, und eigentlich sollte das jeder wissen. Deshalb kann so ein Vergehen auch gar nicht hart genug bestraft werden. Schaut euch den Orient an, da werden Ehebrecherinnen gesteinigt und …«

»*Cara,* jetzt lass es gut sein«, unterbrach Davide seine Frau und legte ihr die Hand auf den Arm. »Uns steht darüber kein Urteil zu.«

»Willst du etwa das sechste Gebot infrage stellen? Oder die Predigt meines Bruders?«

»Im Gegenteil. Frag Benedetto, ich glaube, gerade beim Thema Steinewerfen vertritt er eine klare Meinung.«

Nunziata schnaubte, und Davides Stimme wurde einen Deut schärfer. »Eine Meinung, die ich voll und ganz teile. Einmal aus Prinzip, aber auch aus Respekt gegenüber der Geschichte meiner Familie. Die auch du kennst, *cara.*«

Danach schwieg er, und Marina konnte die Spannung, die auf einmal zwischen den Eheleuten lag, fast mit Händen greifen. Was hatte das zu bedeuten?

Davide Lanteri goss ein weiteres Glas Wein ein und reichte es ihr mit einem Lächeln über den Tisch.

»Danke nochmals für die Muscheln.«

Marina spürte, wie sie errötete. *»Mille grazie, signore.«*

Als er ihr das Glas gab, berührten sich ihre Finger für einen Moment. Es durchfuhr sie wie ein schwacher Stromschlag, und als sie ihm in die Augen sah, erkannte sie, dass auch er es gespürt hatte. Nunziata, die das Geschehen verfolgte, probierte endlich von dem Muschelfleisch und verzog gleich darauf das Gesicht.

»Nun ja, Leute aus dem Süden schätzen ja das Einfache …«

Ah, wollte die Fürstin sich jetzt an ihr abreagieren?

»Was meinen Sie damit?«, fragte Marina.

»Nun ja.« Nunziata spuckte das Muschelfleisch zurück auf

den Teller. »Wenn man *vongole* im Süden so isst, bitte, aber wir hier brauchen derlei Tricks nicht …«

»Tricks? Welche Tricks?«

»Die Zitrone. Damit rettet man eben auch Fisch, der schon älter ist. Wenn man sich nichts Fangfrisches leisten kann.«

»Diese Venusmuscheln sind frisch«, blaffte Marina und konnte sich gerade noch den nächsten Satz verkneifen. *Die hat dein Mann mir geschickt!*

»Selbstverständlich«, versetzte Nunziata daraufhin, »denn hier sind wir in Ligurien, hier haben wir ordentliche Sachen.«

Ihr Mund kräuselte sich vor Abscheu. Marinas Blick schoss Hilfe suchend zu Davide, doch dieser lehnte sich zurück, verschränkte die Arme und schien auf etwas zu warten. *Verdammt, worauf?*

Jetzt wandte sich Nunziata an ihre Schwägerin und die Frau des Barbesitzers.

»Nicht wahr, Stella? Oder Lidia? Was meint ihr dazu, das ist doch schon ein wenig sauer, oder?« Sie sah die beiden Frauen erwartungsvoll an. Ihre Schwägerin knickte als Erste ein.

»Da magst du recht haben«, stotterte Stella. »Jetzt gerade, also jetzt schmecke ich es auch.«

Nunziatas Blick wanderte zu Lidia. Diese, wohl in Erwartung einer größeren Spende für den Frauenchor, fügte nach leichtem Zögern hinzu: »Stimmt schon, ja, ziemlich sauer.«

Beide Frauen legten ihr Besteck nieder, gleichzeitig erstarb die Orgel in der Musikbox, und es knackte. *Ein Plattenwechsel?* Nunziatas Gonzaga-Mund verzog sich zu einem schmalen Lächeln.

»So eine Muschel ist ja auch ein haltloses, leicht verderbliches Ding«, sagte sie dann langsam und betonte dabei jedes Wort. »Ist sie nur ein bisschen über der Zeit, schmeckt sie alt und verbraucht. Ungenießbar.«

Du Hexe. Marina leerte ihr Glas auf einen Zug und knallte es

auf die Tischplatte, sodass selbst die Diskutanten am anderen Ende des Tisches aufhorchten. »Aber nur, wenn man sie aus dem Wasser herausholt«, sagte sie. »Im Wasser, in ihrem Element ist sie stark, sogar entsetzlich stark – haben Sie schon einmal versucht, eine Muschel zu öffnen, wenn diese es nicht will?«

Nunziata lachte auf. »Bin ich etwa ein Fischweib?«

»Nein, dazu fehlt Ihnen auch das nötige Gespür in den Fingerspitzen. Eine Muschel muss man erst locken, dann kochen. Dann öffnet sie sich, dann schmeckt ihr Fleisch. Sie schenkt sich nur dem, der ihr die nötige Aufmerksamkeit zukommen lässt.«

Marina beugte sich vor, fixierte Nunziata über den Tisch hinweg und blähte die Nasenflügel, als wolle sie Witterung aufnehmen. Sie atmete tief ein und aus. Jetzt hörten ihr alle zu, das wusste sie. *Auch er.*

»Ich kann das«, begann sie. »Ich habe diese Muscheln in meinen Händen gewogen, ich habe sie geputzt, gewaschen, ihnen die Algen vom Bart gestrichen und sie mit dem Saft von frisch aufgeschnittenen *chinotti* geweckt. Dann habe ich sie eingerieben, mit Knoblauch, mit wildem Thymian und handwarmem Öl, viel gutem Öl, und sie dann in einer tiefen Pfanne bei zunehmender Hitze zum Sieden gebracht – ganz langsam und sachte –, bis sie sich mit einem leisen Zischen geöffnet haben. Für mich.«

Schweigen. Nunziata bekreuzigte sich stumm, gleichzeitig ging ein Seufzen durch die Runde, Marina sah in glasige Augen, Augen voller Wünsche.

Du kannst es noch, dachte sie. *Bühne ist Bühne.*

Davide Lanteri lächelte, stippte ein Stückchen Brot in den *sugo* auf seinem Teller und schob es sich in den Mund. Dann nickte er ihr fast unmerklich zu.

»Bravo, Marina«, kam es vom anderen Ende des Tisches. Carlo. Ihr armer Carlo. Immer bereit, sie zu verteidigen. »Also, si-

cher sind die Geschmäcker verschieden, aber ich liebe es, wie meine Frau über das Kochen spricht. Und ihre Gerichte liebe ich auch. Sie ist etwas ganz Besonderes, meine Frau, und ich danke Gott jeden Tag, dass sie mit mir hierhergekommen ist. In meine alte Heimat, nach *Sant'Amato*.«

Etwas ganz Besonderes. Carlo traf wie immer den richtigen Ton. *Sant'Amato,* dagegen konnte keiner etwas sagen. Marina überkam einer Woge tiefer Dankbarkeit, gefolgt von Scham. Was tat sie ihm nur an! Jetzt stand Carlo auf und hob sein Glas.

»Ein Hoch auf meine Frau! Und ein Hoch auf *Sant'Amato*. Ich brauche beides zum Leben.«

In den allgemeinen Jubel, der darauf folgte, konnte Marina nicht einfallen. Noch schlimmer wurde es, als Lidia ihr zuprostete und sich zu ihr beugte.

»Nichts für ungut wegen des Essens«, raunte sie, »ich beneide dich um deinen Mann.« Sie wies zur Musikbox, die von einem leise fluchenden Ottavio bearbeitet wurde. »Schau dir meinen an, den interessiert nur sein blödes Spielzeug. Dein Carlo dagegen vergöttert dich.«

Und Göttinnen sind verdammt einsam, dachte Marina. Sie zwang sich zu lächeln und prostete ihrem Mann zu. Aus den Augenwinkeln sah sie, wie auch Davide langsam sein Glas hob.

Salute.

Ottavio gab der Musikbox einen beherzten Tritt, und die Orgel jaulte wieder auf.

*

Die ganze darauffolgende Woche brauchte Marina, um sich wieder zu fangen. Nunziatas Beleidigungen saßen tief, und es wurmte sie, dass Davide sich aus dem Zwist der Frauen herausgehalten hatte. Vor allem, nachdem er vorher bei der Pozzuoli-Geschichte doch so entschieden Stellung bezogen hatte. Nur

Carlo hatte sie vor der Fürstin verteidigt. Ausgerechnet Carlo. Was war sie ihm nur für eine schlechte Ehefrau, es war eine Schande. Schämen sollte sie sich für ihre geheimen Wünsche. Wollte sie etwa so enden wie ihre Mutter? Vielleicht kam er daher, dieser unselige Drang zur Sünde; er steckte in ihrem Blut. War sie schlecht?

Auch am Sonntagmorgen vor dem Kirchgang brütete Marina im Bad noch vor sich hin, als ihr der Schminkkasten vom Beckenrand rutschte und sich sämtliche Lippenstifte in die Badewanne ergossen, in der sie gerade die Büstenhalter einweichte. *Jetzt reicht's.* Sie fluchte so laut und gotteslästerlich, wie sie es seit ihrer Kindheit in *Quadraro* nicht mehr getan hatte.

»Marina?« Carlo steckte seinen Kopf in die Badezimmertür. »Alles in Ordnung?«

»Na sicher«, zeterte Marina, während die Stifte ihre Unterwäsche mit Schlieren in Pink, Karmin und Korallenrot überzogen, »sicher ist alles in Ordnung. Ich habe nur beschlossen, ich gehe heute ungeschminkt.«

Diesmal nahmen in *San Pietro* alle wieder ihre gewohnten Plätze ein, und auch die Familie Lanteri war vollzählig erschienen. Nach der Messe leerte sich die Kirche schnell. Marina hatte ihre Familie vorausgeschickt, um in Ruhe ihre übliche Opferkerze vor dem Altar der *mater dolorosa* anzuzünden, da hörte sie seine Stimme dicht neben sich.

»Danke nochmals für die Muscheln.«

»*Non c'è di che,* keine Ursache.«

Sie richtete den Blick starr nach vorn, murmelte ein leises Gebet und hantierte vergeblich mit einem glimmenden Holzspan am Docht der Opferkerze. Verfluchtes Ding, es ließ sich einfach nicht anzünden.

»Tut mir leid«, setzte er erneut an, »das Verhalten meiner Frau bei der *sagra* war, ähm, etwas schwierig.«

»Schon vergessen«, log Marina mit betont gleichgültiger Stimme. *Als ob ich vergessen würde, dass du mich hast hängen lassen!* Davide blieb wortlos neben ihr stehen, verfolgte ihren Kampf mit dem Kerzendocht, und sie spürte förmlich, wie sein Blick ihre Haut entlangstrich. *Was soll das? Was noch?* Eine Sekunde verging. Eine zweite. Gott, wie sie sein Schweigen hasste. Vom Eingang her hallten die Stimmen der *Santamatini*, die sich voneinander verabschiedeten, um dann über den Kirchplatz davonzueilen, die Frauen zu ihren Kochtöpfen, die Männer auf einen schnellen *caffè* in Ottavios Bar. Als Davide endlich etwas sagte, hatte seine Stimme einen amüsierten Unterton.

»Ich sehe, Sie tragen heute keinen Lippenstift, *signora* Vassallo?«

Marina fühlte, wie ihr Gesicht brannte. *So ein Mistkerl, schaut erst grinsend zu, wie seine Frau mich beleidigt, und kommt jetzt mit frechen Sprüchen.*

»Und *ich* sehe, Sie haben heute kein Benehmen, *signor* Lanteri?«, zischte sie, unfähig, ihre Anspannung zu verbergen. Er lachte auf.

»*Mi scusi, signora.*« Er neigte den Kopf in gespielter Demut. »Ich wollte Sie nicht kränken. Vielmehr wollte ich eigentlich nach einem Termin für einen Haarschnitt bei Ihnen fragen …«

»Kommen Sie einfach morgen in den Salon. Gegen sechs hat er noch einen Termin frei.«

»Wer?«

»Mein Mann. Wollten Sie sich nicht die Haare schneiden lassen?«

Er antwortete nicht. Stattdessen griff er nach ihrer Hand mit dem glühenden Span, umschloss sie und hielt sie ein wenig schräg an die Opferkerze. Seine Handfläche war rau. Der Docht fing sofort Feuer.

»Ach, wenn ich's recht bedenke, so wichtig ist mir der Haarschnitt auch wieder nicht …«

Davide hielt Marinas Hand fest und blies die Glut im Span aus. Dabei trafen sich ihre Blicke, und er lächelte. *Wie warm die Farbe seiner Augen ist,* dachte sie. *Ein warmes, tiefes Grün, wie bei Oliven der ersten Ernte im Oktober.* Marina brach trotz der Kühle im Altarraum der Schweiß aus. Sie musste sich räuspern, ehe sie antworten konnte.

»Ich muss Sie warnen, *signor* Lanteri«, sagte sie. »Die *Provincia Imperia* erlaubt Jagen nur auf eigenem Grund …«

»Wie weit weg von meinem eigenen Grund bin ich denn, *ispettoressa?*«

»Zu weit.«

»Wenn das so wäre, müssten Sie mir jetzt Handschellen anlegen und mich zur Wache schleifen.«

»Angenommen, ich ließe Sie mit einer Verwarnung laufen.«

»Angenommen, das wär mir egal und ich täte es wieder.«

»Dann müsste ich schießen.«

»Und ich würde getroffen fallen – in Ihre Arme.« Sein Lächeln verschwand, und er sah sie eindringlich an. »Apropos fremder Grund: Morgen Nacht ist Vollmond. Wollen Sie ihn einmal von der *Baia delle stenelle* aus betrachten?« Sehr leise fügte er hinzu: »Diesmal vielleicht?«

»Die Delfinbucht gehört doch inzwischen Morone.« Den Namen auszusprechen fiel ihr immer noch schwer. Also setzte sie schnell hinzu: »Ich hörte, der Strandpfad dort hinunter ist mit Schlössern gesichert.«

»Ich habe einen Schlüssel.« Ihren erstaunten Blick beantwortete er mit einem Achselzucken und einem erneuten Lächeln. Keine Fragen, bedeutete das.

»Aber Morone hasst ungebetenen Besuch.«

»Deshalb wird er's ja nicht erfahren. Also, kommen Sie? Oder trauen Sie sich nicht?« Marina fühlte, wie ihr das Blut in den Kopf schoss. Also auch er hielt sie für einen Feigling.

»Vergessen Sie's«, zischte sie und drehte sich abrupt um.

Dann kniete sie sich in die nächstbeste Bank und barg ihr Gesicht in den Händen, so als wolle sie nun ungestört beten.

Ave Maria, gratia plena …

Ja, vergessen wir's, dachte sie, während sie leise ins Dunkel ihrer Handflächen murmelte. *Als ob ich mich auf so was einlassen würde! Und dann noch am gleichen Strand, wo er schon letzten Sommer hinwollte, während seine eigene Frau, ach, was für eine Schande …*

Aber er hat es nicht gewusst, protestierte die kleine Stimme in ihrem Innern, *das mit seiner Frau, sie hat's ihm nicht gesagt. Und tu nicht so moralisch, er hat doch recht: Du gehst nur nicht hin, weil du dich nicht traust, das ist alles.*

Jetzt still, Schluss! Marina bekreuzigte sich voller Wut und betete lauter.

… ora pro nobis peccatoribus …

Hinter ihrem Rücken entfernten sich seine Schritte, hallten durch das Kirchenschiff. *Er geht,* dachte sie, und es versetzte ihr einen Stich. *Genau, er geht! Warum auch nicht? Wann hast du zuletzt etwas riskiert? Etwas selbst entschieden? Selbst gelebt?* Die Stimme ließ nicht locker.

Marina wartete eine Minute ab, und noch eine. Dann stand sie langsam auf und ging durch den Mittelgang zur Kirchentür. Ihre Füße und Beine waren wie aus Blei. Ihr war, als gehörte ihr Körper einer anderen, einer *alten* Frau, und je näher sie dem hellen Rechteck des Ausgangs kam, desto schwerer drückte ihr die Enttäuschung auf die Schultern.

Passato. Aus und vorbei.

Als sie den Tordurchgang erreichte, krümmte sie sich beinahe unter dem Gewicht all der verpassten Gelegenheiten in ihrem Leben. Sie strich sich über die Stirn, teils als Schutz gegen die gleißende Sonne dort draußen, teils um die Tränen zu kaschieren, die ihr in die Augen stiegen.

Genau in diesem Moment griff er zu. Marina spürte eine

Hand an ihrem Arm, wurde in eine Nische des Durchgangs gezerrt und fand sich, an die Wand gepresst, im Halbdunkel wieder, raues Mauerwerk im Rücken und den Atem eines Mannes im Gesicht.

»Ich soll's vergessen, ja?«

Davides Stimme war nur ein Flüstern, seine Augen fast schwarz im Dämmerlicht. Und dort in der Nische, noch bevor Marina antworten oder überhaupt etwas denken konnte – da küsste er sie. Er küsste sie, und endlich war da sein Mund, endlich waren da seine Lippen, seine Zunge. Er hielt sie fest, seine Hand in ihrem Nacken, und kostete von ihr, voller Genuss und ganz langsam. Doch unter ihren Fingern, die sich in seine Hemdbrust krallten, fühlte sie seinen rasenden Puls. Das Blei in ihr schmolz, und tief aus ihrem Innern brach ein ersticktes Schluchzen. *Endlich.*

»So, das musste sein«, sagte er mit rauer Stimme, »gerade wo du dich heute nicht so angemalt hast.« Er nahm ihr Gesicht in die Hände, sah sie an. »Ich bitte dich noch einmal, dann nie wieder. Komm zur Bucht, ja?«

Er ließ sie so abrupt los, dass sie schwankte. Verließ mit ein paar schnellen Schritten die Nische und trat aus dem Dunkel der Kirche hinaus ins Freie. Wie die Sonne dort draußen brannte! Durch das schmale Buntglasfenster in der Nische sah Marina, wie Davide die Piazza Richtung Bar überquerte, wo sich die anderen Männer *Sant'Amatos* bereits vor der offenen Eingangstür drängten. Sein Gang war gemessen, seine Bewegungen kontrolliert. Er lockerte die Schultern und richtete die Manschetten seines Hemdes. Besonderes Augenmerk widmete er dem korrekten Sitz seiner Uhr.

Am nächsten Morgen fuhr Marina unter einem Vorwand zu den Strandboutiquen von *Arma di Taggia*. Dort, in einer stickigen Gasse gleich hinter der Uferpromenade, in der aus jedem

zweiten Haus die Transistorradios plärrten, bekam man die schicksten Badeanzüge der ganzen Riviera. Genau die Art Badeanzug, die Marina für den kommenden Abend brauchte. Als sie die *Via Eroi Armesi* entlangschlenderte und die Fassaden der zahlreichen Touristenhotels und Pensionen betrachtete, blieb ihr Blick an einem Balkon im vierten Stock hängen. Ein dunkelblondes Mädchen mit raspelkurzem Haar – eine Touristin? – lehnte sich dort über die Brüstung und angelte nach einem roten Bikini, der auf einer quer über die Straße gespannten Leine zum Trocknen hing.

Ganz schön mutig, schoss es Marina durch den Kopf, gefolgt von einer verwegenen Idee. *Warum eigentlich nicht? Ein Bikini! Niemand außer ihm wird ihn sehen. Und es ist doch Sommer …*

Das Mädchen rief etwas über die Schulter zurück durch die offene Balkontür ins Zimmer und lachte. Der Wind fuhr in sein helles Haar, es breitete die Arme aus und hielt sein blasses Gesicht mit geschlossenen Augen in die Sonne.

Ja, es ist Sommer. Und er gehört uns.

Als das Mädchen die Augen öffnete, sie waren groß und rund und standen etwas hervor, entdeckte es Marina unten auf der Straße. Es grinste spitzbübisch, dann winkte es ihr zu.

Marina lachte und winkte zurück.

Tre

Reni Klopps Start in ihren ersten Sommer als Volljährige endete in *Arma di Taggia* auf einem Hotelbalkon, der plötzlich unter ihr wegbrach und sie vier Stockwerke mit sich in die Tiefe riss. Und noch während sie fiel, zwischen Wäscheleinen und mit Christas knallrotem Bikini in der Hand, stellte sie trotzig fest: Es wird euch aus den Socken hauen. Nicht, *dass* ich in der Gosse lande – sondern *wie*.

Nur das Schlimmste hatten ihr die Eltern prophezeit, als sie in den *Karmann Ghia* ihrer Freundin Christa gestiegen und mit ihr unter der Qualm-Suppe der Klopp'schen Fabrikschlote davongeflitzt war, immer weiter Richtung Süden, für ganze zehn Tage an die Riviera, wo Christa schon gewesen war und Reni unbedingt hinwollte. Mit *allem* wäre zu rechnen: Reni würde von einem italienischen *pappagallo* entehrt. Auf offener Straße ausgeraubt werden. Die italienische Polizei würde ihr nicht helfen. Und Christa, diese Bäckerstochter, sei allemal kein passender Umgang. Als gefallenes Mädchen würde sie nach Wuppertal heimkehren. Womöglich noch schwanger.

Ihren sicheren Ruin, ja, den erwarteten alle – Vati, Mutti, Helmut –, aber nicht ihren Tod. Und der Gedanke an ihre blöden Gesichter, wenn sie es erfuhren, vielleicht zur Kaffeezeit, über Bergen von Schwarzwälder Kirsch, ließ Reni noch kurz vor dem Aufprall lächeln. Dann wurde es Nacht.

Das Erste, was ihr in die Nase stach, als ihr Bewusstsein wieder zurückkehrte, war ein betäubender Lilienduft, begleitet von einem Hauch Orange. Er lag wie ein ironischer Kommentar in der Luft, überlagerte den Geruch nach Betonstaub und verschmorten Kabeln, und Reni fragte sich eine Schrecksekunde lang, ob sie vielleicht schon tot und dies ihre Beerdigung sei.

Doch dann kehrten auch die Töne zurück, Schreie, Sirenen, Stimmengewirr, und schlussendlich die Farben und Bilder – das Blau des Himmels über ihr, davor das Gesicht des Sanitäters, ab und an sogar glasklar. *Gut, es ist noch nicht zu Ende.* Sonst fühlte Reni nichts, nur einen leichten Druck auf der Brust. Aber keine Schmerzen. *Nichts.*

Später erzählte man ihr, sie sei mitsamt dem Balkon auf das Frühstücksbüfett gekracht, auf *tramezzini* und Marmeladen, zwischen die Orangenpyramide mit der Saftpresse und das gigantische Blumengesteck, das der Hotelbesitzer auf der kleinen Terrasse vor dem Hotel extra zu Ehren der Bürgermeisterin hatte richten lassen, deren Besuch er an diesem Tag erwartete. Es erschien allen wie ein Wunder, quasi *un miracolo!*, dass sich just in dem Moment, als die deutsche Touristin mit den tonnenschweren Trümmern herabdonnerte, auf der Terrasse kein Mensch aufhielt. So kam – außer Reni natürlich – niemand zu Schaden, nur die Orangen waren Brei, die Blumen zerfetzt, der Balkon ein Trümmerhaufen, und Reni lag mittendrin und spürte ihren Körper nicht mehr. *Wo sind meine Beine? Und mein Rücken? Oh, Gott, was ist mit meinen Beinen?* Sie kämpfte gegen ihre aufsteigende Panik an und konzentrierte sich auf den Sanitäter, der langsam und laut auf sie einsprach, leider mit Quäkstimme und schrecklichem Akzent.

»Signorina! Può sentirmi? Ähm, you hear me, signorina?«

Reni nickte. Ihr schwindelte, und sie musste die Augen schließen. Was sind das für Sirenen? Bilderfetzen. Sie steht wieder vor ihrem alten Haus, damals im Wuppertaler Stadtteil Barmen in der Sedanstraße. Allein. Dann das Brummen, das so komisch im Bauch kribbelt, darüber das Sirenengeheul und Muttis schrille Stimme vom Fenster: »Lauf zum Bunker, Reni, lauf!« Und sie rennt …

»Signorina!« Wieder diese andere, lästige Stimme. *»Ha dolore? Dolore?? … Ähm, you pain?«*

Schmerzen? Reni schüttelte den Kopf. Sie öffnete ihre Augen wieder, auch wenn sich noch alles um sie herum drehte, und zwang sich, dem Sanitäter zu antworten.

»Es sind meine Beine und mein Rücken. *My back …«* Verdammt, was hieß noch einmal gefühllos? Ach ja! *»My back is numb,* verstehen Sie?« Mit dem Wort kam die Panik zurück. *»It's NUMB.«*

»You want back? To Mum?? Ah sì, signorina, we bring you back to mamma. Subito! Butte before …«, er wedelte mit den Armen Richtung Blaulicht, *»to ospedale, no?«*

Himmelherrgott, dieser Dämlack verstand sie einfach nicht! Was war mit ihrem Rücken? Durfte man sie überhaupt bewegen?

Reni redete auf den Mann ein, auf Deutsch, auf Englisch, ja sogar mit ihrem Schulfranzösisch. Doch nichts half. Der Sanitäter gab ihr eine Spritze und schien ihren Wortschwall zu ignorieren, nachdem er sich vergewissert hatte, dass sie am Leben war und akut keine übermäßigen Schmerzen hatte.

Was passiert mit mir? Verdammt, Vati hat doch recht gehabt, nur Lumpenpack hier. Drecks-Itaker. Sie fluchte still vor sich hin, während die Angst ihr schier die Luft nahm. Noch mehr Sanitäter tauchten auf. Zu viert packten sie Reni an Armen und Beinen, hievten sie zuerst auf eine Trage und diese dann in den Krankenwagen. Und Reni, die sich seit der Schulzeit als Atheistin sah und in jeder Messe, statt zu beten, lieber Schlagertexte murmelte, Reni ertappte sich dabei, wie sie jetzt voller Inbrunst zu Gott betete, auf dass ihr Rückgrat hielt und sie den Transport ins Krankenhaus überstand. Während man sie in den Wagen schob und mit Schnüren und Schläuchen verband, durfte Christa endlich zu ihr.

»Wie furchtbar!«, rief ihre Freundin, wachsweiß im Gesicht, »hätt ich den Bikini doch nur selbst … und ich hab noch zum Balkon gesehen, plötzlich warst du weg …«

Reni stoppte Christas Gestammel, indem sie sich in deren Arm krallte.

»Du kannst doch Italienisch«, stieß sie hervor. »Sag denen, dass ich kein Gefühl in meinen Beinen habe. Kein Gefühl! Sag Ihnen das. Sofort! Ich weiß nicht, was die mit mir vorhaben, verstehst du? Was machen die mit mir? Ich weiß nicht, wie diese Italiener …« Sie stockte und sah ihrer Freundin in die weit aufgerissenen Augen. *Ich hab Angst. Ich will nach Hause.* Christa nahm ihre Hand und versuchte ein Lächeln.

»Es kommt alles wieder in Ordnung, ja? Ich sag's ihnen, versprochen.« Christa wurde gerufen.

»Was ist? Oh, sie sagen, ich muss jetzt …« Christa verschwand aus Renis Blickfeld, stattdessen stieg ein zweiter Sanitäter ein, und der Wagen setzte sich in Bewegung.

»*Tutto bene, we bring you to ospedale, everyssinge okay*«, murmelte der Ältere der beiden Sanitäter. Er lächelte sie an und wechselte dann einen schnellen Blick mit seinem Kollegen. Reni kannte diesen Blick. Genauso hatte der Nachbar geschaut, der ihnen damals nach der Bombennacht gezeigt hatte, wo sie Tiggi, *ihren Tiggi,* wiederfinden würden. Und ebenso ihre Mutter, als Renis Opa – Ernst Klopp senior – mit Blaulicht von zu Hause abgeholt worden war. Vier Tage später hatte man für den Leichenschmaus zu seiner Beerdigung bei Christas Vater, Barmens bestem Konditor, Schwarzwälder Kirschtorte für fünfzig Personen geordert. Reni wurde mit einem Mal so müde, dass ihr die Augen zufielen.

Viel später weckte sie ein melodischer Gong, dem eine blecherne Durchsage folgte. »*Attenzione! Dottore Amoretti al pronto soccorso, prego. Dottore Amoretti …*«

Ein albernes Kichern überfiel Reni, und ihr Kopf fühlte sich an, als wäre er voller Watte. *Amoretti? Und wen suchen die wohl als Nächstes: Doktor Cupido? Ganz schön hell hier.* Ihr

Gekicher wurde stärker und rutschte tiefer. Dort provozierte es einen trockenen Husten, und plötzlich war ihr, als explodiere ihr der Brustkorb vor Schmerz. Reni schrie auf. Gleich darauf wuselte eine hübsche Krankenschwester mit Häubchen und Vollmondgesicht ins Zimmer und stellte sich ihr in gebrochenem Englisch als *Nurse Marietta* vor. Die Schwester überprüfte den Sitz der graugrünen Schläuche, die in ihre Verbände hineinragten, und verschwand wieder. *Moment, welches Zimmer? Welche Verbände? Schläuche?* Reni versuchte erfolglos, ihren Kopf zu heben und an sich hinabzusehen. Ihr Hals steckte in einer Art Halskrause, die ihr Kinn starr nach oben hielt, sodass sie nur mit äußerster Mühe nach unten sehen konnte. Auch seitwärts konnte sie ihren Kopf allenfalls ein winziges bisschen drehen – gerade genug, um den Raum zu erfassen. Ein hellgrün gestrichenes Quadrat mit drei Krankenbetten, links ein Fenster, rechts eine geöffnete Tür und ein großes Glasfenster, durch welche man das Treiben auf dem Gang und vor dem Stationszimmer verfolgen konnte. *We bring you to ospedale,* hatte der Mann gesagt. *Und was haben die dann dort mit mir gemacht?* Vom Nachbarbett am Fenster kam geräuschvolles Schnarchen.

Reni versuchte, sich aufzusetzen. Keine Chance. Sie steckte fest, als habe man sie zwischen den Laken einbetoniert. *Hilfe!* Die Angst verklebte ihr die Kehle und brach ihre Stimme, als sie nach der Schwester rief. Der hübsche Vollmond erschien ohne Eile.

»Sì?«

»Es juckt alles ganz furchtbar, aber ich kann mich nicht rühren, ich bin wie gelähmt.« Verständnisloses Lächeln. »Ach so, Sie verstehen ja kaum. Also, bitte: Wo ist meine Freundin? *Mia amica?«*

Schwester Mariettas Gesicht hellte sich auf.

»Ah, sì. Un momento …«

Sie schlenderte aus dem Zimmer, und wenig später kam Christa ins Zimmer gestürzt.

»Du bist wach, Gott sei Dank. Ich hab den ganzen Tag gewartet …«

»Ja, wach. Aber ich steck hier wie eingegipst im Bett fest. Was soll das?«

»Na ja, du *bist* tatsächlich eingegipst. Die Ärzte haben dich sechs Stunden lang operiert, du hattest wahnsinniges Glück. Sie nennen dich hier das ›Ikarus-Wunder‹.«

Ikarus?

Zwei Tage später wusste Reni, warum man sie Ikarus nannte. Denn zur Visite, bei der sich ein ganzer Schwarm Weißkittel um ihr Bett scharte, hatte ihr der Chefarzt, *primario* Rizzoli, ein arroganter Zwei-Meter-Mann, in schnellem Italienisch erklärt, wie es um sie stand. Christa hatte übersetzt. In Renis Kopf herrschte immer noch ein Durcheinander, und sie brauchte mehrere Anläufe, um das, was man ihr erklärte, zu begreifen.

Erstens, sie hatte sich bei ihrem Himmelssturz tatsächlich das Rückgrat gebrochen.

Zweitens, sie war um Haaresbreite dem Rollstuhl entgangen. Wenn sich ihr verletzter Lendenwirbel allerdings in nächster Zeit auch nur um einen Millimeter verschob, konnte das Ikarus-Wunder doch noch böse enden.

Drittens, damit das nicht passierte, musste sie jetzt in einem speziellen Gipsbett liegen. Nahezu bewegungslos für die nächsten zehn Wochen mindestens. Hier im *ospedale Sanremo.*

Als Reni aufging, was das bedeutete, starrte sie zur Decke und schwieg volle zehn Minuten.

»Was ist mit meinen Eltern?«, wandte sie sich später an Christa, die kläglich auf einem Stuhl neben ihrem Krankenbett hockte. Der Chefarzt und seine Entourage waren längst verschwunden.

»Ich habe mit ihnen telefoniert. Sie sind entsetzt.«

»Kommen sie her?«

Christa zögerte. »Davon haben sie nichts gesagt. Also zumindest mir nicht. Nur, dass sie die Ahrens schicken.«

Traudl Ahrens, Vatis Allzweckwaffe im Büro, tüchtig, alleinstehend und ach so dankbar für jede Art von Beschäftigung. Eine unerträglich graue Maus, fand Reni.

»Und? Was ist mit dir?«

Christa mied ihren Blick. Für den nächsten Tag hatten die Freundinnen ursprünglich ihre Abreise geplant.

»Du weißt doch, wie das Geschäft bei uns ist. Ich kann nicht länger wegbleiben. Aber ich komme morgen noch einmal, um mich zu verabschieden ...« Sie erhob sich zögernd von ihrem Platz.

»Was? Du gehst *jetzt schon?*«

»Ich muss packen.« Christa sah aus, als würde sie gleich losweinen, und Reni wurde nervös.

»Das kannst du knicken«, blaffte sie, »es reicht doch, wenn du deine billigen Kaufhausfähnchen morgen früh in den Koffer wirfst. Und überhaupt: Ihr könnt mich doch nicht hier ohne jemanden zurücklassen.«

»Die Ahrens kommt übermorgen.«

»Die Ahrens ist niemand.«

Die lassen mich hier liegen, ganz allein. Zehn Wochen lang!

»Und wer übersetzt dann so lange für mich?«, jammerte Reni. »Die Ahrens kann auch kein Italienisch, und ich kann doch nur Englisch. Christa, bitte! Du meine Güte, ich bezahl dir das auch, wenn's sein muss. Ich ruf meinen Vater an, dass er dir etwas anweist. Er wird toben, aber er wird es tun ...«

»Nein, bitte, darum geht es nicht.« Christa war Renis Vorschlag sichtlich unangenehm. »Ich kann meine Leute nicht hängen lassen, jetzt zur Sommersaison. Mit den ganzen Torten für die Hochzeiten ...« Christas Stimme erstarb.

Verdammt, es wird immer schlimmer, dachte Reni. Ihre Hilflosigkeit schlug in jähe Wut um.

»Aber mich kann man hängen lassen, ja?«, zeterte sie. »Für Buttercremetorten mit Marzipanherzchen drauf …« Sie funkelte Christa an. »Und du nennst dich Freundin? Eine, die zu faul war, ihren Bikini selbst zu holen, und die jetzt abhaut?«

»Hör auf, du bist ungerecht«, protestierte Christa, doch Reni war bereits so in Fahrt, dass sie gar nicht mehr hinhörte. *Sommersaison, pah!* Was war mit *ihrem Sommer?* Mit ihrem Traum vom »Riviera-Sommer«, dem ersten in Freiheit, mit heißem Sand und Musik und *ragazzi* in Badehosen? Mit schwarzen Tinos und Roccos und wie sie alle hießen? Und mit Knutschfeten am Strand? Ja, Essig war's. Nach nicht einmal fünf Tagen, von denen es auch noch drei Tage lang geregnet hatte. Aus, vorbei, nix mit *amore* im Sand, stattdessen Einzelhaft in Gips. Und froh und dankbar musste sie darüber auch noch sein. Gottverdammtes Wunder! Renis Herz krampfte sich zusammen, und sie wäre am liebsten in Tränen ausgebrochen. Stattdessen knallte sie ihre Hand gegen den stählernen Bettrahmen, die einzige heftige Bewegung, die ihr der Gips erlaubte.

»Lasst mich nur hier versauern«, giftete sie. »Ist doch praktisch, da müsst ihr nicht befürchten, ich könnte Unsinn machen. Ich werde hier liegen, mich kein Stück vom Fleck rühren und *nichts, rein gar nichts* in diesem Sommer erleben. Na, großartig …«

Für einen Moment herrschte betretene Stille. Dann nahm Christa Renis Hand, drückte sie leicht und flüsterte: »Es tut mir so leid. Aber ich *muss* fahren.«

Christa hatte hektische Flecken im Gesicht, wie immer, wenn sie dazu gezwungen war, Stellung zu beziehen, und nicht ausweichen konnte. Reni nickte und drückte zurück. *Wenigstens das kann man mit Christa immer: Frieden schließen.* Doch was sollte sie jetzt nur tun? Wo war ihr Retter in der Not?

In das ratlose Schweigen der Freundinnen hinein klatschte es. Draußen auf dem Gang, am Stationstresen vor dem Schwesternzimmer, standen zwei junge Ärzte, ein Mann und eine Frau. Die Ärztin hatte ihrem Kollegen augenscheinlich gerade eine Ohrfeige verpasst, denn dieser hielt sich die Wange, ehe er sich verlegen durch den dunklen Haarschopf fuhr und schnell nach rechts und links sah. Dem folgte ein gerauntes Streitgespräch, das offensichtlich niemand mitbekommen sollte. Christa pfiff leise durch die Zähne, während Reni den Geschlagenen begutachtete. Ein hübscher Bursche, gut gebaut, hochgewachsen, auch in Badehose sicher sehr ansehnlich. Ja, wirklich hübsch!

»Nicht schlecht, oder?«, raunte sie ihrer Freundin zu.

»Und ziemlich frech«, bemerkte diese. »Wenn ich das richtig verstanden habe, hat er den *primario* gerade als unfähigen Gockel bezeichnet. Aber Reni, bitte verzeih, ich muss jetzt *wirklich* los. Ich melde mich von Wuppertal aus.« Mit diesen Worten verabschiedete sich Christa und eilte auf ihren kerngesunden Beinen in den Gang und in den ligurischen Sommer hinaus. *Gottverdammter Mist.*

Reni beobachtete das streitende Pärchen noch eine Weile. Dann winkte sie Schwester Marietta heran und zeigte auf den jungen Arzt, der noch immer versuchte, seine wütende Kollegin zu besänftigen.

»Wer ist das?«

Marietta hob erst fragend die Schultern, doch dann verstand sie. Ein wissendes Lächeln huschte über ihr rundes Gesicht. Das sei ein angehender *pediatra,* antwortete sie, ja, ein Arzt für *bambini.* Er wäre erst seit Kurzem von einem New-York-Besuch bei Verwandten seines verstorbenen Vaters zurück, eines italoamerikanischen Kommunisten, und komme hier ganz aus der Nähe, aus *Sant'Amato*, ob die *signorina* den Ort kenne?

»È dottore Amoretti. Gianni Amoretti«, endete Marietta. Dann, quasi als optischen Bonus, machte sie noch ein Schnüt-

chen und küsste ihre Fingerkuppen, bevor sie die Augen begeistert aufriss und mit der flachen Hand vor ihrer Brust herumwedelte. Reni erfasste auch ohne weitere Sprachkenntnisse, was Marietta meinte. Ihr Blick glitt zurück zum Gang. *Gianni also. Ja, die Schwester hat recht: Gianni ist perfekt.*

*

»Du Treuloser! *Gigolo!*« Gianni Amoretti genoss das Blitzen in den schokoladenbraunen Augen seiner Kollegin *dottoressa* Paola Bianchi. So glühend, so hübsch. *Ich sollte die Sache noch etwas laufen lassen,* dachte er, während er die Hand festhielt, mit der die junge Frauenärztin ihn ein weiteres Mal ohrfeigen wollte.

»Aber Paola …« Er strich ihr begütigend über die Schulter und sah sich unauffällig um. Jede Minute konnte der *primario* zur Morgenvisite auftauchen. »Paola, ach, Paola, *Paolina*. So beruhige dich doch, es tut mir leid, ja wirklich, schrecklich leid. Aber was soll ich denn tun, sag's mir bitte? Es war doch Nachtschicht. Und ich bin nur ein Mann, Paola …«

»Ahhh, ein streunender Hund bist du. Ein Monstrum!« Paola begann zu schniefen, und ihre schokoladenfarbenen Augen schienen sich zu verflüssigen. »Und davon erfahr ich auch noch an meinem Geburtstag. *Bravo,* was für ein Geschenk! Ach, scher dich weg, geh mir aus den Augen, eh ich mich noch vergesse.«

Sie stieß seine Hand weg und rauschte ab, den Gang hinunter Richtung Wöchnerinnenstation. Gianni zuckte mit den Schultern. *Frauen.* Bis zu Paolas Party am Abend hätte sich sicher alles wieder eingerenkt, zumindest, wenn sie nicht spitzbekam, wem er in den letzten Wochen sonst noch alles seine Gunst geschenkt hatte. Nicht nur Nachtschwester Ina, auch Inas Cousine, die als Springerin auf der Inneren arbeitete, und dann noch deren süßer Freundin von der Frühschicht …

»*Dottore,* haben Sie einen Moment?«

Wenn man vom Teufel spricht. Da war sie auch schon, die Maus von der Frühschicht. Wie hieß sie doch noch gleich? Ach ja: Marietta. Sie blinzelte Gianni verschwörerisch an, während sie ihn in förmlichem Tonfall bat, sich eine Patientin anzusehen …

»Ginge das? Sie waren doch in New York, Sie verstehen sicher besser als ich, was diese Touristin sagt. Instabiler Wirbelbruch. Gleich gegenüber, Zimmer 146.«

Oh, nein, nicht so knapp vor Schichtende. Gianni griff nach seinem Klemmbrett auf dem Stationstresen und schüttelte den Kopf.

»Weder mein Fachgebiet noch meine Station. Ich habe keine Ahnung von Wirbelfrakturen, mit dem Rückgrat kenne ich mich generell nicht aus«, er zwinkerte Marietta zu, »und wenn *dottoressa* Bianchi noch hier wäre, würde sie schwören, ich selbst besäße noch nicht mal eins.«

»Ach, *dottore* …«

»Nein. Mein Englisch ist zu schlecht.«

»Aber ich bitte Sie, Ihr Vater ist doch …«

»Längst tot«, beendete Gianni ihren Satz. »Außerdem ist er nach Amerika zurückgekehrt, da konnte ich kaum laufen.«

»Und in New York?«

»Hab ich mich nur nonverbal verständigt.«

»Ach, da wäre ich zu gern dabei gewesen«, sagte Marietta und lächelte. Gianni stellte sich dieses Lächeln im Dunkeln vor. Bei einem Spaziergang, ganz allein, am Meer …

»Eine *signorina* in 146, gleich hier gegenüber, sagen Sie? Welches Bett denn …?«

Er äugte mäßig interessiert durch die breite Glasscheibe, die das Patientenzimmer vom Gang trennte.

»Gleich das ganz vorne. Die Kleine mit dem kurzen Haar.«

»Aber ich bitte Sie, das ist noch ein Kind!«

Marietta gluckste. »Ja, und? Sie sind doch Kinderarzt.«

»Sehr witzig.«

»Keine Sorge, das Mädchen sieht sehr jung aus, ist aber volljährig und spricht Englisch. *Una tedesca. Signorina* Klopp. Etwas anstrengend, aber nicht auf den Mund gefallen und ein unfallmedizinisches Wunder, also kommen Sie …«

Sie wollte nach seinem Arm greifen, aber Gianni hatte beim Anblick der kurzen Haare beschlossen, um seinen Feierabend zu kämpfen.

»Auf keinen Fall! Das wäre ja grob fahrlässig. Hinterher gebe ich dem Mädchen einen falschen Rat und dann …«

Schwester Marietta grinste. »Angst, *dottore?* Das hat sie vorhin auch gesagt.«

»Wer?«

»Na sie, die *tedesca.*«

»Was? Die glaubt, ich hätte Angst?« Gianni kniff die Augen zusammen, und Marietta nickte fröhlich.

»Weil sie sicher einen genauso *terrible accent* hätten wie fast alle Italiener, hat sie gesagt und dabei gelacht.«

Und das ausgerechnet von einer Deutschen. Giannis Blick schoss zum Patientenzimmer.

»Sie hat gelacht? Wirklich?«

Marietta zuckte mit den Schultern. *Schau's dir selbst an,* las er auf ihrer Stirn. Er linste ein letztes Mal zu der Patientin. Ein flachbrüstiges Ding, soweit er es beurteilen konnte, na ja, schon ziemlich hübsch, wie so ein kleiner, vorwitziger Kobold. Aber diese Haare, viel zu kurz und nicht einmal richtig blond. *Nicht mein Fall,* dachte er. *Aber so gar nicht. Was soll ich da also? Andererseits dann aber dieser kesse Spruch über den Akzent …*

»Allora, andiamo!«

Gianni knallte sein Klemmbrett auf den Stationstresen. Dann rauschte er über den Gang ins Zimmer 146.

*

Als der perfekte Gianni in ihr Zimmer stürmte, schloss Reni Klopp die Augen und stellte sich dösend. *Mach die Augen zu, dann siehst du, was dir gehört.* Vatis Lieblingssatz klang ihr in den Ohren. Mit diesem Satz hatte er auch das letzte Wortgefecht vor ihrer Abreise beenden wollen.

»Ich brauche dein Geld nicht«, hatte sie daraufhin gerufen und war vom Abendbrottisch aufgesprungen, während Vatis Gesicht röter wurde als die Kirsche auf seinem Toast Hawaii.

»Wenn du fährst, bist du enterbt. Definitiv!«, hatte er gebrüllt, sich über sein Haar gestrichen und über das »verräterische Drecksvolk« geschimpft. Das war natürlich alles Unsinn, wusste Reni. Vati war doch damals selbst in Ligurien gewesen. Sie hatte die Feldpostkarten mit den Zitronen und Palmen gefunden, beim Stöbern im Keller, und Vatis Foto von diesem hübschen Gebirgsfluss, durch den ein Mädchen watete, barfuß und mit hochgeschürztem Rock. Gott, was hatte er sie damals geohrfeigt, als er sie mit diesem Foto in der Hand im Keller erwischte; fast hatte sie befürchtet, er würde wie früher das Stocheisen vom Kamin holen. Doch es stand außer Frage: Schön war es an der Riviera! Und deshalb hatte ihr Vater sie mit seinem Gemotze auch nicht aufhalten können. Dieser Sommer, der sollte ihr gehören. *Na fein, und was hab ich jetzt davon?* Reni stellte sich weiterhin schlafend und wartete darauf, dass dieser hübsche Arzt sie endlich ansprach.

»*Tim, the thin twin tinsmith.*«

Reni öffnete verdattert die Augen.

»Sorry?«

»*Tim, the thin twin tinsmith.*«

Der perfekte Gianni stand direkt neben ihrem Bett, sah mit kühlem Interesse auf sie herab und wiederholte den Satz ein weiteres Mal in makellosem, leicht amerikanisch angehauchtem Englisch. Dann machte er eine ungeduldige Geste.

»Bitte wiederholen Sie das, *signorina*.«

Frecher Kerl, dachte Reni. Für einen Moment maßen sie sich mit festen Blicken.

»Oder können Sie das etwa nicht?« Gianni schlug sich in gespielter Erkenntnis vor die Stirn. »Ah, verstehe, als Deutsche können Sie das ›th‹ kaum aussprechen, richtig? Und wenn, dann nur mit einem schrecklich deutschen …«

Reni fiel ihm ins Wort. »Tim, sse sssin twin tinsmiss. Tim, sse sssin twin tinsmiss. Und mir ist mein Akzent schnuppe! Reicht das jetzt?«

Gianni lächelte breit, zeigte dabei seine Zähne wie ein Wolf. »Sehr gut, *signorina*«, sagte er mit einer angedeuteten Verbeugung. »Vielleicht versuchen wir uns als Nächstes an Shakespeares Sonetten?«

Ihr entsetztes Gesicht quittierte er mit einem amüsierten Lachen.

»Kleiner Scherz. Ich dachte nur, dass jemand wie Sie, aus einer Familie des Großkapitals, einen gewissen Anspruch schätzt.«

Er zwinkerte Reni zu. *Wenn der wüsste, woher das Geld kommt,* dachte sie. *Wenn der wüsste, womit Vati 1952/53 seine erste Million gemacht hat. Wenn der wüsste, wie schnell man in Deutschland gerade reich werden kann, zumindest wenn man so bauernschlau ist wie Vati und sich nicht um die Regeln schert.* Aber *Großkapital?* Eine komische Wortwahl hatte dieser Arzt, fast wie ein …

»Sind Sie etwa Kommunist?«, fragte Reni und betrachtete Gianni mit neuem Interesse. »Also, bei uns in Deutschland ist das verboten. Kommunismus, meine ich.«

»Nur im Westen, oder? In Ostdeutschland nicht.«

»Genau, und trotzdem gehen den Roten im Osten alle von der Fahne. Es sei denn, deren Obermufti Ulbricht mauert seine Leute ein, doch das ist ja wohl kaum möglich. Aber hier in Italien läuft wohl keiner weg?«

Gianni sah auf sie herab und blaffte: »Was wissen Sie denn vom Kommunismus. Und von Italien überhaupt?«

Tatsache, ein Roter, dachte Reni, während sich ihre Blicke ineinander verhakten. *Noch dazu einer, der sich gerne streitet – nicht schlecht.* Sie lächelte. Dann sagte sie ganz langsam: »Mein Vater hält euch Italiener für feige Verräter.«

Gianni zuckte nicht mit der Wimper und begann ebenfalls zu lächeln. »Und meine Mutter war Partisanin, die hat euch Deutsche im Gebirge abgeknallt wie Karnickel.«

Sie maßen sich stumm, und Reni wurde ganz schwindlig. *Ein kommunistischer Arzt mit einer schießwütigen Partisanenmutter, ja gibt's das denn! Wenn ich so einen mitbrächte, Vati würde platzen.* Irgendwo draußen auf dem Gang klingelte ein Telefon.

»Lassen wir doch die Debatten«, sagte Gianni jetzt, »dafür brauchen Sie keinen Arzt. Was also wollen Sie?«

Reni strich das Laken über ihrem Bauch glatt. *Schauen wir mal, wie weit wir ihn treiben können.* Dann lugte sie zu dem Bett am Fenster. »Ich will ein anderes Zimmer.«

»Was stört Sie an dem Zimmer hier? Es ist ausgezeichnet, schön groß, gutes Licht, nette Gesellschaft …«

»Ich bitte Sie, das Schnarchen dort drüben ist eine Zumutung. Und ich spreche nur Englisch, dieses dauernde Italienisch und der Trubel hier, nein, das geht nicht. Besorgen Sie mir ein Einzelzimmer.«

»Das geht nicht. Ausgeschlossen.«

Schweigen. Reni überlegte kurz, dann sagte sie: »Oh, das ist schade. Sehr schade.«

Der perfekte Gianni zuckte bedauernd mit den Schultern. Wie hübsch er aussieht! Reni ließ ihm noch ein paar Augenblicke, dann sagte sie: »Wie finden Ihre Vorgesetzten es eigentlich, dass Sie hier intime Bekanntschaften pflegen?«

Gianni kniff die Augen zusammen, versuchte ein Lachen.

»Was meinen Sie?«

»Na ja. Sie und diese junge Ärztin vorhin …«

»*Signorina* Klopp, wollen Sie mir drohen?«

»In meiner Lage?« Reni blickte, so gut sie konnte, an ihrem einbetonierten Körper hinab. »Nein, ich muss nur immer wieder daran denken. Wissen Sie, ich bin äußerst behütet aufgewachsen, es hat mich schon verstört, diese Szene vorhin auf dem Gang … und dann die Wortwahl …« Sie ließ den Satz unvollendet.

»Was meinen Sie damit?«

Giannis Augen wurden hart, seine Schultern strafften sich. *Er gefällt mir besonders, wenn er wütend wird,* dachte Reni.

»Also, in Deutschland hört ein Chefarzt es gar nicht gern, wenn man ihn einen ›unfähigen Gockel‹ nennt.«

Gianni schnaubte. »*Che diavolo!* Ich habe nie …«

»Vorhin auf dem Gang? Zu Ihrer Kollegin. Als diese Sie geohrfeigt hat. Warum hat sie das eigentlich getan?«

Zack, das saß. Sprachlos starrte der junge Arzt sie an. *Tja, Gianni, in diesem Leben werden wir keine Freunde mehr. Aber vielleicht ja was Besseres?* Der Gedanke ließ Reni grinsen.

»Lassen Sie doch bitte dieses förmliche ›*signorina* Klopp‹«, sagte sie. »Nennen Sie mich Reni. Wir sehen uns vielleicht wieder, immerhin liege ich hier jetzt die nächsten zehn Wochen. Und ich bin sicher, das wird ein Mordsspaß.«

*

Ein Mordsspaß? Gianni musste zugeben, dass ihn die Zähigkeit der kleinen Deutschen beeindruckte. Sechs Wochen lag sie jetzt schon im Gipsbett, wurde jede Woche zweimal umgebettet, eine Prozedur, bei der andere Patienten, so erzählten ihm die Schwestern, schon die ganze Station zusammengeschrien hätten. Doch die *signorina* Klopp hielte sich tapfer, ihr entführe höchstens mal ein Keuchen, wenn man sie von der Rückenscha-

le in die Bauchschale schnalle. Auch das Waschen nähme sie hin, als gehörte ihr Körper jemand anderem. Eine Vorzeigepatientin. Ja sicher, sie sei störrisch wie eine Ziege, doch aus verdammt hartem Holz geschnitzt, *bravissima*.

Auch Gianni gewöhnte sich an »seine Deutsche« und an die täglichen Besuche bei ihr in dem hübschen Einzelzimmer, das sie jetzt bewohnte. All seine Versuche, sich Reni vom Hals zu halten, waren aber auch grandios gescheitert: Reni hatte die Sekretärin ihres Vaters aus Deutschland, eine ältliche *signora* im Wollkostüm, binnen kürzester Zeit wieder heimgeschickt. Tags darauf rief ihn *primario* Rizzoli in sein Büro und wies ihn an, sich um *signorina* Klopp zu kümmern; das habe er auch schon mit Renis Familie in Deutschland abgestimmt. »Und diese Order, mein lieber Amoretti«, setzte er hinzu, »betrachten Sie bitte als meinen ausdrücklichen Wunsch. *Signorina* Klopp ist uns lieb und teuer.«

Gianni dachte an das, was ihm Reni von den Fabriken der Klopps erzählt hatte, und an Rizzolis neue Motorjacht.

»Lieb und teuer, ja sicher, *primario*«, rutschte es ihm heraus. Als sein Chef die Augenbrauen hob, fügte er schnell hinzu: »Ich kümmere mich um das Mädchen.«

»Gut. Ich habe ihrem Vater mein Wort gegeben, dass der *signorina* hier nichts passieren wird. Überhaupt nichts, Amoretti.«

Und so besuchte Gianni die junge Deutsche jeden Tag, meist vor oder nach seinem Dienst auf der Kinderstation. Er brachte ihr Aprikosen aus dem Garten seiner Mutter mit, besorgte ihr auch ab und an etwas *Eukodal* aus der Medikamentenausgabe und versuchte ansonsten, sich nicht allzu sehr mit ihr herumzuzanken. Das wiederum gestaltete sich schwierig. *Mamma mia,* was war das Mädchen launisch – und rotzfrech dazu. Es verging keine Woche, in der er Renis Zimmer nicht türenknallend verließ. Und halbwegs Ruhe gab sie nur, wenn er ihr Rede und

Antwort stand, denn das schien sie zu mögen, ihn auszuquetschen über seine Familie, die Freunde, seinen Alltag.

Wo er in *Sant'Amato* wohne? Zu Hause, wo sonst.

Zu Hause? Aber sei er nicht schon fast dreißig?

Nein, siebenundzwanzig.

Wie es seiner Mutter damit gehe, dass er immer noch …?

Gut.

Ob er noch Geschwister habe?

Ja, eine Schwester: Stella.

Und die wohne auch noch zu Hause?

Nein, die sei verheiratet.

Ob er nicht auch heiraten wolle?

Keine Ahnung, bestimmt.

Vielleicht *dottoressa* Bianchi?

Unsinn.

Ob seine Mutter Andenken aus ihrer Partisanenzeit hätte?

Kartonweise.

Ob er wegen ihr Kommunist sei?

Blöde Frage!

Ob er einen besten Freund habe?

Schwer zu sagen. Vielleicht seinen Cousin, Davide.

Ob alle in *Sant'Amato* miteinander verwandt seien?

Fast alle.

Und der Hund seiner Mutter sei tatsächlich ein Tigerdackel?

Ja, mit Stammbaum.

Ob er noch einmal von dem Hund erzählen könne?

»Ja sicher, aber warum denn *schon* wieder?«, rief Gianni spätestens dann. »Es gibt da nichts Neues mehr zu berichten.«

Doch das machte Reni nichts aus. Mit andächtigem Blick lauschte sie allem, was er über Buffon zu sagen wusste, und wurde dabei ganz still. So still, dass es Gianni seltsam anrührte. Bei ihrem ersten Gespräch dieser Art hatte sie noch erwähnt, sie habe als Kind einen ganz ähnlichen Dackel gehabt. Grau ge-

stromt, mit schwarzen Flecken, sehr selten. Tiggi habe er geheißen. Doch mehr bekam er aus ihr nicht heraus, auch was ihr sonstiges Leben in Deutschland betraf, hielt sich Reni bedeckt, nachdem die beiden gleich zu Anfang wegen einiger Dinge, die Renis Kapitalistenvater betrafen, heftig aneinandergerasselt waren. Also ließ Gianni ab sofort alle Fragerei und erzählte lieber von sich und von *Sant'Amato*.

Er beschrieb die vertrauten Plätze seiner Kindheit, er erklärte Verwandtschaftsverhältnisse, berichtete von alten Fehden und neuen Anekdoten, und es wäre eine glatte Lüge gewesen, hätte er behauptet, es sei ihm gleichgültig, wie interessiert Reni ihm bei alldem zuhörte. Wie ihn ihr helles Lachen bei jedem Scherz auf Kosten der *santamatini* betörte. Ja, er konnte es nicht leugnen: Sie bezauberte ihn. Was, wenn er sich daran gewöhnte?

Als der Juli kam und vor den geöffneten Klinikfenstern das Geknatter der *motorini* zunahm, weil es alle Jungen hinaus an die Strände trieb, da besorgte er ihr einen tragbaren Ventilator, den er neben ihrem Bett aufstellte.

Und dann – am ersten Montag nach Ferienbeginn – wagte man auf Weisung des Chefarztes, der sich kurz vor seinem eigenen Urlaub noch einen Erfolg wünschte, einen ersten Versuch, Reni wieder auf die eigenen Beine zu stellen.

Ein Fiasko.

In *primario* Rizzolis Anwesenheit mühten sich neun Schwestern und Pfleger ab, Reni, die jetzt in einem Stützkorsett steckte, in den Stand zu wuchten. Gianni, ebenfalls dazugerufen, harrte neben der Zimmertür aus und verfolgte das Geschehen. War sie bereit? Hielt ihr Rücken? Sowie die Pfleger Reni in der Senkrechten auf ihre Füße herabließen, schrie sie auf.

»Nein, hoch!«, rief sie und brach in Tränen aus. »Bitte!« Die Pfleger hoben die junge Frau wieder an.

»Papperlapapp«, versetzte da der *primario,* »Ihre hübschen

Beine sind nur nichts mehr gewohnt, *signorina.*« Er gab die Weisung, Reni erneut hinabzulassen. Diese beschimpfte jeden im Raum, wand sich in den Armen der Pfleger, weinte und schrie. Der *primario* blieb ungerührt. Dann ein dritter Versuch. Gianni konnte nicht mehr hinsehen, studierte den Abrieb seiner Gummisohlen auf dem Linoleumboden. Nachdem man die junge Deutsche schlussendlich wieder in ihr Bett verfrachtet hatte, tätschelte ihr *primario* Rizzoli die tränenverschmierte Wange.

»Lachen Sie, *signorina*«, sagte er, »lachen Sie! Eine Frau ist viel schöner, wenn sie lacht.«

Gianni hatte genug und verließ unbemerkt den Raum. Später an diesem Tag besorgte er Reni eine Extradosis *Eukodal.*

»Tut mir leid«, sagte er, als er ihr die Spritze setzte. Sie hatte ihn gebeten, das Licht im Zimmer zu löschen, und in der Dämmerung des ausgehenden Tages waren ihre dunklen Augen so groß wie Teiche. Sie bedankte sich mit leiser Stimme. Stille breitete sich zwischen ihnen aus. Dann, während sie warteten, dass die Wirkung des Schmerzmittels einsetzte, sagte sie: »Du tust so viel für mich. Warum?«

Gianni zuckte mit den Schultern. *Order vom Chef,* sagte er sich. Die Sekunden verstrichen. Dann kam auf einmal ein Glucksen vom Gipsbett.

»Na komm schon, gib's endlich zu. Du bist rasend verliebt in mich.«

Als Gianni sie forschend betrachtete, sah er Renis Augen aufblitzen und erahnte ihr Koboldgrinsen im Halbdunkel. *Verrücktes Biest,* dachte er und spürte, wie sein Herz auf einmal leicht wurde. Ganz leicht und fröhlich. Hatte sie etwa recht?

»Tja«, sagte er, »es ist wohl deine Halskrause. Die macht mich wild …«

Sie lachten beide. Dann sagte Reni: »Tust du mir noch einen Gefallen?«

»Ja?«

»Bringst du mir den Hund mal vorbei? Vielleicht nächste Woche, wenn Rizzoli im Urlaub ist?«

»Welchen Hund?«

»Den von deiner Mutter. Den Dackel.«

»Ich soll Buffon mit in die Klinik bringen?« Gott, sie musste tatsächlich verrückt sein. »Das ist streng verboten.«

Reni schien zu überlegen, ehe sie antwortete.

»Genauso verboten wie *Eukodal* aus dem Medikamentenschrank klauen?« Ihre Kulleraugen blickten arglos.

Gianni konnte es nicht fassen. *Dieses Biest!*

»Vergiss es«, sagte er fest, »der Hund kommt hier nicht rein.«

*

Buffon bekam langsam Mundgeruch. Gianni versuchte, den Dackel so zu tragen, dass dessen ergraute Schnauze möglichst weit von seiner Nase entfernt blieb. Auch hätte es vorher nicht auch noch regnen dürfen. Seinen Arztkittel zierten bereits zahlreiche Pfotenabdrücke, Gianni würde ihn nach dieser Aktion schnellstens wechseln müssen. Mit dem Hund im Arm eilte er durch die menschenleeren Gänge zu Renis Zimmer, jeden Moment konnte eine Nachtschwester auftauchen. Als er am Stationszimmer vorbeihuschte, gab Buffon ein lautes Schnaufen von sich. Auch das noch! Gianni hielt dem Tier die Schnauze zu, wagte kaum zu atmen.

Verdammt, Reni, Hauptsache, du bekommst deinen Willen.

Im Zimmer war es dunkel. Als Gianni eintrat, kam sofort ihr aufgeregtes Wispern.

»Hast du ihn dabei? Hast du ihn?«

Statt einer Antwort ließ Gianni Buffon neben Reni auf das Bett plumpsen. Das Mädchen stieß einen erstickten Laut aus und langte sofort nach dem feuchten Bündel. Buffon schien es

zu mögen. Der Dackel ließ sich auf ihren Bauch ziehen, streckte dort alle viere von sich und seufzte zufrieden.

»Ja, wer bist du denn? Wer bist du denn?«, gurrte Reni, strich dem Tier über das gefleckte Fell und kraulte es hinter den Ohren. Gianni nannte noch einmal Buffons Namen, doch sie hörte kaum zu, schien ihn schon vergessen zu haben. So ließ er sich auf einen der Stühle an Renis Bett sinken.

Ja, wer bist du denn? Renis sonst stets wachsame Augen wurden weich, ihre Lippen lösten sich, und sie lächelte. Was sah sie in Buffon? Wie konnte Reni ein Tier so wichtig sein, während sich ihr Industriellenvater in seinen Fabriken immer noch um den gesetzlichen Jugendschutz mogelte? Gianni hatte keine Ahnung. Doch ihm wurde plötzlich bewusst, er würde alle Hunde der Welt herbeischaffen, und alle Katzen noch dazu, nur um dieses Lächeln öfter auf Renis Gesicht zu zaubern.

Er beobachtete das Mädchen und den Hund. Ein Blick auf die Leuchtziffern seiner Uhr sagte ihm, dass noch Zeit blieb.

Sehr viel später, Gianni war auf seinem Stuhl eingenickt, weckte ihn Renis Stimme.

»Geht er gerne Gassi?«, fragte sie. »Gianni, hörst du mich? Der Hund, er geht doch bestimmt gerne Gassi.« Sie strich Buffon die Ohren zurück. »Ich meine, können wir auch einmal mit ihm gehen, vielleicht am Strand, und den Sonnenaufgang sehen?«

Gianni rieb sich die Augen und rappelte sich auf. Was zum Teufel? Er musste sie so entgeistert angestarrt haben, dass sie schnell hinzusetzte: »Ja gut, meinetwegen auch ohne den Hund. Ach, Gianni, ich käme so gern endlich einmal hier raus.«

Er schüttelte fassungslos den Kopf.

»Du bist verrückt. Restlos verrückt. Hast du vergessen, was letzte Woche bei der Visite passiert ist? Soll ich etwa mal Rizzoli auf seiner Jacht anrufen und nachfragen?«

»Ich muss ja vielleicht gar nicht laufen …«

»Wie stellst du dir das vor, soll ich dich in deinem Gipsbett über die Strandpromenade schieben?«

»Natürlich nicht. Aber wenn du mich in einen Rollstuhl hebst, ganz vorsichtig, und wir dann zum Strand fahren, kann das doch nicht so schlimm sein.«

»Doch. Du hast einen instabilen Wirbelbruch, da reicht ein Millimeter und es trifft den Nerv.«

»Ich nehme das Risiko auf mich. Setz eine Erklärung auf, ich unterschreib dir alles! Jetzt komm schon, ihr Ärzte traut euch selbst doch sonst auch mehr zu als euren Patienten.«

Da war was dran. Das Risiko, dass sich Renis Fraktur erneut verschob, war tatsächlich nicht mehr groß. Andererseits hatte Gianni nicht die geringste Lust, so kurz vor dem Facharzt noch eine Abmahnung zu kassieren oder gar die ärztliche Zulassung zu verlieren. Und genau das würde geschehen, wenn *primario* Rizzoli oder ein anderer seiner Vorgesetzten von diesem Ausflug Wind bekäme. Nein, viel zu gefährlich. Keine Option.

Renis Stimme bekam jetzt einen so dringlichen Klang, dass selbst Buffon den Kopf hob.

»Sieben Wochen, Gianni. Seit sieben Wochen bin ich schon hier, und sämtliche Messwerte und Röntgenbilder sehen richtig gut aus. Ich gebe zu, letzte Woche, das war eine Pleite, aber ich würd's gern noch mal versuchen. Bitte! Draußen ist Sommer, und ich kann nur zusehen. Ich bin einundzwanzig Jahre alt, volljährig. Ich will leben. Und ich bin nicht aus Zucker, ich weiß, wie schnell das Leben zu Ende sein kann.«

Sie sah ihn flehend an, Buffon fiepte leise. Und was, wenn …? Nein, es ging einfach nicht. Gianni schüttelte den Kopf.

Renis Hände im Hundefell kraulten weiter in sanftem Rhythmus, doch ihre Züge verhärteten sich. Er konnte förmlich zusehen, wie sie ihn im Geiste wieder bei den *Gegnern* einsortierte. Den Menschen, die ihr im Weg standen und gegen die jedes Mit-

tel recht war. »Gut, dann lässt du mir leider keine Wahl«, sagte sie leise, »dann muss ich dem *primario* bei der nächsten Visite leider von dem *Eukodal* erzählen.«

»Aber das *Eukodal* habe ich nur für dich organisiert.«

»Verboten war es trotzdem, oder?«

»Bei Gott, was bist du nur für eine Hexe. Los, gib mir Buffon zurück …«

»Ach ja, der Hund. Von dem Hund müsste ich ihm dann auch erzählen. Das alles wird Rizzoli nicht gefallen …«

Gianni schnappte sich den Dackel, stand vor dem Bett, zu enttäuscht, um zu sprechen. Er ahnte: Sie würde genau das immer wieder tun, wenn sie nicht ihren Willen bekam. Ihn in die Falle locken. Die er genau sah und in die er doch hineinlief.

Hineinflatterte wie einer der liebeskranken Zaunkönige oder Buchfinken, die der dicke Ottavio so gern an Herbstwochenenden mit falschen Balzrufen und Beeren köderte, auf dass sie ihm zuerst ins Netz gingen und später dann in seiner Küche endeten – reihenweise auf einen Spieß gesteckt, gebuttert, gekräutert und zart gegrillt.

Im Raum war es still, so still, dass man draußen den leichten Südwind hören konnte und die fernen Schreie der Möwen im Hafen von *Sanremo*. Auch im restlichen Krankenhaus herrschte nächtliche Ruhe, alles ging seinen gewohnten Gang, niemand scherte sich um Giannis Not und um die Schlinge, die sich immer enger um sein Herz zog.

»Du bist wirklich ein Miststück.«

Reni grinste. »Und du bist ein Schatz.«

*

Mit dem *Eukodal* im Blut fiel es Reni leicht, den Schmerz auszublenden. Und als der Rollstuhl das holprige Pflaster verließ und auf die Platten der Uferpromenade rollte, wurde es noch besser.

Da war er wieder, der Strand von *Sanremo*. Sieben Wochen zuvor hatte sie genau hier gestanden, an der Badeanstalt »La Brezza«, und die Strandlaken nach Christas rotem Bikini abgesucht. Es hatte nach Pistazieneis gerochen und nach *Delial*, und direkt bei der Seepromenade hatten die *pappagalli* herumgehangen, die bei ihrem Erscheinen sofort Witterung aufnahmen und ihre ersten Pfiffe absetzten. In der Julihitze drängten die Menschen unter die Sonnenschirme, und Reni hatte ihn kaum überblicken können, diesen endlosen, wunderbaren Sommer, der vor ihr lag.

Vorbei. Jetzt war der Strand menschenleer, die Schirme verschnürt, und nur eine lichtgraue Ahnung über dem Meer kündigte den nächsten Tag an. In der Stille hörte man nur das Rauschen der Wellen. Es ging ein leiser Wind, er trug den Geruch von Salz und Ferne mit sich. Reni, nach Wochen im stickigen Patientenzimmer, juchzte leise.

»Wie herrlich! Alles für uns allein.«

Der Rollstuhl rumpelte den Holzbohlenweg zum Wasser hinunter, und irgendwann war auch damit Schluss. *Was nun?* Reni musste Gianni nicht lang ansehen, bis er sich mit einem ergebenen Seufzen zu ihr herabbeugte.

»Na schön.« Er schob seine Arme unter ihre Schultern und Kniekehlen und hob sie hoch. Für einen Moment nahm ihr der Schmerz den Atem, und sie glaubte, in der Mitte auseinanderzubrechen, doch sie biss die Zähne aufeinander und zwang sich zu einem Lächeln.

»Es geht schon, ja wirklich. Es tut überhaupt nicht weh.«

Gianni schleppte sie über den Sand, den Strand entlang bis fast zum Wasser. Dort ließ er sie behutsam nieder, setzte sich hinter sie, stützte sie mit seinem Körper. Reni lehnte sich gegen seine Brust und schloss die Augen. *Mein Sommer am Strand, ich hole dich zurück. Dazu der perfekte Gianni, wer hätte das gedacht?*

Sie warteten etwa eine halbe Stunde, bis die Sonne aufging. Als die ersten Strahlen im Osten über die Landzunge des Kap Verde fingerten, flüsterte sie: »Gott, ist das schön.«

»*Sì, è quasi troppo bello*«, sagte Gianni mit heiserer Stimme. Reni lauschte auf seine Worte, badete in ihrem Klang. *Troppo bello,* zu schön. *Tatsächlich, zu schön, dieser Moment.* Sie spürte, wie sich sein Brustkorb hob und senkte. *Also los, packen wir den Stier bei den Hörnern,* dachte sie. Sie drehte ihm ihr Gesicht zu, ganz vorsichtig, bis sie an seiner Halsbeuge schnuppern konnte. Auf einmal erschien ihr alles, was sie sich erträumt hatte, zum Greifen nah: der Strand, die Sonne, der Mann. Es fehlte nur noch der Kuss. Sie drehte sich zu ihm hin, ignorierte den dünnen Stich im Rücken, und lächelte ihn an. Sie ahnte, mehr würde nicht nötig sein. Mehr war auch nicht nötig.

»Reni.«

Sein Gesicht so dicht vor ihr. Nur noch ein kleines Stück. Sie sog seinen warmen Atem in die Lunge, sah ihm nicht mehr in die Augen, sondern konzentrierte sich auf seinen Mund. Dann öffnete sie leicht ihre Lippen.

»Ja?«

Sie würde sich jeden Moment merken, jede Sekunde, jeden Millimeter. Denn jetzt gehörte er ihr doch, dieser Sommer.

Es hätten auch Stunden vergehen können, Reni hätte es nicht bemerkt. Doch als der Wagen der *Carabinieri* mit ächzenden Bremsen am Rand der Badeanstalt zum Stehen kam und keine zehn Sekunden später der Krankenwagen folgte, stand die Sonne noch nicht mehr als eine Handbreit über dem Kap Verde. Und dann verschwand die Stille, und die Luft war voller Lärm und voller Leute. Leute, die sich um sie scharten. Leute, die auf sie einredeten, die Gianni anbrüllten und ihn von ihr wegführten. Leute, die die Ordnung wiederherstellten. All das, was Reni nicht besonders interessierte.

Denn darauf kam es an: Sie hatte ihr Ziel erreicht. Sie hatte sich alles gut gemerkt, das Wichtigste jedenfalls. Und als sie nur vier Tage später, begleitet von Traudl Ahrens, in einem speziell ausgerüsteten Schlafwagen der italienischen Eisenbahn die *Riviera dei Fiori* verließ, einen fassungslosen *dottore* Amoretti am Bahnsteig zurücklassend, da war sie trotz der unbequemen Lagerung auf einem der Klappbetten des Waggons bester Laune.

Der Zug ratterte die Küste entlang Richtung Genua, wobei er alle naselang für Augenblicke in die Schwärze eines Tunnels stieß oder, wie in *Laigueglia*, so dicht an den Fassaden der Häuser und sogar der Kirche entlangsauste, dass einem der Putz förmlich ins geöffnete Abteilfenster rieselte. Vor Renis Augen rauschten die Namen der Haltestellen vorbei, jeder schickte sie einen Kuss hinterher:

Ciao, Alassio.

Ciao, Albenga.

Ciao, Finale Ligure.

Und natürlich auch *Ciao, Gianni.* Sicher, es war fraglich, ob sie je wieder ohne das großzügige Depot *Eukodal* in ihrem Gepäck zurechtkäme. Es war ebenfalls fraglich, ob und wann die Suspendierung des jungen Arztes aufgehoben werden würde. Und natürlich fragte sie sich auch, wann – ja wann! – sie ihn wiedersehen würde, ihren perfekten Gianni. Doch fürs Erste war sie recht zufrieden.

1962

»Dimmi quando tu verrai …«

Titel: »Quando quando quando«, Interpret: Tony Renis (geb. Elio Cesari), Jahr: 1962, Nr. 1 der italienischen Single-Charts: 9 Wochen. Der Song ist einer der größten Schlagerhits aller Zeiten, wurde weltweit circa 50 Mio. Mal verkauft, auch über Coverversionen in knapp einem Dutzend Sprachen, darunter z. B. von Pat Boone in Englisch (»Tell Me When«), Caterina Valente in Deutsch (»Sag mir quando, sag mir wann«) und dann noch in Spanisch, Estnisch, Kambodschanisch, Vietnamesisch.

Quattro

C*azzo, wann gewöhn ich mich an ihr Gerase?* Beppe Parodi klammerte sich an die Seitenwand der *Bianchina*. Immer wenn sie in Wut war, fuhr seine Mutter Stella zu schnell. Und immer, wenn sie gemeinsam eine längere Fahrt antraten, taten sie es mit geschlossenem Verdeck, sodass die Sonne auf den gummierten, pechschwarzen Baumwollstoff knallte und alle Mitglieder der Familie Parodi darunter schier erstickten. *Scheißehrgeiz*, dachte er, *warum hat den bei uns nur meine* mammina?!

Der Wagen schlingerte über die Küstenstraße, und Beppe starrte angestrengt aus dem Fenster. Weit draußen auf dem Meer zogen Motorboote schnurgerade Streifen durch das Wellengewühl und schufen Ordnung – eine Sache, die Beppe umso mehr mochte, je schmerzlicher er sie in seinem Leben vermisste.

Er presste sich tiefer in die cremefarbenen Kunstledersitze. Warum zog sich die Strecke diesmal so? Und wann würden seine Eltern endlich aufhören zu streiten? Ein saurer Geschmack hing ihm am Gaumen. Er versuchte vergeblich, den beißenden Qualm aus *papàs* Zigaretten zu ignorieren, und auch den Kleinkind-Singsang seiner Schwester Violetta, die neben ihm auf der Rückbank hockte und sich mit keksverschmierten Fingern in der Nase bohrte.

»Du Idiot hast doch keine Ahnung!«, rief seine Mutter gerade und schaltete hart in den nächsten Gang. »*Lady Italia* ist meine große Chance. Ich muss nur gewinnen.«

Sein Vater Luca, Verkehrspolizist in *Sant'Amato*, heute aber außer Dienst, quittierte den Satz seiner Frau mit einem jähen Huster, der wohl ursprünglich als Lachen gedacht gewesen war. Rauch schoss ihm aus der Nase, und er musste seine geliebte *MS* aus dem Mund nehmen. Es dauerte fast eine halbe Minute, bis er sich wieder gefangen hatte.

»Vergiss es«, sagte er dann und schickte einen trägen Blick Richtung Fahrersitz. »Ist schon ein Wunder, dass die dich überhaupt eingeladen haben.«

»Wieso denn? Ich bin die amtierende *Lady Liguria.*«

»Aber nur, weil du nachgerückt bist. Wäre diese Genueserin nicht gegen einen Baum gerast – apropos rasen …«

»Wen schert's! Titel ist Titel.« Seine Mutter trat aufs Gaspedal, und der Wagen röhrte um die nächste Kurve, wo er nur knapp eine ganze Kohorte Rennradfahrer verfehlte, die ihnen entgegenstrampelte. Sein Vater seufzte, nahm einen weiteren Zug und lehnte sich in die Polster zurück.

»*Stellina,* ich bitte dich, brems auch mal. Und wie willst du überhaupt gewinnen? Du hast doch gar keinen Plan, keine Vision. Gewinnen tut man zwischen den Ohren, darauf kommt's an. Ich kenn mich da …«

»Pah«, unterbrach ihn Stella, »wie gut du dich auskennst, das wissen wir. Wir und der Gerichtsvollzieher. Und wenn's irgendwann auch deine Leute bei der *polizia municipale* spitzkriegen, na bravo.«

»Komm schon, hab ein wenig Geduld, ich muss erst mal richtig ins Spiel kommen. Und wenn es dann läuft, kauf ich dir ein Nerzjäckchen, ja? Man muss halt Glück haben, die Sterne müssen günstig stehen.«

Papàs übliches Gerede. Beppe konzentrierte sich auf die Ferne, den Horizont am Meer. So konnte er die Übelkeit halbwegs kontrollieren. *Man muss halt Glück haben,* war es wirklich so einfach? Erst tags zuvor war er mit Nino Lanteri unten am Strand gewesen und hatte zugesehen, wie dieser die Flirtversuche der Mädchen an sich abprallen ließ. »Die reizen mich nicht«, erklärte ihm sein Freund später. Nino und die Frauen, das alte Thema. Seit jeher nur Pleiten – warum eigentlich? Sein Freund war doch ein klasse Typ, sah gut aus, fast schon zu gut. Beppe versuchte, den Gedanken wegzuschieben, doch er setzte

sich in ihm fest: Was, wenn es einen Grund hatte, dass Nino mit Frauen kein Glück hatte?

Einen *besonderen* Grund …

Lautes Klagen vom Fahrersitz unterbrach Beppes Grübelei.

»Ach, ich will einfach mehr vom Leben«, rief seine Mutter, »nicht nur zu Hause hocken bei den Kindern! Ich will mehr sein als die dumme kleine Frau vom *poliziotto!* Weißt du, wie deine ach so fromme Schwester über uns redet? Hat Lidia mir gesteckt: *I perduti* nennt Nunziata uns, die Verlorenen. Und ich weiß, sie ist nicht die Einzige im Ort, die so denkt. Die halten uns für Verlierer, Luca! Beschissene Verlierer.«

Stella schaltete wütend in den nächsten Gang, dann warf sie einen schuldbewussten Blick nach hinten auf die Rückbank.

»'tschuldigung für den Ausdruck, Violetta, mein Schatz.«

Die Genannte krähte erfreut. Dann spuckte sie einen Schwung Kekskrümel auf ihr Sonntagskleid und über den Rücksitz bis in den Fußraum, sogar Beppes nagelneue Slipper bekamen etwas ab. *Auch das noch.* Seine Mutter schimpfte, der Wagen schlingerte erneut, der nächste Tunnel kam in Sicht, und Beppe sah stur aus dem Fenster. *Da ganz hinten, am Horizont, sind das vielleicht Delfine?*

Seine Eltern stritten weiter. Darüber, wer mehr für die Familie tat. Wer mehr opferte. Wer wem das Leben ruinierte. Währenddessen angelte Beppe einen Keksrest aus dem Fußraum und gab seiner kleinen Schwester aus seiner Wasserflasche zu trinken.

»Nun hör endlich auf, Stella«, sagte gerade sein Vater, »wir fahren doch jetzt nach *Alassio,* so, wie du es wolltest. Das trifft sich übrigens gut, ich hab da ein neues System, ein todsicheres Ding für Automaten, das kann ich dort mal ausprobieren.«

»Den Teufel wirst du! Ich brauch dich beim Wettbewerb, du musst die Kinder währenddessen nehmen. Oder glaubst du, ich gewinn mit Violetta auf dem Arm?«

»Wieso? Es heißt doch *LADY Italia*. Für verheiratete Frauen mit Kindern.«

»Aber doch nicht während des Wettbewerbs. Was denkst du denn, dass *Lady Lazio* oder *Lady Piemonte* ihren Stall Kinder mitschleppen? Da kommen Leute aus ganz Italien, ach was, aus der ganzen Welt! Guy Barone kommt aus Las Vegas, der sitzt sogar in der Jury. Und wenn ich die *Lady Italia* schaffe, kann ich morgen sogar antreten zur *Lady Europa* – ach, was weißt du denn schon, nichts!«

Beppe lehnte sich zurück, sah aus dem Fenster.

Verlierer nennen sie uns. Was, wenn sie recht haben?

Ein paar Minuten später passierten sie den letzten Tunnel. Vor ihnen erstreckte sich eine weite Bucht mit dem weißesten, feinsandigsten Strand der ganzen Riviera. Dahinter reihten sich die Fassaden der Hotels und Paläste von *Alassio*.

Sie parkten den Wagen und fielen in die kühle Lobby des Grandhotels ein wie eine Horde verschwitzter Affen. Seine Mutter meldete sich an der Rezeption für den Wettbewerb, sein Vater lugte in die Hotelbar, und Violetta schlitterte fröhlich quietschend über den spiegelglatten Marmorboden. Beppe, der sich bei solchen Gelegenheiten gern abseits von seiner Familie hielt, studierte das Plakat des Wettbewerbs.

LADY ITALIA & LADY EUROPA 1962,
concorso di bellezza, 12–13 luglio, Grand Hotel Alassio – ospite d'onore: GUY BARONE

Verdammt, seine Eltern hatten ihm nicht gesagt, dass der Spuk zwei Tage dauerte. Mussten sie etwa wieder auf Agnese Parodis »venezianischer« Dachterrasse übernachten, zwischen dekorierten Karnevalsmasken und einem Wandbild mit der Rialto-Brücke? Sicher hatte seine *mammina* mit Großtante Agnese

schon alles organisiert, mangelnde Tatkraft, nein, das war nicht ihr Problem.

An der Rezeption händigte man ihnen die Schärpe aus – »LADY LIGURIA« auf lindgrünem Satin stand darauf – und schickte sie zum offiziellen Empfang hinaus zum hoteleigenen Strandabschnitt. Dort spannte sich vor den Palmen und Badehäuschen ein leinenes Sonnensegel über einem Holzpodest, auf dem sich eine bunt gemischte Menschenmenge drängte: zwanzig Ladys aus allen Regionen Italiens mit ihren Schärpen, ihren Ehemännern und herausgeputzten Kindern. Dazu ein Schwarm Reporter und Fotografen und ein paar Herren im Anzug, die sich trotz der Hitze um Würde bemühten. Am Kopf des Podests intonierte eine Steel-Drum-Band karibische Rhythmen. Daneben, hinter einem Stehpult, empfing sie ein Kahlkopf in einem viel zu engen Sakko. Hotelmanager Aldo Corbucci, wie sich ihnen der Mann vorstellte, gab sich entzückt, sie alle hier begrüßen zu dürfen. Er sandte einen Willkommensgruß an den Bürgermeister, kurzes Nicken in Richtung der Anzugträger, und beschwor die glorreiche Tradition der Schönheitswettbewerbe in *Alassio,* bevor er sich in endlosen Anekdoten über das Grandhotel und seine Gäste erging. Beppe verlor nach kurzer Zeit das Interesse und sah sich lieber um.

Wirklich schön war es hier, so sauber und gepflegt! Jenseits des Podests begann der Strand, wie immer im Juli gut besucht, doch ohne das kunterbunte Chaos aus Handtüchern, Schwimmringen und mitgebrachten Sonnenschirmen, wie Beppe es von *Sant'Amato* her gewohnt war. Nein, das hier war eine private Badeanstalt exklusiv für die Gäste des Grandhotels, mit rot-weißen Sonnenschirmen, dickflauschigen, rot-weißen Badelaken und entsprechend dazu passend gestrichenen Umkleidehäuschen. Selbst die Ruderboote am hoteleigenen Steg leuchteten rot-weiß. Auch die Gäste dieses Strandabschnitts gefielen Beppe viel besser als seine Leute zu Hause in *Sant'Ama-*

to. Sie hatten viel mehr Stil. Die Damen unter ihren breitkrempigen Hüten. Die Herren, die im Schatten der Schirme richtige Bücher lasen, nicht nur im Sportteil der Lokalzeitung blätterten. An den Reckstangen weiter vorne ein halbes Dutzend gut gebauter Burschen, die Hälfte in Badehosen, der Rest in schneeweißen Bermudas. Beppe wusste nicht, was ihm besser gefiel.

Als seine Mutter ihn anstupste und ihm Violetta in den Arm drückte, kündigte Corbucci gerade den Ehrengast an.

»*Signore e signori,* ich freue mich sehr, auch dieses Jahr wieder *Alassios* berühmtesten Sohn hier im Grandhotel und in der Wettbewerbsjury empfangen zu dürfen. Ich bitte Sie, meine Damen und Herren, haben Sie ein wenig Geduld und sehen Sie hinaus auf das Meer.« Corbucci wies mit großer Geste zum leeren Horizont und hob seine Stimme. »Denn von dort wird er kommen, unser Mann in Hollywood: Mister Guy Barone.«

Die Band setzte einen blechernen Tusch. Auch die anderen Hotelgäste und die turnenden Burschen hatten bei Corbuccis Ansprache aufgemerkt und schlenderten nun herbei. Und dann warteten sie alle in der stehenden Hitze unter dem Segeltuch.

Und warteten.

Und warteten fünf Minuten später immer noch.

Nach einer Viertelstunde, in der Violetta und die anderen Kinder immer unruhiger wurden und den Erwachsenen der Schweiß schon in Rinnsalen in die Krägen lief, räusperte sich Corbucci.

»Nur eine kleine Verzögerung im Programm!«, rief er und strich sich über sein Bärtchen. »Sie warten vielleicht besser im Hotel, wir haben dort bereits einen Raum vorbereitet, wenn ich bitten darf, hier entlang.«

Der ganze Tross folgte dem Hotelmanager zurück in die Lobby, die Familie Parodi ganz zum Schluss. Violetta quengelte an

Beppes Hand, und seine Eltern zankten erneut miteinander. *Geht das schon wieder los?* Als sich seine Schwester losriss und zu ihrer Mutter rannte, nutzte Beppe den Moment und ließ sich unauffällig zurückfallen. Niemand würde ihn in der nächsten halben Stunde vermissen. Und im Hotel war die Luft trotz der Deckenventilatoren zum Schneiden dick gewesen. Außerdem lockten ihn die Turner mit ihren Reckstangen und Hanteln. *Va bene, Strand also, schließlich ist Sommer, und ich hab Ferien.* Beppe stippte sich die Slipper von den Fersen, schlenderte barfuß durch den Sand und hockte sich in Sichtweite der Recks auf den Bootssteg. Dann ergab er sich dem Anblick der Turner, wie sie sich an den Stangen hochzogen, wie sie sich dehnten und streckten. Muskelspiel unter glatter Haut. Unbestimmte Kraft. Schmale Hüften. *Cazzo, was ist das heiß heute!*

Beppe seufzte, drehte sich zum Meer und blinzelte über die tanzenden Lichter auf den Wellen, als sich weit draußen auf dem Wasser etwas regte. Gleichzeitig röhrte ein ferner Motor. Da, der Silberstreif am Horizont. Er raste auf die Küste und den Hotelanleger zu, so schnell, dass Beppe schon bald Einzelheiten erkennen konnte. *Was für eine Schönheit!* Ein Sportboot amerikanischer Machart, flach wie eine Flunder und ganz aus Holz. Ganz sicher eins der Firma *Riva,* schätzte Beppe, der diese Art Boot aus Luigi Testas Werkstatt kannte, wo er regelmäßig aushalf. Womöglich sogar eine der brandneuen *Aquaramas,* von denen er neulich beim Friseur in der OGGI gelesen hatte? Das Boot kam näher, beschrieb einen trägen Bogen und schwenkte in Richtung Grandhotel. Beppe hielt die Luft an, jetzt erst erkannte er den Steuermann. Er war derjenige, auf den hier alle warteten: Guy Barone.

Amerikas populärster *Crooner* seit Dean Martin hatte vor über sechzig Jahren als Gaetano Baroni hier unweit von *Alassios* Hafenmole das Licht der Welt erblickt, als jüngstes Kind einer alteingesessenen Fischerfamilie. Obwohl keiner seiner Ver-

wandten noch lebte, besuchte Barone seine Heimat, wann immer es sein aktuelles Engagement in Las Vegas zuließ, mindestens jedoch einmal jeden Sommer. Auch das hatte Beppe aus der OGGI in Carlo Vassallos Frisiersalon, und es wunderte ihn kaum. Denn wenn Guy Barone in seinem innersten Kern Ligurer war wie er selbst, wie konnte er dann überleben ohne die Nähe zum Meer? Ohne *scirocco* und *tramuntana,* ohne Wellen, ohne Gischt, ohne Salzgeschmack auf den Lippen?

Beppe rappelte sich auf, denn nun steuerte Guy Barone direkt auf den Bootsanleger zu. Sein Panamahut saß trotz des Fahrtwinds tadellos, seine hünenhafte Gestalt steckte in einem graublauen Anzug nach amerikanischem Schnitt. Wie er so mit dem Steuerrad hantierte, kam er Beppe ein wenig schmaler vor als auf den Hochglanzfotos, wo Stars wie die Taylor oder Sammy Davis jr. neben ihm immer wie Liliputaner wirkten. Doch auch jetzt überragte er seinen Begleiter im Boot um mehr als einen Kopf.

Das Boot hatte den Steg fast erreicht. Es war tatsächlich eine *Riva Aquarama,* von Nahem besehen fast noch schöner als draußen in voller Fahrt. Ein Acht-Meter-Luxus, fugenlos mit Tropenholz beplankt, breithüftig wie die Loren, mit Chrom an allen Ecken, Lederpolstern in Türkis und Crème und einem Achterdeck, auf dem mindestens drei Bikinischönheiten bequem nebeneinander sonnenbaden konnten. Beppe wollte schon zum Rand laufen, um beim Vertäuen zu helfen, da ging ein abrupter Ruck durch das Boot, sein Motor jaulte auf wie ein getretener Köter und soff dann ab. Nur der Schwung trieb den Rumpf weiter vorwärts, längs an die Planken des Stegs.

»Belìn!«

Barone fluchte in breitestem Ligurisch, dabei hieb er mit der flachen Hand mehrmals auf das Steuerrad. Dann wechselte er ins Englische und scheuchte seinen verängstigten Begleiter mit barschen Sätzen von Bord. Beppe verstand kein Wort und

schwor sich, für den Englischunterricht in der Schule künftig mehr zu lernen. Derweil sein Assistent durch den Sand zum Hotel stapfte, ließ sich Barone in die türkisfarbenen Sitzpolster der *Aquarama* zurückfallen. Er ignorierte Beppe, der neben dem Boot auf dem Steg herumstand, kramte in der Brusttasche seines Jacketts nach einer zerdrückten Schachtel *Marlboro* und zündete sich eine Zigarette an.

»Scheiße, Gunter«, murmelte er dabei leise. »Dein Kahn ist wie deine Frau – schön, aber zickig.« Er lachte leise, zuckte mit den Schultern und sah aufs Meer hinaus. *Jetzt oder nie,* dachte Beppe.

»Eben wie alle Frauen, oder?«, sagte er laut und gab sich alle Mühe, männlich zu klingen.

Guy Barone drehte sich zu ihm um und hob die Augenbrauen. *Ich weiß genau, was du jetzt siehst,* dachte Beppe. *Einen Wicht mit Segelohren siehst du, mickrig, hässlich, mit einem Gesicht wie ein Taschendieb.* Er straffte die Schultern und setzte sein gewinnendstes Lächeln auf.

»Ihre werte Frau natürlich ausgenommen, Mr. Barone.«

»Ich bin nicht verheiratet.«

»Oh, dann sind Sie wohl ein Glückspilz. Zumindest sagt das mein Vater, wenn ihn meine Mutter mal wieder in den Wahnsinn treibt.«

Barone lachte, betrachtete ihn nunmehr mit Interesse, und Beppe rückte ein wenig näher an die *Aquarama* heran.

»Haben Sie schon mal den Ölstand geprüft?«, fragte er dann.

»Ich hab das Boot vorhin erst von einem Freund geliehen. Glaubst du, da hatten wir Zeit für eine Inspektion, *kid?*«

»Verstehe. Aber eben daran könnte es liegen, dass das Ding absäuft.«

Guy Barone brach in schallendes Lachen aus.

»Fast vergessen, ich bin ja wieder in Italien, dem Mutterland aller Aufschneider. Schau an, noch keine Haare am Kinn, aber

schon Experte für Luxusboote. Pass auf, *kid:* Das ›Ding‹ hier gehört einem Mann von Welt, einem Playboy und absoluten Motornarr. Und du denkst, du weißt es besser?«

Statt zu antworten, linste Beppe über die Reling. »Darf ich?«

»Bitte sehr«, sagte Barone mit einer ironischen Verbeugung.

Beppe kletterte ins Cockpit und hinter das Steuerrad. Er überflog die kreisrunden Anzeigen und drehte einige Schalter. Keine große Sache. Mit etwas Glück nur ein kurzer Dreh an der richtigen Stelle. Er wandte sich an Barone, der hinter ihm aufragte wie ein Fels. »Können wir einmal zum Motor?«

Zwei Handgriffe, und ebenso wenige Minuten später röhrte die *Aquarama* wieder auf, und Barones Gesichtsausdruck wechselte von blankem Erstaunen zu Respekt.

»Du kennst dich aus mit *Rivas?*«, fragte er, während das Boot in ein sattes Blubbern verfiel und Beppe sich die Hände mit einem Lappen reinigte.

»Ich kenn mich mit allem aus, was schön ist und Geld kostet.«

»Hört, hört«, lachte Barone, »unser Frauenkenner wieder.«

Beppe schüttelte den Kopf. »Ich meine Sportboote, schnelle Autos, gutes Essen, schicke Hotels.«

»So schick wie das Grandhotel hier?«

»Viel schicker!«

Barone grunzte vergnügt, betrachtete Beppes nackte Füße und die sandigen Lederslipper auf dem Bootssteg.

»Aber mit den billigen Schuhen kommst du da nicht rein, *kid*, noch nicht mal hier ins Grandhotel.«

In Beppe kroch Ärger hoch. *Für die Schuhe habe ich zwei Monate lang jeden Nachmittag bei Testa geschuftet, Mr. Hollywood.* Er krallte seine Finger in den ölverschmierten Lappen.

»Sie werden schon sehen«, sagte er, »eines Tages führe ich hier das schickste Hotel der ganzen Gegend. Mit einem Nacht-

club, für den auch Sie und Ihr Freund, dieser Playboy, von Nizza und Saint-Tropez herüberkommen werden. Warten Sie's nur ab! Und nennen Sie mich nicht *kid*.«

Barone schnippte seine aufgerauchte Zigarettenkippe ins Meer und machte eine begütigende Handbewegung. »Stimmt, *kid* passt eigentlich nicht. Einen wie dich nennen wir in Amerika Selfmademan. Das gefällt mir, wenn einer sein Glück in die Hand nimmt und so ehrgeizige Träume hat …«

»Hatten Sie die nicht auch, als Sie hier im Hafen noch Netze flickten?«

Barone stutzte. »*Come?*«

»Meine Großtante hatte mit ihrem Mann hier früher ein Fischrestaurant«, erklärte Beppe. »Sie sagt, die Doraden der Baroni waren die besten. Aber ziemlich überteuert. Warum eigentlich?«

Barone grinste anerkennend. »Mit deinem Hang zu frechen Fragen solltest du Reporter werden, nicht Hotelier.«

»Und Sie sollten am besten noch ein Ründchen fahren, damit der Motor wieder in Schwung kommt. Wenn Sie ihn jetzt zu schnell wieder ausschalten, säuft er Ihnen bei nächster Gelegenheit sofort wieder ab.«

Barone lachte wieder. »Dann brauche ich wohl einen *meccanico* an Bord. Willst du mit?«

Beppe warf einen schnellen Blick zurück zum Hotel. Alle warteten, nicht nur die Offiziellen, sondern auch seine *mammina* und *papà* und Violetta. Wenn er noch länger wegbliebe, würden sie sich sicher sorgen. Barone streckte seine Hand aus. Beppe ergriff sie und sprang ins Boot.

In voller Fahrt dröhnte der Motor so laut, dass ein Gespräch unmöglich wurde. Gott sei Dank, was hätte Beppe denn sonst auch mit *signor* Barone reden können. So hockte er auf einem der Sitzpolster im hinteren Teil des Bootes und genoss den

Fahrtwind im Gesicht, während der hünenhafte Sänger das Steuer hielt, ab und zu einen großen Schluck aus einem versilberten Flachmann nahm und ihm dabei den Rücken zukehrte.

Perbacco, *Guy Barone und ich, ganz allein in einem Sportboot. Davon erzähl ich später noch meinen Kindern.* Am Ufer glitt bald *Laigueglia* vorbei, und das *Capo Mele* kam in Sicht.

»Willst du auch einmal ans Steuer?« Barones Angebot erwischte Beppe kalt, und er zögerte. Doch dann gab er sich einen Ruck und wankte zum Cockpit. *Jetzt oder nie.* Als er das Steuerrad übernahm, war es noch warm von Barones Griff. Es vibrierte unter seinen Handflächen, und Beppe überkam wilde Freude. *Schaut her, ich fahr eine* Aquarama, dachte er. *Jetzt schaut, ich tu es wirklich* – cazzo!

Irgendwo hinter dem Kap, keine fünf Meilen entfernt, döste *Sant'Amato* in der Mittagshitze, sein Zuhause. Dort war er Beppe Parodi, ein fünfzehnjähriger Schüler, gut in Mathe, eine Niete im Sport. Und hier? Hier schipperte er einen Weltstar über das azurblaue Meer. Drüben war er der Sohn eines bankrotten Dorfpolizisten. Hier draußen plante er ein Hotel, dessen Übernachtungspreise sich ein normaler Mensch kaum würde leisten können, sein Vater schon gar nicht. Dort drüben in *Sant'Amato* gab es für ihn nichts, hier aber *alles* zu gewinnen. Und Beppe, sosehr er sein Zuhause auch liebte, erkannte in diesem Moment: Sein Ziel stand längst fest.

Guy Barone gab ihm ein Zeichen, dass er das Steuer wieder selbst übernehmen wolle. Dann wendete er das Boot in einer weiten Kehre und nahm Kurs zurück auf *Alassio*.

»Was hast du da eigentlich auf dem Steg getrieben?«, fragte er Beppe, nachdem er die Fahrt etwas verlangsamt hatte.

»Wir nehmen am Wettbewerb teil. Genauer gesagt, meine Mutter.«

»Tatsächlich? Dann schau ich mir die mal genau an«, sagte Barone und zwinkerte ihm zu.

»Sie ist die *Lady Liguria,* lindgrüne Schärpe, dunkles Haar … *Lady Liguria.*«

»No worries, kid«, sagte Barone, »ich schau mir jede Lady an, jede einzelne. Und wer weiß, vielleicht essen wir ja sogar zusammen? Der Gewinnerin spendiert das Hotel ein Galadinner mit mir.«

»Und den anderen?«

»Ach, *kid.* So viele schöne Frauen auf einmal – nein, das schaff selbst ich nicht mehr.« Er lachte, doch es klang müde, und als Barone erneut nach der Silberflasche kramte, bemerkte Beppe das dichte Netz feiner Linien in Barones tausendfach abfotografiertem Gesicht und stellte fest, wie wässrig dessen stahlblaue Augen geworden waren. Guy Barone ein alter Mann? Beppe fühlte sich auf einmal wie ein Eindringling, wie ein unfreiwilliger Zeuge von Dingen, die ihn nichts angingen, und verzog sich deshalb wieder auf seinen Sitzplatz auf einem der hinteren Polster. Schweigend kehrten sie nach *Alassio* zurück und zum Hotelanleger.

Dort am Strand hatte sich inzwischen eine große Menschenmenge versammelt und sah ihnen gespannt entgegen. Ganz vorne stand seine *mammina,* die die Hände vor den Mund schlug, als sie Beppe im Fond der *Aquarama* entdeckte. Das Boot glitt längs entlang des Stegs, Guy Barone nickte Beppe noch einmal zu – *Mach's gut, kid* –, dann sprang er federnd auf die Planken des Stegs.

»Hello everyone! Ciao a tutti! It's so nice to see you, Ladies.« Er grinste in die Runde und breitete die Arme aus, so als habe er die feste Absicht, jeden zu umarmen, der sich wegen ihm die Zehen im heißen Sand verbrannte. Die Menge jubelte, Fotoapparate klickten, Reporter schrien: *»Mr. Barone! Look here, Mr. Barone!«,* und Barone lachte und winkte und schüttelte Hände. *Signor* Corbucci und der Bürgermeister eilten ihm entgegen und geleiteten ihn zum Sonnensegel. Dabei fuhren sie ihre aus-

gestreckten Arme aus, auf dass die Schaulustigen und die drängelnden *paparazzi* dem Ehrengast Platz machten. Beppe war kaum von Bord geklettert, da war der Pulk auch schon weitergezogen und er allein auf dem Steg.

Nein, nicht ganz allein.

Seine Mutter wartete im Sand auf ihn, Violetta an der Hand.

»Ach, *Beppino,* was machst du nur? Wenn ich nur einmal nicht hinschaue!«, rief sie und strahlte mit der Sonne um die Wette. Dann umarmte sie ihn, zog ihn Richtung Hotel und fragte: »Erzähl schon, was habt ihr geredet?«

»Och, nichts Besonderes, erzähl ich dir später. Aber *mamma,* lass uns schnell zu den andern gehen. Du *musst* zum Wettbewerb.«

»Na, sicher will ich zum …«

»Nein, du musst«, beharrte Beppe. *Denn dann treffe ich Barone wieder und kann ihm mehr von meinem Hotel erzählen,* vervollständigte er den Satz in Gedanken. Sicher würde Barone es eines Tages dann sehen wollen, sein Traumhotel. Wozu kam er jedes Jahr an die Riviera? Und wozu hatte er ihn sonst so genannt: *Selfmademan.* Ja, Beppe würde ihn nicht enttäuschen, er würde ihn zur großen Eröffnung einladen, und Barone würde kommen. Ganz sicher sogar! *Und wenn er kommt, dann kann ich mein Hotel auch bauen.* Beppe spürte es tief in seinem Herzen, je länger er darüber nachdachte: Er musste Barone nur noch einmal wiedersehen, dann war die Sache geritzt. *Denn wenn er kommt, dann kann ich es bauen.*

*

»Guy Barone? Nein, der ist schon wieder weg.«

»Wie, weg?«

»Na, zurück nach Nizza. Schau, dort draußen fährt er noch.«

Signor Corbucci wies nachlässig auf das Meer hinaus, wo ein

Silberstreifen schnurgerade Richtung Westen schoss. »Mister Barone kommt erst wieder zur Talentshow, wenn die drei Finalistinnen gegeneinander antreten.«

Beppe folgte der *Aquarama* mit den Augen, bis er sie am *Capo Mele* verlor, wo das Blau des Himmels und des Meeres ineinander übergingen. »Sind Sie sicher?«

»Habe ich seine Zimmerreservierung eingebucht? Natürlich bin ich mir sicher!«

»Aber wie will Barone dann wissen, welche Kandidatin den Titel verdient? Mir hat er gesagt, dass er sich jede Einzelne ansieht. Jede Einzelne«, beharrte Beppe.

Der Manager schnaubte unwillig und sah über Beppes Kopf hinweg zum Haupteingang, wo gerade der Mann von *Lady Lazio* in sein Cabrio stieg. »Das hast du sicher falsch verstanden, Junge. Oder glaubst du, dass ein Guy Barone Zeit hat, sich sämtliche Schnepfen der Vorrunde anzusehen? Barone ist ein Star, unser wichtigster Mann in Hollywood.«

Und wir sind unwichtig, dachte Beppe. *Unwichtiges, dummes Volk, das glaubt, was auf den Plakaten steht. Wir sind auch unwichtiger als* Lady Lazio, *die Favoritin, der du gerade einen Zimmerschlüssel zugesteckt hast – wozu eigentlich? Wir sind so unwichtig, dass meine* mammina *sich mit zwölf anderen Frauen in einem Abstellraum umziehen muss und dass kein Schwein sie fotografiert. So unwichtig, dass* papà *und Violetta und ich von Runde zu Runde hier draußen an der Strandpromenade ausharren müssen. In der Mittagshitze, weil wir uns kein Zimmer im Grandhotel leisten können. So unwichtig sind wir.*

Beppe blieb stur stehen, als der Hotelmanager versuchte, ihn von dem roten Läufer zu schieben, der sich vom Hoteleingang bis zum Strand zog.

»*Signor* Corbucci«, sagte er, »wenn Sie sich in ein paar Jahren hier an den Strand stellen, dann können Sie zusehen, wie dort draußen Guy Barones Boot zur Bucht von *Sant'Amato* abdreht.

Da wohnt er dann nämlich. In *meinem* Hotel. Und Ihr Kasten hier«, er tat so, als spucke er aus, »ist pleite.«

Er ließ den sprachlosen Corbucci stehen, gab seinem Vater einen kurzen Wink und schlenderte dann zurück ins Hotel und zum Umkleideraum. Er linste kaum durch den Türspalt, da hatte Stella ihn auch schon entdeckt.

»*Beppino,* Gott sei Dank!«, rief sie. »Los, komm rein und hilf mir. Du kennst dich doch mit den Trägern aus.«

Er drängte sich in den überfüllten Raum und quer durch die Kandidatinnen zu seiner Mutter, an Brüsten, Bäuchen, nackten Hüften und verschwitzten Miederhosen vorbei, in der Nase süßliches Parfum und Puderstaub. Dann half er Stella beim Richten der zahlreichen Träger ihres Bikinioberteils, welche ihre Schultern umfingen wie die Schnüre eines Fischernetzes. *Meine* mammina, dachte er. *So hübsch.*

Während er Stella half, schob sich eine wasserstoffblonde Kandidatin an ihn heran und kniff ihm sachte in die Wange.

»Ach, Stella, was hast du nur für einen guten Jungen, dass er dir hilft. Na, Kleiner, ist nett hier bei uns, oder?«

»Nett?« Eine andere, gedrungenere Frau drängelte sich in ihre Runde, laut Schärpe war es *Lady Calabria.*

»Ach was, *Kleiner*. Guckt euch den doch mal genauer an, der Bursche steht schon im Saft, es muss die Hölle sein für ihn hier.« *Calabria* kicherte und stupste Beppe in die Seite. »Na, sag schon«, gurrte sie, »macht es dich nicht nervös, so allein unter so vielen schönen Frauen zu sein?«

Beppe schüttelte den Kopf und sah lächelnd zu Boden. Sollten sie es ruhig für Verlegenheit halten. Was sollte er auf so eine Frage auch antworten? Er wollte keine der Frauen enttäuschen. Außerdem hatte *Calabria* die Frage auch falsch gestellt. Auf die Frage: »*WAS* macht dich nervös?«, hätte er leicht antworten können. *Weißleinene Hemden machen mich nervös. Sehnige Unterarme, sonnengebleichtes Haar. Omar Sharif in* Lawrence von

Arabien *macht mich nervös und die Jungs draußen an den Reckstangen. Dann Ninos feuchter Nacken, wenn wir nach dem Baden nebeneinander im Sand liegen.* Cazzo, *ja, das macht mich sogar richtig nervös …* Doch Beppe wusste aus Erfahrung, keiner würde die Frage je richtig stellen, und eine ehrliche Antwort hätte ihn auch in Teufels Küche gebracht. Also lächelte er lieber und schwieg.

Den Kandidatinnen blieb nicht mehr als eine Viertelstunde.

Als alle umgezogen waren, scheuchte man sie wieder hinaus an den Strand zu dem Podest unter dem Sonnensegel und begann sofort mit der ersten Runde des Wettbewerbs: Bikinilauf.

Stella stand in der Schlange und wartete auf ihren Einsatz. Sie kicherte und zupfte an ihrer Satinschärpe, die sich in einem ihrer Träger verfangen hatte. Beppe betrachtete sie stolz. Seine *mammina.* War sie nicht wunderschön? Schlug sie in ihrem weißen Bikini nicht sogar die Muscheltaucherin in diesem englischen Agentenfilm, den er zusammen mit Nino gesehen hatte? War sie nicht jetzt schon viel mehr als nur die »schönste Ehefrau Liguriens«? Beppe gab Stella einen unauffälligen Wink wegen der verfangenen Schärpe und drehte sich dann um. Wo war der Rest der Familie? Dort, wo er seinen Vater und Violetta zuletzt gesichtet hatte, lagerten jetzt die Schaulustigen. Ein heller Gong ertönte. Die Steel-Drum-Band legte wieder los, ihr blecherner Sound überlagert von Corbuccis quäkender Stimme.

»*Signore e signori,* wir beginnen den Wettbewerb zur *Lady Italia* mit dem ersten Lauf unserer Schönheiten in ihrer ganzen, ausgereiften Pracht. Wählen Sie für sich die Schönste unter diesen Schönen, noch bevor die Jury ihre Punkte vergibt. Fangen wir an mit *Lady Piemonte.*«

Die Wasserstoffblonde stolzierte auf Zehn-Zentimeter-Absätzen über den Läufer und lächelte auf das Publikum herab. Ihr folgten die anderen Ladys in so kurzen Abständen, dass Beppe

der Kopf schon bald schwirrte vor lauter Schärpen und Zweiteilern.

»… gefolgt von *Lady Puglia* …«

Puglia war zwei Köpfe kleiner als *Piemonte*, Beppe erinnerte sich an die Puderwolken, die sie in der Umkleide verbreitet hatte.

»… *Lady Lazio* …«

Ein Lächeln wie aufgemalt, aber ansonsten mit Abstand die schönste Frau im Wettbewerb. *Natürlich außer* mammina.

»… *Lady Friuli-Venezia Giulia* …«

Ja, eindeutig eine aus dem Veneto. Dieser schmale Mund. Und selbst ihr Kichern klang nasal.

»… ein Extraapplaus der Schönsten hier von der Küste: *Lady Liguria* …«

Die Menge jubelte, Stella strahlte, und Beppe wagte sogar ein halb verschlucktes »Bravo«. Wie glücklich sie aussah und wie gelöst! Beppe hatte längst aufgehört, sich zu fragen, warum dieser Zirkus rund um die Schönheit seiner Mutter so viel bedeutete. Es war nun einmal so. Und wer hätte ihr die Freude nicht gegönnt?

»… und *Lady Marche*. Applaus, *signore e signori*, ja, applaudieren Sie den Schönsten der Schönen.«

Corbucci unterbrach die Aufzählung, um einen Schluck Wasser zu trinken. Im gleichen Moment riss eine Hand in Kniehöhe an Beppes Hose. Violetta. Er ergriff die Ärmchen, die sich ihm entgegenstreckten, und wuchtete seine Schwester hoch. Sie gluckste und presste ihr erhitztes, rotbackiges Gesicht an seine Wange. Hatte sie auch genug getrunken?

Nach dem Schaulaufen kam die Aufstellung, dann reckten die Jurymitglieder ihre Schilder hoch, mit einer Sieben, mehreren Fünfen, mit Achten und sogar einer Neun. Die Punkte rauschten an Beppe vorbei, er kam kaum mit dem Addieren nach, und am Ende der Juryrunde hatte Stella acht von zehn Punkten erreicht. Nur noch *Lady Lazio* lag mit ihr gleichauf.

Beifall brandete auf. Corbucci lobte wortreich die Weisheit der Jury, schritt die Bikinireihe ab und dankte allen Ladys für ihren Einsatz. Beppe setzte Violetta für einen Moment ab, um mit zu klatschen. *Cazzo, das läuft großartig,* dachte er, *und ihr kleiner, weißer Bikini tut das, was er soll. Wenn jetzt nichts Größeres mehr schiefgeht, dann sind wir vielleicht im Finale dabei.*

In diesem Augenblick entdeckte Beppe seine Schwester. Violetta hatte sich unbemerkt durch die Menge nach vorne zu Stella gearbeitet. Jetzt hopste sie an ihr hoch und zupfte am Saum ihres Bikinihöschens, bis diese sie notgedrungen hochnahm. Kaum auf dem Arm, begann Violetta, den Juroren die Zunge herauszustrecken. *Porca Madonna!* Beppe stürzte nach vorn, befreite seine arme Mutter von dem widerspenstigen Bündel und verzog sich mit Violetta zurück in die Menschenmenge. Dabei schimpfte er vor sich hin.

»Verstehst du nicht, du verzogene Krabbe, dass wir ins Finale kommen müssen. Denn nur dann kommt Barone wieder. Ja, *cazzo,* dann reden wir wie Geschäftspartner miteinander.« Violetta sah ihn mit großen, feuchten Augen an. »Barone versteht mich«, beharrte Beppe, »als der damals nach Amerika ging, das hab ich gelesen, da war er so alt wie ich jetzt und hatte keinen Cent in der …«

Corbuccis Stimme oben auf dem Podest unterbrach ihn.

»*Lady Liguria,* beantworten Sie uns einige Fragen, ja?«

Mein Gott, seine *mammina* stand schon in der Fragerunde! Beppe schoss der Schreck in die Glieder. Als Erste dran zu sein, das war nicht gut, nein, gar nicht gut.

»Sagen Sie uns, *signora,* wo liegt Neukaledonien?«

In Amerika, oh, bitte, erinnere dich, das haben wir geübt, in Amerika! Beppe starrte Stella ins hilflos lächelnde Gesicht, als könnte er ihr die richtige Antwort per Wimpernschlag zumorsen. *Amerika, mamma. Die gottverdammte Heimat von* nonno *Vincente – deinem Vater.*

Stella kicherte verlegen. »Im Fernen Osten, ja?«, zwitscherte sie dann. Beppe schloss die Augen, und Corbuccis Mund verzog sich zu einem dünnen Grinsen. »Nun ja, fast. Und in welchem Land würden Sie im Restaurant Fugo-Fisch bestellen?«

In Japan, mamma, *in Japan! Und selbst dort am besten gar nicht, der Fisch ist giftig!*

Stellas Gesicht erstrahlte, als sie antwortete.

»Fugo-Fisch, wie jeden anderen Fisch, würde ich immer nur in einem Restaurant in Italien bestellen. Und am liebsten hier in Ligurien.«

Die Schaulustigen johlten, und es gab vereinzelte Bravo-Rufe. *Guter Trick,* mamma, dachte Beppe, *wenigstens hast du so das Publikum gewonnen. Aber die Jury täuschst du nicht.*

»Und, *Lady Liguria,* wenn wir hier in Italien bleiben«, säuselte Corbucci, »wer gilt Ihnen persönlich als größter Dichter des Landes – ist es Dante Alighieri? Francesco Petrarca? Oder Carlo Pedersoli?«

Beim letztgenannten Namen trat ein listiges Funkeln in Corbuccis Augen. *Eine Falle.* Beppe schickte ein Stoßgebet gen Himmel. *Nimm bloß nicht Pedersoli,* mammina, *nimm einen der beiden anderen, aber nicht den schauspielernden Schwimmer!*

Doch der Himmel erhörte ihn nicht.

»Pedersoli ist der Größte!«, rief Stella. Und der ganze Strand erzitterte vor Gelächter.

Ihr Fall ging nicht ins Bodenlose. Immerhin kamen sie, wenn auch knapp, in die nächste Runde: den Autocorso durch *Alassio.* Es hatte doch tatsächlich zwei Kandidatinnen gegeben, die noch weniger Fragen richtig beantwortet hatten als Stella. Aber jetzt lagen sie weit abgeschlagen auf einem der letzten Plätze, während *Lady Lazio* ihre Spitzenposition noch weiter ausgebaut hatte. Und anders als *Lady Lazio* konnten sie beim Auto-

corso keinen bulligen 2600er Alfa Romeo mit 145 PS vorweisen, sondern nur ihre *Bianchina*, von der besonders Witzige gerne sagten, sie sei ihnen wohl vom Kinderkarussell gefallen. Beppe war sicher: Nur ein Wunder konnte sie jetzt noch ins Finale bringen.

Man hatte eine Pause von einer Viertelstunde angesetzt, die Ladys zogen sich um, und Beppe nahm Violetta bei der Hand. Wo war sein Vater? Die beiden Geschwister suchten die Uferpromenade fast zehn Minuten ab, ehe sie fündig wurden. Wie Beppe befürchtet hatte, fanden sie Luca Parodi im Bann eines Hütchenspielers einige Dutzend Meter vom Hotelstrand entfernt in einer Stichstraße des *lungomare*.

»*Papà,* was machst du hier? Komm, wir müssen los. Wir sind eine Runde weiter. *Mamma* zieht sich schon für den Autocorso um.«

Sein Vater drehte sich nur kurz um.

»Nix müssen wir. Nimm deine Schwester und geh zurück. Ich hab grad eine Glückssträhne.«

»Aber der Autocorso, *papà*. Der Wettbewerb!«

»Zum Teufel mit dem Wettbewerb. Deine Mutter kommt eh nicht ins Finale, was glaubst du denn?«

Beppe sah seinen Vater an und ballte die Hände zu Fäusten. *Beschissene Verlierer, sagen sie.* Doch Luca Parodis Augen wanderten zurück zu den flinken Fingern des Hütchenspielers und zu dem Tischchen, auf dem dieser die Becher tanzen ließ.

»Ich schwöre dir«, wiederholte er, ohne noch einmal aufzusehen, »sie kommt nicht ins Finale. Garantiert.«

*

Stella Parodi, umgekleidet, neu frisiert und schon im Begriff, auf die Rückbank der jetzt offenen *Bianchina* zu klettern, starrte ihren Sohn entgeistert an.

»Was meinst du damit, er kann jetzt nicht fahren?«

Beppe bemerkte eine leichte Unregelmäßigkeit in ihrem Lidstrich, doch jetzt war wohl der falsche Moment, sie darauf hinzuweisen.

»Wo ist er überhaupt?« Stellas schwarz umrandete Augen suchten den Hotelparkplatz ab und fixierten dann ihren Sohn.

Beppe zuckte mit den Schultern. Besser, wenn sie nicht gerade jetzt erfuhr, dass sein Vater wieder zockte.

»Denkt der etwa, dass ich mich zweiteilen kann? Dass ich gleichzeitig vorne steuere und hinten vom Heck aus winke? Gott im Himmel, was strafst du mich mit diesem Mann! *Beppino,* mein Schatz, ich rate dir, nein, ich *flehe* dich an, mach's besser als ich. Geh nicht nur nach dem Vergnügen, wenn du einmal heiratest.«

»Ich heirate gar nicht, *mamma.*«

»Aber natürlich tust du das, alle heiraten irgendwann. Doch zum Glück hast du einen besseren Kopf als ich. Du musst dich später nicht fragen, wer sich für dich hinters Steuer setzt.«

Stella hatte ihren Bikini gegen ein cremefarbenes Kostüm getauscht und trug bereits die dazu passenden Handschuhe, weshalb Beppe einsprang und Violetta abfing, als diese ihr Gesichtchen am Rock ihrer Mutter abwischen wollte. Dann traf er eine Entscheidung.

»*Ich* fahr dich«, sagte er, obwohl er damit seinen geliebten Aushilfsjob bei Luigi Testa riskierte. Denn auch wenn seine Mutter vermutlich längst ahnte und duldete, dass er mit den Autos aus Testas Werkstatt ganze Nachmittage durch die Hügel hinter *Sant'Amato* bretterte, konnte Beppe sich nicht sicher sein, dass sie es ihm zukünftig nicht verbieten würde, wenn er sie jetzt fuhr.

»Danke für dein Angebot, aber wir bekommen ernste Probleme, wenn du fährst und das rauskommt.«

Danke für dein Angebot … Mehr sagte sie nicht. Kein Ärger,

keine Tiraden. Seine *mammina* eben. Nicht gerade schlau, aber immer lässig und voller Liebe für ihre Kinder. Wäre er nicht von Violetta belegt gewesen, Beppe hätte sie gerne umarmt.

»Aber wer weiß denn schon, wie alt ich bin?«, sagte er stattdessen.

»Das *sieht* man.«

Beppe langte in den Fond und schnappte sich die Pilotenbrille seines Vaters vom Armaturenbrett. Dann griff er sich *nonno* Vincentes alten Hut von der Rückbank und setzte ihn auf.

»Jetzt immer noch?«

Statt Stellas Antwort abzuwarten, hob er Violetta auf den Beifahrersitz, setzte sich hinters Steuer und lehnte sich in die Polster zurück. *Fühlt sich gut an.* Er drehte sich zu seiner Mutter um, die immer noch neben dem Wagen stand.

»Jetzt komm, steig ein.«

»Himmel, *Beppino.* Meinst du wirklich …?«

Stella knetete den Griff ihrer Handtasche. Dabei sah sie ihn dermaßen kläglich an, er musste einfach grinsen.

»Besser, du nennst mich ab jetzt Giuseppe.«

*

Die Wagenparade folgte einem Teil des *Corso Dante Alighieri,* bog am *Muretto,* dem liebsten Treffpunkt von *Alassios* Jugend, in die *Via Cavour* und kehrte über die *Via XX Settembre* zurück zur *Piazza Partigiani* unweit des Grandhotels, wo die Jury ihr Urteil fällen würde. Die Parodis rollten als Dritte in der Schlange, was gut war, denn so hatte sich das Publikum schon warm gejubelt, wenn sie auftauchten.

Und es lief zu Anfang auch gar nicht schlecht, fand Beppe. Quer über dem Heck des Wagens hing seine Mutter auf einer Pobacke und präsentierte sich der lärmenden Menge, die sich um sie drängte, nur notdürftig von Ordnern in Schach gehalten.

Neben ihm auf dem Beifahrersitz hopste Violetta herum. Sie ahmte das Winken ihrer Mutter nach, und wer sie sah, musste lachen. Dicht hinter ihnen blubberte der schwere Motor von *Lady Lazios* 2600er. Ihr Mann saß am Steuer, sie selbst thronte ebenfalls auf dem Heck und winkte in die Menge, ganz in Königsblau, eine Pelzstola um die Schultern geschlungen. *Was braucht so eine den Titel? Und was drängeln die so?*

Beppe versuchte zu beschleunigen, doch musste er dabei höllisch aufpassen, dass er keine Schaulustigen überfuhr, die ohne Vorwarnung kurzerhand die Fahrbahn querten. Auch die Wagen vor ihm bremsten immer wieder abrupt ab. So ging es in gemächlichem Tempo den *Corso Dante* entlang, während der Nachmittag voranschritt und die Sonnenstrahlen langsam an Kraft verloren. Trotzdem war es brütend heiß, Beppe schwitzte unter seinem Hut. Er kämpfte mit der Gangschaltung der *Bianchina* und musste Violetta anstupsen, als diese begann, *Lady Lazio* die Zunge herauszustrecken.

Zu allem Überfluss passierten sie jetzt auch noch ebenjene Stichstraße zur Uferpromenade, wo die Hütchenspieler ihr Unwesen trieben und Beppe seinen Vater entdeckte, der dort immer noch stand, ganz gebannt, und ihnen den Rücken zukehrte.

»Schau, da!«, rief Beppe und lenkte den Blick seiner Mutter von der Stichstraße hinüber zum Mäuerchen der Verliebten, wo gerade eine Blaskapelle die ersten Takte der Nationalhymne anstimmte. Doch von der Musik und seinem Ablenkungsmanöver in Beschlag genommen, unterlief Beppe ein strategischer Fehler. Er bremste, wo er hätte Gas geben müssen, sah zu den Bläsern, während ein Blick zur Konkurrenz rettend gewesen wäre.

Und die Konkurrenz nutzte diesen Fehler sofort aus. Als sich die Fahrrinne in einer Kreuzung für wenige Augenblicke weitete, röhrte *Lady Lazios* Wagen hinter ihnen auf, scherte aus und zischte rechts an ihnen vorbei. Obenauf mit wehender Stola

Stellas Konkurrentin, die das Kunststück fertigbrachte, währenddessen sogar noch Kusshände in die Menge zu werfen. Beifall brandete auf und honorierte den Coup. Die *Bianchina* fiel zurück. *Merda!* Beppe unterdrückte einen Fluch.

»Gib doch Gas«, jammerte seine Mutter auf dem Heck und wedelte hektisch mit den Armen.

»Geht nicht!«, brüllte er zurück, die Stimme schrill vor Ärger. Violetta begann zu weinen. Einer der *Carabinieri* merkte bei seinem Ruf auf und beäugte ihn mit kritischem Interesse. Schnell senkte Beppe den Kopf, sodass sein Gesicht von der Hutkrempe verborgen wurde. *Nur nicht auffallen!* Mit Müh und Not hängten sie sich an den 2600er, folgten ihm in den Schlagschatten der vierstöckigen Prachtbauten, von deren Stuckfassaden der Jubel widerhallte. Es herrschte ein Höllenlärm. Um Violetta zu beruhigen, hatte Beppe ihr eine Tüte Zuckerherzen und Marshmallows aus seinem Vorrat in die Hand gedrückt, die sie sich jetzt in den Mund stopfte. Er sah es mit Grausen, die original amerikanischen Marshmallows hatten ihn einen gesamten Tageslohn bei Testa gekostet, er hatte sie sich extra für später aufgehoben. Aber was blieb ihm anderes übrig, sie konnten sich für die anschließende Wertung nicht auch noch eine krakeelende Vierjährige leisten. Nun ja, wenn sie überhaupt eine Chance hätten. Beppe sah bestürzt, wie sich die Blicke der Menge jetzt auf *Lady Lazios* Wagen konzentrierten. Oh, nein. Sie würden beim Autocorso nicht gut abschneiden. Aber ohne Autocorso gab es keine zweite Fragerunde, keine Talentshow, kein Finale. Und ohne Finale keine Chance, Guy Barone noch einmal zu sprechen. Und was würde dann aus seinem Traum werden? In Beppes Hals bildete sich ein Kloß. Er krallte die Finger ins Hartgummi des Steuerrads. Mist, verfluchter.

Kurz vor dem Ziel stockte die Kolonne auf einmal. Etwas hielt die ersten Fahrzeuge auf, und es dauerte, bis auch die hinteren Corso-Teilnehmer erfuhren, was vor sich ging.

»Die RAI ist da.«

»Sie drehen da vorne.«

»Machen Interviews mit den Ersten, die ankommen – fürs Fernsehen!«

Fernsehen. Das Zauberwort. Ins Fernsehen kommen, einmal im Leben, was konnte es Besseres geben? Was erhöhte das Ansehen im Dorf mehr? Auch Beppe und Stella waren wie elektrisiert. Dumm nur, dass sie längst nicht zu den Ersten gehörten, sondern hinter *Lady Lazio* feststeckten, ohne Aussicht, je aus ihrem Windschatten herauszutreten. Beppe schloss seine Finger so fest um das Lenkrad, dass die Knöchel weiß hervortraten. Was tun? Sie saßen immer noch fest, inzwischen umringt von Schaulustigen, meist jungen Männern, die wahlweise die Köpfe in Richtung der vermuteten TV-Kameras reckten oder mit seiner Mutter flirteten. Manchen gelang sogar beides gleichzeitig.

Jetzt denk nach, Mensch, sagte sich Beppe und starrte durch die Frontscheibe auf *Lazios* 2600er, dessen verchromte Heckflügel mit den Rücklichtern siegesgewiss in die Luft stachen. Darunter, knapp neben der Tankklappe, kaum sichtbar zwischen den Gestalten, die sich zwischen den Stoßstangen hindurchdrängelten, entdeckte Beppe mehrere Aufkleber und schnaubte. *Das auch noch, ein gottverdammter* Juve-*Fan!*

Sein Blick blieb am Tankdeckel hängen, und mit einem Mal nahm in seinem Geist eine Idee Gestalt an. Ein kleiner Teufel von einer Idee, der sich in ihm festbiss.

Nein, das tust du nicht.

Doch.

Bloß nicht!

Aber denk an Barone.

Hör auf! Wenn uns einer erwischt …

Ba-ro-ne.

Dieses Zauberwort im Sinn, beugte sich Beppe zu seiner kleinen Schwester hinüber und flüsterte ihr etwas ins Ohr, während

Stella von einem besonders wagemutigen Verehrer in Beschlag genommen wurde, der ihr ein Ständchen mit der Gitarre brachte. Violetta hörte Beppe aufmerksam zu, dann schüttelte sie den Kopf. Er bot ihr seine gesamte nächste Monatsration an: drei Tüten. Sie grinste und schüttelte wieder den Kopf, dann spreizte sie umständlich die Fingerchen: *vier.*

Beppe seufzte und nickte. *Dann also vier, in Gottes Namen!* Er hievte seine kleine Schwester aus dem Wagen. Violetta, die prall gefüllte Zuckertüte in der Linken, tauchte ab in den Raum zwischen ihrer *Bianchina* und *Lady Lazios* Wagen. Ohne dass es ein Erwachsener mitbekam, drehte sie am Tankdeckel des 2600ers. Wie flink ihre Fingerchen waren, wie geschickt! Als der Deckel aufklappte, schenkte sie ihrem Bruder ein triumphierendes Lächeln, und er antwortete ihr mit erhobenem Daumen. *Sehr gut, Violetta.* Beppe beobachtete das Geschehen mit angehaltenem Atem. Zum Glück konnte seine Schwester dort draußen nicht sehen, wie ihm die Knie schlotterten. *Jetzt das Zuckerzeug. Schnell.*

Ein Pulk amerikanischer Touristen schob sich zwischen die Wagen und in Beppes Sichtfeld. Ihre beigen Shorts verdeckten Violettas Gestalt, und sie hantierten mit Reisetaschen und Fotoapparaten, sodass Beppe kaum sah, wie die Kleine vorankam. Da war sie wieder! Violetta sah sich verstohlen nach allen Seiten um, doch niemand achtete auf sie. Sie nahm die Zuckertüte, hielt sie an den geöffneten Deckel und leerte deren gesamten Inhalt in den Tank des 2600ers. Danach schraubte sie den Deckel sorgfältig wieder zu. *Braves Kind.* Beppe schlug sich die Hand vor den Mund, damit niemand sein Grinsen sah. Binnen weniger Augenblicke war Violetta wieder zurück und ließ sich in die *Bianchina* heben.

»Und was machen wir jetzt?«, fragte sie unternehmungslustig.

»Jetzt warten wir.«

Violetta machte ein enttäuschtes Gesicht, und Beppe fügte schnell hinzu: »Zähl langsam bis zwanzig, dann geht's los.«

Während seine Schwester zu zählen begann, scheuchte Beppe den Verehrer seiner Mutter weg und schimpfte und wedelte mit den Armen, bis auch die Amerikaner vor ihm den Weg freigaben. Als Violetta laut »Zwanzig!« rief, startete er den Motor. Gleichzeitig setzte sich die Kolonne erneut in Bewegung. Der Wagen vor *Lady Lazios* Alfa fuhr an, und es entstand eine Lücke. Beppe blinkte, hupte wie verrückt, scherte nach rechts aus und scheuchte dort die Menschen zur Seite. Langsam schob er sich neben den 2600er. Einen Augenblick später röhrte dessen Motor auf, ihr Überholmanöver war entdeckt worden, und man schickte ihnen wüste Flüche herüber. Beppe starrte stur geradeaus und gab Gas. Wann wirkte der Zucker endlich? Die Antwort kam prompt mit einem jämmerlichen Blubbern von links. Der 2600er stockte, kam zum Stehen. Und Beppe glitt mit einem entschuldigenden Lächeln an seinem Konkurrenten vorbei. Wie hatte Guy Barone so schön gesagt: Manchmal muss man sein Glück auch in die Hand nehmen.

Sie rollten als Zweite auf die *Piazza Partigiani*, und Stella gab, mit Violetta auf dem Arm, das erste Fernsehinterview ihres Lebens. Ihr Lächeln würde alle Haushalte in ganz Italien erreichen, und allein das Wissen darum ließ ihr Gesicht so sehr erstrahlen, dass auch die Wertungsrichter nicht anders konnten, als ihr für den Autocorso großzügige fünf Punkte zu geben.

Beppe im Hintergrund verfolgte das Interview, wurde dann jedoch abgelenkt durch den Gong zur Gesamtwertung. Na also! Nur noch zwei Punkte lagen sie jetzt hinter *Lady Lazio,* die nach ihnen in Ziel geschoben worden war und trotz der Autopanne fast die volle Punktzahl erreichte. Die Entscheidung würde also im nächsten Wettbewerb fallen. Aber wie, fragte sich Beppe, sollte er seine *mammina* nur durch zwanzig Fragen mogeln, die ebenso schwer waren wie die nach dem Fugo-Fisch?

*

Drei Stunden später konnte Beppe über seine Sorge lächeln. Es war alles gut gegangen, sogar sehr gut, viel besser als gedacht. Sicher, das hatte nicht nur an Stellas Ausstrahlung gelegen, mit der sie gerade die älteren Jurymitglieder überzeugt hatte, sondern vor allem daran, dass Beppe nach einem diskreten Gespräch mit *signor* Corbucci, den er fragte, was *Lady Lazios* Mann wohl von dem zugesteckten Zimmerschlüssel halten würde, relativ leicht an die Testfragen gekommen war und die Antworten mit seiner Mutter hatte üben können.

»Wie heißt der höchste Berg der Erde?«

»Mount Everest.«

»Und was wünschst du dir?«

»Dass ich *Lady Italia* werde?«

»Nein, *mamma.*«

»Italiener auf dem Mond? Einen Werbespot mit Steve Reeves?«

»*Mamma!*«

»Schon gut, hm, lass mich noch mal … Weltfrieden vielleicht?«

»Na also. Geht doch.«

Stella hatte gelächelt. »Danke, dass du das mit mir machst. Es tut mir so leid, dass wir dich alle so in Beschlag nehmen.«

»Mach ich doch gerne. Pass auf, wir gewinnen das Ding. Und wenn nicht, auch egal. Das ist nicht das Ende der Welt.«

Seine Mutter sah ihn lange an. Ihr Blick wurde weich, ein wenig abwesend, als dächte sie an etwas anderes. Oder an jemand anderen. »Ich hatte es schon fast vergessen«, sagte sie. »Du hast recht: Das hier ist nicht das Ende der Welt. Es gibt Wichtigeres.«

Das Fragetraining hatten sie auf *zia* Agneses Dachterrasse absolviert, während Violetta mit der Masken-Dekoration der Tante spielte. Auch Beppes Vater Luca war wie ein geprügelter Hund hierher zurückgekehrt, nachdem ihn die Hütchenspieler um sein gesamtes Bargeld gebracht hatten.

»*Stellina,* verzeih mir, ich hab Mist gebaut«, hatte er geseufzt, und seine Mutter hatte das gemacht, was sie auch die letzten Jahre getan hatte, wenn ihr nichtsnutziger Mann in den Schoß der Familie zurückkehrte. Sie nahm ihn schweigend in den Arm. *Wir sind allesamt zu weich für diese Welt,* hatte Beppe gedacht und festgestellt, dass es ihn nicht sonderlich störte.

Zwei Stunden und neunzehn richtige Antworten später standen sie im Finale.

*

»Nach der erfolgreichen Fragerunde kommen wir nun zum Finale und zur Talentshow.« *Signor* Corbucci strahlte ins Dunkel des voll besetzten Festsaals. »An der Spitze steht *Lady Lazio* mit 23 Punkten, dicht gefolgt von *Lady Liguria* mit 22 Punkten. Dann auf dem dritten Platz *Lady Valle d'Aosta,* die jetzt mit einer Tanzeinlage in der Tracht ihres Heimatortes anfängt. Ich bitte um einen Applaus, *signore e signori!*«

Er reichte das Mikrofon weiter an Guy Barone, der unter frenetischem Beifall den drei Finalistinnen Glück wünschte. Dabei wanderte Barones Blick über das Publikum, und als er Beppe in der Menge entdeckte, nickte er ihm anerkennend zu.

Einen wie dich nennen wir in Amerika Selfmademan.

Beppe nickte zurück und klatschte sich fast die Hände wund. Violetta zu seinen Füßen, verstört durch den Lärm, zerrte an seinem Hosenbein. Beppe ignorierte ihr Quengeln.

Selfmademan.

Er war so kurz vor dem Ziel. Die Fragerunde war für Stella gut gelaufen, nur bei der libyschen Hauptstadt hatte sie gepatzt und *Trapani* gesagt, was *Lady Sicilia* zu einem empörten Aufschrei veranlasst hatte. Und jetzt also das Finale. *Lady Valle d'Aosta* gab sich redlich Mühe mit ihrem Volkstanz, erntete jedoch nur lauwarmen Beifall. Als Nächstes balancierte *Lady La-*

zio einen Stapel chinesischer Porzellanteller auf zwei Stäben, kunstfertig und fehlerlos. Es war, Beppe musste es anerkennen, eine exzellente Nummer. Und leider erkannte dies auch die jubelnde Menge. Und dann bat Corbucci *Lady Liguria* auf die Bühne, seine *mammina*.

»*Signora* Stella Parodi, hochgeehrtes Publikum, eine begeisterte Sängerin und Tänzerin, möchte Sie mit einem Lied erfreuen. Nur keine Scheu, *signora* Parodi, kommen Sie hierher zu mir. Vielleicht möchten Sie uns ein paar Worte zu Ihrer Darbietung sagen?« Corbucci balancierte in der einen Hand das Mikrofon, die andere streckte er Stella entgegen, die jetzt die Bühne erklomm.

Sie hatten *Funiculì, Funiculà* einstudiert, und Beppe vertraute auf die Freude, die der neapolitanische Gassenhauer genauso zuverlässig hervorrief wie das Lachen von Kindern. Zudem hatte die Hotelband schon nachmittags bei einem kurzen Probelauf erstaunliche Qualität bewiesen. Ein Glück, denn jetzt ging es um alles. Stella nahm das Mikrofon aus der Hand des Hotelmanagers, bedankte sich und drehte sich dann zum Publikum.

»Ich habe ein Lied einstudiert, dass Sie alle kennen und mögen«, sagte sie, »und ich versichere Ihnen, ich kann dieses Lied so singen, dass Sie sich gut unterhalten fühlen und mich auf dieser Bühne wohl auch recht amüsant finden werden. Genau das habe ich in den letzten Wochen geübt, mit meinem Sohn Giuseppe zusammen übrigens, meinem wichtigsten Kritiker und Gesangspartner. Sehen Sie, dort drüben steht er.«

Sie zeigte zu ihm herüber, und während höflicher Beifall den Saal füllte, erhob sich Beppe von seinem Sitz und verbeugte sich mit hochrotem Kopf. Was würde Barone davon halten?

»Ja, es ist ein nettes Lied«, fuhr Stella fort, »ein nettes Lied für eine nette Frau. Ganz nett gesungen.«

Nett? Beppe tauschte einen irritierten Blick mit seinem Vater

Luca, der sich soeben zu ihnen durchgedrängelt hatte. Stella trat währenddessen nach vorn an den Rand der Bühne.

»Leider ist das Lied aber völlig belanglos, wie mir erst heute klar wurde. Ein Lied ohne Gewicht, ohne Inhalt, ohne Bedeutung. Wollen Sie so etwas hören? Also ich nicht. Und ich will so etwas auch nicht singen.« Gemurmel stieg aus dem Publikum auf. *Himmel, was tut sie da?* Beppe lauschte zunehmend panisch.

»Stattdessen will ich mit Ihnen etwas anderes teilen«, fuhr Stella fort, die Stimme zunehmend sicher. »Etwas, was mir mein Vater beigebracht hat, kurz bevor er endgültig zurück nach Amerika ging, aus Angst vor Mussolini und seinen Schwarzhemden. Vielleicht erinnern sich einige hier im Saal noch an seinen Namen: Vincente Amoretti.«

Die Verwirrung in der Menge unterhalb der Bühne wuchs. Vereinzelte Buh-Rufe wurden laut. Mamma, *nicht! Von* nonno *Vincente will hier keiner was hören.* Beppe zappelte auf seinem Platz herum, versuchte, die Aufmerksamkeit seiner Mutter zu gewinnen.

»›Das ist nicht das Ende der Welt‹, hat er zu uns Kindern gesagt, als wir ihn zum Zug brachten an jenem letzten Abend, ›was zählt, das ist die Liebe‹. Und weil ich heute an meinen Vater denke, der so viel für die Sache unseres Volkes getan hat, obwohl er nicht einmal in Italien geboren wurde, singe ich sein Lieblingslied. *Oh, nein!* Mammina, *tu das nicht!*

»Es ist ein Lied der Liebe und des Kampfes, und wer will, kann gerne mitsingen.«

Während sich im Saal dumpfes Murren erhob, trat Stella an das Mikrofon und winkte der Band zu.

»Spielt *Bella ciao.*«

Die einleitenden Takte des Protestlieds kamen zögernd, als seien sich die Musiker der Töne noch unsicher. *Ja, geht alle in Deckung,* dachte Beppe und ließ sich in seinen Sitz fallen, *duckt*

euch. Ich weiß leider genau, was jetzt kommt. Und Stella setzte mit fester Stimme ein.

Una mattina mi son svegliato …

Ihr Gesicht leuchtete wie von einem inneren Feuer genährt, sie schloss die Augen. Die Hände hielt sie nah am Körper zu Fäusten geballt. Und Beppe wusste, dies war nur der Anfang. Nichts konnte seine *mammina* jetzt noch stoppen. Bald schon würde sie die Augen wieder öffnen und ins Publikum starren. Immer lauter werden. Die Fäuste schütteln und sich auf die Brust schlagen. Es ging nicht anders. Wenn es um ihren Kommunistenvater ging, wurde die sonst so nachgiebige Stella leider stur wie ein Esel.

O partigiano, portami via …

Stella bebte jetzt am ganzen Körper, sie schüttelte den Kopf, und die erste Haarnadel flog irgendwo ins Dunkel. Keine Frage, spätestens bei der letzten Textzeile würden ihr die restlichen Nadeln gefolgt sein.

»Sie singt sich glatt ins Aus«, flüsterte ihm sein Vater zu, das Gesicht hochrot vor Ärger. »Und nur wegen Vincente. Dabei war *ich* damals bei den Partisanen.« In Beppes Kopf rasten die Gedanken. *Jemand muss etwas tun,* dachte er, *jemand muss sie retten.* Das Murren im Publikum war einer Art Schockstarre gewichen. Dafür regte sich die Jury. Eine stark toupierte Dame stand auf, zischte Corbucci etwas ins Ohr und rauschte aus dem Saal.

O bella ciao, bella ciao, bella ciao, ciao, ciao …

Stella richtete ihre Augen auf einen Punkt in der Ferne. Sie bemerkte nicht, dass der Dame aus der Jury weitere Zuschauer folgten; zuerst nur einige wenige, dann immer mehr. Als sich auch Barone von seinem Platz erhob, straffte Beppe die Schultern. *Jetzt.* Er schnappte sich Violettas Hand und drängelte sich mit seiner Schwester durch den Gang nach vorn zum Rand der Bühne.

»Wir machen es wie zu Hause, ja?«, flüsterte er ihr hektisch zu, dann hob er sie auf die Bühne und kletterte selbst hinterher.

Ché mi sento di morir …

Erst als sie oben neben Stella im blendend hellen Licht der Scheinwerfer standen, verschwand das Publikum wie hinter einer schwarzen Wand. Ihre Mutter hatte sie noch gar nicht bemerkt, zu leidenschaftlich steuerte sie die nächste Strophe an. Dabei stemmte sie eine Hand in die Seite und reckte die andere zur Faust geballt in die Luft.

Beppe stupste seine Schwester an, die neben ihm ins Gegenlicht blinzelte. »Schau, was *mamma* macht!«

Violetta verstand, und schon schwenkte auch sie ihr Fäustchen. *Gott sei Dank.* Beppe hob ebenfalls seinen Arm und fiel mit seiner Reibeisenstimme ein. Sie hatten das Lied oft gesungen, zu dritt in der Küche, während Luca rauchend am geöffneten Küchenfenster saß. Es hatte seinen Vater jedes Mal so zum Lachen gebracht, dass er fast vom Stuhl gefallen war. Würde es auch diesmal klappen? Die schwarze Wand blieb stumm. War da überhaupt noch jemand? Zumindest Stella hatte sie jetzt entdeckt, und zu Beppes Erleichterung wirkte sie erfreut. Sogar sehr erfreut. Und jetzt kam der Schluss.

Tutte le genti che passeranno …

Viel zu pathetisch dieser Teil! Beppe versuchte sich an ein paar Bewegungen, die er sich bei *il Molleggiato* Celentano abgeguckt hatte, und glitt an seiner Mutter vorbei über die Bühne. Violetta kicherte und erhob ihre Piepstimme.

Che bel fior …

In der schwarzen Wand regte sich etwas. Jemand lachte. Dann noch einer. Und noch zwei weitere. Die Musikband steigerte sich zu einem Crescendo, schwenkte abrupt um in einen wüsten Polka-Rhythmus und trieb die letzte Strophe im Galopp über das Publikum.

È questo il fiore del partigiano …

Violetta hopste auf ihren kurzen Beinen um ihre Mutter herum. Diese strahlte und riss die Arme nach oben. Und Beppe wackelte hinter beiden über die Bühne wie ein groteskes Fragezeichen, bereit, seine Segelohren, seinen Zinken, ja, sein ganzes jämmerliches Ich dem Spott der Menge preiszugeben. Alles für diesen einen Moment, alles für seine *mammina*.

Und dann kam die Antwort. Beppe spürte zuerst nur eine Art Vibrieren unten im Saal, dann ein dumpfes Poltern im Takt der Musik. Die Menge klatschte. Vier Takte später klatschte sie nicht nur, da stampfte sie auch, johlte und grölte. Und als der letzte Takt verklang, entlud sie ihr ganzes Gefühl in einer irrwitzigen Kakofonie aus Gebrüll, Kreischen, Klatschen. Wütende Pfiffe gingen in Bravo-Rufen unter, Beppe sah aufgerissene Münder, geweitete Augen, verzerrte Gesichter, ein einziges Chaos.

Seine Mutter, mit wirrem Haar, hob sich Violetta auf die Hüfte und winkte ihn zu sich. So standen sie schwer atmend und schwitzend nebeneinander auf der Bühne, und während sie sich verbeugten und in den Tumult hinablächelten, drückte Stella Beppes Hand.

*

Lady Lazio wurde keine Stunde später zur *Lady Italia* ausgerufen. Sie selbst flogen wegen ihrer regelwidrigen Besetzung bei der Gesangsnummer im Finale aus dem Wettbewerb, bekamen jedoch die großzügige Erlaubnis, noch an der Krönungsgala direkt im Anschluss des Wettbewerbs teilzunehmen.

»Das sparen wir uns«, beschied Stella und tauschte einen Blick stillen Einvernehmens mit Beppes Vater Luca. Beppe selbst verrenkte sich unterdessen fast den Hals, um Barone noch irgendwo bei den Juroren zu entdecken. Vergeblich.

Während der Festsaal noch vor Glückwünschen summte, trotteten sie zurück in die Lobby, ein trauriges, abgekämpftes

Grüppchen mit Beppe als Schlusslicht. Sein Vater schlug vor, sich eine Pizza in einem der Strandlokale zu leisten, doch Stella schnaubte, *Alassio* sei doch bekannt für seine Mondpreise und ob er denn vergessen habe, dass sie verdammt noch mal pleite seien. Dann machte sie den Fehler, diesen Fakt mit Lucas Hütchenspieler-Episode zu verknüpfen, und schon bahnte sich der nächste große Streit an.

Alles auf Anfang also.

Beppe nahm Violetta bei der Hand und wollte seinen Eltern gerade folgen, da tippte ihm jemand auf die Schulter.

»Junger Selfmademan«, sagte eine tiefe Stimme mit amerikanischem Akzent, »ich habe hier noch etwas für Sie.«

Guy Barone lächelte auf ihn herab, in seiner Hand mit den perfekt manikürten Fingern hielt er eine Visitenkarte.

»Bei unserem letzten Treffen sind wir unterbrochen worden, erinnern Sie sich? Ich wollte Ihnen dort eigentlich noch meine Karte geben – damit Sie mir Bescheid geben können, wenn Ihr Hotel steht. Ich würde nämlich gerne zur Eröffnung kommen. Sie werden sich bei mir melden, ja?«

Beppe konnte nur noch nicken. *Cazzo,* ihm fiel einfach nichts Gescheites ein!

Keine halbe Stunde später, die Krönungsgala hatte noch nicht begonnen, sauste die *Bianchina* der Familie Parodi bereits wieder über die Uferstraße zurück nach *Sant'Amato*. Sie hatten sich schlussendlich darauf geeinigt, zu Hause zu essen. Beppe und Violetta hockten im Fond, ihre Eltern saßen vorne, genauso wie bei der Hinfahrt. Doch irgendetwas hatte sich seitdem verändert, auch wenn sich Beppe nicht ganz sicher war, was.

»Du kochst einfach besser als jeder Koch in der *trattoria,* Luca«, sagte Stella gerade und lächelte seinen Vater an.

»Zum Glück! Irgendwas muss ich schließlich ja auch noch können, oder?«, rief dieser und gab ihr einen schnellen Kuss.

Sie lachten. *Alassio* ließen sie hinter sich zurück. Vor ihnen ragte das *Capo Mele* auf, tiefschwarz und undurchdringlich wie eine Wand. Doch Beppe wusste, am Fuß des Berghangs begann der Tunnel.

Das ist nicht das Ende der Welt.

1963

»Sapore di sale, sapore di mare …«

Titel: »Sapore di sale«, Interpret: Gino Paoli, Jahr: 1963, Nr. 1 der italienischen Single-Charts in Italien: 3 Wochen.
Ein Jahr später unternimmt Paoli einen Selbstmordversuch, schießt sich in die Brust. Er überlebt, doch die Kugel lässt sich nicht entfernen. Bis heute steckt sie in seinem Herzen.

Cinque

Marina tauchte aus dem Wasser. Er wartete am Strand auf sie, dicht am Rande der auslaufenden Wellen, und für den Bruchteil einer Sekunde hatte sie ein Déjà-vu.

Bei ihrem allerersten Mal war es fast genauso gewesen. Das leise Schwappen im Dunkel, die laue Brise, der Geschmack von Salz auf ihren Lippen, das auch so spät noch sonnenwarme Wasser der *Baia delle stenelle*. Nur hatte sie selbst damals dort im weichen Sand der Bucht gelegen und ihn betrachtet, wie er nach dem Bad ans Ufer watete, das mondbeschienene Meer und die *Isola Nera* im Rücken. Die Felsnadeln der Insel hatten ihn gekrönt wie einen archaischen Gott. Bereit, Land und Frau in Besitz zu nehmen.

Und diesmal? Sie wandte den Kopf, suchte die Insel, fand ihren konturlosen Schatten nur mit Mühe über dem pechschwarzen Wasser. Über ihr blinkten Sterne, doch sonst fehlte alles Licht. Hatte er deshalb diese Nacht für ihr Treffen vorgeschlagen? Unvermittelt fiel ihr ein, wie die Alten im Dorf die Neumondnächte nannten: *i neonati,* die Neugeborenen. Verdammt, nicht einmal der Himmel ließ sie mit dieser Sache in Ruhe. Marina holte Luft und glitt ein letztes Mal zurück in den dunklen Schoß des Meeres. Nicht denken. Sich nicht damit quälen, wie ausweglos alles war, sich nicht sagen, dass es ein Ende nehmen musste, am besten gleich heute. Sie genoss die absichtslose Berührung des Wassers auf ihrer Haut und das Schweben im großen, stillen Nichts. Gab es das jetzt auch in ihrem Körper: Schwerelosigkeit?

Später, als sie zu ihm kam und ihn so küsste, wie sie es beide liebten, gab sie ihm das Salz auf ihren Lippen weiter.

»Du schmeckst nach Meer, *signora* Vassallo«, murmelte er. Er griff in ihr nasses Haar, hielt es fest. Davon würde sie nie genug

bekommen, von seinem Griff nicht und von seinem Mund auch nicht. »Du auch, *signor* Lanteri.«

In der Finsternis erkannte sie kaum mehr als den Schimmer seiner Augen, doch ein Schnauben dicht an ihrer Wange sagte ihr, dass er jetzt lächelte. So, wie er jedes Mal lächelte, wenn sie ihn so in der Öffentlichkeit nannte. Die förmliche Anrede, sie war längst ein Zeichen ihrer geheimen Welt. Sie küsste ihn wieder, war jedoch nicht recht bei der Sache. Wie auch! Ihr schwirrte der Kopf. Hätte es nicht so bleiben können? Zwei, drei nächtliche Treffen in der warmen Jahreshälfte, oft hier am Strand, seltener versteckt irgendwo im Hain. Und dann der lang ersehnte Nachmittag nach der Olivenernte, zum Jahreswechsel, in einer Pension hinter der französischen Grenze. War das zu viel der Sünde? Hatte sie nicht alles getan, um Carlo, die Kinder und die Ordnung in *Sant'Amato* zu schützen? Hatten sie nicht jede Form gewahrt, an fast allen Tagen im Jahr?

Permesso, signor Lanteri? Nach Ihnen, *signora Vassallo.*

Und bei diesem neuen Mittel, dieser amerikanischen Wunderpille, die er ihr über seinen Cousin Gianni, den *dottore,* besorgt hatte, hatte sie nicht alles so gemacht, wie dieser es notiert hatte, die Dosierung, die Tageszeit, ja sogar ihre Temperatur hatte sie gemessen, heimlich jeden Morgen und immer in Angst, Carlo könnte Verdacht schöpfen. Was für ein Aufwand! Und umsonst, ja, völlig umsonst. O Gott, was sollte sie nur Davide sagen? Und was würde Davide dann vielleicht seiner Frau sagen müssen? »Nunziata, Liebes, wegen mir kannst du dir das Gerenne von Arzt zu Arzt wegen eines weiteren Kindes sparen, ich bin schon bestens versorgt?« Und Carlo würde nur nachrechnen müssen, zurück bis zur letzten Operation und der Weisung des Kardiologen, um den Betrug zu erkennen. Sicher, ein kleines bisschen Zeit blieb ihr noch, seit ihrem letzten Treffen mit Davide waren erst sieben Wochen vergangen, und Carlos Karenz endete in wenigen Tagen. Wenn sie dann sofort handel-

te, könnte es noch hinkommen; ein frühgeborenes Kind, das hatte es in *Sant'Amato* schon öfter gegeben. Und bislang verriet ihr Körper nichts, auch Davides Hände glitten ahnungslos über ihren Bauch. Jetzt ergriffen diese Hände ihren Kopf und hielten ihn fest.

»Sag mir ... was ist los?«

Mist, zu viel gegrübelt! Sie schüttelte den Kopf, was ihr in seinem ruhigen Griff nur schlecht gelang. »Nur ein paar Sorgen zu Hause.«

»Sorgen? Weil Matteo nichts als Fußball und Mädchen im Kopf hat? Das ist einfach das Alter, so war ich damals auch, und das mitten im Krieg. Oder ist es wegen ... Carlo?« Wie jedes Mal kam der Name nach einer Pause, in betont neutralem Ton. So als erschiene es Davide respektlos, den Namen des Geschlechtsgenossen auszusprechen, dem er seit zwei Jahren Hörner aufsetzte.

»Nein, es ist nichts. Wirklich.« Sie zuckte mit den Schultern. Er sah ihr prüfend in die Augen, und sie lachte verlegen, verdrängte und übertönte damit ihr Unbehagen und das Rauschen der Wellen, die sich am Strand verliefen. Sie strich über seine Wange, seinen Nacken und schob die Finger in sein Haar.

»Jetzt komm schon. Küss mich«, lockte sie, und er folgte ihrer Einladung. Ein wenig enttäuscht ließ sie sich von ihm auf den Rücken rollen. Wie einfach er zu beschwichtigen war! Wie leicht er ihr abnahm, ein paar unwichtige Alltagssorgen könnten sie von ihrem Treffen in dieser Nacht ablenken, das zumindest *sie* seit Wochen voller Vorfreude erwartete. Was war das alles hier für ihn? Ein Zeitvertreib? Ach verdammt, sie wollte sich nicht mehr quälen. Marina umschlang seine Hüften mit ihren Schenkeln und schob sich für ihn zurecht. Davides Wesen mochte ihr fremd erscheinen, so fremd und stumm wie eh und je, doch das galt nicht für seinen Körper. Sie wusste, wie seine Haut schmeckte, ihre Fingerkuppen kannten die Zeichnung der Haare auf sei-

ner Brust. Sie kannte die Stelle, wo sie ihn nur ganz, ganz kurz berühren musste. Sie erinnerte sich, wie gut sie ineinanderpassten, horchte auf den Seufzer, der ihm jedes Mal entfuhr, wenn er in sie eindrang. So wie jetzt. Und dann endlich hörte sie auf zu denken. *Du schmeckst nach Meer. Nach Meer und Mann. Nichts anderes ist jetzt wichtig. Du flutest mich. Trägst du mich auch?* Sie sank zurück, immer tiefer, durch den Sand, den Fels darunter. Etwas schmolz in ihr, und sie erstickte ihr Keuchen an seiner Schulter. Wie soll ich überleben ohne das hier? Sein Atem an ihrem Hals ging stoßweise, er flüsterte ihren Namen.

Sie liebten sich, folgten dem uralten Ruf, während die Wellen gleichgültig ans Ufer rollten. Und nach kaum einer weiteren Stunde konnte Marina es nicht fassen, wie dumm sie doch gewesen war, zu glauben, sie könne jemals von ihm lassen.

*

Danach ruhten sie. Der nächtliche Himmel wölbte sich über ihnen, ganz weit. Mit unendlich vielen Sternen, die, je länger man hinsah, immer mehr wurden. Marina starrte in die schwarze Kuppel, bis sie sich vor ihren Augen drehte. Vom Meer kam stetiges Rauschen und von der *macchia* am Steilhang das Zirpen der Grillen und Zikaden.

Später sollte sie sich immer wieder über ihre Unachtsamkeit wundern. Dass erst sein erstarrter Körper sie warnte. Irgendwo raschelte es. Dann Davides Stimme dicht an ihrem Ohr.

»Jemand ist hier.«

Er sprang auf, griff sich ein Handtuch vom Boden und starrte ins Dunkel. Das nächste Geräusch kam spät und wurde fast von den Wellen überdeckt. Schnelle Schritte, oben auf dem Pfad. Davide hastete nach links, suchte eine bessere Sicht auf den Pfad. Etwas Weißes blitzte dort auf und verschwand hinter dem Steilkamm. Davide fluchte.

»*Scheiße! Scheiße, Scheiße.*«

»Was ist?« Marina war ebenfalls aufgesprungen. Mit einem Mal fühlte sie sich nackt und entblößt.

»Wir sitzen in der Scheiße, das ist.«

Davide rannte zu seinem Kleiderbündel, sprang in seine Hose und zurrte bereits den Gürtel fest, als sie sich gerade einmal in ein zweites Handtuch wickelte.

»Hast du jemanden erkannt?« Angst schnürte ihr die Kehle zu. Wer auch immer dort gelauscht hatte und jetzt weglief, hatte bereits einen kaum mehr einholbaren Vorsprung. Davide nickte. Im Dunkel war sein Gesichtsausdruck nicht zu erkennen.

»Don Benedetto war das«, stieß er hervor, »mein lieber Schwager. Und wenn ich den nicht stoppe, dann läuft er schnurstracks ins Dorf zu seiner Schwester, erzählt Nunziata, was er gesehen hat, und wir werden uns schon morgen wünschen, dass wir besser tot wären.« Mit diesem Satz hechtete er den Hang hinauf und ließ Marina allein am Strand zurück.

*

Wir werden uns morgen wünschen, dass wir besser tot wären?

Nein, dachte Davide, *vielleicht wünsch ich es mir bereits jetzt.* Er hetzte den Pfad bergan, zwischen den dürren Zweigen des Ginsters hindurch, der bei ihrem letzten Rendezvous im Mai noch die ganze Bucht mit seinem samtigen Aroma überzogen hatte – ein Duft, den Davide stets mit Marina verband. Nach kaum zwanzig Schritten bereute er, dass er sich nicht die Zeit genommen hatte, die Schuhe anzuziehen. Steinchen drillten sich in seine Ballen, und als sich der Dorn einer vertrockneten Ranke in seine Ferse bohrte, ächzte er und fluchte. *Egal, weiter!*

Während er den Pfad hochjagte, in der *macchia* um ihn herum aufgeschrecktes Sirren, überlegte Davide fieberhaft, welche

Möglichkeiten ihm denn noch blieben. Was hatte der bigotte Dreckskerl überhaupt da unten gesucht? War Benedetto neuerdings Voyeur? Schwer vorstellbar. Wollte er ihn, den verhassten Schwager, tatsächlich anschwärzen? Aber das würde er Nunziata nicht antun wollen, doch nicht seiner geliebten Schwester. Aber vielleicht eine kleine Erpressung? Nach dem Motto: Du Gottloser spendest ab sofort den Zehnten der Gemeinde. Ja, schon eher! Das würde Benedetto gefallen, diesem jämmerlichen Beamtensohn, einen stolzen Lanteri zu schröpfen und auf den Knien zu sehen.

Der Ruf der Zikaden wurde schriller, höhnischer. Weiter oben, keine hundert Meter voraus, verschwand Benedetto gerade hinter der Kante des Steilhangs aus seinem Blickfeld. Längst atmete Davide durch den Mund, das Kreuz tat ihm weh, und nach dem Liebesakt im Sand spürte er jeden Muskel im Leib. *Ich bin nichts mehr gewohnt,* dachte er. Wie auch: Nunziata bestellte ihn längst nur noch streng nach Kalender in ihr Bett, ein *appuntamento* zu einem einzigen Zweck. Und die Französin aus Menton, die er früher ab und an getroffen hatte, war im gleichen Moment vergessen gewesen, als Marina in jener Sommernacht vor zwei Jahren tatsächlich in der Bucht erschienen war. Sie hatte es ihm verdorben, das Leichte. Die schöne, schützende Einsamkeit, die Ehe aus Kalkül mit der ach so tüchtigen Nunziata, sie hatte alles auf den Kopf gestellt. Denn Marina zu lieben, das war jedes Mal wie der erste Tag der Ernte: zuerst ein schweißtreibender Anstieg, wie der Weg hoch in den Hain. Dann die Hingabe an den Moment, an das Fest des Lebens, etwas, das getan werden musste, immer und immer wieder, bis ihm die Muskeln zitterten und er vor Erschöpfung lachte. Und nachher fühlte er Liebe, so viel Liebe, dass es ihm schier die Luft abschnürte und er sich jedes Mal schwor, es zu beenden. Ja, Marina hatte es ihm verdorben, das Leichte.

Der Pfad wurde steiler, und Davide begann zu keuchen. Was

hatte der Pfarrer vor? Vielleicht überlegte er sich auch eine wutschäumende Predigt gegen die »Sünde der Unzucht« für die Sonntagsmesse? Und hoffte, Davide auf diese Weise so zuzusetzen, dass dieser sich selbst ans Messer lieferte und Nunziata seine Untreue beichtete.

Beichten?

Ihm kam ein absurd einfacher Gedanke. Nein, das war Unsinn, niemals würde sich dieser Moralapostel darauf einlassen. Doch hatte Don Benedetto eine Wahl? Keiner achtete strenger auf die Einhaltung der katholischen Glaubensvorschriften als sein Schwager. Es könnte klappen, vor allem wenn Benedetto der Priester war, als der er sich gerne gab. Aber dafür musste er ihn noch heute Nacht erwischen, unbedingt, ehe er mit jemand anderem hatte sprechen können. Davide beschleunigte seine Schritte, rang nach Luft. Als er die obere Kante des Steilhangs erreichte, lagen Bucht und Strand tief unten zu seiner Linken. Eine helle Gestalt war dort unten zu sehen, die sich anzog: Marina. Sein Herz zog sich bei ihrem Anblick zusammen. *Das haben wir nicht verdient, Liebste. Und das lasse ich nicht zu!* Er ballte die Hände zu Fäusten und rannte weiter, immer den Pfad entlang, vorbei an dem geöffneten Gatter samt geknacktem Vorhängeschloss, dahinter gleich wieder hinunter, quer durch den Olivenhain bis zu den ersten Häusern von *Sant'Amato*.

Trotz der späten Stunde war es immer noch drückend heiß. Sein Kopf platzte fast, und er schien allen Schweiß bereits abgegeben zu haben. Längst hatte er den Flüchtigen aus den Augen verloren. Nur das deutliche Hallen von Schritten auf dem Pflaster verriet ihm, dass dieser die obere Altstadt *Sant'Amatos* erreicht hatte und sich – Davide hoffte inständig, dass er nicht falschlag – Richtung Piazza und *San Pietro* hielt.

Da war er! Und jetzt hatte der Priester seinen Verfolger auch entdeckt. Er hastete durch die *Via dei Fossi* und hielt auf die

Piazza zu. Davide folgte ihm. *Wenigstens trage ich dünnere Kleidung als Benedetto,* dachte er und beobachtete, wie ein Windstoß dessen schweren Umhang blähte.

Im Ort herrschte nahezu Stille. Nur die Schritte der beiden Männer knallten wie Schüsse durch die menschenleeren *carruggi* und hallten von den Fassaden wider. Auf der Piazza angelangt, eilte Benedetto zur Kirche. Kurz davor drehte er ab und steuerte das Haus seines jüngeren Bruders an, Luca Parodi. *Will er uns etwa bei ihm anzeigen?! Nein,* dachte Davide, *dafür würde Luca sich nicht hergeben, selbst wenn er hundertmal Benedettos und Nunziatas jüngerer Bruder ist.*

Er stellte den Priester schließlich am Ende der Piazza, direkt vor dem Haus der Familie Parodi.

»Don Benedetto!«

Davide erhaschte gerade noch den Ärmel seines Schwagers, als dieser seine Tür öffnen wollte. Der fuhr herum, auch er keuchte schwer.

»Lass den Titel weg, unzüchtiger Nichtsnutz«, zischte der Priester, das Gesicht verzerrt, ob von Erschöpfung oder Hass konnte Davide nicht sagen. »Jetzt bist du dran, das sag ich dir. Ich habe es ihr schon immer prophezeit, ja, schon vor eurer Hochzeit, aber sie wollte ja nicht hören, so vernarrt war sie in dich. Bei der Menton-Geschichte hat sie dich sogar gedeckt. Aber jetzt ist Schluss! Das hier bricht dir das Genick.«

»Und was hast du davon?«, konterte Davide, obwohl er ahnte, dass es seinen Schwager nur noch mehr gegen ihn aufbringen würde. »Willst du die Familie zerstören? Besorgst du uns dann auch die Scheidung? Hast du neuerdings so viel Einfluss in Rom?«

»Gottloser!«, donnerte Benedetto, nimm dieses unselige Wort nicht in den Mund. Niemand außer Gott kann den Bund scheiden. Niemand! Ich kann aber Nunziata und den Kindern Zuflucht gewähren, einen sicheren Platz, während dir der Pro-

zess gemacht wird, so lange, bis du zur Buße findest und bereit bist, deine Sünden zu gestehen.«

Die Stimme des Priesters bekam einen galligen Unterton, und Davide beschloss, das Gespräch wieder in seine Hand zu nehmen.

»Richtig, Schwager, meine Sünden gestehen – genau das mache ich jetzt und hier.«

Mit diesen Worten fiel er vor Don Benedetto auf die Knie, griff nach dem Saum von dessen Soutane, die dieser selbst im Alltag so gut wie nie ablegte, und presste seine Stirn gegen den Stoff.

»*Padre*«, begann er mit monotoner Stimme zu sprechen, »in Demut und Reue möchte ich meine Sünden bekennen.« Er machte nur eine kurze Pause, in der Benedetto ein verdattertes »Gott schenke dir wahre Erkenntnis« murmelte, und fuhr fort: »Ich bekenne, *padre,* ich habe gesündigt in Gedanken, Worten und Taten. Ich habe Böses getan und Gutes unterlassen.«

Und dann beichtete er seinem fassungslosen Schwager alles über seine verbotene Liebe. Sämtliche Dinge, die Nunziata nicht wissen durfte – und über die ihr Bruder als katholischer Priester nun Stillschweigen bewahren musste.

Gesündigt in Gedanken, Worten und Taten.

Marina griff mit schweren Armen nach ihren Sandalen und schleppte sich über den Sand zum Pfad. Sie verschwendete keinen Blick mehr an die *Isola Nera* und die Bucht, wo die Wellen des Meeres weiter ans Ufer schlugen, stetig und unbeeindruckt von allen Geschehnissen am Strand. Während sie über den Pfad den Steilhang hochkletterte, dachte sie an ihre Kinder. Sie dachte an Flora mit ihren Nöten, an Matteo und seinen Traum von *Juventus Turin*. Dann dachte sie an Carlo und merkte auf einmal, dass sie weinte.

Keine hundert Meter vor ihrem Haus, an der Ecke zur *Via della Rivolta,* rief jemand leise ihren Namen. Davide hatte auf sie in einem Tordurchgang gewartet.

»Er wird nichts sagen«, sagte er und machte eine unbestimmte Handbewegung.

»Was gibt dir diese Gewissheit?«

»Beichtgeheimnis. Vorerst zumindest. Deshalb glaube ich, es ist es besser, wir warten jetzt erst etwas ab.«

Sie schluckte. Davide und Don Benedetto hatten über sie gesprochen. Welche Worte hatten sie dabei gebraucht? Marina fühlte sich seltsam beschmutzt. Trotzdem konnte sie sich die Frage nicht verkneifen. »Womit sollen wir abwarten?«

»Mit dem nächsten Treffen.«

»Was meinst du damit?« Sie geriet in Panik. *Die Zeit läuft mir weg. Was empfindet er überhaupt für mich?* Aber war es nicht auch besser so? Nein!

»Du willst es beenden?«, sagte sie schärfer, als sie es beabsichtigt hatte.

»Nein, verdammt, ich will keinen Ärger!«

Ach was, dachte Marina, *sag doch einfach, wie es ist: Du willst keinen Ärger mit deiner Frau. Aber* ich *habe den Ärger schon. Und durch Abwarten wird der nur größer. Immer größer.* Ihr Magen krampfte sich zusammen, ihr wurde übel. Oh, Gott, es ging schon los, schon jetzt. Sie umklammerte die Tasche mit ihren Badesachen und hob ihr Kinn.

»Gut, also alles wieder auf Anfang, *signor* Lanteri, ja?«

»Marina, bitte.«

»Weil *signor* Lanteri keinen Ärger will, ja?«

Er wiederholte ihren Namen, leiser diesmal. Er sah jämmerlich aus. *So zum Kotzen jämmerlich!* Wieder kam die Übelkeit, und Marina spürte heiße Wut in sich aufsteigen.

»Dann geht der feine *signor* Lanteri jetzt heim, und alles ist wieder in Ordnung? Prächtig! Dann richten Sie Ihrer Frau mal

einen schönen Gruß von mir aus, wenn sie Sie zum nächsten *appuntamento* bestellt.«

Zack, das saß. Davide zuckte kaum merklich zusammen, und seine Augen verengten sich, als nehme er sie ins Visier.

»Und Sie grüßen Ihren Mann … *signora* Vassallo«, schoss er zurück, nicht ohne eine kleine Pause vor der Anrede.

So geht es also zu Ende? Marina war zu sehr in Fahrt, um der traurigen Stimme in ihrem Innern zu lauschen.

»Bist du etwa eifersüchtig?«, rief sie. »Darauf, dass ich noch so etwas wie eine Ehe führe? Eine *richtige* Ehe?«

»Was soll das jetzt? Lass das.«

»Ach nein, entschuldige, ich vergaß, oder sollte ich das nicht wissen? Du kannst ja bei Bedarf immer noch nach Menton fahren.«

»Halt den Mund!«, rief er. »Was ist nur mit dir los?«

Ich erwarte ein Kind von dir, du Idiot! Doch dieser Satz war es nicht, den sie ihm zurief, bevor sie sich umdrehte und zurückrannte in die *Via della Rivolta* und in ihr Leben mit Carlo. Laut rief sie nur das allerletzte Wort.

»IDIOT!«

Sei

Dank professioneller Distanz überstand Giorgio Merlan sogar den Frontalangriff der ersten sechzehn Takte. Er klammerte sich an den Klavierauszug auf seinem Schreibtisch, starrte durch das Fenster auf das Meer vor *Sant'Amato* und hielt die Musik mit den Taktschlägen seines Bleistifts in Schach. Dann aber brachte der alte Fuchs Puccini seine Geigen in Stellung, und die Callas förderte aus den Untiefen ihrer verrückten griechischen Seele ein *Sempre con fè sincera …* zutage, das sein Herz so präzise durchbohrte wie ein Stilett. Giorgio sackte über dem Klavierauszug zusammen, weinte die Noten nass wie ein Kind, und nach weiteren sechzehn Takten der Arie stand seine Entscheidung.

Schluss, aus. Es reichte.

Nach diesem letzten Engagement würde er aufhören. Wenn schon ein Ende, dann ein Ende mit allem. *Vissi d'arte, vissi d'amore* – ich lebte für die Kunst, ich lebte für die Liebe. Das eine ging nicht ohne das andere, das wusste auch schon Puccini. Doch er selbst hatte es nicht wahrhaben wollen. War von Lilos Bett in Naeggelis Privatklinik weitergehetzt, die gesamten drei Jahre seit der Diagnose, von Inszenierung zu Inszenierung, bis er nur noch an den Pförtnern vor den Künstlereingängen erkannte, wo er sich gerade befand: Samuel, das war die Met, Hans der Grüne Hügel, Dmitri das Bolschoi und José das Colòn. Weiter, immer weiter hatte er sich getrieben, obwohl er nur an Davos denken konnte und an Lilo, die dort lag und deren Blut trotz allen Gegengifts nicht aufhörte, sich selbst zu verzehren.

Ja, er hatte es wirklich versucht.

Doch jetzt saß er hier, im schönsten Ferienhaus der Blumenriviera, in drei Wochen begannen in Mailand die Proben für seine erste Tosca mit der Callas – die Opernwelt erwartete ein Jahrhun-

dertereignis –, und ihm fiel einfach nichts ein. Sein Geist war so leer wie eine verlassene Bühne, über die nur ein Wort hallte: Lilo.

Unmöglich. Ohne Lilo würde er nicht arbeiten können. Er verließ seinen Schreibtisch im Wohnzimmer, stellte das Tonband ab und machte sich auf die Suche nach seiner Frau.

Professor Naeggeli war klar und deutlich gewesen in seiner Prognose: maximal acht Wochen, vielleicht sogar zehn, wenn man den terminalen Blastenschub irgendwie hinauszögern könnte, doch keinesfalls mehr. Dabei hatte er ihn durch seine winzigen Brillengläser hindurch beäugt, als sei nicht Lilo der »interessante Fall«, sondern er selbst. Lassen Sie mich es ihr sagen, hatte er daraufhin gebeten, und als er ins Krankenzimmer zurückkehrte, war sie am Fenster gestanden und hatte auf die Davoser Berge geschaut.

»Als Nächstes kommt die Tosca in der Scala?« Ihre Stimme hinter dem Mundschutz klang dumpf.

»Ja. Warum fragst du?«

»Weißt du, welches Bild mir noch fehlt?«

»Welches Bild?« Giorgio versuchte, seine Überraschung zu verbergen. Wenn die Zeit kommt, wird Ihre Frau vielleicht persönliche Wünsche äußern, hatte ihm Naeggeli prophezeit. Ihre Zeit, war das etwa *schon jetzt?* Er bemühte sich um einen gelassenen Tonfall. »Du willst wieder fotografieren?«

»Nein, ich brauche nur noch dieses eine Bild.«

»Welches?«

»Eins von den Delfinen. Erinnerst du dich, die Delfine in der Bucht mit dieser seltsam gezackten Insel? An der Blumenriviera. Wir hatten damals diese hübsche kleine Villa gemietet, *La Sapienza,* aber ich weiß den Namen des Ortes nicht mehr, irgendwas mit San … oder Santo … ach, ich kann mir nichts mehr merken.«

Ihre Stimme erstarb, und sie drehte sich zu ihm um, ihr hellgrauer Turban fahl im Gegenlicht.

»*Sant'Amato* war das. Vor drei Jahren, wir hatten ein paar Tage drangehängt, nach diesem unsäglichen Mailänder Lohengrin mit Giuliani. Italiener verstehen Wagner einfach nicht.«

Sie nickte, und unter dem weißen Vlies vor ihrem Mund erahnte Giorgio ihr Lächeln.

»Richtig. *Sant'Amato*. Wunderschöner Ort. Ein guter Ort zum Leben.« *Und ein guter Ort zum Sterben?* Die einzig passende Assoziation hing schwer im Raum, und Giorgio nahm seine Frau schnell in den Arm. *Sant'Amato, warum eigentlich nicht?* Er zermarterte sich gerade den Kopf, wie er ihr eine Reise dorthin vorschlagen könnte, ohne dass es, na ja, genauso klang, wie es gedacht war, nämlich als Erfüllung eines letzten Wunsches, da hörte er ihre Stimme leise an seiner Brust.

»Bring mich hin.«

Naeggeli hatte Lilo bei ihrem Entlassungsgespräch strikt davon abgeraten, die Behandlung abzubrechen. »Unter entsprechender Medikation und in keimfreier Umgebung hier auf der Station könnten Sie vielleicht zwei oder drei Wochen dazugewinnen.« Er schien fast beleidigt, dass jemand auf die Idee verfallen könnte, woanders als in Davos stürbe es sich schöner.

Doch Lilo blieb stur. *Sant'Amato* sollte es sein, so schnell wie möglich, und eine Privatschwester, nein, die verbitte sie sich. Dem Professor gegenüber wurde sie sogar regelrecht kiebig, eigentlich gar nicht ihre Art. Giorgio kannte seine Frau all die Jahre nur als harmoniebedachten Menschen. Waren das vielleicht schon die ersten Anzeichen der Wesensveränderung, die ihm für das Endstadium prophezeit worden war? Oder bekam er nun, wo die äußere Hülle seiner Frau immer brüchiger wurde, eine Ahnung von der Lilo, die sich achtzehn Jahre lang hinter einem Lächeln und sanften Worten versteckt hatte? Von der Lilo, die es vor ihrer Ehe gegeben hatte?

Wie auch immer: Zwei Tage später packte er sie mitsamt ei-

nem großzügigen Vorrat an Medikamenten unter Naeggelis kopfschüttelndem Blick in seinen Mercedes und brachte sie über den Gotthardpass hinunter zur Küste. Und als *Sant'Amato* nach langer Serpentinenfahrt im Licht der Abendsonne aufgetaucht war, da hatte Lilo ihren Mundschutz heruntergezogen und ihn spontan geküsst.

Giorgio fand seine Frau im Garten, wo sie, einen großen Strohhut auf dem Tuch, das ihr die Haare ersetzte, zwischen Obstbäumen hantierte und Aprikosen pflückte. Als sie ihn bemerkte, streckte sie ihm strahlend eine Frucht hin.

»Es gibt noch welche«, rief sie, »dabei ist der Sommer fast vorbei!«

Auf dem Nachbargrundstück erschien ihre Vermieterin, *signora* Amoretti, gefolgt von ihrem gescheckten Dackel. Lilo begrüßte sie in nahezu akzentfreiem Italienisch, und die beiden Frauen wechselten ein paar schnelle Sätze. Seine Lilo, das Sprachtalent, noch heute musste sie ihm manche Textstellen im Libretto übersetzen. Und was hatte sie bei ihrem ersten Rendezvous über seinen italienischen Spitznamen gelacht.

»*Giorgio,* das ist gut«, hatte sie geprustet, »dabei sind Sie bayrischer als ich! Aber was soll's, Sie sind mir als Giorgio ebenso lieb wie als Schorsch. Doch dann dürfen Sie mich auch nicht mehr Lieselotte nennen, sondern einfach Lilo. Topp?«

Topp. Giorgio und Lilo also. Ab dem ersten gemeinsamen Jahr, noch zu Kriegszeiten in Zürich. Giorgio und Lilo. Bei jeder Premiere, jedem Fest unter Freunden, auf allen Postkarten, in jedem Brief. Giorgio und Lilo, keine Kinder, keine Geschwister, nur Giorgio und Lilo, seit fast zwanzig Jahren. Und fast zwanzig Jahre würden es bleiben.

Er probierte die Aprikose. Sie hatte ein paar braune Stellen, war jedoch noch warm von Lilos Hand und schmeckte zuckersüß.

»Was hast du eigentlich im Garten gesucht?«, fragte sie später auf der Terrasse, als er ihr die Liege richtete und die Infusion legte. Lilo akzeptierte keinen anderen Platz als diesen hier auf der Terrasse, hoch über dem Steilhang und der Uferstraße, direkt neben dem Stativ mit der Kamera, deren Objektiv die Bucht anvisierte.

»Was ich gesucht hab? Dich natürlich.«

Er holte sich einen Stuhl, setzte sich neben die Liege und versuchte ein charmantes Grinsen. Es ging gründlich schief.

Lilo runzelte die Stirn. »Aber das hast du doch noch nie getan. Morgens arbeitest du immer. Immer! Und sagtest du nicht, du wärst schon im Verzug? Was ist los?« Aus Lilos Nase rann ein Blutstropfen, und er reichte ihr schnell ein Taschentuch.

»Es ist nichts. Wirklich.«

Lilo fixierte ihren Mann, während sie sich abtupfte.

»Sicher?«

Der Strohhut mogelte fast so etwas wie Farbe in ihr Gesicht, und durch das Flechtwerk der Krempe hindurch besprenkelte Sonnenlicht ihre Nase. Tief unten auf der *Via Aurelia* quäkten die Motorroller. Giorgio seufzte. »Es läuft nicht.«

»Was läuft nicht?«

»Die Tosca. Mir fällt nichts ein.«

Lilo lachte. »Mei, dann nimmst du einfach die Chicagoer Inszenierung von vor fünf Jahren. Das merken die Mailänder doch eh nicht.«

»Ach was.« Verdrossen trommelte er auf der Stuhllehne herum.

»Und sonst?«

»Ja, was und sonst?«

»Na, sonst eben. Du willst mir doch jetzt nicht mit einer künstlerischen Krise kommen.«

Er sprang auf und ging zum Terrassengeländer. »Verstehst du denn nicht? Mir fällt nichts mehr ein. Ach, ich hör auf mit der Oper.«

Als Lilo nicht gleich antwortete, drehte er sich um. Ihr Gesichtsausdruck irritierte ihn. So hatte sie ihn früher nicht angesehen, so kühl, so abwesend, so … gleichgültig?

»Was soll der Schmarrn?«, sagte sie jetzt. »Hast du keine anderen Sorgen? Du bist Künstler, so wie ich, wir hören nicht einfach so auf.« Lilos Ton war direkt geworden, beinah streng.

»Doch, natürlich tun wir das«, beharrte er. »Denk an Guttmann.«

»Der hat sich zwei Jahre später umgebracht. Weil er es ohne Musik nicht mehr ausgehalten hat.«

»Kannst du sicher sein, dass das der Grund war?«

»Seinen Abschiedsbrief hatten sie doch in allen Zeitungen.«

»Hm. Oder denk meinetwegen an dich.«

»Hab ich etwa *aufgehört?!*«

»Na ja«, Giorgio druckste herum, »zumindest hast du doch eine, ähm, längere Pause gemacht. Und? Hat es dich umgebracht?«, schloss er dann und hätte sich im gleichen Moment die Zunge abbeißen können. *Du Hornochse!*

Lilo ließ es ihm Gott sei Dank halbwegs durchgehen.

»Ach, wer kann schon sagen, was ihn am Ende umbringt«, murmelte sie, griff nach ihrer Leica auf dem Tischchen neben der Liege, kramte sie aus ihrem Lederfutteral und bestückte sie mit einer neuen Filmrolle.

»Ist es wegen mir?«, sagte sie dann und betrachtete ihn aufmerksam. »Ja, gib schon zu, es ist wegen mir, gell?«

Sie legte die Kleinbildkamera weg und nahm seine Hand. »Schau, ich hab's gut hier, richtig gut. So viel Schmerzmittel in der Kanüle, wie ich mag, und azurblaues Meer direkt vor den Augen. Kann es mir besser gehen? Ich find nicht. Und eins sag ich dir: Ich lieg hier so lange auf der Lauer, bis ich wenigstens einmal diese depperten Delfine sichte! Also bitte schön, geh zurück in dein Studio und arbeite. Und schieb's nicht mir in die Schuhe, wenn du nicht weiterkommst.«

»Aber«, begann er, doch sie unterbrach ihn.

»Schluss jetzt, du arbeitest. Weisung von deiner Frau, ja?«

Giorgio schwieg. Sie verstand einfach nicht.

»Schau, da unten«, sagte Lilo unvermittelt und deutete über das Terrassengeländer, »da kommt sie. Die *signora* aus dem Frisiersalon.« Sie wies den Abhang hinunter zum steilen Zufahrtsweg, wo sich eine Frauengestalt mit einem Beutel in der Hand zum Grundstück hinaufarbeitete. Ein leichter Wind vom Meer wühlte in ihrem offenen Haar und presste den Saum ihres Kleides an ihre kräftigen Schenkel.

»Wieso kommt sie, hast du sie angerufen?«, fragte Giorgio.

Lilo nickte. »Du wirst schon sehen, ich hab mir was bestellt. Jetzt geh und bring Sie her. Und dann ab, zurück zur Tosca.« Als Giorgio die Terrasse verließ, hatte Lilo den Kopf schon wieder abgewandt und sah aufs Meer.

*

Eine Echthaarperücke hatte die Frauenstimme am Telefon verlangt, der Preis spiele keine Rolle. Fünf dieser Perücken drängten sich jetzt in Marinas Schultertasche, als sie den Klippenweg zum *Capo Cervo* hinaufwanderte, an dessen Steilhang Mafalda Amorettis Haus samt der Landvilla *La Sapienza* gleich nebenan klebten, welche Mafalda im Sommer an Feriengäste vermietete. Es war furchtbar heiß, obwohl es schon Spätsommer war, und schon nach zwei Dritteln des kurzen Weges wurde ihr erneut übel.

Nur noch eine Woche, dann war es vorbei. *Dottore* Falci hatte ihr den frühestmöglichen Termin gegeben. Natürlich auch diesen gegen Aufpreis.

Auf dem Weg zu Mafaldas Anwesen kam ihr unvermittelt Don Benedetto entgegen. Der Pfarrer starrte sie grußlos an. Marina wurde noch etwas schlechter. Sicher, Davide hatte ge-

beichtet, der Pfarrer musste schweigen, aber konnten sie darauf vertrauen? Don Benedetto holte Luft, wollte schon etwas sagen, entschied sich dann jedoch anders und bekreuzigte sich stattdessen. Marina erschrak ob des Abscheus, der ihr aus seinen Augen entgegenschlug. *Er weiß alles,* dachte sie. *Wie lange wird er noch den Mund halten?*

In *La Sapienza* hatte man Marinas Kommen wohl schon bemerkt, denn kaum dass ihre Hand den Klingelknopf berührte, öffnete sich auch schon die Eingangstür, und die hochgewachsene Gestalt des Regisseurs erschien im Türrahmen.

»*Signora* Vassallo, wie schön, dass Sie hergekommen sind«, sagte Giorgio Merlan mit unüberhörbar deutschem Akzent, »meine Frau erwartet Sie bereits.«

Er gab ihr die Hand und betrachtete sie aufmerksam, so als prüfe er, ob man sie einer Schwerkranken zumuten könne.

»Lilo ist oben auf der Terrasse. Es ist ihr Lieblingsplatz, am Meer, verstehen Sie? Dort steht auch ihre Kamera. Wir sind extra wegen der Delfine gekommen …«

Marina wunderte sich. Hatte Mafalda dem Deutschen denn nichts von dem Ölunfall vor der Küste weiter nördlich Richtung Genua erzählt? Die Zeitungen waren voll davon gewesen. Aber was ging es diese Touristen auch an.

»Ach ja, sehr schön«, sagte sie laut, »dieses Jahr wurden bisher leider noch nicht viele *stenelle* gesichtet …«

Sie durchquerten die Eingangshalle und stiegen ein paar Stufen hoch zum Wohnzimmer mit den Panoramafenstern. Von hier aus eröffnete sich ein fantastischer Blick auf die Bucht, und Marina fragte sich einmal mehr, was in aller Welt Mafalda Amoretti dazu bewog, das schönste Gebäude ihres Anwesens zu vermieten und selbst in dem bescheidenen Nachbarhaus wohnen zu bleiben. Geld konnte es nicht sein, denn von Stella wusste sie, dass Mafalda für *La Sapienza* eine lächerlich geringe Miete verlangte – zumindest gering für einen Gast wie diesen

Merlan, dessen Mercedes sich auf dem winzigen Parkplatz der Villa breitmachte und dessen Hand, mit der er sie jetzt durch das Zimmer lotste, von einem dezenten Siegelring aus Gold geziert wurde. Auf einem ausladenden Tisch vor dem Fenster stapelten sich Notenbände, Notizzettel und großformatige Bleistiftskizzen. Im Hintergrund lief klassische Musik, italienische Oper, eine Frauenstimme in schmelzendem Moll. Kurz vor der Terrasse blieb der Regisseur unvermittelt stehen und wandte sich ihr mit gedämpfter Stimme zu.

»Meine Frau ist krank, verstehen Sie?«

Die Frau stirbt, hatte Mafalda ihr erzählt.

»Ich hörte davon«, erwiderte Marina.

»Sie hat vielleicht nicht mehr viel Zeit. Vielleicht nicht einmal genug, um die Perücke zu nutzen. Aber das weiß meine Frau schon, das muss ihr niemand sagen.« Merlan fuhr sich durch das graue, volle Haar, machte eine hilflose Geste.

»Ich verstehe«, sagte Marina.

»Das ist gut. Bitte besprechen Sie auch die Preisfrage später mit mir, ja?«

»*Naturalmente.*«

»Kann ich mich da auf Sie verlassen?«

Marina griff nach dem Beutel. »Seien Sie unbesorgt, ich kann Ihrer Frau helfen.«

Im gleichen Moment schon bereute sie diesen Satz. Zu spät, Merlan winkte sie auf die Terrasse, und in seiner gequälten Miene spiegelte sich ihr eigener Gedanke. *Nein, da kann niemand mehr helfen.*

Die Frau des Regisseurs lag zusammengesunken unter einer Decke auf einer Liege, ein menschliches Bündel, das nur noch aus Haut und Knochen bestand. Marina hatte derart abgezehrte Menschen zuletzt im Krieg gesehen, als Rom zur »offenen Stadt« erklärt worden war. Doch die Gestalten, die man

damals in den Gassen sah, hatten wie leere Hüllen gewirkt, nicht wie der energetische Kern einer ganzen Welt – und sie hatten auch nicht so gestrahlt wie Lilo Merlan jetzt, als sie Marina entgegenblickte. Ihre großen Augen lagen tief in den Höhlen und verliehen ihrem Aussehen etwas Eulenhaftes. Neben ihr lag ein Strohhut, den sie wohl soeben abgelegt hatte, denn zum Schutz ihres kahlen Schädels vor der Sonne trug sie nur ein dünnes, weißes Seidentuch. Sie musste winzig sein, denn ihr Körper unter der Decke nahm kaum ein Drittel der Liege ein. In Gegensatz dazu stand ihre fast männlich tiefe, heisere Stimme.

»Hallo, ich bin Lilo«, stellte sie sich vor. Sie streckte Marina ihre linke Hand entgegen. Ihre Rechte war von einer Infusionsnadel blockiert, die sie über einen transparenten Schlauch mit einem Beutel an einem Ständer verband, aus dem eine klare Flüssigkeit unablässig in den Schlauch tropfte.

Lilo also. Keine förmliche Anrede, einfach nur Lilo. Und die Art, wie die Frau des Regisseurs mit ihr sprach, wirkte völlig ungezwungen. Mafalda hatte ihr erzählt, sie sei vor ihrer Ehe mit Merlan eine bekannte Fotografin gewesen, eine, die mit Hemingway in Spanien gewesen sei. Und mochte ihr Körper sich auch schon fast von dieser Welt verabschiedet haben, ihr Blick war immer noch so unbestechlich wie das Objektiv einer Fotokamera, glasklar und ganz im Hier und Jetzt. Marina mochte sie sofort.

Nach einer kurzen Unterhaltung kamen die beiden Frauen gleich zur Sache. Lilo nahm ihr Seidentuch ab, Marina gab ihr einen großen Handspiegel und passte ihr die verschiedenen Modelle an. Lilo entschied sich so schnell, wie es Marinas Erfahrung nach nur Deutschen gelang. Binnen fünf Minuten nahmen sie zwei Perücken in die engere Wahl, zwei weitere Minuten später ermittelte Lilo die von ihr favorisierte und besiegelte den Kauf lächelnd mit einem Nicken. Marina wollte gerade ihre

Sachen wieder zusammenpacken, als sie von einer weiteren Welle Übelkeit überrollt wurde. Um sich abzulenken, richtete sie ihren Blick auf den Garten. Mafaldas Aprikosenbäumchen trug sogar noch Früchte, aber dessen vergilbte Blätter und die aufgezehrten Triebe verrieten, dass die Zeit für *albiccoche* nahezu abgelaufen war.

»Ein schöner Garten«, sagte sie.

»Ja, *signora* Amoretti ist wirklich eine Künstlerin«, bestätigte Lilo. »Davon abgesehen scheint mir, dass es hier sowieso überall blüht und rankt und Sie alle hier im Ort ein Händchen für Pflanzen haben?«

»Na ja«, murmelte Marina, schluckte und legte ihre Hand unauffällig auf ihren Bauch, »bei uns zu Hause hat dieses Talent nur meine Tochter.«

»Interessant. Wie ist ihr Name?«

»Nun ja, das ist jetzt kein Witz: Sie heißt Flora.«

Lilo Merlan lachte ein lautes, kehliges Lachen. Dann fragte sie: »Ihr einziges Kind?«

»Nein, ich habe noch einen Sohn.« *Und wer wächst in meinem Bauch? Jemand, der nicht zählt?* Marina atmete tief durch, bekämpfte den Brechreiz in ihren Eingeweiden.

»Ist Ihnen nicht gut? Kommen Sie, nehmen Sie bitte von der Limonade hier. Trinken Sie, das hilft.« Lilo Merlan wedelte mit ihren dünnen Ärmchen und dirigierte sie zu einem silbernen Tablett auf einem Beistelltisch, auf dem geschliffene Gläser und eine Karaffe bereitstanden. Dann glitt ihr Blick hinaus auf das Meer. »Ach, das muss wunderbar sein, so viel Leben im Haus. Ein Geschenk. Sie können sehr stolz sein.«

Marina seufzte. »Ja, das kann ich wohl. Manchmal denke ich, ich verdiene es nicht. Kennen Sie das Gefühl? Ich glaube, ich habe viel falsch gemacht …« *Und ich sollte jetzt einfach mal meinen Mund halten,* dachte sie. Gott, was war ihr schlecht. Doch diese Frau hatte eine Art, sie anzusehen, so als blicke sie ihr ge-

radewegs in die Seele. Wie ein Priester. Oder nein, eher wie *maestro* Barnabà damals. Als er sie in flagranti erwischte, ihr die ledergebundene Hamlet-Ausgabe aus der diebischen Hand nahm und zu ihr sagte, er freue sich über ihr Interesse an Shakespeare, schenke ihr das Drama aber lieber als handliches Textheft …

»Ach, das wird schon«, sagte Lilo jetzt.

»Wenn Sie das sagen. Sie sind sehr, ähm …« Marina suchte nach dem passenden Wort, gab dann aber auf. »Ich meine, Sie wissen, worauf es ankommt.«

Lilo lachte auf. »Glauben Sie mir, das war nicht immer so. In gewisser Weise fange ich gerade erst wieder neu an. Wissen Sie, ich war Fotografin vor meiner Ehe, ich bin mit meiner Kamera und etwas Wechselwäsche um den Erdball gereist und habe Bilder gemacht. Von allem Guten und allem Schlechten in der Welt. Das war alles, was ich wollte, ich war glücklich, mehr brauchte ich nicht. Dann habe ich geheiratet und mein Leben fast zwanzig Jahre in den Dienst des Menschen gestellt, den ich am meisten liebe. Ich habe das aus Überzeugung gemacht. Weil eine Liebe unter Weltenbummlern nicht funktioniert, wenn nicht einer dem anderen folgt. Ich habe nichts vermisst.« Die Frau des Regisseurs sah nachdenklich über das Geländer der Terrasse aufs Meer. »Und ich hatte ein wirklich gutes Leben an der Seite meines Mannes.«

»Aber?«

Lilo zögerte mit der Antwort. »Ich versuche gerade, etwas wiederzufinden, was ich dabei verloren habe. Ich habe nicht aufgepasst, verstehen Sie?«

Marina nickte. Der Schrei einer Möwe über der Bucht von *Sant'Amato* unterbrach sie in ihren Gedanken und erinnerte sie an den ursprünglichen Grund ihres Besuchs. Verrückt, so was. Dabei hatte sie nur eine Perücke verkaufen wollen. Was für ein erstaunlicher Moment und was für eine erstaunliche Frau, diese

Lilo Merlan. Wann hatte sie zuletzt so offen mit einem Menschen sprechen können? Marina seufzte.

»Ich habe auch nicht aufgepasst«, seufzte sie. »Und deshalb muss ich vielleicht bald eine Entscheidung treffen. Eine schwere Entscheidung. Für meine Familie. Damit ich sie schütze. Damit unser Leben hier weitergeht …«

»Und diese Entscheidung fällt Ihnen schwer?«

»Sehr schwer.«

Lilo überlegte. »Vielleicht muss man manchmal einfach auf sein Herz hören, darf nicht zu sehr nachdenken.«

»Nein?«

»Es steht mir natürlich nicht zu, Ihnen zu raten. Ich kenne Sie nicht, und ich weiß auch nicht, welche Entscheidung Sie treffen müssen. Aber eine Stimme in meinem Kopf – und glauben Sie mir, in meinem Kopf ist derzeit mächtig was los – sagt mir, dass Sie die Lösung für Ihr Problem schon wissen.«

»Meinen Sie wirklich?«

»Ja, worum auch immer es geht: Hören Sie auf Ihr Herz. Entscheiden Sie sich, und gehen Sie Ihren Weg.«

Marina spürte, wie ihr die Kehle eng wurde. Oh, Gott, geht es etwa hier los? Nein, bitte! Nicht denken, nur atmen. Ein und aus. Ein, aus. Ein … Die Frau des Regisseurs sah sie fragend an. Marina stürzte zum Geländer, lehnte sich weit über die Brüstung und würgte. Nur ein wenig Galle tropfte auf die Oleanderbüsche unterhalb der Terrasse.

»Soll ich meinen Mann rufen?« Da war Lilo Merlans besorgte Stimme. »Sind Sie krank?«

»Nein. Es geht schon.« Marina drehte sich wieder um. Ein Kloß in ihrem Hals löste sich auf, und sie spürte, wie ihr Tränen in die Augen schossen. *Hör auf dein Herz, geh deinen Weg? Verdammt, noch so ein Satz, und ich spring von der Klippe.*

»Oh, bitte, bitte weinen Sie nicht«, rief Lilo, »es tut mir leid,

was ich gesagt habe, wahrscheinlich war es furchtbar dumm! Ach, kommen Sie bitte her, ich möchte gerne Ihre Hand halten, und ich kann ja nicht aufstehen. Bitte!«

Marina ließ sich auf einen Stuhl neben der Liege sinken. Wie schrecklich, da saß sie gesund und munter neben dieser sterbenden Frau und heulte Rotz und Wasser, weil sie mit dem Zuviel an Leben in ihrer Welt nicht zurechtkam. Konnte es ein Zuviel überhaupt geben? Und stand ihr zu, darüber zu urteilen? Nach all den Kindern, die ihr Schoß genährt und gehütet hatte, jetzt und früher – und noch früher?

All die Kinder. Marina hatte auf einmal das Gefühl, als falle eine Last von ihren Schultern.

»Passiert Ihnen das öfter?«, fragte Lilo besorgt.

»Nein, nein. Es ist nur …« Sie schwieg, die Hand auf ihrem Bauch. Lilo betrachtete sie aufmerksam, dann sagte sie: »Ich verstehe.« Verstand diese Frau wirklich?

»Verzeihen Sie bitte«, sagte Marina. »Mir ist das sehr unangenehm.«

Lilo ergriff ihre Hand. Ihre Finger waren kühl und dünn wie Reisig. Die Kante eines breiten Goldrings kratzte auf Marinas Haut, ein Ring viel zu groß für Lilos Finger.

»Schauen Sie«, sagte Lilo und wies auf den Ring, »das ist mein *Alles-wird-gut-Ring*. Sehen Sie hier, die Inschrift hier in Deutsch. Ich habe ihn von meinem ersten Honorar als Fotografin gekauft. Der Ring hat mich bei meinen schwierigsten Aufträgen begleitet und mir Mut gemacht, dann verschwand er irgendwie, für lange Zeit. Aber stellen Sie sich vor, vor zwei Wochen fand ich ihn wieder, im Zwischenfutter meiner Handtasche, ist das nicht verrückt? Er war die ganzen Jahre da, während ich ihn für verloren hielt. Und jetzt trage ich ihn wieder, Gott sei Dank, denn ich brauche ihn. Ohne ihn kann ich nicht fotografieren.«

»Sie machen wieder Fotos?«

»Ich mache *ein* Foto. Nur eines, aber das muss sein. Ich warte. Denn bis ich das Foto nicht im Kasten habe, gehe ich hier nicht weg …«

»Und worauf warten Sie?«

Lilo wies mit der beringten Hand hinunter zur Bucht.

»Auf die *stenelle* natürlich.«

Als Marina später an diesem Tag mit ihrer Tochter Flora zum Metzger ging, erzählte sie ihr von dem Besuch in *La Sapienza*.

»Die arme Frau«, rief Flora, »was für ein Jammer!«

Marina nickte, sagte aber nichts. War Lilo Merlans Leben ein Jammer, nur weil es schon bald endete? Sie dachte an die Musik in dem Haus, die Energie, die von der kleinen Frau ausgegangen war, und die zärtlichen Gesten zwischen den Eheleuten. Ja, *La Sapienza* hatte Glück geatmet – nicht Jammer, sondern Glück! Und auch wenn Lilo einiges im Leben zu bereuen schien, der Blick, mit dem sie ihren Mann angesehen hatte, war voller Liebe gewesen. Hatte sie selbst je diese Liebe empfunden, wenn sie ihren eigenen Mann ansah? Oder Davide? Sicher, Davide war Naturereignis, Schicksal und Zumutung in einem – aber was war er sonst für sie? Außerdem kam von ihm seit dem nächtlichen Streit nichts mehr. Kein Wort, kein Blick. *Wer ist bei mir, wenn ich eines Tages sterbe? Wer hält dann meine Hand?*

Ein Windstoß fuhr in Marinas Haar, als sie die Piazza überquerten. Der Wind hatte gedreht, kam jetzt von Norden und trug einen eigenartig matten Geruch mit sich, sie hatte ihn in den vergangenen Monaten fast vergessen: Herbst. Im Schatten der Pinien vor *San Pietro* spielte eine Katze mit ihren Jungen.

Einem spontanen Gefühl folgend, ergriff Marina die Hand ihrer Tochter und drückte sie. Flora sah sie erstaunt an, dann lächelte sie.

*

Sie musste ganz allein gestorben sein, dort draußen. Und ganz früh am Morgen, vielleicht noch vor Sonnenaufgang. Sie hatte zuvor den ganzen Film verbraucht, ihn zurückgespult und sogar die Patrone entnommen, aber war dann wohl zu schwach gewesen, um ins Haus zurückzukehren. Im Sturz hatte sie die Patrone fest umklammert, Giorgio konnte sie nachher, ebenso wie den Ring, kaum von ihren Fingern lösen. Und er? Er hatte geschlafen, nach langer Zeit endlich ein einziges Mal geschlafen wie ein Stein und einfach nichts gehört.

Gar nichts.

Giorgio Merlan blieb noch zwei Tage in *La Sapienza,* wegen der Formalitäten. Später erinnerte er sich nicht mehr genau, mit wem er in dieser Zeit alles gesprochen hatte, dem Bestatter, dem Spediteur, dem Beamten von der Kommune. Es mussten einige gewesen sein, die in diesen zwei Tagen ins Haus gekommen waren, angefangen mit *signora* Amorettis eilig herbeigerufenem Sohn Gianni, einem Arzt, der den Totenschein ausstellte und ihm eine Beruhigungsspritze gab. Doch wenn er später an diese ersten Tage ohne Lilo dachte, erinnerte er sich nur an leere Räume und an das Tonband der Callas, das er laufen ließ, immer und immer wieder.

Erstaunlicherweise konnte er essen. Schlafen zwar nicht – wie auch! Wie würde er je wieder schlafen können! –, aber immerhin essen. Ja, er entwickelte sogar einen regelrechten Heißhunger auf die Makronen und die kakaoglänzenden *baci,* die ihm die bestürzte *signora* Amoretti in großen Schachteln vorbeibrachte. Als wolle er sich Kraft anessen, Kraft zum Weiteratmen, Kraft zum Weitermachen. *Ja, weitermachen.* Denn als der Anruf aus Mailand kam, mit den Beileidsbekundungen und der Frage, ob man, nun, da er ausfiele, Chefdirigent Giulianis Vorschlag folgend die Inszenierung an den neuen russischen Kollegen übergeben solle, da hörte er sich zu seiner eigenen Überraschung sagen: »Auf keinen Fall. Das könnte Giuliani so passen,

ich mache die Tosca, niemand sonst. Tun Sie nichts, bis ich komme. Morgen!«

Erst als er seine letzten Sachen ins Auto packte, stellte er das Tonbandgerät ab und verstaute es im Kofferraum neben dem Gepäck. Dann schloss er die Heckklappe und verabschiedete sich von Mafalda Amoretti, die mit ihrem uralten Dackel neben dem Wagen stand und sich mit einem Taschentuch übers Gesicht wischte. Die Sonne stand tief, er würde sich beeilen müssen, wenn er Mailand noch vor Mitternacht erreichen wollte.

»Auf Wiedersehen, *signora* Amoretti, und danke für alles. Bitte richten Sie auch Ihrem Sohn Gianni nochmals meinen Dank aus. Ich wünsche ihm viel Erfolg für seine eigene Praxis hier im Ort.«

»Arrivederci, professore«, presste Mafalda Amoretti unter Tränen hervor. In einem Anflug von Rührung versuchte sich Giorgio an einer ungelenken Umarmung. Dann tätschelte er den Hund und stieg in den Wagen.

Der Mercedes holperte über die *Via della Rivolta* hinab und war schon fast unten an der Küstenstraße, da stoppte Giorgio vor einem Haus, um das sich ein gigantischer Jasmin rankte. Jetzt, Ende August, war sein Duft verflogen, und die verwelkten Blütenstände raschelten im schneidenden Wind, der vom Meer heraufkam. Er hielt an, wobei er den Motor laufen ließ, stieg aus und klingelte.

»Ich komme!«, rief jemand hinter der Tür, und kurz danach öffnete die hübsche Frau des Friseurs, das Haar hochgesteckt und ein Textheft von »Endstation Sehnsucht« in italienischer Übersetzung in der Hand. Tennessee Williams bei einer ligurischen Hausfrau? Behielt Lilo womöglich recht mit ihrer Einschätzung?

»*Signora* Vassallo, entschuldigen Sie bitte die Störung«, sagte er schnell. »Ich reise ab, aber meine Frau hatte mich gebeten, Ihnen noch etwas zu geben.«

»Ihre Frau?«, fragte Marina Vassallo. Dann weiteten sich ihre Augen, und sie verfiel in hilfloses Stottern.

»*Mi dispiace tantissimo, signor Merlan* … Ich hatte Angst, Sie zu stören … daher …«

Giorgio winkte ab. »Sie haben alles richtig gemacht. Schauen Sie hier, Lilo wollte sich bei Ihnen bedanken, für die Perücke und den schönen Nachmittag auf der Terrasse. Sie hat mir das hier für Sie gegeben, ähm, zumindest hatte sie die Absicht. Sie meinte, Sie könnten es dringender gebrauchen als sie – darf ich?«

Mit diesen Worten nahm er Marina Vassallos freie Hand und legte ihr Lilos alten Ring in die Handfläche. Das Metall glänzte in der Abendsonne, und mit etwas Glück konnte man sogar die Inschrift erkennen.

Alles wird gut.

Die Frau des Friseurs starrte auf den Ring, und ihre Augen füllten sich mit Tränen. *Nein, bitte,* dachte Giorgio und tippte schnell auf das Textheft.

»Da haben Sie sich was vorgenommen …«

»Ich … ich lerne eine Rolle.«

»Für einen Auftritt?«

»Nein, Hausaufgaben. Ich nehme Schauspielunterricht, in *Imperia*. Ich habe schon in meiner Jugend gespielt und jetzt wieder angefangen.«

»Und welche Rolle studieren Sie ein? Die der Blanche?«

»Nein, die der Schwester. Die ist schwerer zu spielen.«

»Warum?«

»Weil jeder sie nur für Stanleys Püppchen hält. Ohne eigenen Kopf.«

»Aber den hat sie, den eigenen Kopf?«

Marina Vassallo nickte.

Eine Woche später, Giorgio Merlan rüstete sich in seinem Hotelzimmer gerade für einen weiteren, langen Probentag mit der Callas, brachte der Concierge ihm einen großen, gepolsterten Umschlag. Lilos Fotos. Er setzte sich aufs Bett, den Umschlag in der Hand. Einer spontanen Regung folgend, riss er ihn schließlich auf, sodass die Fotos herausfielen und sich über das Bett ergossen, das erste direkt auf seine Beine. Nach einer langen Weile seufzte er. *Ach, Lilo.* Sie hatte gleich eine ganze Schule erwischt, alle beim Spiel im Licht der gerade erst aufgehenden Sonne. Dem größten Delfin, im Sprung gebogen wie ein Violinschlüssel, folgten zwei Jungtiere mit kurzen Finnen. Im Dunst dahinter schwamm die schwarze Insel mit ihren vulkanischen Zacken und weit draußen auf dem Meer, als Kontrapunkt zum Spiel der Tiere, ein gigantischer Tanker auf dem Weg zum Genueser Hafen.

Giorgio betrachtete das Foto in seinem Schoß. Er würde es Lilos alter Agentur schicken müssen. Und die würde prompt antworten. Denn was blieb ihr auch anderes übrig?

Lilos Bild war perfekt.

1964

»Io voglio per me le tue carezze …«

Titel: »In ginocchio da te«, dt. »Auf den Knien vor dir«, Künstler: Gianni Morandi, Jahr: 1964, Nr. 1 der italienischen Single-Charts: 13 Wochen.

Das Lied bildete den Titelsong eines gleichnamigen italienischen Films, dessen Hauptfigur von dem damals erst 19-jährigen Sänger Gianni Morandi gespielt wurde. Seine Partnerin bei diesem Film, Laura Efrikian, heiratete er zwei Jahre später.

Sette

Hätte Juve *das Halbfinale überlebt,* dachte Matteo Vassallo später, *dann wäre das alles vielleicht nicht passiert.* Bayern München, also bitte! Wann hatte *Juve* gegen die *crucchi* beim Messepokal je verloren? Doch München kickte *Juventus Turin* aus dem Turnier, und Matteo in seiner Fassungslosigkeit versemmelte seinerseits gleich am nächsten Tag als Kapitän der Jugend des *ASD Golfodianese* den entscheidenden Elfmeter gegen *Imperias U17.* Sein Team verpasste die Endrunde, und er kassierte einen Haufen Witze über seinen Spitznamen *l' Infallibile,* der Unfehlbare. *Gottverdammter Mist.*

Sein Freund Nino Lanteri hatte ihm nach dem Unglücksspiel zwar mit den Worten: »Mach dir nichts draus, Matè, *sfortunato al gioco, fortunato in amore*«, auf die Schulter geklopft und dann Richtung Tribüne gezeigt, zu dem üblichen Schwarm kichernder und winkender Mädchen. Aber Matteo hatte ihnen keine Beachtung geschenkt. Wozu auch? Mädchen mochten keine Verlierer. Für den Rest des Tages war er in seinem Zimmer verschwunden, und auch noch fast den ganzen nächsten Tag über plagte ihn miese Laune. Besser gesagt: bis genau Viertel vor sechs.

Er hatte gerade das Montagstraining im Stadion von *Diano Marina* nach einem Rüffel des Trainers vorzeitig verlassen und trabte, Kapuze hoch und den Sportbeutel über der Schulter, in schwärzester Stimmung zur Haltestelle. Pah, dann würde er halt schon den Sechs-Uhr-Bus nach Hause nehmen! Es regnete, genauer gesagt: Es schüttete vom Himmel, und Matteo war pitschnass, als er das Vordach der Haltestelle erreichte, direkt neben einem mannshohen Plakat mit diesem preisgekrönten Foto, das er im Moment auf allen Titelseiten sah. Dieses Kitschfoto mit den Delfinen von *Sant'Amato,* das sich auch Nino so-

fort als Poster über sein Bett gepinnt hatte. Matteo schüttelte seine nassen Locken, er ließ sie lang wachsen, schließlich taten das gerade alle bei *Juve,* und fluchte still vor sich hin. *Scheißregen, verdammter.* Wenn das so weiterging, würden auch ihm bald Flossen wachsen. Gott, was war das alles unfair! Unfair, dass ihn der Trainer so anging. Unfair, dass er Bus fahren musste, während dieser Lackaffe Beppe Parodi eine *Lambretta* zur Hand hatte, mit der er angeben konnte. Es war unfair, so einen Wolfshunger zu haben, weil seine Mutter wieder mal vergessen hatte, ihm etwas einzupacken. Wie sie überhaupt seit Raffis Geburt alles vergaß, was nicht mit der Versorgung des Babys oder ihrem blöden Schauspielkurs zusammenhing. Und ihm zuhören, wenn er von seinem Traum sprach, tat sie auch nicht mehr. »Fußballprofi? Kümmere dich lieber mal um die Schule«, kam es dann von ihr, gefolgt von der üblichen Leier. »Häng dich rein, lerne. Dein letztes Zeugnis war eine Katastrophe! Und es ist schließlich dein Leben, mach was draus. Dann schaffst du es vielleicht sogar auf die Universität und wirst was Besseres als Friseur.« Ja, und? War Friseur etwa was Schlechtes? War *mamma* überhaupt bewusst, wie sie *papà* damit beleidigte? Matteo blies die Backen auf. *Merda. Das ist mein Leben? Eine einzige große Scheiße ist das!*

Die Haltestelle lag etwas oberhalb, mit einem weiten Blick über den Golf von *Diano Marina,* an einer der Straßen, die sich vom Hinterland herunterschlängelten, um sich hier mit der *Via Aurelia* zu vereinen. Außer einem Nonnenkonvent hangaufwärts, einigen Wohnhäusern und einem Fischlokal gab es hier nicht viel, und selbst diese Gebäude verschwammen nun hinter einem Vorhang aus herabrauschendem Wasser. Die Straße war menschenleer, die Haltestelle eine Insel im Regen. *Wann kommt endlich der Bus?* Matteos Blick wanderte verdrossen hinaus auf die Bucht. In der feuchten Luft verbanden sich Himmel und Meer und flossen ineinander. *Wasser*

überall. Über den steil abfallenden Asphalt ergoss sich ein Sturzbach, trug Schlamm und leere Muschelhüllen mit sich, vermutlich aus dem Hinterhof des Fischlokals geschwemmt. Matteo beobachtete die Schalen, wie sie tanzten und hopsten, ein Schwarm grünstichiger Schmetterlinge in der schlammigen Flut. Vom anderen Ende der Haltestelle kam auf einmal helles Lachen, er drehte sich um.

Und da geschah es. Einfach so.

Matteos Herz, das bis dahin nur für *Juve* geschlagen hatte, setzte aus. Er hatte sie in den letzten Jahren kaum gesehen, deshalb kostete es ihn eine Viertelsekunde, ehe er sie wiedererkannte. Und da war es schon zu spät. Denn dort stand es, sein gottverdammtes Schicksal, wie er blitzartig erkannte: Das allerschönste Mädchen der Welt, das einzige, das jede Mühe und jeden Kampf lohnte – war leider Isabella Morone.

Isabella, die einzige Tochter von Enzo Morone, dem ebenso reichen wie dubiosen Geschäftsmann und Filmmogul, dem die *Villa Olimpia* auf der Landzunge bei *Sant'Amato* gehörte.

Isabella, *la Giraffa,* deren hochgewachsene Gestalt man seit ihrer Rückkehr aus dem *liceo* meist nur im Fond einer schweren Limousine erahnen konnte. Selbst sonntags zur Kirche wurde sie bis direkt zum Portal chauffiert und dann zur Empore geleitet, wo Morone für seine Familie eine eigene Bank besaß, obwohl er selbst fast nie dort erschien.

Isabella, die kaum je allein oder zu Fuß unterwegs war. Und die doch jetzt hier stand und ihn mit Augen ansah so blau, so strahlend, so wunderschön, dass Matteo alles vergaß, auch, dass er nur der Sohn des Friseurs und sein Leben eigentlich gerade eine einzige *merda* war.

Ungefähr zweihunderteinundvierzigtausend Sekunden lang sagten sie beide nichts. Dann schoss Isabella verspätet die Röte ins Gesicht, und sie blickte verlegen lächelnd zu Boden.

Was soll ich nur sagen? Oh, Gott, was sag ich jetzt?

»Du bist Isabella, oder?«, murmelte Matteo endlich. *Was für ein dämlicher Satz!*

»Ja«, lautete die Antwort. »Und du?«

»Matteo … ähm, Vassallo. Vom Frisiersalon.«

Sie lächelte wieder. »Ach ja, entschuldige. Ich bin nicht so oft im Ort.«

Himmel, diese Grübchen. Ihm wurde ganz warm in seiner feuchten Jacke. Aber was war dieses Mädchen lang! Unauffällig verlagerte Matteo sein Gewicht auf die Zehenspitzen. Er reckte sich und fragte: »Bist du nicht mehr im *liceo* in Genua?«

Isabella schüttelte den Kopf. »Gerade fertig. Jetzt muss ich schauen, ich habe noch keine Ahnung, was ich mache. Du?«

»Ich?« Matteo fuhr sich durchs Haar. Sollte er die Wahrheit sagen? Was hatte er schon zu verlieren. Isabella sah ihn so offen an, der Regen rauschte um sie herum, schloss sie ein, als wären sie allein auf der Welt. Kein Ort für Ausflüchte.

»Ich geh zu *Juventus Turin*. Dem Fußballverein.«

Na, also. Er hatte es gesagt, warum auch nicht. Aber was würde sie davon halten? Vorsichtig lugte er unter seiner Kapuze hervor. Keine Chance, er musste den Kopf richtig heben, um ihr Gesicht zu sehen.

Isabella strahlte. »Das ist ja fantastisch. Ich verstehe leider nicht viel von Sport, aber *Juventus Turin* ist gut, oder? Meine Gratulation.« Sie reichte ihm ihre Hand, und Matteo wäre am liebsten gestorben.

»Ich sollte vielleicht eher sagen: Ich habe den festen Plan, später einmal bei *Juve* zu spielen.«

»Ach so«, sagte sie und zeigte wieder dieses Lächeln, das ihn ganz schwindlig machte, »dann wünsche ich dir viel Glück.«

Sie schwiegen, was gab es auch noch zu sagen? *Wenn der Bus kommt,* dachte Matteo, *dann ist es vorbei. Und der Bus kommt jede Minute, wir sind quasi schon in der Nachspielzeit! Aber was sagt der Trainer nicht immer? »Ihr hört erst auf zu kämpfen,*

wenn ihr wieder im Mannschaftsbus sitzt.« Also los! Er fasste sich ein Herz, rückte näher zu Isabella heran.

»Nimmst du auch den 65er nach *Sant'Amato?*«

»Nein, ich warte auf den Wagen meines Vaters. Ich hab schon angerufen, oben, vom Konvent aus.« Sie zeigte den Hang hinauf, irgendwo dort im prasselnden Grau lag der Konvent. »Ich war einen Besuch machen.«

»Dein Vater holt dich ab?« Matteo wurde ein wenig nervös.

»Nein, er kommt erst in zwei Tagen aus Rom. Und *signora* Gassner ist krank. Der Fahrer holt mich ab.«

»Ach so, ja.« Die *signorina* hatte einen Fahrer, tja, wie hatte er das nur vergessen können.

Isabella musste länger durch den Regen gelaufen sein, denn sie war wirklich nass bis auf die Haut. Ihr hübscher Mantel hing an ihr, komplett durchweicht. Das Täschchen, das sie vor die Brust gepresst hielt, verlor langsam seine Form. Ihre Spangenschuhe, sicher schrecklich teuer, waren ebenso pitschnass und lehmverschmiert. Auf ihrer schneeweißen Stirn klebten Strähnen, schickten kleine Rinnsale über ihr Gesicht, sodass sie sie öfter zur Seite strich. Zitterten ihre Hände? Fror sie etwa??

»Darf ich?« Matteo schlüpfte aus seiner Jacke. *Sie wird es sicher lächerlich finden. Gleich kommt ihr Fahrer mit der schweren Limousine und holt sie ab. Und dann braucht sie meine Jacke nicht mehr. Vielleicht hat sie mich auch beim Einsteigen schon wieder vergessen.*

Doch Isabella nahm die Jacke und schob ihre Arme in die abgewetzten Ärmel. Im Jackenfutter hing sicher noch etwas von seiner Körperwärme, und er stellte sich vor, wie diese ihre klamme Haut erschauern ließ. Und dann standen sie weiter stumm beieinander. Aber diesmal schwiegen sie zusammen.

»Isabella Morone also«, sagte er irgendwann leise.

»Ja, und du Matteo Vassallo«, kam es von ihr ebenso leise.

Sie lächelten sich an. Es war irgendwie kompletter Blödsinn.

Aber Matteo hatte sich noch nie unfehlbarer gefühlt als in diesem Moment. Schuss und Tor. Und alles stimmte.

Aus dem Regen tauchte die schwarze Limousine auf. Einer spontanen Eingebung folgend, schlug er Isabella vor, sie einmal zu besuchen, und fragte: »Wann darf ich kommen?«

Das Mädchen schwieg. War er zu weit gegangen? Ihr Blick streifte die Limousine, dann sagte sie schnell: »Wenn, dann nur morgen Abend.«

»Gut. Ich bin da.«

»Nein! Ich meine, ja – aber man darf dich nicht sehen.«

»Dann passe ich auf.«

Das war natürlich Blödsinn. Wie sollte er unbemerkt zur *Villa Olimpia* kommen? Der Fahrer stieg aus, ging um die Limousine herum und öffnete die Fond-Tür für Isabella.

»Signorina«, murmelte er dabei. Ein unauffälliger Mann, aber nach einem Blick in seine Miene zog Matteo es vor, Isabella nicht länger aufzuhalten.

Einen kurzen Moment schien sie unschlüssig. Dann zog sie seine Jacke aus und hielt sie ihm hin.

»Vielen Dank für die Spende«, sagte sie laut und bedeutete dem Fahrer mit einem knappen Nicken, dass sie bereit war, einzusteigen. Dann, ohne Matteo anzusehen, raunte sie: »Und du kommst wirklich?«

Matteo ergriff die Jacke und sagte: »Versprochen.« Dabei wusste er genau, dass das gefährlicher Blödsinn war.

*

Dio mio, was hatte er da nur versprochen? Ein Wahnsinn! Für ein Mädchen, das womöglich nur mit ihm spielte? Aber warum war er sich dann so sicher, was Isabella anging, er war doch kein Träumer wie sein Freund Nino, hatte schon genug Mädchen gehabt. Bildete sich das also doch nicht nur ein! Was für ein

Durcheinander. Derlei Nöte trieben Matteo aus seinem Zimmer und in die Küche.

Marina Vassallo klopfte gerade Kalbsschnitzel für das Abendessen. *Involtini* waren das Leibgericht fast aller Familienmitglieder; nur der dreimonatige Raffi, der in einer Krippe am geöffneten Fenster schlief, wusste noch nichts von den kulinarischen Talenten seiner Mutter. Matteo ließ sich auf einen der Holzstühle fallen und beobachtete die präzisen Schläge, mit denen Marina das Fleisch bearbeitete. Das Klopfen beruhigte ihn. Ebenso das Dudeln des Radios im Hintergrund. Er seufzte.

»Ach, *mamma* …«

»Was ist?« Seine Mutter legte die Schnitzel beiseite und schlitzte die Salbeiblätter in Hälften. *Sie sieht wieder so traurig aus,* dachte Matteo und stockte.

»Sag mal«, begann er nach einer Weile erneut, »was muss ein Mann tun, damit ihn eine Frau erhört?«

»Sich endlich wieder die Haare schneiden lassen?«

»*Mamma,* ich mein das ernst.«

Der halbierte Salbei landete auf dem Fleisch, und seine Mutter seufzte. »Du sollst lernen, Matè, nicht den Mädchen nachlaufen. Mit einem guten Abschluss bekommst du eine gute Position.« Auf den Salbei folgten Schinken und *scamorza.* »Und mit der Position bekommst du auch die Frau.« Bei diesem Satz platzierte sie die letzte Käsescheibe. »So geht das. Nur so.« Sie wischte sich die Hände an der Schürze ab und sah ihn grimmig an.

»Ich meinte ja nur …« Matteo fummelte nervös am Kragen seines Hemdes herum, während seine Mutter die Fleisch-Schinken-Käse-Stapel zu kleinen Laiben rollte. »Wie erkennt man sie, die große Liebe?«

Seine Mutter sah auf. Seit einiger Zeit hatte sich eine steile Falte zwischen ihre Augen gegraben. In der Küche war es stickig, wie immer im Sommer, wenn die Sonne auf die Dächer

brannte, und der Schweiß lief in einem dünnen Rinnsal zwischen ihren Brüsten hinab.

»Was fragst du *mich* das?«, fragte sie, und es klang gereizt. »Steht auf meiner Stirn etwa geschrieben: ›Marina Vassallo, Hilfsfriseuse und Expertin für große Liebe‹?«

Sie durchbohrte jedes Fleischröllchen mit einem dünnen Holzspieß. Dann platzierte sie die Röllchen präzise nebeneinander auf einem großen, ovalen Teller.

»Na ja, immerhin hast *du* sie doch gefunden, oder?«

Statt zu antworten, lachte seine Mutter. Aber es klang nicht fröhlich.

Sie drehte sich um und hob die gusseiserne Pfanne auf den Herd. Gleichzeitig entfuhr ihr ein Stöhnen, und ihre Hand fuhr zum Kreuz. *Mamma wird alt,* dachte Matteo. *Und sie kocht nicht mehr so gern wie früher.*

Laut sagte er: »Na, du hast doch *papà*. Der verehrt dich.«

Wieder lachte seine Mutter. Sie nahm die Flasche Lanteri-Öl, die Nino ihnen bei seinem letzten Besuch mitgebracht hatte, und gab einen Schwung davon in die Pfanne.

»Stimmt«, sagte sie und stellte die Flasche zurück ins Regal, mit dem Etikett zur Wand. Dann ging sie zum Radio und drehte die Musik lauter, wo Gino Paoli gerade von verlorenen Dingen und Salz auf den Lippen sang.

»Aber«, Matteo musste seine Stimme erheben, um die Musik zu übertönen, »gibt es denn nichts, was man tun kann? Für die Liebe, meine ich – um geliebt zu werden?«

Die *involtini* zischten im heißen Öl.

Marinas Blick ging zum Fenster und verlor sich im Nirgendwo. »Nein«, sagte sie so leise, dass Matteo Mühe hatte, ihre Worte neben dem Gedudel des Radios und dem Brutzeln in der Pfanne zu verstehen.

»Da kannst du nichts tun. Überhaupt nichts.«

Sie ging zur Krippe, prüfte, ob Raffi noch schlief, und sah

dann aus dem Fenster. Sie schien ihn komplett vergessen zu haben, horchte nur auf Paolis Gesang.

Un gusto un po' amaro di cose perdute …

Ein Fauchen aus der Pfanne und aufsteigender Rauch lösten den Bann. Seiner Mutter entfuhr ein Laut der Bestürzung, sie hastete zum Herd und drehte am Gas. Dabei fluchte sie, dass es Don Benedetto die Schamröte ins Gesicht getrieben hätte. Zu spät. Matteo erkannte es am Geruch.

»Wie schade, *mamma*. Die *involtini* sind hin.«

*

Da er von seiner Mutter in der Sache »Isabella« nicht mehr viel erwartete, beschloss Matteo nach einiger Überlegung, seinen besten Freund Nino zurate zu ziehen. Gleich am nächsten Morgen nach dem Frühstück machte er sich zu dem oberhalb von *Sant'Amato* gelegenen Gut der Familie Lanteri auf.

Noch auf der Zufahrtsstraße, kurz vor der Hofeinfahrt der *frantoio,* kam ihm Ninos Vater mit einem Kleinlaster entgegen, auf dessen Ladefläche sich die Sensen türmten. Davide Lanteri, Zigarettenkippe im Mundwinkel, tippte grüßend an seine Kappe und brauste an ihm vorbei. Nach wenigen Metern bog er in einen der schmalen Schotterwege zwischen den Oliven ein. Vermutlich warteten tief im Hain schon ein Dutzend Arbeiter auf ihr Werkzeug für einen Zwölfstundentag unter sengender Sonne. Matteo wusste, dass Ninos Vater seine Saisonkräfte – Landarbeiter wie Erntehelfer und Pflückerinnen – immer aus demselben sardischen Dorf anwarb und besser zahlte als alle anderen Ölbauern der Region. »Mein Vater sagt, unsere Familie schuldet diesen Leuten was«, hatte ihm Nino erklärt, »außerdem meint er, wer gut arbeitet, soll auch gut essen.«

Apropos Essen. Als Matteo den Küchenanbau des Gutes passierte, kitzelte der Duft nach frischem Brot seine Nase. Er erin-

nerte sich an das steinharte *cornetto,* das ihm seine Mutter zum Morgenkaffee serviert hatte, bevor sie losgehetzt war, um das Baby bei *zia* Sofia abzugeben und noch rechtzeitig den Bus nach *Imperia* zu erwischen, alles nur für ihren dummen Schauspielkurs. Matteo seufzte. Was war nur mit den Frauen los? Gingen auf und davon, wollten nicht mehr kochen, wollten eigenes Geld verdienen, sich scheiden lassen, sogar *Minister* werden. Was kam wohl als Nächstes – etwa Fußballspielen? Mit der Folge, dass für die Familie dann die Hörnchen vom Vortag blieben, na großartig!

Matteo kickte eine vertrocknete Olive über den Hof der *frantoio*. Landarbeiter bei Lanteri, das müsste er werden, dort bekäme er wenigstens frisches Brot. Er hatte das Hauptgebäude erreicht und wollte gerade schellen, da wurde die Eingangstür aufgerissen, und Nino polterte ihm entgegen. Gleichzeitig ertönte aus dem Obergeschoß die schrille Stimme von Nunziata Lanteri, Ninos Mutter.

»Glaub nicht, dass wir dich unterstützen, Ninù, hörst du mich? Glaub das ja nicht! Wenn du deinen Vater und mich hier hängen lässt, kannst du sehen, wo du bleibst.«

Nino, kalkweiß im Gesicht, brüllte über die Schulter zurück: »Wer entscheidet das – du etwa? *Papà* hat dazu noch kein Wort gesagt. Wie immer, oder? Er hat *nichts* gesagt.«

»Was soll er auch sagen, eh? Was, frag ich dich, soll er zu so einem Sohn auch sagen! Willst du wie Jona im Fischbauch landen? Meeresforscher, ich lach mich tot …«

»Du hast ja keine Ahnung. Und es schert dich ja auch nicht. Dich interessiert nur, dass du gut dastehst. Was die Leute im Dorf reden, *das* ist das Einzige, was dich interessiert.«

»Schäm dich, so über deine Eltern, über mich, deine Mutter, zu reden.« *Signora* Lanteris Stimme, irgendwo am oberen Ende der Treppe, kippte jetzt in einen klagenden Tonfall. »Ah, was bin ich doch gestraft. Warum nur hast du keinen Bruder? Ich würde dich vom Hof jagen, noch heute, hättest du nur einen

einzigen Bruder und wir einen besseren Erben. *Buon Dio in cielo,* was ist meine Sünde? Warum bekommt alle Welt Söhne, so viele Söhne, Söhne sogar ohne rechten Vater – nur ich nicht?!«

Nunziatas Stimme überschlug sich. Die alten Holzstufen ächzten, als sie hinter ihrem Sohn die Treppe herunterkam. Sobald sie Matteo in der Tür gewahrte, verwandelte sich ihre Miene. Binnen Sekunden fügten sich die Einzelteile ihres wutverzerrten Gesichts wieder zu einer nahtlos verschweißten Maske zusammen.

»Schau an, Vassallo«, sagte sie, »wenn man vom Teufel spricht.« Ehe Matteo darüber nachdenken konnte, wen *signora* Lanteri mit »Teufel« wohl meinte, griff Nino schon nach seinem Arm und zog ihn mit sich. »Komm.«

Rücklings über die Schulter rief er seiner Mutter zu, dass er zum Strand hinunterginge, um etwas schwimmen. »Warte nicht auf mich mit dem Essen«, setzte er dann noch hinzu und lief so schnell über den Hof und nach *Sant'Amato* hinunter, dass Matteo kaum folgen konnte. Erst auf halber Strecke zum Strand hinab, am unteren Rand der Altstadt, ging Nino die Puste aus, und er verfiel in einen langsamen Trott.

»Was war *das* denn?«, fragte Matteo mit einem scheuen Seitenblick auf seinen Freund, der dem Ende der Gasse zustrebte und dem Spaltbreit an Meeresblau zwischen den Häusern.

»Sie hat Kummer, meine Mutter«, sagte Nino, »weil sie keine Kinder mehr bekommt. Und seit drei Monaten ist es irgendwie noch schlimmer geworden. Ich weiß auch nicht, warum.«

Also drehen sie nicht nur bei uns zu Hause durch, dachte Matteo. Er grunzte verständnisvoll. »Das ist der Fortschritt, Ninù. Macht die Frauen verrückt.« Nachdem sie eine Weile schweigend gegangen waren, fuhr er fort: »Und ist es wahr … du willst Meeresforscher werden?«

»Habe ich denn eine Wahl?«, antwortete sein Freund, es klang fast verzweifelt. »Ich meine: Könntest *du* mit Fußball aufhören?«

Lieber sterbe ich. Matteo schüttelte unglücklich den Kopf. »Versteh schon. Und die *frantoio?*«

Nino zuckte mit den Schultern. »Das wird sich alles finden. Meine Schwestern könnten jemanden heiraten. Oder sie könnten es selbst versuchen.«

Matteo verkniff sich einen Kommentar. Frauen im Olivengeschäft? Absurd! Aber so war sein Freund eben: ein Idealist. Jemand, dem die Welt, wie sie war – vertraut und ausgetreten wie die *carruggi,* durch die sie gerade liefen –, noch nie genügt hatte.

»Genug von mir«, sagte Nino jetzt, »was ist los?«

»Was soll los sein?«

»Na ja, warum bist du extra zu mir heraufgekommen? Wir hätten uns doch morgen beim Training gesehen.«

Matteo stutzte. Verdammt, er hatte es fast vergessen. Aber hatte sein Freund nicht gerade andere Sorgen?

»Ich wollte dich nur etwas fragen …«, begann er zögerlich und strich sich die verschwitzten Locken aus dem Gesicht.

»Was denn?«

Sie passierten Luigi Testas Hafenwerkstatt, wo gerade Beppe Parodis dürre Gestalt über den Hof schlenderte. *Oh, nein, nicht der!* Matteo winkte ab. »Später …«

Parodi trug mehrere Steuerräder über der Schulter, trotzdem wirkte sein Blaumann wie frisch gereinigt, und seine akkurat geschnittenen Haare wölbten sich über der Stirn zu einer makellosen Tolle. *Du Geck,* dachte Matteo mit Blick auf Beppes Segelohren, *als ob das Geföhne dich schöner machen würde!* So große Ohren konnten aber wohl auch Gedanken erlauschen, denn Beppe bedachte Matteo mit dem Grinsen eines langjährigen Gegners.

»Na, *Vassallino,* mal wieder zu faul gewesen für 'n Termin beim Vater? Kein Problem, ich hab hier noch einen Rest Schmieröl, das bändigt auch.«

Das alte Spiel zwischen ihnen, nichts tat dieses Lästermaul

lieber, als über ihn herzuziehen, über seine Größe, seine Locken, seine Leidenschaft für *Juve*. Matteo wollte schon kontern, da mischte sich Nino ein.

»Stopp, lasst es wenigstens dieses eine Mal. Ich hatte für heute schon genug Streit. Sag lieber, Beppe – hast du sie schon bekommen?«

Statt zu antworten, winkte Parodi sie in die Werkstatt, einen großen Raum, fast eine Halle, voller Werkzeug, aufgebockter Boote und mehr oder weniger nackter Karosserien. Es roch nach Eisenspänen, Diesel und Rost, und im hinteren Bereich, wohin er sie jetzt lotste, dudelte ein altersschwaches Radio. Beppe verschwand in einem Lagerraum und wies sie an, »ein Momentchen« zu warten.

Ein Momentchen?! Sie standen sich die Beine in den Bauch, und nach einer halben Ewigkeit setzte sich Nino seufzend auf eine Werkzeugkiste. »Also was war noch? Du hattest eine Frage?«

Matteo begann herumzudrucksen, doch da kam Beppe endlich zurück, einen großen, in Stoff gewickelten Gegenstand im Arm, den er auf eine Werkbank legte. Er schlug den Stoff beiseite und präsentierte stolz ein Paar überlange Schwimmflossen aus schwarzem Gummi. »Diese Babys machen einen schneller als einen Barrakuda!«

Na, schneller als dich *auf jeden Fall,* dachte Matteo und sah verstohlen auf seine Uhr. Schon Mittag, nur noch wenige Stunden. Und in der Villa wartete Isabella auf ihn. Oder etwa nicht?

»Sind die auch schwer genug?«, fragte Nino jetzt mit Blick auf die Flossen.

»Schau selbst: Das ist Vollgummi!« Beppe griff nach einer Flosse und reichte sie Nino, der sie prüfend in der Hand wog.

»Die sind so wuchtig, die schieben dich sogar bis runter in den Marianengraben, wenn es denn sein muss …«, setzte er

hinzu, wurde dann aber ernst. Beppes Blick flog zu Matteo, ihre Augen trafen sich, und für einen winzigen Moment erkannten sie: Nein, sie waren weniger Gegner als Leidensgenossen, vereint in ihrer Zuneigung und Angst um den gemeinsamen Freund. Denn keiner von ihnen beiden würde je gewinnen gegen Ninos größte Liebe: das Meer.

Nino ignorierte Beppes Frage, begutachtete die Flossen und schnalzte anerkennend mit der Zunge. »Und die Nasenklemme hast du auch?«

Beppe kramte in dem Stoff und förderte einen kleinen Metallwinkel zutage, der an den Spitzen ebenfalls mit schwarzem Gummi gepolstert war. Er hielt ihn Nino hin, zog ihn jedoch weg, als dieser danach greifen wollte.

»Warum in aller Welt machst du das?«, sagte er leise, und selbst Matteo ergriff die Gefühlsregung in Beppes vermurkstem Gesicht. »In der OGGI stand, dass erst letztens wieder zwei Franzosen beim Freitauchen ertrunken sind.«

Nino grinste nachsichtig und griff nach der Nasenklemme. »Jetzt mach dir nicht solche Sorgen, ich pass schon auf.«

Sie verabschiedeten sich von Beppe, verließen Testas Werkstatt und gingen hinunter zum kleinen Hafen des Ortes und zu dem Steg unweit des Strandes, wo die *Santamatini* ihre *paranze* und Ruderboote liegen hatten.

»Fährst du noch kurz mit raus?«, fragte Nino. »Wär gut, dann kannst du mich sichern, wenn ich die Dinger hier das erste Mal teste.« Er warf die Flossen und seinen Rucksack in einen flachen Kahn und sprang hinein. *Was bleibt mir schon anderes übrig,* dachte Matteo und kletterte hinterher. Er war nicht besonders gern auf dem Wasser.

Nino ließ den Außenbordmotor an, und sie tuckerten aus der Bucht. Eine Meile vor der Küste, *Sant'Amatos* bunt gewürfelte Häuser verschwammen schon im diesigen Licht, stoppten sie, warfen Anker, und Nino zog sich um. Er tat das schweigend

und schien in Gedanken schon tief unten im Meer zu sein. *Und wie soll ich ihn jetzt noch fragen? Er hört doch gar nichts mehr.* Matteo zögerte kurz, doch dann ging er es einfach an, so, wie er auch eine krumme Flanke angenommen hätte.

»Gibst du mir einen Rat, Nino?

»Klar.«

»Was machst du, wenn's eng wird?«

»Wie, eng wird?«

»Na ja, wenn du was riskieren musst und du Angst hast?«

»Muss man das denn überhaupt? Was riskieren?«

»Das sagt der Richtige! Du springst hier rein, hältst die Luft an und tauchst ins Nichts, einfach so. Ohne Sauerstoff …«

»Ach, ihr versteht das alle nicht«, sagte Nino. »Spielertypen haben da unten keine Chance, die ertrinken. Ich komm wieder hoch, weil ich *kein* Risiko eingehe.«

Er setzte sich die Taucherbrille auf, wurde zu einem Fremden, der murmelte: »Und wozu brauchst du noch Rat?«

Matteo fuhr sich durchs Haar, zerrte an seinen Locken. Seine Kopfhaut begann wieder zu schmerzen, wie so oft, seitdem sein Haar eine bestimmte Länge überschritten hatte. »Es geht um ein Mädchen.«

Ninos Mund unter der Brille kräuselte sich belustigt.

»Matè, was soll ich ausgerechnet einem wie dir raten – du hast doch in jedem Sommer eine Neue.«

Alte Geschichten. Matteo schnaubte und machte eine wegwerfende Handbewegung.

»Und was war mit Elsa?«, setzte Nino nach. »Mit Ida? Oder der armen Carmela Rossi?«

»Unwichtig. Diesmal ist es mir ernst.«

»Na klar ist es dir ernst, es ist ja auch wieder Sommer!« Nino lachte. »Die Sommer in *Sant'Amato*, ich weiß, da hat man schon mal Last mit der Liebe. Na, sag schon, wer ist es diesmal?«

»Also, wie du das sagst …«

»Rück schon raus, wer ist dein Mädchen für *diesen* Sommer?«

Matteo druckste herum. Dann nannte er ihren Namen.

»Ist nicht wahr! *La Giraffa?!*«

Endlich hatte er Ninos volle Aufmerksamkeit. Er nickte unglücklich. »*Sì.*«

»Du und Isabella Morone? Aber das ist Wahnsinn! Und – sie liebt dich auch?«

»Würd ich sonst drüber reden?«

»Hm«, machte Nino, schlagartig ernst geworden. »Jetzt versteh ich dein Gerede übers Risiko.« Er schob sich die Taucherbrille zurück aufs Haar und hockte sich neben Matteo auf die Reling. »Wo hast du Isabella überhaupt getroffen? Die wird doch unter Verschluss gehalten, entweder von Morones Fahrer oder dieser Deutschen Dogge im Rock, *signora* Gassner.«

Matteo erzählte von ihrer Begegnung an der Bushaltestelle. Selbst jetzt, als er davon berichtete, kam sie ihm vor wie ein Wunder. Ninos Gesicht wurde währenddessen immer sorgenvoller, und als Matteo ihm verriet, was er Isabella versprochen hatte, sah ihn sein Freund entsetzt an.

»Das ist kein Risiko mehr, Matè, das ist Selbstmord! Was macht Morone wohl, wenn er mitbekommt, dass du seiner siebzehnjährigen Tochter mitten in der Nacht nachsteigst?«

»Der kriegt mich nicht. Isabella sagt, ihr Vater ist noch bis morgen in Genua, der Fahrer fährt abends heim zu seiner Familie in *San Bartumé,* und die Gassner liegt krank im Bett. Sie ist allein heute Nacht.«

»Du hast eine Kleinigkeit vergessen: den Hund.«

Matteo wurde eiskalt. Morones neueste Anschaffung hatte er tatsächlich vergessen: einen zentnerschweren Molosser aus Neapel, den Morone nachts frei auf dem Gelände laufen ließ, damit er Villa und Park bewachte. Im Dorf war tagelang von nichts anderem die Rede gewesen.

Nino rieb sich das Kinn und sah nachdenklich aufs Meer. »*Mastinos* sind Monster«, sagte er, »die greifen an, ohne vorher einen Laut von sich zu geben. Aber wenn das Tier noch jung ist und er noch keine Zeit hatte, es entsprechend abzurichten, dann lässt es sich vielleicht locken …«

»Na also! Er hat den Hund seit höchstens zwei Wochen.«

Nino schüttelte zweifelnd den Kopf. »Hm, ich an deiner Stelle würd das Risiko trotzdem nicht eingehen. Ist sie dir wirklich so wichtig?«

Die beiden Freunde sahen sich an. Matteo presste die Lippen aufeinander.

»Gut, ist es wohl«, sagte Nino nach einer Weile. »Dann pass auf: Komm heute Abend vor deinem Abenteuer zu mir, ich kann dir vielleicht mit dem Hund helfen.«

»Danke! Du bist ein echter Freund.«

Nino stand auf und klopfte Matteo auf die Schulter.

»Ehrensache, oder? Aber jetzt muss ich da runter. Halt immer die Leine, ja? Und wenn du einen Zug spürst, holst du mich hoch.«

Er stellte sich aufrecht hin, zog sich die Taucherbrille wieder vor die Augen, richtete seine Nasenklammer und blinzelte konzentriert ins Gegenlicht, das auf den Wellen tanzte. Er atmete ganz ruhig ein und kippte vornüber ins Blau.

*

Das Herz glitt ihm beinahe aus der Hand, als er es aus dem Beutel nahm. Das lag nicht an dessen Größe, vermutlich hatte es einem eher jungen Ochsen gehört, sondern an dem Feuchtigkeitsfilm, der das gesamte Organ überzog und verhinderte, dass Matteos zitternde Finger zwischen dem Herzmuskel und den nudeldicken Adern Halt fanden. Nino hatte ihm zwei dieser Herzen mitgegeben. Doch was, wenn die nicht reichten?

»Schhh, bist ein Guter«, gurrte Matteo, den Blick starr auf den massigen Umriss vor ihm gerichtet, der noch schwärzer schien als die lichtlose Nacht, »ja schau, was ich für dich habe, mein Guter.«

Ohne dass er ihn hatte kommen hören, war der Hund gleich einem Schatten auf dem Sandpfad hoch zur Villa erschienen und hatte sich ihm in den Weg gestellt. Lautlos, wie ein Geist. Ein Geist, in dessen Erbgut der Hass auf alle ungebetenen Gäste eingebrannt worden war. Matteo flüsterte besänftigende Worte. Er spähte ins Dunkel und hielt das Ochsenherz nach vorn. Ganz vorsichtig jetzt. Er ging leicht in die Hocke, machte sich klein.

»Guter, ja, hier. Das ist was Feines.«

Er hielt seine Arme weiterhin gerade ausgestreckt. Rutschte dem Monster ein Stückchen entgegen. *Piano, piano.*

Er duckte sich, beugte sich vor. Nicht zu weit. Hob sacht den Arm, überlegte, wie er Schwung nehmen konnte für den Wurf, ohne den Schatten aus seiner wachsamen Erstarrung zu reißen. Er holte minimal aus. Da! Eine kaum merkliche Veränderung. Nichts, was er hätte beschreiben können, keine sichtbare Bewegung, kein Weiß der Pupillen, kein Blecken. Nur eine Art Konzentration. Als würde sich dort etwas sammeln, sich zusammenziehen, zum Sprung ansetzen.

Das Herz glitt Matteo aus den Fingern, und er fiel rückwärts. Der Schatten schnellte vor. Stürzte sich auf das Herz, schnappte danach. Es verschwand zwischen den Lefzen, wurde dann hin und her geschoben, von unsichtbaren Zähnen. Schmatzen erfüllte die Luft, und Matteo machte, dass er davonkam.

In einem weiten Bogen huschte er um den Wächter und seine Beute herum. Seine Knie zitterten so sehr, dass er kaum laufen konnte. Am Handgelenk trug er den Beutel mit dem zweiten Ochsenherz. Wie lange würde das erste vorhalten?

Er hastete durch den riesigen Garten hinauf zur Villa, während die Fledermäuse über seinem Kopf durch die laue Luft schossen

und ihre leisen, spitzen Schreie ausstießen. Das Gebäude, eines dieser cremefarbenen Kästen mit umlaufenden Steinveranden, wie sie sich reiche Engländer knapp hundert Jahre zuvor überall an der Riviera hatten bauen lassen, thronte über der Bucht und leuchtete fahl im Mondlicht. Seit Morone zuerst die *Villa Olimpia* und kaum ein Jahr später das ganze Areal am Kap samt Sarazenen-Turm und Delfinbucht gekauft hatte, war niemand aus dem Dorf mehr hier gewesen. Dafür sorgten schon allein die kilometerlangen Zäune und das schmiedeeiserne Tor am Eingang zur Privatzufahrt. Außerdem feierte Morone zwar ab und zu Feste in der Villa – Partys, die als so skandalös galten, dass sich Leute wie Nunziata Lanteri bekreuzigten, sobald sie im Dorf zur Sprache kamen. Doch die Gäste kamen meist von außerhalb, aus Mailand oder von der Côte d'Azur. Matteo kam es daher immer noch absurd vor, dass Enzo Morone tatsächlich aus *Sant'Amato* stammen sollte – mochte Luigi Testa auch schwören, er selbst habe Morone einst beigebracht, wie man einen Reifen wechselt. Doch hol's der Teufel, auf welche Weise auch immer hatte der Mann unfassbar viel Geld gemacht! Die herrschaftliche Villa hier, der Park mit seinen Tropenpflanzen und botanischen Wundern, der ganze Berg und, wie man hörte, noch zwei weitere Wohnsitze in Rom und auf Sardinien – das alles gehörte ihm. Doch so viel Reichtum Morone auch anhäufte, wie viele Häuser und Ex-Frauen er auch sammelte, er hatte nur eine einzige Tochter. Matteo mochte kaum daran denken. Denn er kam heute Nacht, um ihm diese Tochter zu stehlen.

Er eilte weiter durch die Dämmerung, folgte jetzt einem Kiespfad, der sich zwischen den Schwertern monströser Agaven und armdicker Yuccastämme den Hang hinaufwand. *Wie ein Dieb in der Nacht,* dachte er. Es wurde immer später, wahrscheinlich hatte Isabella ihn schon abgeschrieben.

Dicht unterhalb der Villa stutzte er. Tatsächlich! Da war eine Gestalt auf dem Balkon. Matteo schlich näher, versteckte sich

hinter dem Stamm eines riesigen Feigenbaums, der sich an die Südseite der Villa schmiegte wie ein Liebhaber. Hinter dem Blattwerk und den geschwungenen Balkonpfeilern entdeckte er ein weißes Nachthemd, hörte leises Summen.

Isabella?

Ihre Stimme hätte er überall erkannt. Jetzt trat sie nach vorn, lehnte sich mit dem Bauch gegen die Balustrade. Das dünne Nachthemd spannte sich über ihrem Körper. Himmel, er wollte versteinern und sich in einen dieser Pfeiler verwandeln! Isabella flüsterte und summte vor sich hin. *Was sagst du, Liebste?* Matteo lauschte und vergaß fast zu atmen, als er ihr Geflüster verstand.

»Vassallo, mein Gott.« Sie barg den Kopf in ihren Händen, dann ein Stoßseufzer, wie eine Kapitulation. »Warum nur, Vassallo …«

Er hielt es nicht mehr aus. »Hast du mich gerufen?«, rief er. Damit schob er sich ins Licht, probierte eine ungelenke Verbeugung, kam sich dumm vor. Aber nur ein kleines bisschen.

»Matteo Vassallo, ich stehe zu Diensten.«

Kurzerhand ließ er den Beutel am Fuß der Feige zurück, griff nach einem ihrer niedrigeren Äste und zog sich hoch. Isabella holte scharf Luft, sah ihn mit weit aufgerissenen Augen an.

»Du bist tatsächlich gekommen.«

Einer der dicken Äste des Baumes reichte bis zum Balkon. Kein Problem für Matteo.

»Hatte ich doch versprochen, oder?«

»Ja. Sicher.« Auf Isabellas Gesicht spiegelten sich die unterschiedlichsten Gefühle. Freude, Aufregung – und Angst. »Aber es ist schon so spät! Mein Vater hat angerufen, er kommt vielleicht schon heute Abend zurück. Wenn er dich hier findet …«

»Was dann? Bringt er mich dann um? So, wie das jeder Vater täte, wenn er eine Tochter wie dich hätte?« Er hangelte sich vom Baum hinüber zum Balkon, schwang sich über die Brüstung.

Stand endlich vor ihr, ganz nah, sie benutzte die gleiche Seife wie seine Mutter. *Felce Azzurra.*

»Du kennst meinen Vater nicht«, sagte Isabella leise.

»Ich habe keine Angst«, log er.

»Solltest du aber. *Papà* hat nur mich. Und er hasst es, zu teilen.«

»Und wenn schon«, versetzte Matteo, während ihm ein dicker Kloß im Hals saß, »was willst du mir damit sagen? Freust du dich nicht? Ist das nur so ein Reiche-Leute-Spiel für dich?« Er sah ihr in die Augen, und was er dort sah, bestärkte ihn darin, aufs Ganze zu gehen. »Dann soll mich dein Vater ruhig finden! Lieber lass ich mich von ihm abknallen, als dort unten im Dorf zu leben – Tag für Tag, Jahr für Jahr – und zu wissen, dass ich dir egal bin.«

Er ergriff Isabellas Hand. Langsam, ohne seinen Blick von ihrem Gesicht zu nehmen, führte er sie an die Lippen, um sie zu küssen. Seine Finger klebten und rochen nach Ochsenblut, und er fürchtete, sie würde ihm ihre Hand entziehen. Doch das tat sie nicht.

»Ich weiß gar nicht, wie das geht: spielen«, flüsterte sie, während er ihre Hand drehte und die Innenfläche liebkoste. »Und ich bitte dich, wenn du mich wirklich magst, dann sei auch du ehrlich.«

»Oh, ich schwöre, das bin ich! Beim Mond schwöre ich.«

»Nicht beim Mond«, unterbrach sie ihn, »schau, da reicht nur eine Wolke, schon ist er weg. Schwör lieber bei der Sache, die dir am wichtigsten ist.«

»Was verstehst du unter wichtig? Du bist mir wichtig!«

»Und sonst? Wovon träumst du, Matteo?« Sie sah ihn erwartungsvoll an.

»Hab ich doch schon gesagt.«

»Wovon du träumst?«

»Ja. Von *Juve.*«

Zuerst sah sie ihn irritiert an, dann entfuhr ihr ein Kichern. *Je nun,* dachte Matteo, *was ist so schlecht an* Juve! *Ich bin ein einfacher Kerl, was hat sie jetzt erwartet. Poesie?*

Isabella wurde wieder ernst und hielt seine Hand fest. »Gut«, sagte sie feierlich, »dann schwör mir bei *Juventus Turin,* dass du mich nicht belügst.«

»Ich schwöre.«

»Du schwörst es?«

»Aber ja! Ich würde alles tun. Alles …«

Bevor Matteo weiterreden konnte, küsste sie ihn bereits. Himmel, und wie sie ihn küsste! Er versuchte, sich zurückzuhalten, doch dann gingen die Pferde mit ihm durch, er hatte das Gefühl zu fallen, zu fallen, in die Knie zu gehen, ihre Küsse schmeckten so *anders* als die der anderen Mädchen. Isabellas Küsse schmeckten nach mehr, nach viel mehr und Nie-mehr-Aufhören, und nach nur zwei oder drei weiteren Küssen hörte er sich selbst den Satz flüstern, auf den Elsa, Ida und auch die arme Carmela stets vergeblich gewartet hatten. Isabella zuckte zusammen, nahm sein Gesicht in ihre Hände und sah ihn an, als sie, weiterhin zwischen Küssen, flüsterte: »Ich dich auch, Geliebter. So weit wie der Himmel, so tief wie das Meer.«

Tief wie das Meer. Er schlang seine Arme um sie, tauchte mit der Nase in die langen, pudrig duftenden Schlingen ihres Haares. Ihre Küsse brandeten über ihn hinweg, wurden zu Wellen, die über ihm zusammenschlugen. Er sank hinab, immer weiter, wie Nino, wenn er »no limit« tauchte. *Isabella.* Er klammerte sich an ihren Körper, verlor sich in weichem Stoff, ertastete nackte Haut. Mit Sicherheit würde er ertrinken, doch es scherte ihn nicht.

Tief wie das Meer.

Kurz bevor er völlig unterging, kam Isabellas hastige Stimme. »Aber jetzt gute Nacht, Geliebter.« Sie löste sich aus seinen Armen. »Gute Nacht.«

Ah, wie kann sie mich wegschieben! Ausgerechnet jetzt.

»So leicht lässt du mich stehen?«, ächzte er. Im Stillen vervollständigte er: *so unbefriedigt??*

»*Ma ti prego!* Was kannst du noch wollen?«

Was wohl, hätte Matteo am liebsten gesagt und versuchte, das Pochen im Unterleib zu ignorieren. Stattdessen fragte er: »Was wird jetzt mit uns?«

In diesem Moment kam ein Rufen aus dem Haus. Die Gassner.

»Schnell, versteck dich in der Baumkrone«, stieß Isabella hervor, »aber warte! Ich bin gleich wieder zurück, muss nur kurz nach ihr sehen.«

Während sie ins Innere der Villa huschte, folgte Matteo ihr mit den Augen. Der Mond ließ ihr Nachthemd aufleuchten wie einen Opal, der Wind blähte dessen Saum. Was für eine herrliche Nacht das war! Matteo kletterte zurück ins Geäst der Feige, presste sein Gesicht gegen die warme Rinde und atmete tief ein. Wie hell die Sterne über ihm funkelten, und wie viele es waren. Je länger er schaute und schaute, es wurden immer mehr – so als versammelten sie sich extra über Isabellas Balkon, um für ihn und seine Liebste zu leuchten. Zeugen ihrer Liebe. Verbündete. Und dann war Isabella wieder zurück.

»Du meinst es also wirklich ernst?«, fragte sie, etwas außer Atem.

»Ja.«

»Mein Vater … Du weißt nicht, wie er ist. Was er hat, gibt er nicht wieder her.«

»Ich sag's dir doch, ich habe keine Angst.« *Und wieder ist es gelogen,* dachte Matteo, während er Isabella anlachte, seine Isabella, seine ganz allein.

»Würdest du mich dann von hier wegholen und mitnehmen, wenn du nach Turin gehst?«

»Ich würde sofort auf die Knie fallen und dich fragen, wenn ich nicht hier im Baum hinge!«, rief er übermütig. Vom Meer kam der warme Wind, und ihm wurde ganz leicht, so leicht wie

einem Vogel im schwankenden Baum. *Sie liebt mich,* die Erkenntnis flutete sein Bewusstsein. *Sie, die jeden haben könnte, sie liebt mich. So weit wie der Himmel, so tief wie das Meer. Madonna mia!* Er wippte auf dem Ast des Feigenbaums auf und ab, wusste nicht wohin mit seinem Glück.

»Ich falle«, rief er in gespieltem Entsetzen, »ich falle für dich!« Der Ast knackte, er klammerte sich an ihn und zog eine Grimasse.

Isabella lachte. »Sag, hast du das ernst gemeint?«, fragte sie dann. »Du würdest mir tatsächlich einen Antrag machen?«

»Na, sicher.« *Sicher?* Matteo spürte, jetzt stand er direkt vor dem Tor. Nahm er die Flanke an? Die Chance käme vielleicht nie wieder. Doch wozu war er *der Unfehlbare?* Matteo rutschte über den Ast vor bis fast zurück zum Balkongitter.

»Liebste Isabella, jetzt und hier frage ich dich: Willst du Weiß für mich tragen?«

Sie errötete, stockte und sagte schnell: »Geh am Sonntag auf jeden Fall zur Kirche und …«

Ihr Satz wurde vom Aufheulen eines Motors übertönt. Dem Klang nach zu urteilen eine schwere Limousine; das Geräusch kam die Zufahrt herauf. Isabella erstarrte, das Gesicht weiß wie ein Laken.

»Oh, mein Gott, er ist es! Lauf, Matteo! Lauf und versteck dich.«

Er hastete durch das Gebüsch. Stolperte über die Schlingwurzel eines Baumes, fing sich gerade noch, hetzte weiter. Wohin? Runter, den Berg runter, raus aus diesem Dschungel! Der Hund, wo war er? Irgendwo zwischen den tropischen Gewächsen, den Palmen und mannshohen Kakteen hörte er ein sattes Brummen. Ein schwerer Motor. Er rannte. Ein Knacken in seinem Rücken schreckte ihn auf. Hatte er ihn schon gewittert? Weiter, nicht umsehen. Was wäre dort auch zu sehen, wahrscheinlich nur ein schwarzer Schatten, der ihm stumm nachsetzte. Matteo

beschleunigte seine Schritte noch mehr. Panik kroch ihm die Kehle hoch, der Beutel mit dem Ochsenherz schlug ihm ums Handgelenk, und er war versucht, ihn in die Büsche zu pfeffern. Würde das den Hund lang genug aufhalten? Und was, wenn nicht? Matteo rannte weiter, keuchend, panisch, immer wieder strauchelnd. Sah kaum, wohin er trat. Verlor die Orientierung. Wohin jetzt? Er stolperte über eine Böschung und landete plötzlich mitten auf dem Fahrweg. Und ehe er noch reagieren konnte, rauschte eine schwere Limousine um die Kehre direkt unter ihm und hielt auf ihn zu. Scheinwerfer blendeten auf. Der Wagen kam kurz vor seinen Knien zum Stehen. Der Motor erstarb. Ein kurzes Kommando stoppte den Hund, der tatsächlich keine fünf Meter hinter ihm stand und knurrte. Matteo blinzelte ins Gegenlicht, starr wie ein geblendetes Tier.

Stille.

Dann brach die Stimme eines Mannes den Bann.

»Schau an, der kleine Vassallo. Wie ein Dieb mitten in der Nacht. Eigentlich hätte ich es mir denken können.«

Matteo wollte etwas sagen, doch die Stimme – geübt in Färbung und Modulation – fuhr fort: »Los. Steig ein, ich fahr dich nach Hause.«

*

Da sieht man's mal wieder, dachte Matteo, manche Leute haben einfach alles. Geld, Erfolg, dazu noch eine Tochter wie Isabella. Ein gerechter Gott hätte Enzo Morone zum Ausgleich doch wenigstens eine Glatze oder eine Fistelstimme verpasst. Doch der Mann am Steuer der hochmodernen Limousine, den die elektrisch herunterfahrende Autoscheibe jetzt enthüllte, hatte volles, eisengraues Haar, ein gewinnendes Lächeln, die gleichen Augen wie Isabella und eine Stimme, die einen umschlang wie ein Seidenschal.

»Schau, kleiner Vassallo – Matteo ist dein Vorname, richtig? Dir hat man es vielleicht nicht gesagt, aber hier wacht jetzt abends der Hund. Das kann gefährlich werden für Streuner und Tagediebe. Komm, ich fahr dich heim, die Tür ist auf.«

Er langte mit seinem Arm, blütenweiße Manschette, teure Uhr, aus dem geöffneten Fenster und winkte ihn heran.

Matteo zögerte, er hatte Isabellas Stimme im Ohr. *Was er einmal hat, gibt er nicht mehr her*. Morone lächelte erneut, sein ebenmäßiges Gebiss musste ein Vermögen gekostet haben.

»Na komm schon, hast du Angst, mit mir altem Herrn zu fahren? Keine Sorge, ich fahre seit zwanzig Jahren unfallfrei. Und ich beiße nicht.« Dann wies er Richtung Böschung. »Der da aber schon.«

Der Türgriff auf der Beifahrerseite lag schwer in Matteos Hand, und nachdem er eingestiegen war, fiel die Tür der Limousine mit einem satten Schmatzer zu. Drinnen war es fast kalt, und als die Scheiben mit leisem Summen hochfuhren, sprang auch das Surren der Klimaanlage wieder an.

»Das tut gut nach der Hitze da draußen, nicht wahr?«, sagte Morone und wendete den Wagen. »Ich finde auch immer, je heißer es im Sommer tagsüber wird, desto wichtiger ist kühles Blut am Abend.« Er schnupperte in der Luft. »Apropos Blut, kann es sein, dass du da in deinem Beutel etwas, hm, Seltsames mit dir rumträgst?«

»Ach, das ist nichts.«

»Wieso nichts?«, sagte Morone. »Zeig doch mal her.«

Der Befehl kam beinahe im Plauderton, doch Matteo wagte nicht, sich ihm zu widersetzen. Zögernd öffnete er den Beutel. Morone warf einen kurzen Blick hinein und lachte auf.

»Futter für die Bestie?«, fragte er dann und bedachte ihn mit einem undefinierbaren Blick. Schnell stammelte Matteo etwas von einem geplanten Besuch bei seiner Tante und deren Dackel.

»Aber so etwas Feines ist reichlich verschwendet an Mafaldas Töle, oder? Im Krieg war frisches Ochsenherz eine Delikatesse. Ich hab's damals am liebsten roh gegessen, dünn aufgeschnitten mit etwas frisch geschrotetem Pfeffer, oder auch einfach ohne alles …«

Matteo starrte auf die blütenweiße Hemdbrust Morones, den weinroten Schlips, das dazu passende Einstecktuch. Für den Bruchteil einer Sekunde verwandelte sich in seiner Vorstellung beides in Flecken von Blut. Matteo blinzelte und schüttelte das Bild ab. *Du hast nur Schiss,* sagte er sich, *und Schiss vor dem Gegner ist schlecht fürs Spiel.*

Der Wagen brummte jetzt den Hang hinunter Richtung *Sant'Amato.* Er nahm Fahrt auf und donnerte bald so schnell um die Kehren, dass Matteo ganz schwindlig wurde. Der süßliche Geruch des rohen Fleisches tat sein Übriges, nach nur wenigen Minuten Fahrt atmete er ganz flach und starrte angestrengt aus dem Fenster. *Das könnte dir so passen, dass ich hier auf deine Sitzpolster kotze,* dachte er.

Morone warf ihm einen Blick zu. »Angst?«

»Ach was. So fährt meine *mamma* immer mittwochs zum Einkaufen.«

Enzo Morone lachte. »Das glaub ich dir sofort. Das ist typisch für Marina.«

Woher kannte Morone seine Mutter? Er nannte sie sogar beim Vornamen. Matteo kam nicht mehr dazu, nachzufragen, denn jetzt erreichten sie die Haarnadelkurve direkt über dem alten Sarazenen-Turm. Einen Moment lang war Matteo sicher, sie würden aus der Kurve fliegen und direkt in die Spitze des Turmes krachen. Er schloss die Augen. *Der Mann ist verrückt! Fährt uns beide in den Tod.* Neben ihm lachte Morone erneut.

»Ja, hier muss man aufpassen, Junge, sonst stürzt man ab.«

Der schwere Wagen brauste weiter. Als Matteo die Augen

wieder öffnete, erreichten sie gerade die ersten Häuser des Dorfes.

»Was machst du eigentlich, wenn du dich nicht auf meinem Grund herumtreibst und Herzen verteilst?« Morone bremste ab und schaltete in einen niedrigeren Gang. Dann sah er seinen Begleiter auffordernd an. »Hast du sonst keine Hobbys?«

»Ich mag Fußball.«

»Ah so. Spielst du hier im Verein?«

»Nein, drüben in *Diano Marina*. Die haben die bessere Jugendarbeit.«

»Du klingst schon wie ein Profi.«

Was soll das Gerede, dachte Matteo, *ich* bin *ein Profi.*

»Und wo soll's mal hingehen, wenn es weiter so gut läuft? Zur *Sampdoria?*«, fragte Morone und wiederholte damit die Frage, die Matteo am meisten hasste. *Sampdoria!* Wer wollte schon zu dieser Gurkentruppe. Bloß weil Genua näher lag als …

»… *Juve*«, sagte er laut. »Ich will zu *Juventus Turin.*«

Morone lachte. »Vittore Catella ist da jetzt Präsident, oder?«, sagte er. »Mit dem fahr ich im Frühling immer zum Hochseefischen, Schwertfische, Bonito, Marlin. Aber letztens hab ich mit der Harpune sogar einen großen Weißen erwischt.«

Matteo fröstelte. *Gut, dass Nino das nicht hört,* dachte er und fragte: »Einen Wal?«

»Nein, Hai. War ein Massaker.« Morone lachte. »Catella hing nachher über der Reling und hat sich die Seele aus dem Leib gekotzt. Aber wenn du magst, spreche ich mal mit ihm … wär das nicht was?«

Matteo nickte nur. Während der Wagen ins Dorf hineinstieß und durch die unteren Gassen donnerte, schnürte ihm die wachsende Anspannung die Kehle zu. *Das gibt ein Unglück,* dachte er. Gerade als sie am Büro des Bürgermeisters vorbeirauschten, bremste Morone abrupt und hielt an.

»Aber wenn du zu *Juve* willst«, sagte er, »dann musst du dich

am Riemen reißen. Üben. Früh schlafen gehen. Dich nachts nicht mehr herumtreiben, wo du nichts verloren hast, verstehst du? Ich will dich nur warnen.«

Er sah ihn eindringlich an, und Matteo konnte erneut nur nicken.

»Keine Ausflüge mehr, ja? Und jetzt warte hier kurz, ich hab noch was zu erledigen. Dauert nicht lang.«

Morone stieg aus und schlenderte zum Büro. Um diese späte Stunde war dort eigentlich längst niemand mehr. Trotzdem entdeckte Matteo mattes Licht im Oberlicht über der Tür, und als Morone zum Eingang schlenderte, das graue Haar leuchtend im Licht des Vollmonds, da löste sich aus dem Häuserschatten ein zweiter Mann, ebenfalls im Anzug, soweit er das erkennen konnte. Matteo erkannte Michele Rossi, den Vater seiner letzten Eroberung Carmela. Rossi hätte ihm damals fast ein Praktikum im Rathaus besorgt, wenn er nicht zuvor herausbekommen hätte, wem sein Töchterchen all die flammenden Briefe schrieb.

Rossi und Morone steckten die Köpfe zusammen, und ein Briefumschlag wechselte seinen Besitzer. Irgendwelche Geschäfte? Ein Feuerzeug glühte auf, wenig später dann die Spitzen zweier Zigaretten. Morone war anscheinend bei manchen im Dorf viel bekannter, als man gemeinhin dachte. Von Neugier getrieben, presste Matteo sein Gesicht näher an die Seitenscheibe und äugte durch das Fenster. Er zuckte jedoch erschreckt zurück, als Rossi mit einem Mal prüfend zu ihm herübersah. *Ich Blödmann,* durchfuhr es ihn heiß. Wenn Rossi so dicke mit Morone war, erzählte er diesem jetzt vielleicht auch von seinem Ärger mit ihm. Und dann? Dann wäre Matteo verloren. Isabella würde ihn hassen, wenn sie es erfuhr, und was Morone mit ihm machen würde, daran mochte er nicht einmal denken.

Nach etwa fünf Minuten kam Morone zurück, kletterte hinter das Steuer und startete den Wagen. Dann öffnete er sein Fenster, ließ den Motor aufjaulen und brauste weiter.

Sie bogen gerade in die *Via della Rivolta,* da warf er die glühende Kippe seiner Zigarette kurzerhand aus dem Fenster.

»Widerlich«, brummte er, »Raucher würd ich am liebsten an die Wand stellen. Allesamt. Willensschwaches Pack.«

Dann drehte er sich zu Matteo. »Rossi, der alte Spießer, hat mir übrigens von seiner Tochter Carmela erzählt …«

»Ach ja?«, würgte Matteo hervor und rang sich ein unbeteiligtes Gesicht ab.

»Bist ein Schlawiner, was?«, kam es jetzt von Morone. »Einer, der nichts anbrennen lässt. Brauchst nichts zu sagen, Junge. Genauso war ich früher auch mal. Immer heiß auf die Röcke. Das kann aber auch bös enden. Also pass auf, Junge.«

Sie nahmen die letzte Kehre mit quietschenden Reifen, dann holperten sie zum Haus der Vassallos. Als Matteo das hell erleuchtete Küchenfenster sah, hätte er am liebsten geheult vor Erleichterung. In Sicherheit. Nur wenig später kam der Wagen vor der Haustür zum Stehen.

Morone drehte den Schlüssel. Das Grollen des Motors erstarb und gab einer Stille Raum, die Matteo nervös machte. Vom Steuer kam Schweigen. Aus den Augenwinkeln heraus versuchte er zu erkennen, was Morone tat, doch er hätte dazu den Kopf wenden müssen, was er nicht wagte. So starrte er auf das lederne Armaturenbrett und seine Knie und entdeckte einen frischen Riss in der Hose, wahrscheinlich ein Souvenir vom Feigenbaum.

Morones Hieb kam ohne Vorwarnung.

Mit dem Handrücken schlug er ihn hart ins Gesicht. Der Schmerz schoss Matteo in die Stirn, trieb ihm Tränen in die Augen. Seine Knie verschwammen. Er beugte sich vornüber, hielt sich die Nase, röchelte, schmeckte Blut. Morone reichte ihm sein Einstecktuch.

»Hier«, sagte er seelenruhig, »kannst du nehmen und behalten. *Das ja …*«

Matteo versuchte zu atmen, der Schock ließ ihn frösteln. *Das ist ein Wahnsinniger.* Morone wiederholte: »Jetzt nimm«, und stieß ihm das Tuch gegen die Brust. Also griff er danach und presste es gegen seine Nase. Im gleichen Augenblick wurde die Beifahrertür aufgerissen, und seine Mutter baute sich davor auf.

»Matteo?? Oh, Gott, was ist los?!« Und dann: »Was hast du mit meinem Sohn gemacht?!« Marinas Stimme zitterte merklich. Während Matteo sich noch wunderte, dass seine Mutter Morone duzte, antwortete dieser:

»Marina Vassallo. Immer der gleiche Ärger mit dir, was?«

Woher kam der vertrauliche Ton, was hatte seine Mutter mit dem Herrn der *Villa Olimpia* zu schaffen?

»Krieg dich wieder ein«, sagte Morone dann. Unmerklich war er in einen Jargon verfallen, der Matteo vage bekannt vorkam. »Nur ein kleines Missgeschick. Du hast nicht gut auf dein Bürschchen aufgepasst, es hatte sich auf meinem Grundstück verlaufen, und ich hab's aufgesammelt. Ziemlich nett von mir, oder? Gibt's dafür keinen Dank?«

Schweigen. Matteo, immer noch benommen, versuchte, zu blinzeln und einen Blick auf seine Mutter zu werfen.

Statt Morone zu antworten, nahm Marina ihren Sohn am Arm und zog Matteo mit resolutem Griff aus dem Wagen.

»Geht es?«, raunte sie währenddessen, und als er nickte, schob sie ihn Richtung Haus. »Dann geh schnell rein.«

Er begann zu stottern, versuchte, etwas zu sagen, doch sie stoppte ihn mit einer knappen Geste.

»Geh rein. Sofort.« Hinter sich hörte Matteo das Klapp-Klapp der Fahrertür und das Knirschen der Steinchen unter Morones Schuhen, als dieser ausstieg.

Er setzte sich langsam in Bewegung. Wankte zum Haus, strauchelte fast über eine Kante in den unebenen Platten vor dem Eingang und rettete sich in den Hauseingang. Erst dort wagte er, sich umzudrehen.

Seine Mutter, die Schultern straff und am ganzen Körper bebend, stand noch immer dort, wo er sie verlassen hatte. Morone jetzt dicht vor ihr. Obwohl er sich auf einen Stock stützte, überragte er sie fast um einen ganzen Kopf. Matteo verstand nicht, was sie miteinander besprachen, dazu waren ihre Stimmen zu leise. Aber irgendetwas in Morones Haltung und der unbeugsamen Starre seiner Mutter sagte ihm, dass sie kurz davor stand, sich mächtig Ärger einzuhandeln.

Dann war der Moment vorbei. Morone stieg in sein Auto, ließ den Motor aufheulen und verschwand im Dunkel der unbeleuchteten Straße. Seine Mutter drehte sich um und kam ihm entgegen. »Frag jetzt nicht«, sagte sie, als sie an ihm vorbeiging. »Komm lieber ins Bad, wir müssen dich verbinden.«

Viel später in dieser Nacht wurde er wach, als er seine Eltern im Schlafzimmer nebenan streiten hörte und sein Name fiel.

»Matteo, Matteo, was sollen die Ausreden mit Matteo«, hörte er seinen sonst so besonnenen Vater poltern. »Er hat mit dir gesprochen, hast du gesagt. Was *wollte* er hier?!«

»Ich weiß es nicht, Carlo, ich weiß es nicht. Und jetzt hör auf mit diesen Verdächtigungen …«

»Was für Verdächtigungen? Das sind Tatsachen! Wollt ihr mich für dumm verkaufen, ist das Ganze ein abgekartetes Spiel?«

»Das musst du gerade sagen! Du hast dich damals auch drauf eingelassen, oder?« Matteo war schockiert über das Gift in der Stimme seiner Mutter. »War ein gutes Geschäft für euch beide, was? Und ich die Ware. Das habt ihr euch fein ausgedacht.«

»Marina, hör auf, du weißt, dass es nicht stimmt. Egal, wie es begann: Du bist das Beste, was mir im Leben passiert ist. Du bist viel zu gut für mich.«

»Aber was treibt dich dann um? Warum fürchtest du ihn so? Hat es etwas mit früher zu tun? Bist du ihm noch etwas schuldig?«

»Nein!« Die Antwort seines Vaters kam einen Tick zu schnell. »Nein. Ich will ihn nur nicht hier sehen. Mit dir.«

»Bist du etwa eifersüchtig? Auf Morone?«

Schweigen im Schlafzimmer. Dann wieder die Stimme seiner Mutter. Tonlos. »Du weißt wirklich gar nichts über mich, oder? Neunzehn Jahre, bald zwanzig – und du weißt nichts. *Nichts.*«

*

Die folgenden Tage erlebte Matteo als einen zähen Strom endloser Stunden voller Ereignisse, durch die er stolperte wie ein Unbeteiligter. Da war das Donnerstagstraining, wo er, der *Infallibile,* drei Tore in Folge schoss, ohne richtig hinzusehen. Da waren die Stunden, in denen er Nino und dessen Tante Mafalda half, den Dackel der Tante zu suchen, der seit Dienstagnachmittag entlaufen war. Da war der Samstagmorgen, an dem er seine Mutter zur Bahn brachte, die mit Flora und Raffi nach Rom reiste, zum fünfundsiebzigsten Geburtstag irgendeines alten Weggefährten und Förderers vom Theater, Bernardo oder Barnabà, Matteo hatte nicht genau hingehört. Er stellte nur fest, dass seine Mutter – die über die nächtliche Szene mit Morone kein Wort mehr verlor – ihn beim Abschied auf dem Bahnsteig besonders ermahnte, während ihrer zweitägigen Abwesenheit besser daheim zu bleiben, für die Prüfungen zu lernen und abends *nicht* rauszugehen. Und während all dieser zähen Tage und Stunden, die ihn noch vom Sonntag trennten, quälte ihn die Unsicherheit. Was hatte Isabella bei der Messe vor? Wollte sie ihm antworten? Aber was würde Morone dann tun? Und was täte er selbst, wenn sie nicht käme?

Am Sonntagmorgen dann saßen er und sein Vater Carlo allein beim Frühstück, bereit für den Gang zur Kirche. Matteo schielte dauernd auf die Uhr, konnte es kaum erwarten, endlich

aufzubrechen, doch Carlo machte sich seelenruhig noch einen zweiten *caffè*.

»Was hast du's heute so eilig«, sagte er und nahm einen Schluck. »Lass uns den Tag doch mal ruhig angehen, jetzt, wo die Frauen und das Baby mal weg sind. Ah, erkennst du sie nicht?« Er legte die Hand ans Ohr und holte tief Luft. »Da ist sie – die göttliche Stille! Kein Gequengel, kein Gezanke am Morgen. Nur du und ich: die beiden Vassallo-Männer.«

»Du vergisst Raffi. Der ist auch ein Vassallo.«

»Stimmt, aber ein ganz winziger. Ach, *Raffaellino.*« Sein Vater murmelte den Kosenamen, lächelte, und seine Augen wurden weich. »*Raffaellino,* kleiner Mann. Ein seltsames Schicksal hast du. Und doch will ich dich beschützen, ist das nicht komisch?«

»Wieso komisch? Du bist doch sein Vater.«

»Ja, bin ich das?«, murmelte Carlo, um sich nach einem Blick in Matteos irritiertes Gesicht zu berichtigen. »Ob ich ein guter Vater bin, frag ich mich, mit neunundvierzig. Als mein Vater so alt war wie ich, tanzte er schon auf der Hochzeit seines ältesten Sohnes.«

Carlo starrte weiterhin aus dem Fenster, und Matteo witterte seine Gelegenheit. Wenn er hier schon noch länger festhing, konnte er doch auch gleich … ja, warum denn nicht, die Gelegenheit war günstig.

»*Papà,* da wir gerade von Hochzeit sprechen …«

»Tun wir das?«

In diesem Moment begann oben im Ort die Glocke von *San Pietro* zu läuten. *Gut, dann eben nicht.* Matteo sprang auf und lief zur Garderobe, um sich anziehen. »Ach, vergiss es – lass uns gehen, ja?«

Sie brachen auf und erreichten nach ihrem üblichen Marsch treppauf durch die Gassen von *Sant'Amato* den Kirchplatz und die Kirche. Matteo hatte sich gerade mit seinem Vater in die letzte Bank gequetscht, da registrierte er Geraune im Rücken

und eine unbestimmte Unruhe am Eingangsportal. Er drehte sich um, und da stand Isabella zwischen *signora* Gassner und dem Fahrer am hinteren Ende der Bankreihen und lächelte unbestimmt in die Menge. Matteo verschluckte sich fast, so schnell ging auf einmal sein Atem, und sein Herz begann zu rasen. Denn Isabella trug Weiß. Ein weißes Kleid, weiße Schuhe, weiße Handschuhe, einen schneeweißen Schal. Strahlend weiß war alles an ihr – und strahlend war auch ihr Lächeln.

Matteo wusste nicht, wie er verhindern konnte, dass es ihm jeder ansah, das schiere Glück! O Gott, er wollte aufspringen und jubeln, gleich hier in der Kirche! Gleich morgen würde er Ninos Schwester Mariangela bitten, dass sie unter einem Vorwand bei der Villa vorbeischaute und Isabella ein Briefchen zusteckte. Und diesen Brief würde er gleich nach der Kirche schreiben, jawohl, auch wenn ihm sonst vor jedem geschriebenen Wort graute. Die Melodie wechselte ins Moll, die Messe näherte sich dem Ende, und Matteo hatte sich gerade einen mitreißenden Einstiegssatz für seinen Brief überlegt, da zupfte ihn jemand am Ärmel. Dicht hinter ihm stand Nino Lanteri. Sein Freund keuchte, als sei er lange gerannt, und er war totenbleich.

»Komm«, raunte er ihm zu, »komm mit raus.«

Mit diesen Worten stürzte er aus der Kirche. Matteo wartete noch das zustimmende Nicken seines Vaters ab, dann folgte er seinem Freund. Kaum aus der Kirche, begann Nino zu rennen wie von tausend Teufeln gejagt. Matteo folgte ihm. Was hatte Nino so verstört? Was wollte er ihm zeigen? Sie rannten in der sengenden Spätsommersonne über die Piazza, vorbei an den Mülltonnen der Bar, wo Gemüse vor sich hin faulte. Sie passierten die *macelleria,* sprangen über halb getrocknetes Schweineblut, welches der Metzger dort in den Gully gekippt hatte. Sie verließen den Ortskern und hetzten an Schafweiden vorbei, wo magere Tiere sie anstierten, und über die Serpentinenstraße

hoch zur Landzunge und zur *Villa Olimpia*. Zwei Kehren vor dem schmiedeeisernen Eingangstor zur Villenauffahrt, an der gleichen scharfen Ecke über dem Sarazenen-Turm, wo Matteo noch die Reifenspuren von Morones halsbrecherischem Manöver fünf Tage zuvor auf dem Asphalt sah, blieb Nino am äußersten Rand der Klippe stehen. Warf einen Blick hinunter, drehte sich dann zu Matteo um und wies hinunter. Sein Gesicht war tränenüberströmt.

Matteos Blick folgte Ninos Hand. Zuerst sah er nichts außer der trutzigen Turmruine und dunkelgrauen Felsen. Felsen, von Wellen umspült, auf denen Möwen balancierten. Felsen, die scharfe Kanten bildeten und schöne Scherenschnitte abgaben bei Sonnenuntergang.

Der Küstenabschnitt bei *Sant'Amato* galt als der steilste der ganzen westlichen Riviera, solche schroffen Klippen fand man sonst eher in *Cinque Terre*. Dann gewahrte Matteo einen Fetzen. Oder war es ein Stück Fell? Unbestimmte Farbe, nur ein wenig braunfleckiger als der Fels darum herum und seltsam verdreht. Eine eiskalte Hand presste sein Herz zusammen. Seit wann vermisste *zia* Mafalda ihren Hund?

Ninos brüchige Stimme gab ihm die Antwort.

»Ich war schon unten. Jemand hat ihm ein Ochsenherz in die Schnauze gestopft und ihn hier hinuntergeworfen.«

Matteo musste sich setzen. Ihm wurde schlecht.

*

1965

»I can't get no …«

Titel: »(I Can't Get No) Satisfaction«, Künstler: The Rolling Stones, Jahr: 1965, Nr. 10 der italienischen Single-Charts: 7 Wochen. Im gleichen Jahr veröffentlichten die Stones eine italienische Version des Songs »As Tears Go By«. Damals ein Flop, erntet Mick Jagger bis heute bei Konzerten in Italien Begeisterungsstürme mit »Con le mie lacrime«.

Otto

Reni genoss den Fahrtwind, der über das offene Verdeck des Cabrios fegte und ihr in die Haare fuhr. Das Seidentuch hatte sie sich längst vom Kopf gezogen. Gab es etwas Schöneres als den Wechsel zwischen Hitze und Kühle während der Fahrt? Zuerst in praller Sonne über den glühenden Asphalt zu jagen, und dann hinein ins Dunkel? Selbst jetzt, mitten im August, blieb es herrlich kühl in den Tunneln. Und Tunnel gab es genug auf der Strecke nach *Sanremo,* wo ihr Verlobter sie erwartete, in seinem Lieblingshotel dort, dem *Royal.*

Sie war im Morgengrauen aus Turin abgereist, damit sie den Alpenkamm beim *Colle di Nava* noch vor dem Frühstück erreichte, und als sie die Passstraße nahm, lösten sich gerade die letzten Frühnebel auf. An einer Kehre wies ein Schild zum *Monte Saccarello,* und Reni war kurz versucht, abzubiegen und nachzusehen, ob sie den Fluss von Vatis Foto finden würde, dem Foto mit dem Mädchen und der verblassten Notiz auf der Rückseite: *1944, Minenprobe, bei M. Saccarello.* Doch dann setzte Nieselregen ein, und es hatte sie weitergezogen, raus aus den Bergen und über das *Arróscia*-Tal hinunter zur Küste, wo Hochsommer war und die Luft selbst über dem Meer vor Hitze flirrte.

Das Cabrio schnurrte die *Via Aurelia* entlang, duckte sich unter Felsvorsprüngen hindurch, schnellte dann wieder hervor und nahm jede Serpentine wie eine Einladung zum rasanten Selbstmord. Sein großrahmiges Lenkrad schmeichelte Renis Händen, die Speziallackierung in Rosé blitzte mit dem Chrom um die Wette. Der Wagen war wirklich sein schönstes Verlobungsgeschenk. Noch schöner als der Blaufuchs, den er ihr in Turin umgehängt hatte. Ja, Reni konnte nicht klagen, es lief gut in letzter Zeit. Und wenn sie jetzt noch diese *sentimental jour-*

ney hier abhaken konnte – *sein* Herzenswunsch, nicht ihrer –, dann erwartete sie eine glänzende Zukunft. Jetzt musste sie sich nur noch an seine Alte-Leute-Musik gewöhnen. Aber sie würde viel Zeit für sich haben und konnte dann das Radio anstellen und ihre eigene Musik hören. Wie zum Beispiel die Stones, jetzt gerade, hier im Auto. Mit dem ersten Akkord von *Satisfaction* trat Reni das Gaspedal durch bis zum Anschlag. Der Wagen hechtete vorwärts, und sie juchzte. *Glück muss man haben.* Ein Stück hinter *Laigueglia* pausierten die Tunnel für einen Moment, und die *Via Aurelia* schlängelte sich an den Steilhang geschmiegt weiter nach Süden. Der Verkehr wurde dichter, wollte sie zwingen, langsamer zu fahren, doch Reni ignorierte das Hupen auf der Gegenfahrbahn.

No, no, no. Hey, hey, hey.

Sie nahm die Kurven in unvermindertem Tempo, bearbeitete die Pedale, achtete nicht auf entgegenkommende Reisebusse, nicht auf das Röcheln der erschöpften Bremsen, nicht auf den Geruch nach verbranntem Gummi. Die Mittellinie der Straße flirrte vor ihren Augen, heißer Wind schlug ihr ins Gesicht. Auf der einen Seite gähnte der Abgrund und tief unten das türkisblaue Meer, auf der anderen Seite, dicht neben dem Wagen, ragte der Fels auf, hitzeglühend wie die Wand eines Backofens.

I can't get no …

Reni beschleunigte. Sie war fünfundzwanzig Jahre alt, hatte mehr Geld, als sie ausgeben konnte, und die Welt gehörte ihr.

*

Etwa zwei Kilometer hinter dem *Capo Mele* – kurz vor einem angerosteten Schild mit dem Ortsnamen *Sant'Amato* – hatte der Wagen dann endgültig genug. Als Erstes versagten die Bremsen ihren Dienst. Reni konnte gerade noch das Steuer herumreißen und vor der nächsten Spitzkehre in eine bergan führende Ab-

zweigung donnern, ehe auch der Motor mit einem Jaulen den Geist aufgab. Dann quoll Dampf unter der Haube hervor.

Reni fluchte, stieg aus und ging um die geöffnete Fahrertür herum zur Front des Cabrios. Sie machte den Fehler, den Chrom-Griff der Haube zu berühren, und verbrannte sich die Finger.

Scheibenkleister. Was nun? Sie sah sich um – *Sant'Amato,* das sagte ihr nichts. Der Strand unterhalb der Uferstraße wirkte allerdings gut besucht und einladend. Bunte Sonnenschirme, ein Eisverkäufer, weißhäutige Leiber – dicht an dicht – und mittendrin ein Badelaken in Form eines Union Jacks. Etwa einer der Urlaubsorte, die vor allem von Briten besucht wurden? Egal, sie brauchte eine Werkstatt.

Reni lief los, die schmale Straße bergan, wo sich *Sant'Amato* auf einem spitzen Bergkegel in mehreren Ringen zusammendrängte, durchzogen von steilen Treppen und gekrönt von einer kleinen Kirche. Es war so unerträglich heiß, dass ihr Leinenkleid schon nach kurzer Zeit an ihrem Körper klebte, und nach kaum hundert Metern ging ihr die Luft aus. Oh, nein, kein Meter weiter. Sie ging zur Tür des erstbesten Hauses und klingelte unter einem Namensschild mit der Aufschrift: *Bruzzone.* Eine gebeugte Frau öffnete, schwarz gekleidet und mit strengem, grauem Dutt.

»Si?«

Wie schön, eine nonna *wie im Film,* dachte Reni. Sie kratzte ihr spärliches Italienisch zusammen, um der Frau von ihrem Problem zu erzählen. Doch nach kaum einem halben Satz wich diese zurück und knallte ihr die Tür vor der Nase zu.

Was war denn das? Reni stand noch ganz verdattert vor der Haustür, da sprach sie jemand von hinten an.

»Can I help, signorina?«

Die Stimme hinter ihrem Rücken gehörte einem jungen Mann, einem absurd hässlichen Vogel mit Ohren wie Scheu-

nentore, doch seine Schuhe hatte er blitzblank geputzt, sein Jackett saß wie maßgefertigt, und darunter trug er ein Seidenhemd mit orange-blauem Muster von Emilio Pucci. Das wurde ja immer besser! Wo war sie hier nur gelandet? Als Reni nicht sofort antwortete, hakte der seltsame Paradiesvogel nach.

»*Parla inglese, no?* Français? Deutsch?«

Auf ihr Nicken bei Letzterem hin verzog sich die Miene des Burschen zu einem Grinsen. Er wies auf das Cabrio weiter unten an der Straße, welches immer noch qualmte.

»Iste Ihre Wagen etwas kaputt?«

»Ja. Und das wollte ich auch gerade der Frau erklären«, Reni wies auf die abweisende Tür, »aber …«

»*Signora* Bruzzone mag nicht Deutsche«, sagte der Bursche mit den Segelohren und zuckte mit den Schultern, »aber ich habe eine Werkstatt. Nur eine Stuck von hier.«

Reni beäugte den Mann misstrauisch. Der streckte ihr die Hand hin. »Giuseppe Parodi.«

Ruhig und gelassen erwiderte er ihren Blick. *Der wirkt nicht, als sei er auf Geld aus,* dachte Reni. Nur das Muster seines Hemds stach ihr böse ins Auge. Wie auch immer, vielleicht war dieser Parodi ja das Beste, was ihr hier passieren konnte.

»Renate Klopp«, sagte sie und schüttelte seine Hand, »meine Freunde nennen mich Reni. Und wir können auch gerne Englisch sprechen.« Sie schenkte ihm ein kokettes Lächeln, die Art von Lächeln, die ihr bei männlichen Gesprächspartnern stets gute Dienste leistete. Aber Parodi blieb ungerührt.

»Dann warten Sie hier bitte.« Sein Englisch war ausgezeichnet.

Er schlenderte zur nächsten Straßenecke, wo mehrere Lagerschuppen zusammenstießen, und pfiff auf zwei Fingern.

Nach kurzer Zeit erschien eine Gruppe von Arbeitern, Männer wie Schränke, und ließ sich von Parodi zum Cabrio lotsen.

Wie bekam der das nur hin? Ein geschniegeltes Bürschchen

von höchstens zwanzig Jahren, und doch hörten die Schränke auf ihn.

Einer löste die Handbremse, und nach einigem Rufen, Schnaufen, Puffen brachten die Männer den Wagen schließlich in Gang. Zusammen schoben sie ihn zurück zur Uferstraße und von dort etwa fünfzig Meter zurück bis zu einem abzweigenden Schotterweg und einem Werkstattgebäude, das dort einige Schritte hangaufwärts durch die Büsche blitzte. Hinter ihnen staute sich der Durchgangsverkehr, und ihr Einsatz wurde von einem wütenden Hupkonzert begleitet. Parodi ignorierte den Aufruhr, und auch die Schränke karrten den Wagen keinen Deut schneller über die Fahrbahn. Als sie nach einigem Hin und Her den Wagen endlich in die Werkstatt rollten, hatte sich der Rückstau unten auf der *Aurelia* noch immer nicht ganz aufgelöst.

Geschafft! Parodi verabschiedete die Helfer mit Handschlag und wehrte Renis Dankesbezeigungen mit einem freundlichen Kopfschütteln ab. Dann zog er sich wie ein Chirurg ein paar Gummihandschuhe über und glitt auf einem Montagebrett unter den Wagen. Zähe Minuten vergingen, in denen sie nichts anderes tun konnte, als die in der Werkstatt aufgebockten Fahrzeuge zu bewundern – zwei kleine Motorboote, ein rostroter Cinquecento – und die Diagnose des Meisters abzuwarten. *Respekt,* dachte Reni, *hier herrscht Ordnung*. Der fleckige Betonboden war blank gefegt. An der Wand hingen die Zangen, Schraubenschlüssel und Schraubendreher fein säuberlich nach Größe sortiert. Daneben ein paar verschossene Fotografien, denen jemand erst vor Kurzem ein paar neue Holzrahmen gegönnt hatte.

Reni trat näher, studierte die Fotos. Parodi auf einer Vespa. Daneben ein großes Bild, das ihn mit einem knorrigen Graubart zeigte, beide im Blaumann vor einem flachen, aufgebockten Holzboot mit chromblitzendem Steuerrad. Ein Kollege?

Darunter das kleinste Bild, Reni musste mit dem Gesicht nah herangehen, um das Motiv zu erkennen. Drei Jungen in kurzen Hosen, der Junge in der Mitte trug Taucherflossen im Arm und war fast einen Kopf größer als seine Begleiter, zur Rechten ein kompakter Lockenkopf und zur Linken Parodi selbst beziehungsweise seine kindliche Kopie. Alle drei lachten in die Kamera, und hinter ihnen erkannte sie die Kirche, die sie vorhin beim Passieren des Ortsschilds gesehen hatte.

Parodi war also Einheimischer.

»Eine schöne Werkstatt haben Sie«, sagte sie mit Blick auf die Fotos, als dieser wieder unter dem Wagen hervorrollte. »Haben Sie die von Ihrem Vater übernommen?« Sie zeigte auf das Foto mit dem Grauhaarigen.

»No, das war mein Meister, Testa. Er hat aufgehört, arbeitet jetzt nur noch ab und zu, aus Spaß.«

»Und das sind Ihre Freunde?«

»Der in der Mitte. Nino Lanteri.« Stolz schwang in seiner Stimme mit, und noch etwas anderes, was Reni nicht zuordnen konnte. »Ab Herbst studiert er Meeresbiologie in Genua. Und er taucht tiefer als alle anderen. *Apnea,* also ohne, wie sagt man, ohne Sauerstoff? Er ist darin einer der Besten in ganz Italien.«

»Und der andere?«

Ein Schatten huschte über Parodis Gesicht. »Matteo Vassallo. Ein Fußballer, zumindest will er das sein. Aber wenn ihn nicht bald ein großer Verein verpflichtet, wird er sich wohl endgültig aufs Haareschneiden verlegen müssen. Sein Vater ist hier im Ort der Friseur. Aber was interessiert Sie das alles?«

Reni zuckte die Schultern. »Fotos interessieren mich. Ich habe neuerdings eine Profiausrüstung zur Hand und überlege, ob ich einmal ein wenig fotografiere. Zum Zeitvertreib.« Diese Idee hatte sich erst während des Sprechens geformt, aber irgendwie gefiel sie ihr. *Fotografin*, das hatte was.

»Etwas mit den Händen tun«, sagte sie, »das ist doch auch

mal schön, finden Sie nicht?« Der junge *meccanico* hob die Augenbrauen, und sie berichtigte sich schnell. »Ja gut, damit kennen Sie sich besser aus als ich. Aber träumen Sie nicht manchmal davon, etwas Neues anzufangen, etwas anderes, als immer nur an Autos und Booten herumzuschrauben?«

Parodis Züge verhärteten sich, doch seine Stimme verriet keine Emotion. »Was lässt Sie denn glauben, *signorina,* dass mein Leben in dieser Werkstatt endet?«

Reni schoss die Hitze ins Gesicht. *Ja, was eigentlich?* Noch ehe sie etwas erwidern konnte, fuhr er fort: »Die Werkstatt hier ist der Anfang. Ich bin erst achtzehn Jahre alt, hätten Sie das gedacht? Nein, oder? Mein Alter schätzen die meisten Leute falsch ein. Der alte Testa lässt mich hier machen, nur den Pachtvertrag, den mussten noch meine Eltern für mich unterschreiben. Doch die Werkstatt läuft, richtig gut sogar! Und alles, was ich hier verdiene, investiere ich. In meine Strandbar, vielleicht haben Sie die Baustelle gesehen? Drüben unterhalb der *Aurelia?*«

Reni erinnerte sich dunkel an einen Betonrohbau am Fuß der Bucht, und als sie das erwähnte, nickte Parodi.

»Das ist er. Der *Club Elisio,* wie ich ihn nennen werde. Die beste Strandbar östlich von Saint-Tropez. Nächstes Jahr ist Eröffnung, vielleicht kommen Sie auch, *signorina* Klopp?«

Wie gut er sich Namen merkt! Überhaupt ein erstaunlicher Bursche, dachte Reni. Einen Moment lang fragte sie sich, was sie selbst mit achtzehn erreicht hatte, doch sie ließ den Gedanken bald fallen. Es lohnte nicht. Als Frau war ihre Lage nicht mit seiner vergleichbar, bei ihr führten andere Wege zum Erfolg, indirektere Wege.

»Wollen Sie denn auch wissen, was mit Ihrem Wagen ist?«, fragte der junge *meccanico* jetzt.

»Ähm ja, sicher.«

»Also, die Wasserpumpe hat was abgekriegt, braucht eine neue Dichtung. Und Sie waren nicht nett zu den Bremsen, die

muss ich mir noch mal anschauen. Aber das ist alles nicht schlimm. Lassen Sie mir den Wagen hier, schauen Sie am Strand vorbei, gehen Sie eine Runde baden, in maximal zwei Stunden habe ich den Wagen wieder in Schuss, und Sie können weiterfahren. Werden Sie erwartet?«

»Von meinem Verlobten. In *Sanremo*.«

Parodi nickte. Dann zeigte er auf das Büro der Werkstatt, einen Verschlag hinter Glas, in dem sich Aktenordner und Papierberge türmten.

»Wollen Sie telefonieren? Ihrem *sposato* Bescheid geben, dass Sie sich verspäten?«

»Nein.« Als Reni sein überraschtes Gesicht sah, fügte sie hinzu: »Er muss sich nicht unnötig sorgen. Und er wartet im Hotel Royal, also gleich neben dem Casino, da wird er sich schon nicht langweilen.«

Parodi quittierte den Namen des Hotels mit einem anerkennenden Blick und schickte sich an, zu antworten. Doch Reni drehte sich um. Genug geredet, sie brauchte eine Pause, und der Mann sollte jetzt mal loslegen. Sie griff sich ihre Handtasche vom Rücksitz und wies Richtung Meer. »Hier geht es zum Strand, richtig?«

Und wenig später, nach dem ersten Meter vom beplankten Weg hinunter in den warmen Sand, zog sie schon ihre Schuhe aus.

*

Der Strand war belebter, als es von der Straße und vom Auto aus ausgesehen hatte. Ein öffentlicher Strand direkt neben dem winzigen Hafen des Ortes. Nicht groß genug für eine richtige Badeanstalt, daher lag man hier kreuz und quer, wie man wollte, und brachte seinen eigenen Sonnenschirm mit.

Reni, die weder Handtuch noch Schirm hatte, legte sich ein-

fach in den grobkörnigen Sand in die Sonne und schloss die Augen. Ein leises Ziehen in ihrem Kreuz sagte ihr, dass kaum mehr als eine Stunde Zeit blieb bis zur nächsten Valium. Wo hatte sie die Schachtel? Ach blöd, noch im Kofferraum. Aber mit etwas Glück käme sie noch hin, zu viel Aufwand jetzt, wieder zurückzugehen. Und der Sand wärmte ihr so schön den Rücken. Sollte sie vielleicht noch die Sonnenbrille aus der Tasche …? Ach, egal, es ging auch so. Die Sonne, die Hitze, das Rauschen der Wellen und die Stimmen der Urlauber lullten sie ein. *Endlich Ruhe.* Hier liegen bleiben, das wäre es. Ein wenig den *ragazzi* beim Ballspiel zusehen, später, viel später dann vielleicht etwas Fisch in dem Lokal, das sie kurz hinter *Laigueglia* gesehen hatte. Einfach die Zeit anhalten, nicht weiterfahren. Unter dem Dunkelorange ihrer geschlossenen Lider lauschte Reni auf die heiseren Rufe der Ballspieler.

»Luigi, qui!«

»Troppo lontano … ahh, la palla …«

»Dai, dai! Vieni qui!«

Dieser Klang. Die Melodie der Sprache brachte sie zurück an einen anderen Strand. Einen Strand mit feinem, schneeweißem Sand. Genau vier Jahre war das her, und doch fast wie in einem anderen Leben. *È troppo bello,* hatte Gianni gesagt, *zu schön.* Komisch, sie hatte so lang nicht mehr an ihn gedacht.

Ein Ball knallte ihr ins Gesicht, genau auf die Unterlippe, und sie sprang auf. *Was soll das?!* In einiger Entfernung hockte eine Frau zusammen mit einem sehr kleinen Jungen; beide sahen dem Ball erschrocken hinterher. Natürlich, vor den *bambini* war man hier nirgends sicher. Reni zwang sich zu einem Lächeln. Mutter und Sohn hatten die gleichen unbändigen Locken und waren im Gegensatz zu ihr tief gebräunt. Der Junge, vielleicht zwei Jahre alt, sie konnte das schlecht schätzen, quietschte und plumpste zurück in den Sand. Die Mutter erhob sich und stapfte zu Reni herüber.

»*Scusi*«, murmelte sie und sah von Nahem so müde und abgekämpft aus, dass Reni auf eine spitze Bemerkung verzichtete. Stattdessen winkte sie ab und lächelte noch einmal, diesmal fiel es ihr sogar leicht. Die Frau lächelte zurück. Moment, diese kleine Lücke zwischen den Schneidezähnen, wo hatte sie die schon gesehen? Reni versuchte, sich zu erinnern. Das war auch in der Sonne gewesen, ja, und sie winkte, irgendwo hinunter, ja, in eine Gasse. Doch bevor Reni die vage Ahnung präzisieren konnte, war sie auch schon verflogen.

»Kennen wir uns vielleicht?«, fragte sie trotzdem. Zur Sicherheit auf Englisch, das verstanden die Leute hier ja offenbar besser. Die Frau sah sie verständnislos an.

»*Come?*«

»Ich komme aus Deutschland. Klopp ist mein Name, zumindest jetzt noch. Reni Klopp. Und Sie?«

»Marina Vassallo.« Sie zeigte zu den Häusern und der Kirche auf dem Bergkegel und dann auf ihr Söhnchen, das just in dem Moment anfing zu quengeln und die Ärmchen nach ihr ausstreckte. »*Mio figlio*. Raffaele.«

Sie nickte entschuldigend und griff sich den Ball. Dann verabschiedete sie sich und eilte zurück zu ihrem Kind. Marina Vassallo, der Name sagte ihr nichts, erinnerte sie nur an die Tanzschule zu Hause, wo sie mit Karl-Heinz immer Samba tanzen musste, wenn dieser blöde Schlager kam. Zuerst *Marina, Marina, Marina* und der Samba, und später dann seine nassen Küsse spätestens im dritten Hauseingang, seine Hände unter ihrem Rock …

Reni schüttelte die Erinnerung ab wie eine lästige Fliege und konzentrierte sich wieder auf ihre Gesprächspartnerin. Diese Marina – Reni schätzte sie auf Ende dreißig – hatte früher vielleicht sogar hübsch ausgesehen. Es gab ja Männer, die diesen dunklen Typ schätzten. Doch jetzt wirkte die Frau erschöpft, ihre Schultern und Brüste hingen, ihre Haut hatte Dellen, und

auf den Fußnägeln splitterte der Lack. Schon traurig. Aber wenn man sich den Kleinen ansah, wie der brüllte und quengelte und sich in das nackte Bein seiner Mutter krallte, wen wunderte es? Kinder machten eben alt. Reni dachte an ihre bevorstehende Hochzeit und verspürte leichten Widerwillen. *Bloß keine Kinder.* Sie kramte ihre Sonnenbrille hervor, setzte sie auf und erhob sich. Zeit zu gehen, dieser Parodi hatte ihren Wagen hoffentlich fertig. Sie schulterte ihre Tasche, nickte Marina Vassallo ein letztes Mal zu und stakste durch den Sand Richtung Treppenaufgang.

Jetzt, am Spätnachmittag, kamen auch immer mehr Italiener aus den umliegenden Ortschaften an den Strand. Auf der Holztreppe hoch zur Uferstraße herrschte Gedränge. Reni quetschte sich an schwer beladenen Großfamilien vorbei, an kreischenden Kindern und zeternden Matronen, Wasserbällen und Badetaschen. Zwei halbwüchsige Jungen bewarfen sich mit Sand, und Reni duckte sich, schützte sich mit vorgehaltenen Händen. *Ungezogene Biester.* Den Jungen folgte eine junge Familie, die Mutter, offensichtlich wieder schwanger, zog ein brüllendes Kleinkind im Rüschenkleid hinter sich her. Die Kleine zerrte an der Hand ihrer Mutter, trat um sich und machte ein derartiges Theater, dass Reni abgedrängt wurde und fast von den Holzplanken des Stegs stolperte.

»*Permesso*«, murmelte sie und fluchte ganz leise auf Deutsch.

Sie war kaum zwei Schritte weiter, da rief jemand hinter ihr ungläubig: »Reni?«

Die nächste vage Ahnung. Was war heute nur los? Dann die Erkenntnis. *Oh, nein!*

»Reni Klopp? – Bist *du* das, Reni? Hallo? Hallo?? Jetzt warte doch, bleib mal stehen.«

Es war zwecklos, sie konnte nicht mehr so tun, als hörte sie nicht. Reni drehte sich um und nahm die Sonnenbrille ab.

Er trug einen bunt gestreiften Kinderschwimmring unter

dem Arm. Sein Wolfsgrinsen unter den bereits grau melierten Bartstoppeln hätte sie überall erkannt.

Der perfekte Gianni.

*

»Schicker Reifen, trägst du den öfter?« In Situationen wie dieser ging Reni immer noch am liebsten in die Offensive.

»Nur, wenn ich mit meiner Tochter bade«, konterte Gianni und zeigte auf das Kleinkind, das an der Hand der Schwangeren Richtung Meer wackelte. Diese drehte sich zu ihnen um und warf Gianni einen fragenden Blick zu. Er bedeutete ihr mit einer kurzen Geste, sie solle schon vorgehen, und drehte sich dann wieder zu Reni.

»Was machst du hier? Wolltest du mich besuchen?«

»Ich wusste nicht mal, dass du hier wohnst.«

»Aber ich hatte dir doch geschrieben, dass ich zurückgehe und eine Praxis in meinem Heimatort übernehme.«

Wie peinlich. Reni ärgerte sich jetzt, dass sie Giannis Briefe nach kurzer Zeit einfach ungeöffnet weggeworfen hatte. Gut, dann musste sie jetzt eben improvisieren.

»Und? Läuft die Praxis? Du siehst gut aus, ja wirklich, richtig gut siehst du aus.«

»Findest du?«

Wie ein öder Familienvater eben. Aber wer will das hören?

Laut versicherte Reni, er habe sich überhaupt nicht verändert. »Nein wirklich, kein bisschen.«

Gianni strahlte sie an. »Du dich auch nicht. Du bist immer noch dieselbe hübsche *tedesca* wie damals, als …« Er ließ den Satz unvollendet, fragte stattdessen: »Und dein Rücken? Was macht der?«

»Oh, dem geht es blendend. Tadellos.« *Aber nur, wenn ich den Valium-Pegel konstant auf fünf Milligramm halte,* fügte sie im

Stillen hinzu. Aber davon musste ja keiner wissen. Auch von den Spritzen nicht, die ihr ein diskreter Arzt neuerdings manchmal setzte. Sie lachten verlegen, standen voreinander, traten von einem Bein aufs andere, und die Stille dehnte sich unbehaglich zwischen ihnen.

»Und sonst?«, fragte Gianni endlich.

»Was sonst?«

»Bist du auch verheiratet?«

»Verlobt. Hochzeit ist im Herbst. In New York, mein Verlobter hat da beruflich zu tun. Und du?«

»Was, ich?«

Reni zeigte in Richtung Strand. »Wann hast du geheiratet?«

»Vor zwei Jahren. Mein Cousin Davide hatte eine Hilfe für die Buchhaltung eingestellt, als seine Frau länger ins Krankenhaus musste. Elena stellte sich vor, und wie das eben manchmal so geht …« Er ließ den Satz unbeendet.

»Ja, wie das eben manchmal so geht …«, wiederholte Reni und beobachtete, wie die Schwangere dem Kleinkind mit einem Taschentuch die Nase putzte. *Und dann musste sich dein Cousin bald wieder jemand Neues für die Buchhaltung suchen.* Gott, was war sie froh, nicht eine dieser Mütter am Strand zu sein! Nein, da hatte sie was Besseres vor: die Welt sehen, interessante Leute treffen, alles tun, was sie wollte. Denn sie war frei, völlig frei – nicht einmal ihr Vater konnte ihr noch den Geldhahn zudrehen. *Und die einzige Nase, die ich putze, ist meine eigene. Herrlich, oder?* Ein leise bohrender Schmerz zog von der Lendengegend ihren Rücken nach oben, strahlte bis in die Spitzen ihrer Rippen. Verdammt, sie brauchte die nächste Dosis doch schon jetzt. Reni biss die Zähne aufeinander und hoffte, man würde ihr nichts anmerken. Doch Gianni wechselte gerade das Thema.

»Warum hast du dich nie gemeldet?«, fragte er plötzlich.

Was kommt der mir jetzt mit den alten Geschichten! Der

Schmerz zog nun auch in Renis Becken, und schärfer, als sie es beabsichtigt hatte, sagte sie:

»Also bitte, warum hätte ich das tun sollen? Du warst in Italien, ich in Deutschland. So was geht nie gut. Oder glaubst du etwa, ich könnte *hier* glücklich sein? *In einem Dorf?*« Sie setzte eine weltläufige Miene auf, während in ihrem Herzen eine Stimme wisperte: *Warum eigentlich nicht? Schau dich doch mal um!* Die Sonne stand tief und tauchte alles in weiches Licht. Die Bucht glitzerte, die Luft roch nach Meersalz und Vanilleeis. Kinder quietschten und lachten, und Reni schossen auf einmal Tränen in die Augen. *Auch das noch!* Schnell setzte sie die Sonnenbrille wieder auf.

»Gianni, was für ein netter Zufall, dieses Wiedersehen, wirklich nett.« Sie gab ihm die Hand, drückte sie kurz wie die eines Fremden. »Aber jetzt muss ich weiter. Mein Auto hier in der Werkstatt ist sicher schon fertig. Und ich bin spät dran, ich werde in *Sanremo* schon erwartet.«

Dann überhäufte sie ihn mit freundlichen Abschiedsfloskeln, sodass er nur nicken konnte und kaum mehr zu Wort kam. »Mich hat es auch gefreut« oder etwas in der Art warf er noch ein, doch Reni hörte schon nicht mehr hin.

Keine Viertelstunde später war sie zurück auf der *Via Aurelia* und brauste Richtung *Sanremo*. Das Telefon in Parodis Werkstatt hatte sie nun doch benutzt und sich im Hotel Royal angekündigt. Die Uferstraße stieg an, gesäumt von gigantischen Agaven, deren stachelbewehrte Triebe nach ihr züngelten wie Fangarme. *Ciao, Gianni, ciao.*

Reni ließ den Strand von *Sant'Amato* hinter sich, die Hände fest am Lenkrad und die nächste Valium schon im Blut.

*

Nachdem Reni ein paar Kilometer weiter auch *Arma di Taggia* – dieses Unglücksnest, sie sah nicht einmal hin! – passiert hatte, fühlte sie sich schon viel besser. Na also! Der Motor schnurrte wieder wie ein Kätzchen, und schon hinter der nächsten Landspitze erwartete sie ihr Ziel. Das Valium in ihrem Blut bettete sie auf Watte. Der unbestimmte Druck, dass da etwas wäre, das entschieden werden müsste, etwas Wichtiges, er löste sich auf wie die Gischt auf den Wellenkämmen tief unten hinter der Leitplanke, und alles wurde Reni egal, so herrlich egal. Kaum zwanzig Minuten später rollte sie in den Schatten der Palmen, die den Vorplatz des Hotel Royal bewachten, wo Giorgio sie bereits erwartete.

»Wie lästig, meine Liebe«, sagte er und küsste sie zur Begrüßung. »Und dabei ist der Wagen doch ganz neu.«

Er hob ihre Reisetasche aus dem Kofferraum, wimmelte den hinzuspringenden Pagen freundlich, aber bestimmt ab. »Nein, nein, ich mache das für die *signorina. È mia sposata.*«

Er dirigierte Reni in die Lobby und zum Aufzug. Dabei schob er sie vor sich her wie eine Trophäe, und sie ließ es geschehen. Warum auch nicht? *Opernstar Giorgio Merlan: Nach dem Krebstod seiner Frau endlich wieder glücklich* und: *Giorgio Merlan heiratet junge Industrieerbin* schrieben sie in den Magazinen oder auch: *Eine neue Liebe für Giorgio Merlan.* Sollte er ruhig denken, *er* hätte den guten Fang gemacht. Sollten sie es alle denken. Im *Royal* summte es leise wie in einem schläfrigen Bienenstock. Pagen huschten über hochflorige Teppiche, die Rezeptionisten murmelten Höfliches in sechs Sprachen, aus dem Hotelrestaurant kam verhaltenes Gläserklirren. Ein Duft nach Leder und Luxus erfüllte die Eingangshalle, umschmeichelte Renis Nase.

Sie lächelte ihren Verlobten an. *Ja, eindeutig ein guter Fang.* Sicher, sie konnte seine Musik nicht leiden, und irgendwie war er auch schon ein alter Mann. Aber was störte sie das, mit der ganzen Welt zu ihren Füßen? Wer hätte ihr diese Welt sonst bie-

ten können? Ein Provinzarzt, der in seinem Heimatort hocken blieb, ja wohl kaum. Oder? Reni dachte an den Strand von *Sant'Amato* und an die Gassen, an das Licht auf den Dächern.

Giorgio, schon am Aufzug, unterbrach ihre Grübelei. »Und wo, sagtest du, ist der Wagen liegen geblieben? Entschuldige, ich hatte vorhin New York auf der anderen Leitung, es ist mir durchgegangen …«

»Der Ort heißt *Sant'Amato*. Das liegt beim *Capo* …«

»… *Mimosa,* ich weiß«, sagte Giorgio. Sein Gesicht bekam diesen bestimmten Ausdruck, den Reni nicht mochte. »Ich war früher einmal dort, mit Lilo. Da gibt es Delfine.«

Natürlich. Lilo wieder. *Wo auch immer ich hinkomme: Lilo ist schon da.* Die Türen des Aufzugs öffneten sich, der Liftboy fragte nach dem Stockwerk, und Giorgio gab entsprechende Order. Währenddessen dachte Reni an das Foto, mit dem ihre Vorgängerin diesen verdammten Preis gewonnen hatte. Auch auf jenem Foto waren Delfine gewesen.

»Also ich hab dort keine gesehen«, versetzte sie und bemühte sich dabei um einen besonders gelangweilten Ton. »Delfine, meine ich. Nur einen ziemlich mickrigen Strand, die Werkstatt und ein paar Dörfler. Komplett uninteressant. Hab den Ort schon wieder vergessen.«

*

1967

»Siamo la coppia più bella del mondo …«

Titel: »La coppia più bella del mondo«, Musik: Paolo Conte, Text: Luciano Beretta/Miki Del Prete, Interpreten: Adriano Celentano/ Claudia Mori, Jahr: 1967, Nr. 1 der italienischen Single-Charts: 6 Wochen.
Dieser Song ist das bekannteste Duett des italienischen Schlagers. Adriano Celentano traf Claudia Mori 1963 bei den Dreharbeiten zu der Filmkomödie »Ein seltsamer Typ«. Wenig später heiratete das Paar, wegen der Paparazzi fand die Trauung um drei Uhr nachts statt. Celentano und Mori haben drei Kinder und sind mittlerweile seit vierundfünfzig Jahren verheiratet.

Nove

Acht Uhr, die Sonne über dem Golf von Neapel gewann an Kraft und hatte ihr Bett zwischen Vesuv und der *penisola sorrentina* schon verlassen. Nino Lanteri wollte gerade aus der Tür seines Quartiers, um zum nahe gelegenen Institut zu laufen, da klingelte sein Telefon.

»*Pronto?*«

»*Ninù, sei tu?*«

Sein Vater klang misstrauisch, so als luge er aus der Deckung, wie immer, wenn er gezwungen war, jemanden anzurufen. Und auch die Frage war stets die gleiche. Ein Test. Eine Rückversicherung, dass die gesichtslose, anonyme Stimme tatsächlich seinem Sohn gehörte.

»Ja, *papà,* ich bin's. Du hast Glück, ich wollte grad zur Vorlesung. Ist *mamma* nicht da?«

»Würd *ich* dich sonst anrufen?«

Davide Lanteri hatte seine »Schwäche«, wie er es Nino gegenüber einmal nannte, nie untersuchen lassen. Wozu auch? So, wie Gott einen schuf, damit galt es zu leben, *è basta*. Und warum darüber große Worte verlieren? Wie jeder andere in der Familie ging also auch Nino über das Manko seines Vaters hinweg und fragte ohne weiteren Kommentar: »Was gibt's denn?«

»Cousin Gianni will wissen, ob du im Juni zur Taufe kommst.«

Nino wunderte sich. Was scherten seinen Vater neuerdings Familienfeiern? Das war Frauensache. Laut sagte er: »Gehen Gianni die Taufpaten aus? Das wievielte Kind ist das jetzt? Das fünfte? Sechste?«

»Übertreib nicht. Das vierte. Also, was ist? Kommst du?«

»Hm, das geht eher schlecht. Da ist diese Forschungsgruppe zum Sozialverhalten der Muränen, in die ich als einziger Nicht-Doktorand reingekommen bin. Eine Auszeichnung.«

»Verstehe. Du kannst nicht kommen.«

»Tut mir leid, *papà.*«

»Nicht schlimm, gar nicht schlimm«, murmelte sein Vater. Dann schwieg er. Nino stutzte. Was war da los zu Hause?

»Papà?«

»Sì?«

»Ist noch was? Was anderes, meine ich?«

»Nein.«

Schweigen in der Leitung.

»Sicher?«

»Sag ich doch«, versicherte sein Vater. »Alles gut, *tutto a posto.* Und jetzt mach, leg auf und beeil dich, dein Professor hat sicher weniger Geduld als die Muränen.«

Noch als Nino den Hörer auf die Gabel legte, hatte er das verlegene Lachen seines Vaters in den Ohren. *Warum hat er mich angerufen? Was ist das jetzt gewesen? Auf jeden Fall,* dachte er sich, *war es das längste Vater-Sohn-Gespräch seit Jahren.*

Drei Wochen später rief ihn seine Mutter an.

»Ninù, bei allen Heiligen, ich bitte dich! Ich bitte dich inständig«, flehte Nunziata. »Du *musst* kommen. Hier geht alles den Bach runter, wir stehen auf verlorenem Posten. Aber er will's nicht sehen, er will einfach nicht! Dabei ist *signor* Morone unsere einzige Chance.«

»Wieso?« Jedes Mal, wenn Nino den Namen hörte, musste er an Buffon denken. Nein, lieber nicht dran denken. Und es war ja auch nichts bewiesen. »Kommt der etwa auch zur Taufe?«

»Welche Taufe? Ach, vergiss die Taufe, komplett unwichtig. Es geht um Morones Fest am zwölften, der Geburtstag seiner neuen Frau, du erinnerst dich, diese Amerikanerin vom Film. Wir sind eingeladen, stell dir vor! Aber dieser Sturkopf will einfach nicht mitkommen. Weigert sich strikt, dabei ist es gerade jetzt so wichtig, dass wir bei Morone Eindruck machen.

Ninù, bitte komm wenigstens du mit, als ältester Sohn und Erbe. *Tu mir die Liebe,* nur dieses eine Mal. Du bist doch ein Lanteri, immerhin – auch wenn du jetzt ein Leben als Fisch vorziehst. *Madonna, als Fisch!*« Seine Mutter schöpfte kurz Luft. »Ich versteh's nicht. Immerzu nur im Wasser, Algen sammeln, Muscheln zählen, Tiefe messen, mein Gott, das Meer ist tief und es ist groß, ja und?! Als ob vom Meer für uns Ligurer je was Besseres gekommen wäre als der *scirocco* oder die Sarazenen. Und kaum hast du einmal frei, stürzt du dich auch schon wieder hinein. Ein Wahnsinn! Moment, warte mal eben ...!«

Es rauschte im Hörer an Ninos Ohr, als Nunziata sich geräuschvoll die Nase putzte. Er mühte sich vergeblich, seinen Unwillen zu zügeln. Es würde hier nicht gut ankommen, wenn er jetzt nach Hause fuhr. Gar nicht gut. Die altehrwürdige *Stazione Zoologica Anton Dohrn di Napoli* nahm nicht jeden, er hatte um seinen Platz hier gekämpft. Doch was blieb ihm anderes übrig? Nach all der Enttäuschung, die er seinen Eltern bereitet hatte? Nino versprach seiner Mutter zu kommen. Er unterbrach das Forschungssemester, machte in seinem Studentenzimmer in Genua nur halt, um ein sauberes Hemd und seinen guten Anzug einzupacken, und nahm direkt den nächsten Zug, der immer an der Küste entlang bis nach Hause fuhr.

Wie immer wählte Nino im Abteil einen Fensterplatz zur Meerseite. *Ein Leben als Fisch. Sie werden es nie verstehen,* dachte er. Ozeanografie. Meeresbiologie. Wozu brauchte es das in ihren Augen? Gott lässt Fische im Meer schwimmen. Und der Mensch fängt und isst sie, besonders gern gebraten, *con olio, aglio e limone.* Was gab es da zu forschen? Das Studium war doch ohnehin sicher nur ein Vorwand für den selbstmörderischen Unsinn, den er da trieb, dieses Tauchen ohne Luft! Nunziatas Lamento klang ihm wieder im Ohr, vermischte sich mit dem Rattern und Rütteln des Zuges; ihre Stimme gab erst Ruhe,

als er schlussendlich in *Alassio* einfuhr, wo er, als er sich aus dem geöffneten Abteilfenster lehnte, seinen Vater auf dem Bahnsteig stehen sah.

Davide Lanteri hatte sich wohl umgezogen, bevor er losgefahren war, um ihn abzuholen. Anders als sonst trug er keine Arbeitskleidung, sondern einen seiner guten Anzüge. Nino hob die Hand und winkte seinem Vater etwas linkisch zu. So viel Aufwand nur für ihn? Unter der Woche? Im letzten Jahr hatte die *Frantoio Lanteri* zwei Drittel ihrer Arbeitskräfte entlassen müssen, Ninos Vater übernahm das meiste nun selbst, schuftete rund um die Uhr. Selbst am Sonntag, hatte ihm Matteo am Telefon erzählt, sah man ihn oft nachmittags schon wieder in den Hainen werkeln. »Ganz still und verbissen, sag ich dir, als führe er einen Krieg.« *Ja, und weil er sich tatsächlich einredet, dieser Krieg sei noch zu gewinnen,* dachte Nino traurig. Als könne ein Davide Lanteri allein durch Fleiß und schiere Willenskraft den Niedergang des ligurischen Olivenanbaus aufhalten.

Auch jetzt, auf dem Bahnsteig, war der Gesichtsausdruck seines Vaters angespannt. Die Sorgen um die fallenden Preise und die spanische Konkurrenz mit ihrem gepanschten Billig-Öl hatten harte Linien in sein Gesicht gezeichnet. Doch seine grünen Augen strahlten, als er Nino mit einer Umarmung begrüßte.

»Mein Junge, da bist du wieder. Schön, dich zu sehen. Wie geht's mit den Fischen?«

»Va bene, papà, molto bene.«

»Dann komm. Deine Mutter wartet auf dich.«

Sie gingen wortlos nebeneinander die engen Treppen vom Bahnhof hinunter zum Auto. Genauso, wie Nino es als Junge geliebt hatte, als er noch fest daran glaubte, das Schweigen zwischen ihnen entspränge stiller Eintracht. Doch jetzt, wo er die Welt jenseits der immer gleichen Bucht von *Sant'Amato* ent-

deckte, da fühlte er sich vom Schweigen seines Vaters betrogen. Denn was gab es schon dahinter? Nichts! Keine Eintracht, kein Verstehen, keine Tiefe. Davide Lanteri ging in der Frühe in den Olivenhain oder ins Presshaus. Und dort blieb er bis zum Sonnenuntergang, sommers wie winters, jahrein, jahraus, nur das Tagewerk zählte. Auch jetzt, gerade jetzt, in der Krise. Wo andere vielleicht mal einen Schritt zurücktraten, sich umsahen und nachdachten. Doch sein Vater war kein Denker, nur ein einfacher Bauer. Wie sollte Nino da von ihm Verständnis erwarten? Interesse? Echte Gespräche? Oliven führten keine Gespräche.

Nachdem sie in den Wagen gestiegen waren, zündete sich Davide Lanteri eine Zigarette an. Dann startete er den Motor.

»Erzähl mal, wie läuft das Studium?«, fragte er im Plauderton und lauschte mit vorgetäuschtem Interesse den Ausführungen seines Sohnes zu Prüfungen und Seminarplänen. Nino ließ sich auf das Spielchen ein, obwohl er lieber nach der *frantoio* gefragt hätte. Besonders nach allem, was er zuletzt erfahren hatte.

»Und wie geht's Matteo?«, fragte sein Vater jetzt weiter.

»Gut. Er trainiert jetzt mit der U21 der *Sampdoria*«, sagte Nino. *Aber ich werde den Teufel tun und dir stecken, wessen Tochter er immer noch heimlich trifft.* Seine Hand fuhr in die Hosentasche, umfasste das Samtsäckchen mit dem herzförmigen Medaillon, welches er Isabella auf Morones Party unbemerkt zustecken sollte.

Sie stießen auf die *Via Aurelia* und fuhren entlang der Küste heimwärts. Ihr Gespräch versiegte, und Vater wie Sohn studierten stumm die Windungen der Fahrbahn und die Randbegrünung hinter den Leitplanken. Als sie aus dem Tunnel hinter dem *Capo Mimosa* kamen, öffnete sich kurz vor der Abfahrt *Sant'Amato* für einen Moment der Blick ins Hinterland und auf die karstigen Gebirgshöhen, dünn besetzt mit Steineichen und Oliven. Selbst weiter unten, in den Premiumlagen der Haine, zeigte sich das Ausmaß des untypisch trockenen Frühsommers;

die verfrühte Hitze hatte Stämme und Äste bereits zu lichtem Grau verbrannt. *Trocken wie Zunder,* dachte Nino und beschloss, seinen Vater jetzt doch zu fragen.

»Warum hast du das Land am *Colle Sereno* verkauft?«

»Hat dir deine Mutter das erzählt?«

»Nicht direkt«, sagte Nino, »ich habe es aus einem Telefonat von *zia* Agnese mit *mamma* herausgehört.« *Gleich nachdem die beiden darüber getratscht hatten, wie dringend sie mich mit Isabella Morone verkuppeln wollen.* Nino seufzte und beobachtete seinen Vater, wie er wegen des Gefälles bergabwärts herunterkuppelte. »Ich versteh's nicht. Der *Colle Sereno* war dir wichtig.«

Davide zuckte mit den Schultern. Was ist schon wichtig, sagte seine Miene. Sie folgten der Auffahrt ins Dorf und kurvten durch einige der schmalen Straßen am Rand der Altstadt bergauf. Kurz unterhalb der Spitze der dicht bebauten Erhebung bogen sie seitwärts in einen langen, schmalen Weg und holperten über löchrigen Asphalt bis zum Gut der *Lanteri.* Waren das nicht noch weit mehr Schlaglöcher als letztes Jahr? Sie erreichten den Hof, und Nino verschlug es die Sprache.

»Wo ist der Baum?«, fragte er und starrte auf den sauber abgesägten Stumpf der alten Kastanie vor dem Haupthaus.

Mein Ausguck! Mein Nest! In die Krone des Baumes hatte er früher direkt von seinem Zimmerfenster im ersten Stock aus klettern können, für unbemerkte Touren – meist aber einfach nur, um dort abends zu sitzen und auf die Bucht zu schauen, die man von dort oben in ihrer ganzen Breite sehen konnte.

Sein Vater zuckte mit den Schultern und schloss die Fahrertür. »War morsch.«

Ohne das dichte Blattwerk der Kastanie lag das Haus ungeschützt in der Sonne. Nino blinzelte hinunter zur Küste, versuchte es trotz des gleißenden Lichts. Doch keine Chance, von hier unten konnte er das Meer nicht sehen. Noch nicht mal ei-

nen gottverdammten Zipfel Blau. Nur Berghänge und Oliven und noch mehr Berge und noch mehr Oliven. Sein Vater nahm einen letzten Zug von seiner Zigarette, dann trat er sie aus.

»Dir ist wohl alles egal, was?«, brach es aus Nino heraus. Noch nie hatte er so zu seinem Vater gesprochen.

»Du klingst schon wie deine Mutter«, sagte Davide äußerlich ungerührt.

»Ach ja! Wo ist *mamma* überhaupt?«

»Im Salon. Lässt sich die Haare machen für das Fest.«

»Und Mariangela?«

»Keine Ahnung. Mitgefahren?«

Sie standen eine Weile stumm voreinander. *Es reicht,* dachte Nino, warf seine Reisetasche auf die Bank neben der Haustür und sagte: »Wenn hier keiner ist, geh ich erst mal angeln.«

»Das geht nicht.«

»Wieso??«

»Ich habe den Liegeplatz verkauft.«

Das wurde ja immer besser! Nino schnaubte.

»Und die *paranza?*«

»Die auch. Oder was machst du mit einem Boot ohne Liegeplatz?«

»Aber warum?«

»Warum nicht? Hier braucht niemand die *paranza*.«

Schweigen.

»Du hättest mich fragen können.«

»Du warst nicht da.«

»*Papà,* was ist hier los? Gibt's Probleme mit der *frantoio?*«

»Was weißt du schon vom Geschäft«, erwiderte sein Vater. Im gleichen Moment ratterte einer der Arbeitslastwagen auf den Hof, so hoch beladen, dass er wankte. Der Platz der Ladefläche reichte kaum aus: Alte Erntekörbe und Netzrollen türmten sich übereinander, dazwischen steckten Stangen, die dem Stützen besonders knorriger Ölbäume dienten. Der Wagen hielt

dicht neben ihnen, und der Fahrer, ein bärtiger Landarbeiter, den Nino nicht kannte, kurbelte das Fenster herunter.

»*Padrone*«, sagte der Mann, »hier ist das Zeug vom *Colle Sereno*. Was machen wir damit?«

Davide warf einen mäßig interessierten Blick auf die Ladefläche, dann sagte er: »Bringt es zur Deponie und verbrennt es. Alles.«

Nino musste die Augen zusammenkneifen, als der Wagen wendete und in einer Wolke beißenden Staubs verschwand. *Sieben Jahre, bis ein Ölbaum das erste Mal trägt. So viel Arbeit sieben Jahre lang. Und er hat nicht einmal die erste Ernte abgewartet!*

»Du hast recht, *papà*«, sagte er leise. »Ich weiß nichts vom Geschäft. Aber ich weiß etwas, das mir mein Vater einmal gesagt hat, auch wenn es schon lange her ist: Wenn dir etwas wirklich wichtig ist, hat er gesagt, dann musst du es tun. Dann ziehst du es durch, auch wenn's dir Angst macht oder wehtut.«

Sie standen dicht voreinander, in Ninos Augen brannte der Staub, und die Luft zwischen ihnen flimmerte. Davide schien zu schrumpfen, etwas fiel von ihm ab, und er nickte unmerklich. Dann drehte er sich um und ging ins Haus.

*

Er würde hier seine Pflicht erfüllen, sagte sich Nino. Er würde Enzo Morone und sein Starlet begrüßen, Isabella das Medaillon zustecken und, wenn noch Zeit blieb, auch Beppe Hallo sagen. Dann um zwölf Uhr schnell gratulieren und zurück nach Hause gehen. Und mit Cocktails würde er erst gar nicht anfangen, denn sonst konnte er den Tauchgang morgen vergessen. Gott, was hasste er Partys dieser Art! Nino nippte am Orangensaft und mühte sich, Interesse für die Gesprächsrun-

de zu heucheln, in die Morone sie gleich nach der Begrüßung gelotst hatte.

»Also, ich glaube, wir sind das glücklichste Paar der Welt.«

Die Frau mit dem Bubikopf, dem Akzent nach zu schließen eine Deutsche und offensichtlich hochschwanger, nahm einen Zug von ihrer extradünnen Zigarette. »Das allerglücklichste!«, fügte sie noch hinzu.

»Lassen Sie das nicht Alice hören«, erwiderte Morone, »sie besteht an ihrem Geburtstag sicher auf ihrem Glücksmonopol.« Die neue Frau ihres Gastgebers hatte sich noch nicht blicken lassen, was diesen aber nicht zu stören schien. *Was Morone einmal hat, gibt er nicht her.* Dieser Satz, Nino hatte ihn oft von Matteo gehört, galt scheinbar nicht für Alice Grand, seit kaum einem Monat die dritte *signora* Morone.

Die schwangere Deutsche ließ sich nicht beirren. »Wer glaubt, dass er noch glücklicher ist als Giorgio und ich, der kann sich bei uns melden – nicht wahr, Giorgio?«

Sie warf ihrem deutlich älteren Begleiter einen auffordernden Blick zu. Dieser hatte nicht zugehört, sondern sah aus einem der geöffneten Fenster auf die Bucht, über der ein prächtiger Vollmond stand.

»Giorgio?!«

»Was? Ja. Sicher, Liebling.«

Das sagst du nicht zum ersten Mal, dachte Nino. *Armer Kerl.* Wie lautete doch gleich noch mal sein Name? Nino versuchte, sich daran zu erinnern, was seine Mutter ihm nach einem Rundumblick beim Eintreten zugeflüstert hatte. Ach ja, Merlan, ein Opernregisseur aus München. *Und berühmt, Ninù, weltberühmt!* Na wenn schon: Oper interessierte ihn nicht, nur der Name war bei ihm natürlich – genauso wie bei einem *delfino* oder *bonito* – hängen geblieben. Also Giorgio und Renate Merlan aus München. Aber was sollte der italienische Vorname?

Der Regisseur mit seinen scharfen Konturen, den blassgrauen Augen und dem lichten Haar wirkte auf Nino sehr deutsch. Sehr deutsch, aber auch irgendwie sympathisch. Nino stellte sich vor, dass man sich sicher auch gut mit ihm unterhalten konnte, doch Merlans Blick blieb an diesem Abend weiterhin abgewandt, abwesend – der ganze Mann wirkte, als wünsche er sich weit weg. *Du hast Kummer,* dachte Nino. *Und das, obwohl du diese hübsche junge Frau hast und sogar noch einmal Vater wirst?*

Nino fragte sich nicht zum ersten Mal, während er das Unglückspaar weiterhin beobachtete, ob es tatsächlich so schlimm wäre, wenn er auf die Ehe verzichtete und Junggeselle bliebe. Sicher, Matteos Mutter hatte er einmal verehrt, im ersten Hormonrausch. Er hatte auch später des Öfteren Verabredungen gehabt, traf sich jetzt in Genua mit einigen Kommilitoninnen auch länger. Doch sein Interesse am Privatleben hatte nachgelassen, trat hinter der Leidenschaft für das Meer und dessen Erforschung zurück. Und gerade die italienischen Frauen ließen ihn kalt, denen ging es doch nur um *la famiglia:* um das Glück, eine Familie zu haben, um den Druck, eine zu gründen, und die Not, ihr Wohl zu erhalten. Diese Art Frau kannte er zur Genüge, und auch Morones Fest hatte ihm in dieser Hinsicht bislang keine Überraschung geboten. Nun, er war ja auch nicht zum Spaß hier. Was erwartete er also?

Seine Mutter Nunziata zupfte ihn am Ärmel und lotste ihn aus der Runde um die Merlans in eine Ecke des Raumes.

»Hast du Isabella schon gesehen?«

Nino umschloss Matteos Liebesgabe in seiner Hosentasche und schüttelte den Kopf. Nunziata machte ein sorgenvolles Gesicht. »Sie muss hier irgendwo sein!«

Und hoffentlich haben wir sie bald gefunden, ergänzte er in Gedanken, *das Medaillon scheuert mir sonst meine beste Hose kaputt.*

Sie kamen in den großen Salon, ein Raum mit hoher Decke und Flügeltüren hinaus auf den Balkon. Nino hörte, wie seine Mutter neben ihm nach Luft schnappte.

Waren sie etwa auf dem Mond gelandet?! Kugelförmige Lampen schwebten im Raum wie Satelliten, darunter duckten sich schlauchbootartige Sofas, dicht besetzt von Partygästen. Weiß gekleidete Kellner liefen zwischen ihnen umher, reichten Getränke und Häppchen. Arbeitete Beppe vielleicht mit? Nino suchte ihn unter den umhereilenden Gesichtern, wurde dann jedoch abgelenkt durch einen bläulichen Schimmer im hinteren Teil des Raumes. Meine Güte! Nur jemand wie Morone bekam dafür eine Genehmigung vom Denkmalschutz. Der mannshohe Brennraum des Kamins war in ein gigantisches Aquarium verwandelt worden. In dessen Zwielicht waberten nun seegrüne Tange um einen versteinerten Korallenblock.

Nino konnte nicht anders, er gab Nunziata, die soeben mit einem Apotheker aus Genua sprach, einen Wink und schlenderte zum Kamin. Dort hockte er sich vor das dickwandige Glas und studierte die bunt schillernden Schwärme der Guppys, Meerpfauen und Goldsardinchen, die dort nervös hin und her zuckten. Warum so hektisch? Nino studierte die Fische, und erst nachdem sein Blick schon dreimal über den Spalt in den Korallen geglitten war, entdeckte er die Muräne. Seufzend richtete er sich wieder auf. War sicher ein teurer Spaß, das Becken jede Woche neu mit Fischen aufzufüllen. Aber wem's gefiel …

Er schlenderte weiter durch den Raum, schob die Hände in die Hosentaschen und tastete nach dem Medaillon. Vielleicht konnte er es unbemerkt in Isabellas Zimmer deponieren? Aus Matteos Erzählungen wusste Nino, dass ihr Zimmer irgendwo im Obergeschoß lag und einen Balkon besaß, der Richtung Garten wies. Also verließ er den Salon und wanderte durch die Flure, um in den privaten Teil des Hauses zu gelangen. Hinter einer Flügeltür schepperte Geschirr, und Nino erkannte Beppes

heisere Stimme, die Anweisungen erteilte. Er grinste. *Hier steckst du also, kleiner Napoleon, und bringst dein Heer in Stellung.* Keine Sekunde später flog die Tür auf, und Beppe wäre fast mit ihm zusammengestoßen.

»Ich werde verrückt! Du bist wirklich gekommen.«

Sein Gesicht erstrahlte, und die beiden Cousins umarmten sich fest. Wie gut das tat. Endlich jemand, der sich freute, Nino zu sehen, und nichts von ihm forderte.

»Was tust du hier? Die Party ist dahinten. Oder hast du mich gesucht?« Beppe zuckte bedauernd mit den Achseln. »Ich komm hier leider bis morgen früh nicht weg. Es ist richtig viel zu tun, neben der Geburtstagsparty noch eine Pokerrunde im Kabinett, um die ich mich selbst kümmere. Morone hat dort spezielle Gäste, oh, ja, *molto particulare.*«

Beppes Stimme hatte den üblichen ironischen Beiklang, doch Nino sah es in seinen Augen glitzern.

»Speziell?«

Beppe zupfte sich am Hemdkragen, seine Mundwinkel zuckten. »Ein libyscher Geschäftsmann samt Hofstaat. Mit Assistent, Anwalt, Fahrer, allen möglichen Wasserträgern. *Big Business.* Und, hm, sein Sohn ist auch dabei. Er heißt Karim ...«

Nino sah seinen Freund an, und dieser grinste.

Lassen wir es dabei, sagte Beppes Grinsen, und Nino nickte.

»Karim. Ich verstehe.«

Und das tat er tatsächlich.

Hinter einer Tür fand Nino das Treppenhaus und huschte ein Stockwerk höher. Die Geräusche der Party verebbten zu einem Brummen unter dem hochflorigen Läufer, und auch sämtliche Lichter verschwanden, es war stockfinster und beinahe still. Er schlich einen langen Gang entlang, folgte dem Hauch nach Talkum und frischer Wäsche in seiner Nase. Seine Kehle wurde eng. Er würde für seine Anwesenheit hier

oben keine plausible Erklärung liefern können. *Komm schon, wo ist Isabellas Zimmer?!* Rechts und links gingen schlanke Zimmertüren ab, Nino konzentrierte sich auf jene Richtung Garten. Er legte die Hand auf die erste Klinke und drückte sie langsam nieder. Ein hastiger Blick in den Raum. Gähnende Dunkelheit. Also weiter bis zur nächsten Tür. Auch hinter dieser Tür herrschte Leere, doch die Balkontüren standen weit offen. Draußen hatte sich ein leichter Wind erhoben, der einen strengen Geruch hereintrug. *Verdammt,* dachte Nino, *ich habe vergessen, Matteo zu fragen, ob hier noch immer der* mastino *wacht.*

Er schlich weiter, zunehmend nervös. Endlich, bei der vierten Tür, hatte er Erfolg. Das Zimmer dahinter wirkte bewohnt, voller Bücher, mit einer Schminkkommode, auf der ein Seidentuch neben einem Fläschchen *Felce Azzurra* lag, und einem halb geöffneten Kleiderschrank in der Ecke, an dessen Tür ein Bügel mit einem Minikleid hing. Wer trug denn hier Mini außer Isabella? Nino sah sich schnell um, glitt ins Zimmer und suchte hastig nach einem Versteck. Dann nahm er das Medaillon, platzierte es auf der Kommode unter dem Tuch und huschte wieder aus dem Raum.

Gerade als er die Tür zu Isabellas Zimmer schloss, wurde das Klicken des Schlosses von einer amüsierten Stimme übertönt.

»Sie ist nicht da, falls du sie suchst, Darling.«

*

Alice Grand hätte in *Alassio* keinen Schönheitswettbewerb gewonnen. Doch in Hollywood galt die Tochter eines New Yorker Schrotthändlers aus *Little Italy* als das vielversprechendste Starlet seit Sharon Tate.

Klein, flachbrüstig, mit dünnem, langem Haar, die Augen übergroß im Gesicht, entsprach sie ganz dem »neuen Frauen-

typ«. Italienische Männer vom alten Schlag wären allenfalls versucht gewesen, ihr einen Teller Pasta zu reichen. Doch als Nino Alice nun zum ersten Mal jenseits der Hochglanzfotos sah, ahnte er, was seine Altersgenossen in die Kinos trieb, wenn ein neuer Grand-Film anlief.

Alice hatte Hitchcock abgesagt, als der von ihr verlangte, dass sie sich für eine Rolle ihre Haare abschneiden lassen müsse. Sie war mit einer Gruppe Hells Angels auf Wochen in Mexiko abgetaucht. Sie hatte eine Produzentenlegende mit dem Zusatz »Niemals, alter Sack« zurückgewiesen, als der sie zu einem Tête-à-Tête in sein Hotelzimmer einladen wollte. Und all das wusste Nino, weil sie auch in Interviews kein Blatt vor den Mund nahm. Alice Grand liebte den Skandal. Und jetzt hatte sie ihn hier ertappt.

»Na? Schaust du dich etwas um?«

Ihr Italienisch war gut und ihre Stimme sanft, viel sanfter, als es die Schlagzeilen über ihre Eskapaden hätten vermuten lassen. Nino, der zwar Zeitung las, jedoch kaum je ins Kino ging, war überrascht. *O Gott, sie gefällt mir. Sie gefällt mir sogar sehr.*

»Ich suche die Party«, murmelte er, wissend, wie hanebüchen die Ausrede klang.

»Die Party suchst du?«, sagte Alice mit lachendem Unterton. »Na, dann komm. *Ich* bin die Party.«

Sie ergriff seine Hand, hörte kaum hin, wie er seinen Namen stotterte, und zog ihn mit sich. »Nino, ja? Gut, Nino, du kannst mir bei einer Sache helfen.«

Sie lief mit ihm durch den Flur zurück, dann mehrere Treppen hinunter bis ins Kellergewölbe. Irgendwo gluckerte Wasser, und Nino kam es so vor, als tauche er an den Klippen, wo Nischen und unerforschte Höhlen den Taucher lockten. Alice huschte mit ihm durch die Gewölbegänge, mal rechts, mal links, bis er fast die Orientierung verlor, was ihm sonst nie passierte, auch nicht in Tiefen, in die kein Licht mehr drang und wo ihm nur die Sicherheitsleine sagte, wo oben war und Ret-

tung. Hinter einer Tür kamen sie endlich in den Weinkeller, wo Alice ihn anwies, eine schwere Holzkiste mit zehn Flaschen Champagner hochzunehmen.

»Das ist für nachher, wenn wir alle anstoßen«, erklärte sie und gab Nino den Wink, ihr zu folgen. »Enzo hat extra diese Sorte besorgt, ich mag sie besonders.«

Wieder stolperte er hinter ihr her, zunehmend irritiert, und die Arme wurden ihm lang. Warum taten das nicht die Kellner? Was hatte sie vor? Sie landeten hinter dem Haus etwas abseits im nächtlichen Garten, in einem Pavillon aus geweißtem Holz mit gepolsterten Bänken, der aussah, als hätte ihn der erste Besitzer der *Villa Olimpia* direkt aus England importiert. Alice befahl Nino, die Kiste abzusetzen, und zog ihn dann neben sich auf die Polster. Sie hielt seine Hand und begann eine sehr oberflächliche Unterhaltung, fragte ihn, woher er käme und was er so täte. Sie gab sich viel zu interessiert an seinem Studium und lachte zu viel. Es war verwirrend. Doch ohne dass Nino hätte sagen können, wie es genau geschah, entspannte er sich, und als sie immer näher rutschte und begann, nachlässig mit den Fingern über seinen Unterarm zu streichen, da genoss er es und hoffte, sie würde nie mehr damit aufhören.

»Warte kurz …«, unterbrach sie ihn dann, als er ihr gerade von den Muränen erzählte, und kramte ein gedrehtes Papiertütchen samt Feuerzeug aus ihrem Kaftan. Sie entzündete es langsam und konzentriert. »Auch einen Zug?«

»Was ist das?«

»Was Feines.«

Sie hielt ihm die Tüte hin, die Augen zwei dunkle Höhlen im flackernden Licht des Feuerzeugs.

Süßer Vogel Zukunft. Die Verszeile, im Radio aufgeschnappt, bohrte sich in sein Gehirn, setzte sich dort fest, lockte und sog. Alles schien auf einmal möglich. Was tat er hier? Nino nahm das Papier. *Süßer Vogel Zukunft, du gehörst nicht mir …*

Er setzte das Tütchen an die Lippen, nahm einen tiefen Zug.

Vogel Zukunft, du gehörst nur den Deinen.

Zuerst glaubte Nino, er hätte nicht richtig gezogen. Doch das änderte sich schon beim nächsten Ausatmen.

Viele Atemzüge später, es musste aber immer noch vor Mitternacht sein, hörte Nino Alices Stimme an seinem Ohr.

»*Darling*, das klingt so toll«, flüsterte sie so dicht an seinem Hals, dass es ihn kitzelte. Ihre Hand hatte sie auf seinen Bauch gelegt, einen Finger in seine Gürtelschnalle gehakt. »Nimmst du mich einmal mit, wenn du tauchen gehst? Ich würde auch gerne mit einem Delfin schwimmen. Einem großen, starken. Wahrscheinlich sterbe ich vor Glück, aber das ist mir egal.« Ihr Finger zog leicht an der Gürtelschnalle, schob sich dann unter den Hosenbund, und Nino hielt die Luft an.

»Und Morone?«, ächzte er. Alice antwortete nicht, sprang plötzlich auf und nestelte mehrere Haarnadeln aus ihrer Frisur. Dann fuhr sie sich durch das geöffnete Haar.

»Warst du schon einmal in San Francisco, Darling?«, sagte sie unvermittelt. Als Nino verneinte, starrte sie ihn entgeistert an.

»Aber da musst du hin! In San Francisco gibt es mehr Delfine und Wale und alles andere an Fischzeug als sonst irgendwo!«

Fische? Nino wollte sie berichtigen, doch ein heftiger Schwindel erfasste ihn, und er blieb stumm. Alles drehte sich.

»In San Francisco ist alles möglich«, sagte Alice, »dort siehst du Dinge, verrückte Dinge, dauernd und überall. Haie, Schlangen, Meerjungfrauen – du triffst sie im Supermarkt!«

Sie sprach das Wort auf Englisch aus: *supermarket*.

»Du spinnst ja.« Nino musste plötzlich lachen, es ging nicht anders. »Delfine gehen nicht einkaufen.«

»In San Francisco geht das. Ich fliege Ende des Monats wieder hin.«

»Und Morone?«

»Was soll mit ihm sein?«

»Fliegt der mit?«

»Enzo hat in Rom zu tun, mit der neuen Filmproduktion.«

»Und es stört ihn nicht, dass du allein fliegst?«

»Doch, natürlich«, erwiderte Alice leichthin. »Aber es geht nicht anders, ich muss hin. Ganz Kalifornien ist in diesem Sommer so besonders, *a wonderland*. Wir erleben da gerade etwas, ich sage dir, es ist *magisch*. Die Leute nennen es den *summer of love*. Au!«

Sie hatte sich den Mittelfinger an einer der Haarnadeln gestochen und steckte ihn schnell in den Mund. Dann, nach einem Blick zu ihm, nahm sie ihren Finger aus dem Mund streckte ihn Nino hin. Ein Hauch von Blut. Einen Moment schwankte er. Dann folgte er ihrer Einladung.

»Liebe«, flüsterte sie etwas atemlos, während er an ihrem Finger sog und Metall schmeckte, »Liebe ist überall in Kalifornien. Und sie ist frei, so frei wie ein Delfin im Meer.«

Wovon redet sie? Ninos Blick verschwamm.

»Weißt du, vor einem Jahr«, fuhr sie fort, »Morone kannte ich zu diesem Zeitpunkt noch nicht, da war ich in San Francisco im Fairmont Hotel mit Jim. Kennst du Jim?«

Nino schüttelte den Kopf.

»Jim ist jetzt richtig berühmt, hier in Europa vielleicht noch nicht, drüben auf jeden Fall. Aber vor einem Jahr, Darling, da war er's noch nicht …«

Und Alice begann zu erzählen, von Jim, von Ray und deren Band *The Doors* und davon, wie es ist, die Schlange zu reiten.

»Yeah, ride the snake«, wiederholte sie und zog wieder am Joint. Dann erzählte sie von Türen, Türen, die sich öffnen, Türen in ein anderes Bewusstsein. Währenddessen küsste Nino ihre Finger, und das Blut rauschte ihm durch den Körper, durch den Kopf, er verspürte Euphorie wie bei einem Tiefenrausch.

Und als Alice ihn fragte, ob er nicht einmal kommen wolle, nach Kalifornien, sie habe da ein Strandhaus, Morone sei es zu klein, aber sie könne sich nicht davon trennen, es liege direkt an der San Francisco Bay, da flüsterte er »ja« und »auf jeden Fall« und »sicher«, ganz so, als wisse er genau, wovon er da rede. *San Francisco Bay, davvero?*

Drinnen im Haus erklang die Musik jetzt lauter, und nach einer Weile, Nino wusste nicht, wie lange sie schon draußen saßen, zog Alice ihn hoch und ließ ihn wieder die Champagnerkiste tragen. Sie öffnete eine Hintertür, die in einen schmalen, lichtlosen Gang führte. Am anderen Ende des Gangs, hinter einer Tür mit einem verglasten Guckloch auf Augenhöhe, konnte man die Partygesellschaft hören, sehr laut und deutlich, offenbar führte die Tür direkt in den Salon.

Alice zog ihn bis vor das Guckloch, linste kurz in den Raum und drehte sich dann wieder zu ihm um.

»Glaubst du auch an die Regel?«

»Welche Regel?«

»Dass das, was man in der ersten Minute seines neuen Lebensjahrs tut, das ganze folgende Jahr bestimmt. Ich glaube daran.«

Sie war fast so hochgewachsen wie er selbst, und als sie sich jetzt im Halbdunkel an ihn lehnte, glitzerten ihre Augen im spärlichen Licht, das durch das runde Glas in den Gang fiel. Vor der Tür begannen einige einen Countdown zu zählen. Die Musik, die bis jetzt gedröhnt hatte, verstummte.

Zehn – neun – acht …

Er stellte sich Morone dort draußen vor, mitzählend, er dachte an den toten Buffon und spürte einen zähen Kloß im Magen.

Sieben – sechs – fünf …

Ihr Gesicht kam näher, ihre Augen schwarz wie die offene See in der Tiefe, wichtig war jetzt, die Nerven zu behalten, nichts

anderes übte man im Training, Nerven behalten, keine Panik aufkommen lassen, lockerlassen, weitermachen. Weiter?

Vier – drei – zwei …

Ihre Lippen waren weich beim Aufeinandertreffen, er glitt mit seiner Zunge in ihren Mund und ließ sich fallen. Er sank und sank, immer weiter hinab.

Eins – und null.

Jubel brandete vor der Tür auf, Glückwunschrufe und nach einiger Zeit auch Stimmen, die »Alice! Alice!« riefen. Noch ein Kuss – nur einer! –, dann war sie durch die Tür und weg.

Nino beobachtete durch das Guckloch, wie sie zu ihrem Mann eilte. Wie sie Morone küsste, mit denselben Lippen küsste, die sie gerade noch ihm dargeboten hatte. Die Gäste jubelten, die Musiker legten erneut los, und vor der Terrassentür krachten die ersten Feuerwerkskörper.

*

Nur raus hier! Der Joint hatte einen widerlichen Nachgeschmack in Ninos Mund hinterlassen, und sein Magen fühlte sich an, als habe er einen Schlag erhalten. Wie betäubt machte er sich auf den Rückweg. Wo war Nunziata? Er wollte seine Mutter überreden, mit ihm zu gehen, ganz gleich, ob sie schon etwas erreicht hatte oder nicht. Denn dass sich ihr Sohn bei Morone hier mitten auf dem Fest übergab, konnte Nunziatas Zielen erst recht nicht nützen. Er irrte durch den Gang zurück, dann durch das Erdgeschoß und landete in einem der Flure. Sein Kopf fühlte sich an wie Watte, und er suchte den sichernden Kontakt mit der Wand, als er zurück Richtung Salon wankte. Kurz vor dem Eingang stieß er fast mit Beppe zusammen, der, einen jungen Araber im Schlepptau, Richtung Garten strebte.

»*Cazzo*, hattest du zu viele Martinis? Du bist ganz grün im Gesicht!«, rief sein Freund. Er warf einen verlegenen Blick über

die Schulter zu seinem Begleiter, dann fasste er Nino fürsorglich am Arm und sagte leise: »Geht's denn?«

Nino schob Beppes Hand von seinem Arm und zwang sich zu einem Grinsen. »Schon gut, geh ruhig. *È tutto bene.*«

Aber es war nichts gut. Er hatte Mist gebaut, großen Mist, mit der Ehefrau des gefährlichsten Mannes, den er kannte. Und jetzt stand er kurz davor, sich in dessen Haus zu übergeben, und war allein. Ein dummer Junge auf der Suche nach seiner Mama. *Nein, gar nicht gut.*

Als er durch die Flure zurück in den Salon fand, entdeckte er seine Mutter beim Gastgeberpaar. Nunziata flüsterte Morone etwas ins Ohr. Alice stand daneben und lächelte in die Runde. Nino schwankte und stützte sich im Türrahmen ab. Der Salon verschwamm vor seinen Augen. Dieser verdammte Joint, hätte er nur aufgepasst! Hinsetzen, er musste sich hinsetzen, der Gedanke flutete sein Hirn, und er tastete sich vorwärts. Hoffentlich sprach ihn niemand an.

Direkt vor dem Aquarium im Kamin war noch eine Sofaecke frei, und Nino sank darauf nieder. Er verfehlte das Sitzpolster knapp, rutschte über die Kante und landete, die Polster im Rücken, in der Hocke auf dem Boden. Und dann verließen ihn die Kräfte. Seine Lider wurden schwer wie Blei, und die Luft um ihn herum wurde zäh und waberte wie Fischlaich. Da, eine Bewegung in seinen Augenwinkeln. Enzo Morone und seine Mutter verließen den Salon und verschwanden in einem der hinteren Räume. Was sie wohl besprachen? Ach, es war einerlei, niemals würde Morone seine Tochter einem aus dem Dorf geben, auch keinem Lanteri, da konnte Nunziata hoffen und reden, wie sie wollte. Und was sonst könnte sie zu bereden haben?

Das Dunkelblau im Aquarium schlug um in einen grünlichen Ton, als die Musik wechselte, und mit dem nächsten Stück – eine Hammondorgel, Ottavio hätte seine helle Freude gehabt – wagte sich die Muräne ein wenig weiter aus ihrer Höh-

le. Ein schön gefärbtes Tier, mit starken Kiefer- und Rumpfmuskeln. Der Rhythmus setzte ein, und die Muräne hob den Kopf. Ihre kleinen Augen blickten traurig, fand Nino. Ein trauriges Tier in einer traurigen Situation. Er rollte über den Boden bis zur Glasfront des Aquariums. Gab es diese Muränen auch in der San Francisco Bay? Sollte er hinfahren und nachschauen? Vielleicht wäre es gut, wenn er Italien für eine Weile verließe? Selbst Genua war wohl nicht weit genug entfernt, sonst wäre er jetzt nicht hier, wieder einmal im Dienst der Familie. Und er hatte doch gute Noten, er konnte überall studieren, wo es das Meer gab.

Auch in San Francisco.

Aber würde Alice dann nicht denken, er liefe ihr nach? Ganz zu schweigen von der Gefahr, in die er sich brachte, wenn er es wagte, hinter Morones Rücken mit dessen Frau anzubändeln. Schon für das, was heute Nacht geschehen war, konnte er im Krankenhaus landen. Nein, wie er sich auch immer entschied, er würde Alice Grand nicht besuchen. Und wenn sie sich auf den Kopf stellte, das würde er nicht tun. Auf keinen Fall.

*

1968

»Cerco l'estate tutto l'anno …«

Titel: »Azzurro«, Musik/Text: Paolo Conte/Vito Pallavicini, Interpret: Adriano Celentano, Jahr: 1968, Nr. 1 der italienischen Single-Charts: 6 Wochen.
Nach »La coppia più bella« der zweite Celentano-Hit, der von Paolo Conte komponiert wurde, damals im Hauptberuf noch Rechtsanwalt mit eigener Kanzlei. Von »Azzurro« gibt es unzählige Versionen (u. a. von Mina, Gianni Morandi, den Toten Hosen), auch die italienische Fußballnationalmannschaft, die »Azzurri«, hat den Sommerklassiker gecovert.

Dieci

Als Marina am späten Vormittag das Büro des Notars gleich hinter der *Piazza Navona* verließ, schlug ihr die vertraute Hitze des römischen Sommers ins Gesicht. Mochte in Ligurien auch Ende Juni noch ab und an ein Nordwind vom Alpenkamm die Küste kühlen, hier im Süden – vor allem in den Gassen der Altstadt – begann der Asphalt schon ab elf Uhr zu kochen. Es stank nach Benzin und faulem Gemüse, die *motorini* röhrten, und als Marina auf die Piazza hinaustrat, wo sich die Wohnblocks zu einem weiten Karree unter tiefblauem Himmel öffneten, kam von oben das Flapp-Flapp eines Hubschraubers. Er schleppte an einem Stahlseil einen marmornen Christus über die Dächer, der die Arme ausstreckte, als wollte er den Platz und die Menschen segnen. *Seine Stadt – und jetzt auch wieder meine.* Marina blinzelte gen Himmel und atmete tief ein.

Endlich zurück.

Bis zu diesem Morgen im Büro des Notars war ihr nicht bewusst gewesen, wie sehr sie Rom vermisst hatte. Wie tief es ihr im Blut steckte. Doch als man ihr den großen Pappumschlag mit den Papieren übergab, in dem auch die Wohnungsschlüssel klimperten, überkam sie eine so heftige Freude, dass ihr die Knie weich wurden und sie sich kurz setzen musste. *Wer hätte damit gerechnet? Welche Möglichkeiten!* Was sollte sie jetzt nur anfangen mit diesem Geschenk?

Die Herren und Damen um sie herum, der Notar, *maestro* Barnabàs Testamentsvollstrecker, die Gemeindesekretärin, sie alle waren sehr freundlich und um ihr Wohl besorgt gewesen, wie auch anders. Sie sahen in ihr eine respektable Frau mittleren Alters, etwas provinziell gekleidet vielleicht, doch sorgfältig geschminkt und mit einem Hauch Parfum im Haar. Eine Bürgerliche. Sie konnten nicht mehr riechen, dass sie aus *Quadraro*

kam, dem Elendsquartier der *terroni,* wo es Müllberge gab und Zwölfjährige, die man für Botengänge mit Zigaretten bezahlte. Dass sie zwar nur eine Mutter gehabt hatte, doch viele Väter, viel zu viele – nicht nur *signor* Levi, den Mann, dem ihre Mutter kurz nach ihrer Geburt eine Art bürgerliche Existenz und sie selbst den »*razza ebraica*«-Stempel im Pass verdankte. Eine Herkunft, die ihr tägliches Überleben mit Beginn der deutschen Besatzung in ein mörderisches Katz-und-Maus-Spiel verwandelte. Sie sahen es Marina nicht mehr an, das Hungern, Verstecken und Tricksen, sie wussten nicht, dass sie noch nie in den zweiundvierzig Jahren ihres Lebens über mehr persönliches Eigentum verfügt hatte, als in zwei Koffer passte.

Jetzt besaß sie eine Wohnung in *Trastevere.*

Kurz war Marina versucht, von der nächsten Bar aus in *Sant'Amato* anzurufen und ihrer Familie die Neuigkeit mitzuteilen. Carlo wäre vermutlich im Salon, doch Matteo würde sicher in seinem Zimmer abhängen, Musik hören und auf den Briefträger mit Post aus Turin lauern, wie immer in der Sommerpause, auch jetzt, wo er schon im Ersatzkader der *Sampdoria* spielte. Doch dann entschloss sie sich dagegen. *Geh erst einmal hin,* dachte sie, *schau nach, ob es wirklich stimmt.*

Sie lief durch die Gassen und am Künstlereingang des kleinen Theaters vorbei, in dem der Buchhändler Barnabà vierzig Jahre im Nebenberuf als Souffleur tätig gewesen war. Hierher hatte er auch sie, die kleine Bücherdiebin, damals mitgenommen und ihr eine neue Welt eröffnet: die Welt der Bühne.

Marina überquerte den Tiber am *Ponte Sisto* und erreichte auf der gegenüberliegenden Seite den Teil von *Trastevere,* der sich am Südhang des *Gianicolo* hochzog. Die *Via Garibaldi* und die Fassade des Mietshauses sahen aus wie früher, ebenso die Schusterwerkstatt im Erdgeschoß. Auch das Treppenhaus mit den abgetretenen Stufen bis hoch in den vierten Stock empfing sie mit dem gewohnten Gezeter hinter den Wohnungstüren

und der gleichen Geruchsmischung wie zwanzig Jahre zuvor: Schuhwichse und *minestrone*. Doch als sie mit nervösen Fingern die Wohnungstür zu Barnabàs Reich aufschloss und eintrat, erwartete sie eine Enttäuschung. Die Wohnung hatte man bis auf die großen Möbelstücke praktisch leer geräumt, und alle Bücher waren weg. *Du Dummkopf, was hast du erwartet*, schalt sie sich. *Natürlich sind die Bücher weg, irgendwie mussten sie ja die Beerdigung bezahlen.* Und auf die Sammlung waren bestimmte Leute schon immer scharf gewesen.

Sie wanderte durch die Zimmer mit ihren kalkweißen Wänden, prüfte die Reste an Geschirr und Kochutensilien in der winzigen Küche, ging dann ins Schlafzimmer. Eine Eichentruhe voller sauber gefalteter Laken fand sich neben der Tür, an der Wand darüber ein Heiligenkalender vom Vorjahr. In der Mitte thronte das Bett, flankiert von Messingleuchten mit Tüllen aus Muranoglas. Von einer Wandkonsole in der Ecke lächelte eine Madonnenstatue auf den zerschlissenen Bettüberwurf hinab. Ihre Miene war so heiter und unbeschwert, dass Marina unvermittelt ein Zitat aus »Romeo und Julia« in den Sinn kam: *Der Narben lacht, wer Wunden nie gefühlt.* Doch was fiel ihr ein, der Muttergottes den Kummer abzusprechen? Sie schnaubte, und feine Staubpartikel stoben durch die abgestandene Luft. Der ganze, fast mönchisch karge Raum atmete noch Barnabàs Anwesenheit, der vor jeder Premiere eines neuen Stücks in der Kapelle neben dem Theater gebetet hatte. War er hier gestorben? Unwahrscheinlich, der Notar hatte etwas von schwerem Leiden gesagt, und der Meister lebte seit dem Tod seiner Frau allein, ohne Angehörige, niemand hätte ihn hier gepflegt. Armer Barnabà, wahrscheinlich war er im Krankenhaus gestorben. Marina strich über das Bett, das dieser vierzig Jahre mit seiner Ilaria geteilt hatte. *Luft, ich brauche Luft.* In einem plötzlichen Anfall von Atemnot lief sie zurück in die Küche und zur Balkontür. Die alten Schlagläden, die den Raum kühl und dunkel

hielten, klemmten, erst nach längerem Rütteln gaben sie nach und schwangen auf.

Eine Explosion von Licht traf ihre Augen, so hell, dass sie sie zusammenkneifen musste. Gleichzeitig schlug ihr die Hitze entgegen und der Lärm der Millionenstadt. Marina blinzelte auf die Dächer der Stadt hinunter, und ihr Herz tat einen Sprung. Da unten lag Rom und diese ganze Aussicht – der *Gianicolo*, das Garibaldi-Standbild zwischen den dunklen Schirmen der Pinien, weiter im Hintergrund die Ahnung von der Kuppel des Petersdoms und darunter die Ziegeldächer in Terracotta, Braun und Rot – das alles gehörte jetzt ihr.

Meins, dachte sie. *Meins ganz allein.*

Sollte sie wirklich? Aber würde sie mit dieser Lüge Carlo gegenüber leben können? Fände sie genug Ausreden, um regelmäßig hierherzukommen, in ihr geheimes Reich?

Tief unten im Schatten knatterte ein *motorino* hoch zur *Porta San Pancrazio,* gefolgt von einem Cabrio, aus dessen Autoradio *Azzurro* kam, laut und vehement, als wolle der Fahrer das ganze Viertel daran erinnern, dass dieser Sommer gerade erst begann. Celentanos Stimme hallte zu Marina hoch, und sie fasste einen spontanen Entschluss. Unter der Küchenspüle fand sie Putzlappen und Eimer. Sie ging von Zimmer zu Zimmer, öffnete alle Fenster weit, sodass Licht und Luft hereinströmten. Während sie das Bett abzog, pfiff sie leise vor sich hin.

Cerco l'estate tutto l'anno …

Und dann begann sie, die gesamte Wohnung zu putzen, vom Boden bis zur Decke und in alle Ecken hinein.

*

Einige Stunden später überquerte sie den *Campo de' Fiori*. Sie hatte in einer Seitengasse *pecorino* besorgt, nur hier gab es den besten, dazu noch Brot, Kaffee, Milch und eine Handvoll Tomaten. Mit jedem Einkauf wurde ihr Herz leichter, ihr Gang beschwingter. Sollte sie sich für die Wohnung – *ihre* Wohnung – vielleicht frische Blumen gönnen? Einer der Stände bot den letzten Frühlingsginster an, und Marina ließ sich drei süß duftende Büschel in Papier einschlagen. Dann schob sie sich mit den schweren Taschen durch das Gedränge zwischen den Marktständen, um die Tiberbrücke zurück nach *Trastevere* auf direktem Weg zu erreichen.

Sie passierte die Statue Giordano Brunos, den man auf genau diesem Platz drei Jahrhunderte zuvor als Ketzer verbrannt hatte, und eilte gerade an den letzten Fischständen vorbei, als ein Schwarm erschreckter Tauben dicht vor ihr aufstob und sie dazu zwang, stehen zu bleiben.

»*Signora, guardi qui*«, brüllte der Besitzer des Stands direkt neben ihr, in der Hoffnung, Marinas Zwangspause für sich nutzen zu können. Sie schüttelte den Kopf, erklärte, sie habe bereits alles, doch davon ließ sich der Händler nicht beeindrucken. Er wedelte mit einem Holzstäbchen in ihre Richtung, auf dem sich eine marinierte Garnele krümmte, und rief: »*Ma signora, tutto è fresco: mazzancolle, aragoste, gamberi rossi …*«

Marina fragte sich später oft, wie ihr Leben wohl verlaufen wäre, wenn sie in diesem Moment ihre Einkaufstaschen nicht abgesetzt hätte. Wenn sie weitergegangen wäre, schnurstracks, ungehindert vom Fischhändler oder auffliegenden Tauben. Sie hätte den Campo längst hinter sich gelassen. Sie wäre nicht mehr dort gewesen, als die Männergruppe im Anzug aus der *Via dei Giubbonari* kam, unweit deren sich, wie sie später erfuhr, das Büro des Abgeordneten für den Landkreis *Imperia* befand. So aber stand sie noch auf dem Campo, und als sie die schweren Taschen aufnahm und wieder hochsah, brauchte sie ein paar

Augenblicke, um das Gesicht des Mannes mitten in der Menge zuzuordnen.

Davide sah ihr genau in die Augen. Dann löste er sich aus der Gruppe und kam ihr entgegen.

»Was machst du hier?«, fragte er. Sie zögerte, wollte nicht antworten, tat es dann aber doch.

»Ich hatte einen Termin. Beim Notar.«

»Ohne …?« Sein Blick glitt über die Menschen in ihrer Nähe.

»Ja.« Ihr Gesicht begann mit einem Mal zu glühen, und sie fragte schnell: »Und du?«

»Mit den anderen vom Verband. Wegen der neuen Ölverordnung.«

»Ach so.« Der Tragegriff der Tasche schnitt ihr schmerzhaft in die Handfläche, ihre Fingerkuppen pochten.

»Ja«, sagte Davide. Dann schwiegen sie, um sie herum Stimmengewirr und die Rufe der Händler. Die Ginsterbüschel kitzelten die Innenseite ihres Oberarms, ihr süßer Duft lag schwer in der stickigen Luft. Marina wusste nicht, was sie noch sagen oder tun oder wohin sie schauen sollte. *Halt bloß die Tasche fest, setze sie nicht ab.*

Dann hielt sein Blick sie fest. Ein Herzschlag. Zwei. Drei. Vier Jahre Funkstille. Und nichts hatte sich geändert.

»Und du warst beim Notar, ja?«, sagte er und atmete tief ein.

»Ja. Stell dir vor, ich habe geerbt. Eine Wohnung!«

»Hier in Rom?«

»Drüben über dem Tiber. In *Trastevere*.«

Sie sahen sich immer noch an.

»Es ist nicht weit«, murmelte sie.

*

Sie kamen sogar noch bis ins Treppenhaus. Bis dahin wahrten sie auch den gebotenen Abstand für einen Mann und eine Frau, die keine Ehepartner oder enge Verwandte waren. So wie Nachbarn, die sich zufällig auf dem Rückweg vom Stadtzentrum getroffen hatten. Und der Herr der Dame höflicherweise half, die Einkaufstaschen heimzutragen. Ein Außenstehender mit einem besonderen Gespür hätte allerdings bemerkt, dass der Abstand zwischen ihnen *un pochino* zu eisern eingehalten wurde. Dass sie keine zwei Sätze miteinander sprachen. Dass sie kaum einen Blick aufeinander riskierten.

Dann schloss Marina auf, trat ins dämmrige Treppenhaus, hielt ihm die Eingangstür auf, nahm die Tasche zurück. Dabei berührten sich ihre Fingerspitzen. Sie sah schnell weg, konnte aber ein hörbares Einatmen nicht verhindern. Im Erdgeschoß hinter einer der Türen dumpfes Klopfen und Hämmern aus der Schusterwerkstatt. Die Eingangstür hinter ihnen fiel ins Schloss, Davide haschte mit seiner freien Hand nach ihrem Arm, zog sie zu sich heran und küsste sie.

Der erste Kuss. Marina rang nach Luft, keuchte, lachte unter seinen Lippen. *Pssst, leise!* Sie küssten sich wieder, immer wieder, bis lautes Klopf-Klopf aus der Werkstatt sie auseinandertrieb. Marina eilte die Treppen hoch, er folgte ihr. Sie lief schneller, er auch. Im ersten und zweiten Stock hinter den Türen immer noch das vertraute Palaver und Gezeter, ein Familienorchester beim Alltagskonzert. Sie kannten den Klang und das Stück, spielten es selbst in ihrem anderen Leben. Doch nicht heute. Denn heute spielten sie ein Duett.

Auf dem Treppenabsatz im dritten Stock holte er sie wieder ein. Die Einkäufe polterten zu Boden, er umarmte sie fest von hinten, küsste ihren Nacken. Nur mit Mühe konnte sie seine Hände von ihrer Taille lösen und ihn dazu bringen, ihr noch das eine letzte Stockwerk zu folgen.

Bis zum Ziel.

»Du willst die Wohnung tatsächlich behalten?«, fragte Davide am nächsten Abend, als Marina aufstand, die Läden öffnete und die Geräusche der Welt wieder hineinließ. Vom Fenster aus wirkte sein nackter Körper auf dem glatten Laken wie ein Stück Wildnis, wie etwas, das sich nicht erschießen oder zähmen ließ. Doch die Madonna lächelte weiterhin verzückt von der Wand auf sie herunter, und Marina überkam eine Welle der Dankbarkeit. Endlich wartete niemand auf sie, endlich hatten sie Zeit füreinander. Und eine ganze weitere Nacht! Im Körper noch die Resthitze ihrer letzten Vereinigung, kroch sie ins Bett zurück und schmiegte sich in Davides Arm.

»Ich glaube schon«, sagte sie. »Warum nicht?«

Sein Blick glitt durch den Raum, taxierte die Ausstattung. »Hm, sicher, ihr könntet sie auch vermieten.« Als sein Blick an ihr hängen blieb, tat er freudig überrascht, schnalzte mit der Zunge und begann, ihren Hals und ihre Schultern mit Küssen zu bedecken. »Hmmm, sehr hübsch. Die Wohnung, meine ich«, murmelte er und ließ seine Lippen tiefer wandern. »Zwar klein, aber perfekt für einen Beamten oder Geschäftsmann. Einen, der nur zeitweise in Rom ist.« Küsschen hier, Küsschen da. »Sie hat sogar einen Balkon. Und mit dem zusätzlichen Geld, das ihr auf diese Weise verdient, könnte Carlo sicher …«

»Moment«, unterbrach ihn Marina und rückte ein Stückchen von ihm ab. »*Ich* habe die Wohnung geerbt.«

»Ja, und?« Davide versuchte, sie nochmals zu küssen, doch sie legte ihre Hand auf seinen Mund.

»Weißt du, ich dachte, vielleicht erzähle ich Carlo gar nichts von der Wohnung.«

»Was meinst du? Hast du ihm die Erbschaft denn verschwiegen?«

»Nein. Aber in dem Brief vom Notar stand nicht, worum es geht. Und vielleicht behalte ich für mich, was der Termin ergeben hat. Vielleicht sage ich einfach nichts.«

Er sah sie verständnislos an. »Aber das musst du. Er ist dein Mann.«

»Davide, ich …« Sie suchte nach Worten, gab aber auf, als sie sein Gesicht sah. Er würde es nicht verstehen. In seiner Welt ebenso wie in der Carlos hatten Frauen keine eigenen Wohnungen. So, wie sie kein eigenes Geld, kein eigenes Zimmer und kein anderes Interesse hatten als das Wohl ihrer Familie.

Marina bemerkte nicht zum ersten Mal, wie ähnlich sich die beiden Männer in ihrem Leben waren, und es versetzte ihr einen Stich. War es dann nicht eigentlich egal, mit wem sie Tisch und Bett teilte? Sie drehte den Kopf zur Seite.

»Pssst, komm. Bleib bei mir.« Er nahm ihre Hände und hielt sie fest. Dann küsste er sie erneut, diesmal so weich, so voller Gefühl, dass es ihr die Tränen in die Augen trieb.

»Am Ende ist es deine Sache«, murmelte er und rollte sich auf sie. *»Non me ne frego …«*

Davide bewegte sich, ganz langsam, und Marina ließ es geschehen. Sie erwiderte seine Küsse, öffnete ihre Schenkel und ihr Herz. Was für eine Frage: Natürlich war es nicht egal, mit wem sie ihr Bett teilte! Denn nur mit ihm, ob hier in der *Via Garibaldi* oder woanders, traf sie ihr anderes, ihr mutigeres Ich. Auch dafür brauchte sie ihn: Damit er mit seinen Liebkosungen diese fremde Marina heraufbeschwor, eine Frau, die sich an der Liebe besoff, die sich nicht sorgte und die Träume hatte. Eine Frau, die nackt durchs Zimmer lief, die sang und lachte und sich an ihm rieb, wenn er in der Küche Kaffee trank. Die ihm die altmodischen Ansichten, die Sturheit und alle sonstigen Macken verzieh, kaum dass sie sich liebten, und das alles nur wegen dieser Unvernunft, diesem verrückten Begehren, das an ihr klebte wie Pech. *Acht Jahre schon,* dachte sie und krallte ihre Nägel in seine Schultern, *irgendwas muss geschehen, und das bald. Wie soll ich ihn so noch weitere acht Jahre lieben?*

Nachher rauchten sie. Im Zimmer wurde es dunkel, und Davide machte Licht über dem Nachttisch.

»Wie geht es Nino?«, fragte Marina. »Matteo hat nichts über ihn erzählt, auch nicht, wie es jetzt in San Francisco läuft …«

»Ich glaube, gut. Er bleibt noch ein Semester dort, und er sagt, man will ihn sogar auf die nächste Forschungsreise mitnehmen. Nach Alaska. Tja, wer hätte das gedacht.« Er schüttelte den Kopf, in seiner Stimme schwang widerwilliger Stolz mit. »Es ist immer noch bitter für uns, aber er zieht es wohl tatsächlich durch.«

»Die Kinder heute haben andere Möglichkeiten«, murmelte Marina. »Die leben, wie sie wollen.«

Davide nahm einen tiefen Zug aus der Zigarette und nickte. *Er sieht müde aus,* dachte Marina. *So viel verpasst, so viele Kompromisse.*

»Wirklich hübsch hier«, sagte er. »Ich kann verstehen, dass du die Wohnung behalten willst.« *Wirklich? Weißt du auch, mit wem ich gerne öfter hier wäre?* Marina wagte den Satz kaum zu denken.

Als Davides Blick auf das Kalenderblatt fiel – es zeigte einen Hünen mit einem Jungen auf den Schultern, der inmitten steiler Felsen durch einen Bach watet –, wurde sein Gesicht weich.

»*San Cristoforo*«, sagte er und lächelte. »Ein ähnliches Bild hing bei uns früher in der Küche. Scheußlicher Kitsch, aber wir haben alle dran gehangen. Mein Vater hat immer gesagt: ›Das sind wir zwei, du und ich, im *Valle Tanaro*‹.«

Er schwieg einen Moment, fuhr aber fort, als er Marinas fragenden Blick bemerkte.

»Uns ist genau das einmal passiert«, er zeigte auf das Bild. »Während der großen Krise 1931, als jeder zusehen musste, wie er was auf den Tisch bekam. Mein Vater nahm mich mit ins obere *Tanaro*-Tal, wilde Ziegen schießen. Illegal natürlich, dem Duce gönnte mein Vater nicht den Dreck unter den Nägeln. Ich

war noch ein Knirps, konnte kaum die Flinte heben. Aber dort oben, da haben wir einen Bock erwischt, ich sag dir, einen Giganten! Sicher sechzig Kilo schwer, nur jemand wie mein Vater konnte so einen Brocken stemmen.« Er verstummte kurz und seufzte dann. »Zu schade …«

»Wieso schade?«, fragte Marina und biss sich direkt danach auf die Lippen. Sie wollte nicht fragen, nicht drängen, zu kostbar war der Moment. Wann hatte er das letzte Mal über sich gesprochen? Wann jemals von seiner Familie? Sie strich ihm über den Unterarm, schmiegte sich an ihn, wagte kaum zu atmen, bis er fortfuhr.

»Ich bin gestolpert, ich Idiot, direkt am Steilhang. Mein Vater hat mich noch gewarnt, aber ich hab nicht aufgepasst. Mein Knöchel war ganz verdreht, und der *dottore* meinte später, es sei nur deshalb kein Schaden zurückgeblieben, weil ich damit keinen Meter mehr weiterlaufen musste.«

»Keinen Meter weiter?«

»Mein Vater hat mich getragen. Er hat den Bock abgelegt, ohne auch nur einen Moment zu zögern, und mich auf die Schultern genommen. Und dann hat er mich zum nächsten Dorf getragen, ohne mich nur einmal abzusetzen. Ich hab den ganzen Weg geheult.«

»Tat es so weh?«

»Nein, wegen des schönen Bocks.« Er lachte. »Ich war wirklich ein Idiot.«

»Sag so was nicht«, sagte Marina und gab ihm einen Kuss.

Sie blieben im Bett und liebten sich, bis der nächste Morgen kam und mit ihm der werktägliche Lärm vor dem Fenster. Dann standen sie auf, tranken Kaffee und aßen die letzten Käsereste im Stehen. In der Küche war es erstaunlich kalt, und Marina schlang ihr Badetuch enger um sich.

»Wann geht dein Zug?«

»Acht Uhr fünfundvierzig.« Davide trank den Kaffee in kleinen Schlucken. »Von *Termini* aus.«

»Dann nimm ein Taxi«, murmelte sie, und er nickte.

»Ich weiß.«

Die Tasse noch in der Hand, lehnte er sich gegen die Küchenspüle und sah zur offenen Balkontür. Draußen erwachte die Stadt. Die *Via Garibaldi* füllte sich, und in der Ferne schlug *San Pancrazio*. Acht Uhr. Während der Nacht hatte sich ein Gedanke in Marina festgesetzt, eine Idee, die sie nicht mehr losließ. War jetzt der richtige Moment, um ihn zu fragen? Sie studierte sein Profil vor dem hellen Viereck des Balkons, wo die Morgensonne die Dächer der gegenüberliegenden Häuserfront rötete. Von der Wohnung unter ihnen kamen auf einmal süßliche Geigen, und drei helle Frauenstimmen begannen, im Chor zu singen; der Pensionär spielte wieder Swing aus der Zeit seiner Jugend.

Wir beide, in Rom. Jetzt oder nie, dachte Marina und stellte die Tasse ab.

»Ich hab mir was überlegt«, sagte sie und lehnte sich neben ihn an die Spüle. *Schrecklich, wie dünn meine Stimme auf einmal klingt,* dachte sie und rutschte näher. »Ende Oktober, da fährt Carlo mit einigen anderen aus dem Dorf doch immer raus zum Angeln, bis runter nach Ischia. Du weißt schon. Ottavio organisiert das doch jedes Jahr. Und … das Geschäft läuft inzwischen so gut, da ist es sicher möglich, den Salon in dieser Zeit zu schließen. Wir könnten uns, ich meine, hier in Rom …«

Die Geigen weinten. Davide stellte seine Tasse ab und sah hinaus. Er drehte ihr den Rücken zu, und Marina befiel vages Unwohlsein, doch jetzt konnte sie nicht mehr zurück. *Wir hier in Rom!* In kaum anderthalb Stunden würden sie wieder in ihr anderes Leben zurückkehren, nach *Sant'Amato* in getrennten Zügen – wo es nur noch versteckte Blicke und Gesten gab und Botschaften hinter nichtssagenden Sätzen. Sie trat hinter ihn,

schlang ihre Arme um seine Brust, drückte ihre Stirn zwischen seine Schulterblätter.

»Ich könnte Sofia bitten, nach Raffi und Flora zu sehen, und hierher nach Rom kommen. Was meinst du? Und die Angeltour geht eine Woche. *Eine ganze Woche!* Was sagst du dazu?« Sie gab es auf, ihre Stimme unverbindlich klingen zu lassen. Es klappte sowieso nicht. »Stell dir vor, Davide: wir in Rom.«

Keine Antwort. Stattdessen spürte Marina an ihrer Wange, wie sich seine Rückenmuskeln verhärteten. Von unten kam weiterhin der dreistimmige Chor, und etwas fiel dort mit lautem Scheppern zu Boden.

»Davide?«

Unter ihren Händen fühlte es sich an, als flösse alle Lebendigkeit aus ihm heraus, als verwandelte sich der ganze Mann in Stein. *Was geschah hier?* Voller Schrecken presste sie sich stärker an ihn, wollte ihn wärmen und festhalten, doch er schob ihre Arme weg, machte sich los. Er drehte sich um, sein Gesichtsausdruck machte sie frösteln.

»Mein Zug. Ich muss …«

Was ist?! Sie versuchte, sich ihm in den Weg zu stellen, und kassierte dafür einen mechanischen Kuss.

»*Cara,* bitte …«, sagte er, schob sie zur Seite und ging ins Schlafzimmer, seine Sachen holen. *Cara* hatte er sie noch nie genannt. *Cara* war reserviert für seine Frau, wenn diese nicht lockerließ und in ihre Schranken gewiesen werden musste. Es dauerte eine Weile, bis sich Marina wieder fing, dann folgte sie ihm.

»Was soll das?«

»Was?«

»Was ist mit dir los?«

»Was soll sein? Es geht mir gut.«

Er drehte ihr den Rücken zu. Bückte sich und klaubte seine Hose, seine Anzugjacke und sein Hemd zusammen, die achtlos

verstreut auf dem Boden lagen, noch immer dort, wo er sie am Tag zuvor ausgezogen hatte. Er packte alles in seine Tasche und stellte diese sorgfältig aufs Bett.

»Jetzt hör doch mal, Davide! Was ist? Habe ich etwas Falsches gesagt?«

Keine Antwort. Als er sich zu ihr umdrehte, bemerkte sie wieder die steile Falte zwischen seinen Brauen, die sich dort seit ein paar Jahren in seine Stirn grub. Er griff nach seiner Uhr auf dem Nachttisch und legte sie an. Er verschloss das Band langsam und gewissenhaft, hielt sich förmlich daran fest.

»Bitte«, sagte er dabei, »mach kein Drama. Ich muss nur los.« Er schnappte sich die Tasche und schob sich an ihr vorbei. »*Cara,* wir sehen uns zu Hause, ja? Auf bald.«

Ein letzter, flüchtiger Kuss, dann war er aus der Tür. Als er die Treppen hinunterging, explodierte etwas in ihr.

»Du schuldest mir eine Antwort!«, rief sie hinter ihm her. »Bei Gott, dafür sorge ich. Du wirst mir antworten!«

*

Undici

Alles schien auf einmal zu leuchten, bekam zusätzlichen Glanz, als feiere die ganze Welt mit ihm, dem *Infallibile! Sant'Amatos* Dächer glühten in der Sonne. Die Wäsche auf der Leine tanzte im Wind, Himmel und Meer badeten in sattem Blau. Und als Matteo, den Brief noch in der Hand, beim Salon Vassallo ankam, da rann die honiggelbe Farbe, mit der sein Vater soeben die Tür- und Fensterrahmen lackieren wollte, von dessen Pinsel wie flüssiges Gold.

»Sie laden mich ein, *papà!*«

Er schwenkte den Brief in seiner Hand, und seine Stimme überschlug sich vor Begeisterung. Wie hatte er sich danach gesehnt, diesen Satz endlich sagen zu können. »Sie wollen mich vielleicht haben, stell dir vor.«

Carlo Vassallo ließ den Pinsel mit dem resignierten Lächeln eines Mannes sinken, der wusste, dass nun an konzentrierte Arbeit nicht mehr zu denken war.

»Wer will dich?« Er legte den Pinsel ab und zog sich die Arbeitshandschuhe aus. Dann nahm er den Brief, mit dem Matteo vor ihm herumwedelte, und überflog ihn. »Jetzt also doch«, sagte er und seufzte.

»Ja, sicher – doch!«, rief Matteo. »Oder glaubst du etwa, ich wollte bei der *Sampdoria* bleiben? Die Krücken dort hab ich doch eh abgeschrieben …«

Sein Vater kratzte sich die Bartstoppeln am Kinn. »Hm, das beruht wohl auf Gegenseitigkeit. Die Krücken, wie du sie nennst, wollen doch auch deinen Vertrag nicht verlängern, oder hatte ich das falsch verstanden?«

Sosehr Matteo seinen Vater auch liebte, hasste er doch dessen Hang zur Ironie. »Du kennst dich mit den Spielchen im Profigeschäft eben nicht aus. Wenn die *Sampdoria* erfährt, dass *Juve*

mich sehen will, was glaubst du, was die tun? Ich sag's dir: Die verlängern sofort! Die nehmen mich mit Kusshand zurück. Nur dass ich jetzt nicht mehr will.«

»Aber ist das jetzt eine feste Zusage von *Juve?*«

»Nein, ich soll noch ein weiteres Training mitmachen. Ganz unverbindlich. Aber Mensch, ich bin der *Infallibile,* ich zeig's ihnen.«

Carlo zog sich die Handschuhe wieder an. Dann griff er nach dem Pinsel, tunkte ihn in die Farbe und platzierte in der Mitte der Tür einen ersten, goldgelben Strich.

»Schau, *Infallibile*«, sagte er und lächelte. »Eigentlich wollte ich dich fragen, ob ich nicht auch das Schild erneuern soll. Ich dachte, da könnte langsam ein Zusatz hin, so etwas wie *Vassallo e figli*. Du hast doch so viel gelernt. Seit du nach Genua gegangen bist, ist keiner meiner Gesellen so gut gewesen wie du. Du könntest es.«

Matteo zog ein Gesicht. »Wer will denn Friseur bleiben, wenn er in der Serie A spielen kann. Bei *Juve!* Oh, Gott, ich kann es immer noch kaum glauben! Wo ist *mamma?*«

»Sie ist losgelaufen, um deine Geschwister vom Strand abzuholen.«

»Ich muss ihr gleich davon erzählen. Und weißt du was, ich hab gleich danach rumtelefoniert. Beppe Parodi – ausgerechnet der! – hat eine entfernte Tante, die in Turin wohnt, sogar in der Nähe des Stadions. Und da werden zwei Zimmer im Hinterhaus neu vermietet. Ab September. Ich könnte gleich nach meinem Geburtstag umziehen.«

Sein Vater beugte sich wieder über den Farbeimer. Er tunkte den Pinsel hinein, zog ihn über das Holz der Tür, setzte ab, studierte das Ergebnis. Er sah mit einem Mal so verlassen aus, dass Matteo sich ganz elend fühlte und wütend wurde.

»*Papà,* hör mal, das ist doch kein Drama. Nino hat es auch getan.«

»Was getan?«

»Er ist auch weg aus *Sant'Amato*. Und ich will nur nach Turin.« *Nicht wie Nino nach San Francisco,* fügte Matteo in Gedanken hinzu, *der sein Studium schleifen lässt, was seine Eltern nicht wissen. Der Drogen nimmt und in einer Kommune lebt, zusammen mit dieser älteren Frau, deren Namen er nie verrät …*

»Und was ist mit dem Salon?«, fragte Carlo jetzt.

»Ach, der läuft mir nicht weg. Du fällst doch nicht gleich tot um – bis ich den Salon später übernehme, dauert es noch Jahre. Jahre, in denen ich spielen kann …«

»Aber was brauchst du da gleich eine Wohnung? Und warum willst du gehen, obwohl die Leute von *Juventus* noch gar keine Entscheidung getroffen haben?«

Da! Jetzt hatte sein Vater den Schwachpunkt in seiner Geschichte entdeckt.

»Weil …«, Matteo suchte händeringend nach einem Argument, »ja, weil …«

Die Augen seines Vaters. Um seine Augenwinkel hatte das Leben bereits tiefe Kerben gegraben. Sein *papà*. Er hatte die Wahrheit verdient, oder?

»Hm, da ist noch etwas …«

»Was denn?«

»Ich werde einundzwanzig. Volljährig.«

»Das ist mir bewusst. Und?«

»Also«, begann er, aber oh Gott, wie sollte er es sagen, sie sprachen nie über solche Dinge, »wer volljährig ist, darf wählen. Und darf im Restaurant Wein bestellen. Und …«

»Und?«

»Na ja, auch heiraten.«

»Heiraten? Du willst heiraten??«

»Jetzt, mit einundzwanzig, darf ich das. Auch ohne Erlaubnis.«

Carlo Vassallo hob die Augenbrauen. »Wen willst du denn heiraten, den wir nicht wollen könnten?«

»Na ja. Vielleicht schon wollen, aber …«

»Aber was? Mensch, Matè, rück raus mit der Sprache. Ich beiße nicht.« Sein Vater lachte. »Heiraten ist doch etwas Schönes. Und es wird ja wohl nicht die Tochter des Teufels sein, oder? Also: Wen willst du heiraten?«

Matteo gab sich einen Ruck.

»Isabella Morone.«

Später ließ Matteo diesen ganzen, unglückseligen Tag so oft Revue passieren, in allen Details, dass er irgendwann glaubte, er könne es kein einziges Mal mehr ertragen. Vor allem das eingefrorene Lächeln seines Vaters, als der Name fiel, brannte sich in sein Gedächtnis.

»Du machst einen Scherz«, sagte Carlo, »hältst mich zum Narren, oder?«

»Ich liebe Isabella. Schon lange.«

»Weiß deine Mutter davon?«

»Ich weiß nicht. Vielleicht.«

»Und … Isabellas Vater?«

Erst jetzt fiel Matteo auf, dass er seinen Vater niemals den Namen Morone hatte aussprechen hören. Warum?

»Ihr Vater hält sie unter Verschluss. Deshalb will ich ja mit Isabella nach Turin gehen.«

»Und du glaubst, da bist du vor ihm sicher?«

Carlos Stimme hatte, ebenso wie seine Miene, jeden Ausdruck verloren.

»Wenn Morone erst sieht, wie glücklich wir sind, und wenn *Juve* mich nimmt, dann …«

»Nichts davon wird geschehen. Weil du hierbleibst.«

»Nein!«

»*Doch.* Du wirst die Tochter dieses Mannes nicht heiraten. Das wird nicht passieren. Nur über meine Leiche.«

»Aber *papà,* das meinst du nicht ernst.«

»Todernst meine ich das.«

»Ach ja? Ach ja??! Weißt du was: Du kannst mich mal …«

Er drehte sich um und stürzte davon. Die Straße hinunter, egal wohin. Hinter sich hörte er die Stimme seines Vaters.

»Warte doch! WARTE!«

Matteo rannte die *Via dei Fossi* hinunter Richtung Uferstraße und Meer. Irgendwo dort musste seine Mutter sein. Doch am Strand entdeckte er nur seine Geschwister. Flora alberte im Sand mit einer Freundin herum und achtete auf den kleinen Raffi, der mit dem Wasserball spielte, den er ihm zum vierten Geburtstag geschenkt hatte. Gerade stand er in der Nähe des Bootsstegs bei einer *signora* mit Hut, die sich zu ihm hinunterbeugte. Erst als diese den Kopf hob und das Ufer entlangspähte, erkannte Matteo sie: Nunziata Lanteri.

Aber wo ist mamma?

Er drehte sich um und hastete über die Stufen hoch zur Strandbar. Er wollte Marina finden, ehe sein Vater es tat. Wollte mit ihr reden wie früher, ihr sein Herz ausschütten und alles erzählen. Schluss mit der Heimlichtuerei! Er ahnte, es würde sie erschüttern, seine Entscheidung für *Juve* ebenso wie die für Isabella. Seit der Nacht vor vier Jahren, in der Morone ihn geschlagen und seine Mutter ihn aus dessen Auto gezogen hatte, hatten sie nie wieder über Morone gesprochen. Aber jetzt musste es sein. Und am Ende würde sie ihm beistehen, auf sie konnte er sich verlassen. Seine *mamma*. Der treueste Mensch der Welt.

*

Nunziata beschloss, dem kleinen Bastard jetzt doch zu antworten. Der Strand war kaum besucht, nur seine ältere Schwester sonnte sich dort und schwatzte mit einem der anderen leichtfertigen Dinger aus dem Dorf. Und Lidia, die sie hier abholen

wollte, um sie zum Einkaufen mitzunehmen, kam wieder einmal zu spät.

»Aber sicher kannst du hier Fußball spielen, mein Kleiner. Auf dem Steg ist der Boden auch glatter, nicht wahr?« Sie setzte sich wieder hin und wartete. Der Kleine nahm Anlauf und schoss den schwarz-weißen Wasserball über den Steg.

Bist ein hübsches Kind, dachte sie. *Gut gewachsen, dichte Locken, lachende Augen, genau wie Nino in dem Alter. Ja, ein schönes Kind bist du, so schön, als hätte Satan persönlich dich gemacht. Aber das stimmt ja nicht, kleiner Bastard, leider …*

Der Ball titschte über die Planken, wurde von einer plötzlichen Windböe nach links getrieben und landete weitab vom Steg im Wasser. Der Kleine gab einen erschreckten Laut von sich. Enttäuschung breitete sich auf seinem Gesicht aus, das so gerundet war wie das seines Bruders und seiner Mutter, dieser verderbten Hure. *Ja schau nur, weg ist der Ball.* Etwas wie Genugtuung stieg in Nunziata auf.

»Oh, ist er ins Wasser gefallen? Das ist ja schade! Was sagst du? Ich soll ihn für dich herausholen? Das geht leider nicht … Nein, sag ich, auf keinen Fall. Weißt du, ich gehe niemals ins Wasser, nein, nicht einmal mit den Füßen. Gerade mit den Füßen nicht! Aber wir können mal nachschauen, wohin er treibt …«

Sie ließ sich von dem Kind zum Rand des Steges zerren. Ein schneller Blick zurück sagte ihr, dass niemand am Strand auf sie achtete. Der Ball war bereits ein ganzes Stück abgetrieben und hopste auf den Wellen. Die ablandige Drift war hier am Ende des Stegs schon stark, zog ihn aus der Bucht. *La scilla,* nicht umsonst trug die berüchtigte Strömung draußen in der Bucht den Namen eines antiken Monsters, verschlang alles, nahm alles mit und tauschte es gegen Kälte aus der Tiefe aus, ein gigantisches Schaufelrad unter der Wasseroberfläche, einzigartig in dieser Region.

Sonnenreflexe schimmerten auf den Wellen und auf der tiefblauen Lackfarbe des kleinen Ruderbootes, das am Steg vertäut lag. Ursprünglich näher am Strand angebunden, hatte die Strömung das Tau bereits gelockert und den Kahn ans Ende des Steges gezogen, wo er im Takt der Wellen gegen die Pfosten schlug. Der Wind frischte auf, und der Junge umklammerte ihre Hand. Er zerrte an ihr, bettelte und brabbelte, und Nunziata musste sich zu ihm hinunterbeugen, um ihn zu verstehen.

»*Was* willst du? Mit dem Boot zum Ball? Ja, weißt du denn nicht, wie gefährlich das ist? Kennst du die *scilla* nicht? Die ist hier, hier gleich unten im Wasser lauert sie, und die frisst dich, wenn du nicht aufpasst und reinfällst.«

Der Junge brabbelte weiter, starrte auf den Ball und riss an ihrer Hand. Er sah sie gar nicht an. Hörte nicht.

»Du bist auch so ein Sturkopf, eh? Natürlich, wie der Vater so der Sohn, ihr seid doch alle gleich. Denkt nur an euch … Was? Ich soll das Boot losbinden? Hast du überhaupt zugehört? … Nein, hab ich gesagt, ich geh nicht ins Wasser. Niemals!«

Der Junge hängte sich an ihre Hand, wie es auch Nino im gleichen Alter getan hatte, wenn er zum Strand wollte, schon damals hatte es ihn dorthin gezogen, zum Meer, immer nur zum Meer. *Gott allein weiß, wie oft ich damals vor Angst gestorben bin,* dachte Nunziata und riss das Kind zurück, als es über den Rand des Stegs spazieren wollte.

»Nein, du stures Balg, hör auf. Willst du dich umbringen?« Ein Kreuz waren diese kleinen Kinder, ständig stürzten sie sich ins Unglück. Der Junge zerrte weiter an ihr. Sah zu ihr auf, die großen, strahlenden Augen eine einzige Bitte. So schöne Augen waren das, sie hatte sie nie aus der Nähe gesehen. Dunkel, tiefgründig, und Lichter tanzten in ihnen. Nunziata beugte sich noch etwas weiter herunter, wollte Gewissheit. Der Junge lächelte jetzt, und seine Augen glänzten.

Die Lichter darin waren olivgrün.

»So, du kleiner Bastard willst das Boot also unbedingt?«, fragte sie und erwiderte sein Lächeln, während sich in ihrem Innern Eiseskälte ausbreitete. »Na dann …«

Sie ließ die Hand des Kleinen los. Dieser rannte zum Ende des Stegs, kletterte wie ein Äffchen an der Leiter hinab und in den schwankenden Kahn. Was, wenn einer zusah?

Ihr Blick flog zum Strand. Keine Veränderung. Die wenigen Badegäste lagen faul im Sand, mit der Nase in einem Buch oder dösend mit dem Sonnenhut auf dem Gesicht. Die ältere Schwester kicherte mit ihrer Freundin, ansonsten war von der Familie Vassallo niemand zu sehen. Der Kahn tanzte hinter dem Steg auf der Dünung, sie sah nur den Lockenkopf des Kleinen. Eine Kinderhand winkte nach ihr. Los!, bedeutete die Hand, mach mich los!

Das Tau lag halb im Wasser, und sie musste seitlich fast unter den Steg klettern, wollte sie den Knoten vom Pfahl lösen. Während sie erfolglos an dem Seil fingerte, zuckte ihr Blick immer wieder Richtung Strand. Dies war der schwierigste Moment, es musste nur einer aufmerken, um zu erkennen, was sie hier tat. Aber es sah niemand her, nur von oben, aus Richtung der Bar kam Stimmengewirr und eine laute Frauenstimme.

Das Zittern begann schon, als Nunziata ihre Schuhe auszog. Sie versuchte, ihre Atmung zu beruhigen. *Es ist nicht mal ein halber Meter, den du ins Wasser musst, und gerade hier haben sie doch erst im Frühling die Verankerung erneuert. Sie haben dabei alles umgegraben, mein Gott! Was soll sich denn jetzt noch im Sand verstecken. Jetzt hör schon auf, du bist ja komplett verrückt.* Sie setzte sich hin, tauchte die Füße ins Wasser. Als ihre Sohlen die Wasseroberfläche durchstießen, stach es ihr mit tausend Nadelstichen in die Haut. *Nein, das halt ich nicht aus,* dachte sie. *Ich schaff das nicht!*

Heilige Maria, Mutter Gottes, bitte für uns Sünder …

Das Gebet half. Sie drehte sich um, schob ihren Rock ein we-

nig höher und ließ sich mit den Füßen voran langsam vom Steg in das knapp kniehohe Wasser hinabgleiten. Ihre Zehen tasteten nach dem Boden, gleichzeitig graute ihr vor dem Moment, wo sie festen Grund erreichen würde. *Erster Schritt. Volles Gewicht, volle Belastung.* Und es war ihr, als hörte sie wieder das Lachen der Männer und das Klicken des Auslösers.

Bella foto, eh?

Das Wasser umspielte ihre Waden, es kostete sie immense Anstrengung, stehen zu bleiben. Mit ungelenken Fingern griff sie nach dem Seil, dann hatte sie es endlich entwirrt. Sie ließ das Seilende fallen. Hui, wie schnell das verschwand! Die *scilla* schnappte nach dem unerwarteten Geschenk und zog den Kahn hinaus aufs offene Meer. Sein winziger Passagier duckte sich zwischen Bug und Heck ins Innere, seine Locken verwirbelt vom Wind. Er sah sich nicht um, nur nach vorn auf den Ball, ein schwarz-weißer Punkt weit draußen in der Dünung.

… jetzt und in der Stunde unseres Todes, Amen.

Nunziata drehte sich um, zog sich wieder nach oben auf den Steg und griff sich ihre Schuhe. Mit rasendem Herzklopfen lief sie zurück zum Ufer, um sie anzuziehen. Damit war sie schon fast fertig, als jemand ihren Namen von der Klippe aus rief und Lidia ihr zuwinkte.

*

Matteo war die halbe Treppe zur *Via Aurelia* wieder hochgelaufen und schon komplett außer Atem, als er seine Mutter endlich fand. Er entdeckte Marina an einem Stehtisch in der gut besuchten Strandbar und wollte schon zu ihr laufen, doch dann stockte er. Sie war nicht allein.

Der Vater seines besten Freundes Nino, *signor* Lanteri, stand bei ihr. Er drehte Matteo den Rücken zu, rauchte, und es wirkte auf den ersten Blick, als führten die beiden Erwachsenen eine

belanglose Unterhaltung. Doch irgendetwas stimmte nicht. Matteo registrierte eine Anspannung zwischen seiner Mutter und Lanteri, die so stark war, dass es ihm die Haarspitzen hochtrieb. Instinktiv verharrte er still und spitzte die Ohren. Versuchte zu deuten, was er sah. Die Augen seiner Mutter waren gerötet, ihre Wangen fleckig, die Lippen zusammengepresst. Matteo hatte sie bisher nur einmal so wütend erlebt, in jener Nacht vor vier Jahren, als sie ihn gerettet und aus Morones Auto gezogen hatte. Und jetzt? War es diesmal nicht an ihm, seine *mamma* zu retten? Lanteri brachte sie augenscheinlich völlig außer Fassung. Aber warum? Als Ninos Vater sich endlich in seine Richtung drehte, bekam Matteo einen Schreck. Davide Lanteri, Herr über fünfzehn Hektar bestes *Taggiasca*-Land, wirkte wie eine leere Hülle, so als sei der Mann hinter dem grauen Gesicht längst gestorben.

Jetzt stellte seine Mutter ihm eine Frage. Lanteri zuckte mit den Schultern, stand auf, als wollte er gehen. Doch das wollte sie offensichtlich nicht hinnehmen und trat Ninos Vater in den Weg. Ihre Stimme hallte durch die ganze Bar, und zahlreiche Köpfe drehten sich nach den beiden um, als sie ihm die Finger ihrer rechten Hand vor die Brust stieß: »*Signor* Lanteri, wissen Sie das denn nicht? Das Leben wartet nicht! Es endet manchmal viel schneller, als man denkt. Und was haben Sie dann getan? Was entschieden? Sind Sie eigentlich ein Mann, *signor* Lanteri? Was haben Sie vorzuweisen, wenn Sie eines Tages vor Ihrem Schöpfer stehen? Sagen Sie es mir. Ich warte schon so …«

Ihre Stimme, die so laut und erregt begonnen hatte, wurde mit jedem Satz leiser und brüchiger. Matteo hoffte, den letzten Satz noch mithören zu können. Doch keine Chance. Sie verstummte und erstarrte, die ganze Szene erstarrte, seine Mutter und Lanteri, dort an der Bar, wie ein Sinnbild geronnener Zeit.

Oben auf der *Via Aurelia* donnerte dem Krach nach eine ganze Motorrad-Gang vorbei und übertönte die seltsame Szene.

Auch die anderen Bargäste verloren das Interesse an der Auseinandersetzung und konzentrierten sich lieber wieder auf ihre Gespräche und das zerstampfte Eis in ihren *granite*.

Matteo stand im Türrahmen der Strandbar, unschlüssig, was er nun tun sollte. Da kribbelte es zwischen seinen Schulterblättern, und er hatte den starken Drang, sich umzudrehen, Richtung Meer. Plötzliche Angst überfiel ihn, und er beschloss, zum Strand zu laufen und nach den Geschwistern zu sehen.

*

Das Ruderboot trieb auf der Dünung wie eine Nussschale, und Nunziata hatte schon jetzt Mühe, seinen kleinen Steuermann auszumachen. Dafür, dass der Kahn Schlagseite bekäme, müsste der Wicht nur aufstehen. Und er konnte sicher noch nicht schwimmen. Keine schlechte Vorstellung, so eine Welt ohne Bastarde und deren Mütter. Denn hätte Carlo – ein Mann, so weich wie Mozzarella – nicht diese Hexe aus Rom angeschleppt, dann wäre alles gut! Keine Bälger mit olivgrünen Augen. Keine Gesänge zum Radio, kein Frisiersalon, in dem die Sünde lauerte – und sie hätte ihren Mann zurück. Nun war es an ihr, das Rad zurückzudrehen.

Auge um Auge, eins für das andere …

Nunziata wurde innerlich ganz ruhig. Jemand musste nur rufen, ja, dann geschah der Rest wie von allein. Das Kind würde aufstehen und über Bord stürzen, ganz sicher. Und die *scilla* würde ihr Opfer dankend annehmen. Schluss, aus. Sie musste nur einen kühlen Kopf bewahren und durfte sich hinterher bei der Befragung nicht verhaspeln. Kämen die *Carabinieri,* müsste sie erwähnen, dass das Kind mit ihr am Bootssteg gesprochen hatte, aber dann zurück zum Strand gegangen war. »Doch, ja, Herr Wachtmeister, zum Strand. Ich bin mir ganz sicher …«

So einfach ginge das. Es musste nur einer rufen.

Zu diesem Zeitpunkt sollte sie selbst allerdings schon gegangen sein. Nunziata zurrte die Schnürsenkel ihrer Halbschuhe fest und stapfte gerade durch den Sand zurück zur Treppe und hoch zu Lidia, da kam ihr unvermittelt der große Bruder des Bastards entgegen.

»Signora Lanteri? Scusi …«

Sieh an! Schon ist er da, der Rufer, dachte Nunziata und sah vor ihrem inneren Auge den Kahn in der Strömung treiben.

Vielleicht ein bisschen zu früh …

Eher halbherzig tat sie so, als wolle sie den jungen Vassallo ignorieren, doch er stellte sich ihr in den Weg.

»*Signora* Lanteri? Bitte, *signora, un attimo …*«

Einen Moment? Aber gern! Treib nur weiter, kleiner Kahn.

Nunziata nahm Vassallo ins Visier. »Ja, bitte?«

Sie betrachtete den Sohn des Friseurs und erinnerte sich an den Tag, an dem Carlo Vassallo aus Rom hierher zurückkehrte. Damals war aus dem Fond des Wagens ein kompakter Rundkopf geklettert, und Nunziata hatte es gewundert, dass Gott ausgerechnet den Sohn eines Friseurs mit dem Gesicht eines Barockengels bedacht hatte. Inzwischen trug dieser Barockengel Bart und hatte die Statur eines erwachsenen Mannes.

»Mein kleiner Bruder, *signora*. Raffaele. Haben Sie ihn gesehen?«, fragte Matteo. Wie dieser Bursche sie anging, das war schon dreist. Aber wenn es die nötige Zeit verschaffte …

Nunziata straffte sich und bediente sich eines Blicks, den sie sonst bei ihrer Putzfrau und den Olivenpflückerinnen einsetzte. »Sehe ich aus wie ein Kindermädchen? Hier laufen doch überall Kinder herum. Ruf ihn doch einfach! Und jetzt lass mich vorbei …«

»Aber …« Vassallo blieb dicht vor ihr stehen, stockte, wollte sie nicht so leicht vom Haken lassen.

Treib nur weiter, kleiner …

Einen Moment hielt er ihrem Blick noch stand, dann hatte

er genug und trat zur Seite. *Na also.* Sie stolzierte an ihm vorbei, erklomm die nächsten Stufen und zählte innerlich die Sekunden. *Jetzt fang an zu rufen,* dachte sie. *Los! Ruf deinen Bruder.*

Nunziata Lanteri war die Tochter eines Kirchenbuchhalters und die Enkelin eines Kavallerie-Obersts, der in der Zwölften Isonzoschlacht sämtliche Angriffspläne seines Divisionsflügels ausgearbeitet hatte, bevor er daselbst im letzten Angriff auf eine Gasmine und damit in den Heldentod geritten war. Das Kalkulieren lag ihr im Blut, und nichts verschaffte ihr mehr Freude, als wenn eine Rechnung, noch dazu eine heikle, am Ende glatt aufging.

»*Raffi! Raffi!*«

Die Stimme des jungen Vassallo trug weit hinaus auf die Bucht, und Nunziata senkte schnell den Kopf, damit niemand ihr Lächeln sah.

*

Später sollte sich Marina vor allem an diesen ersten Moment erinnern. Zuerst der Aufruhr unten am Strand, dann Matteos Aufschrei und die Erkenntnis, die sie traf wie ein heranrasender Zug: jetzt. Jetzt erwischt er dich doch. Der Albtraum, den du fürchtest seit dem Tag, an dem du Mutter wurdest. Sie flog die Stufen hinunter zum Strand, der Puls dröhnte in ihren Ohren und vermischte sich mit einem Satz: *Wer ist es?* Sie stolperte, fing sich knapp am Geländer, als plötzlich Carlo an ihr vorbeistürzte. Sie rief seinen Namen. Er drehte sich kurz zu ihr um, das Gesicht ein grauer Fleck, er schüttelte den Kopf und hetzte weiter. *Wer?!* Noch zwei Treppenabsätze. Die *macchia* wich zur Seite, dafür versperrten jetzt die Umkleidebuden den Blick auf den Strand und das Wasser.

Wer, Herr im Himmel, wer?

Sie erreichte den Strand, Stiche in der Brust, und sah Menschen, die zum Wasser rannten. Carlo allen voran, er wand sich in vollem Lauf aus seiner Jacke, stippte dann seine Schuhe von den Fersen und hechtete ins Wasser. Matteo, brüllend im Wasser, irgendetwas hinderte ihn, hielt ihn fest. *Ist er es??!* Matteo wedelte mit den Armen. Zeigte weiter raus in die Bucht.

Da!

Mitten in der Bucht ein Kahn. Leer. Etwas weiter der schwarz-weiße Ball. Und dann war sie auf dem Sand und hetzte zum Wasser wie die anderen.

DER KLEINE!

Die Tasche in ihrer Hand schlug ihr gegen die Beine, und sie schleuderte sie weg. Dann riss sie sich die Sandalen von den Füßen und rannte. Die Uferlinie verschwamm vor ihren Augen.

Es waren nur noch wenige Schritte bis zum Wasser.

Das Meer empfing sie mit einer Tropfenexplosion. Sie stürmte durch das Flachwasser, es spritzte nach allen Seiten und in ihre Augen, blendete sie. Sie brüllte Raffis Namen, ihre Stimme gellte schrill in den Ohren. Dann senkte sich der Untergrund, und sie warf sich in die Wellen. Riss die Arme durchs Wasser, strampelte mit den Beinen. *Mach langsamer, langsam, du brauchst die Luft.* Sie passierte Matteo, der japste und schluchzte und sich auf einen der Felsen im flachen Wasser hievte. Einen Fuß zog er nutzlos hinter sich her.

»Geht schon, nur eine *tracina!* Lasst mich! Holt Raffi!«, rief er und wedelte fast hysterisch mit den Armen.

Weiter. Carlo vor ihr und auch die anderen Retter wühlten die Wasseroberfläche auf, dazu die Wellen, sie hatte keine Chance, weiter zu sehen als bis zum Kahn. Dazu kam jetzt der Sog von unten. Die *scilla* rollte unter ihr weg, zerrte an ihren Beinen, und sie musste all ihre Kraft aufwenden, um dagegenzuhalten. Panik schnürte ihr die Kehle zu.

Mein Kind! Du kriegst es nicht!

Noch fünf, sechs Schwimmzüge. Carlo, weiter vorn, hatte den Kahn nun erreicht und begann zu tauchen. War Raffi dort unten? Vor Marinas Augen stand das Bild seines kleinen Körpers, kurze Beine, dünne Ärmchen, wie er ins Blau hinabsank, immer tiefer hinab, wo ihn das Meer mit einer Umarmung willkommen hieß, so, wie sie selbst ihn nach seiner Geburt in den Arm genommen hatte. *Im Meer wurdest du gezeugt, mein Sohn, im Meer wirst du sterben. Es ist alles meine Schuld.*

Da war der Kahn. Sie holte Luft und tauchte ebenfalls. Das Salzwasser brannte auf ihrer Netzhaut, trübte ihre Sicht. Oben das Glitzern der Sonne, unten das Blau, das tiefe, leere Blau und ringsum nur die anderen jämmerlichen Gestalten, die das Wasser nutzlos aufwirbelten und Luftbläschen machten. Sinnlos. Es schien ihr, als täte sich ein Loch in ihrem Herzen auf, aus dem alles herausfloss und sich im Wasser auflöste. Der Sog der *scilla* wurde stärker, und Marina war sich auf einmal sicher, dass ihr Sohn dort unten war, ganz unten, im Dunkeln, wohin sie ihm folgen musste. *Ich komme, Raffi. Keine Angst, mein Schatz,* mamma *lässt dich nicht allein.* Mamma *ist bei dir. Immer.*

Doch ihr Körper machte nicht mit. Er verweigerte den Dienst, dieser zähe, selbstsüchtige Körper, und wollte nach oben, zum Licht und zur Luft. Ihre Lungen platzten fast, und sie japste, als sie zurück an die Wasseroberfläche kam. Die Sonne blendete sie, und es knackte in ihren Ohren. Dann von irgendwoher Richtung Strand kam Carlos Stimme. Erstickt zwischen Gurgeln und Rauschen.

»Ich … hab … ihn!«

Er hielt ein Bündel. Der runde Kopf, die festklebenden Strähnen, ein Ärmchen, schlaff im Wasser. Marina schrie seinen Namen. Zwei, drei Züge, und sie war bei ihm. Eine nächste Welle. Sie schluckte Wasser, spuckte und hustete, packte den Arm. *Mein Kind.* Sie schrie erneut. Hörte Carlo auf der anderen Seite

röcheln und keuchen. Das Bündel war schwer, viel zu schwer. *Wir schaffen das nicht,* dachte sie, *wir ertrinken hier. Wir sterben, und in der Zeitung wird es eine Meldung geben, bei der sich die Leute bekreuzigen und schnell nach ihren Kindern sehen. Ihren Kindern, die noch leben.* Doch ihre Beine traten weiter im Wasser, ihre Hand hielt Raffis Schulter hoch, und auch Carlos Röcheln hörte nicht auf. Dann kamen die anderen Schwimmer hinzu, sie hatten eine Rettungskette gebildet und zogen und lösten sie langsam, ganz langsam aus dem Griff der *scilla*, entwanden sie ihren Fängen und schleppten sie seitwärts in flacheres Wasser, wo Marina zum ersten Mal wieder Boden unter den Füßen fand. Schrille Stimmen umringten sie, übertönten das Rauschen in ihren Ohren, übertönten Carlos Röcheln, weitere Arme ergriffen und stützten sie, zogen sie Richtung Strand. Da waren so viele Gesichter um sie herum, aufgerissene Münder und Augen, sie konnte sie nicht unterscheiden. Auch Flora war dabei, auch Matteo. Selbst Davides Gesicht war dort, auch seine Arme, irgendwo in der Menge, ihr verschwamm alles vor den Augen. Marina schloss die Augen und ließ sich durch das flache Wasser schleppen, bis ans Land. Nur ihren Sohn, den ließ sie erst los, als man sie hochhob und in den warmen Sand hinauftrug, dort, wo keine Welle mehr hinreichte.

Kaum hatte sie den ersten tiefen Atemzug genommen, stemmte sie sich hoch. Raffi lag regungslos da, umringt von starren Gesichtern, darunter die seiner Geschwister. So still! Sie beugte sich über ihn, rief laut seinen Namen, strich ihm die Strähnen aus dem wachsbleichen Gesicht. Sie wusste, sie würde den Verstand verlieren, wenn …

Den ersten Schwall bekam sie mitten ins Gesicht. Salzwasser, Tangfetzen und was er sonst noch geschluckt hatte. Er hustete schwer und spuckte dann weiter, sein kleiner Körper geschüttelt vom Kampf um Sauerstoff. Eine Welle von Glück flutete Marina. Noch ehe Raffi ganz bei sich war, begann er laut zu weinen.

Sein Gesicht verzerrte sich zu einer jammervollen Grimasse, und er wimmerte, nein, jaulte vor Angst und Erleichterung ob des überstandenen Schreckens.

»Raffi.« Marina umarmte ihn, presste ihn an sich. Sie zitterte vor Kälte und Erleichterung, hielt ihn fest, spürte dann Matteos Arme um sich, hörte Floras Stimme, die ein Dankesgebet murmelte. Langsam kamen auch die anderen Geräusche wieder. Jemand stieß einen verhaltenen Freudenschrei aus, überall um sie herum Rufe der Erleichterung, erlösendes Ausatmen. Und darunter kaum hörbar ein Laut, der nicht dazu passte.

Carlos Röcheln.

Marina wurde noch kälter. Sie konnte nichts sagen, überließ Raffi seinen Geschwistern und folgte dem Laut. Sie fand ihn inmitten des Ringes, den seine Retter um ihn herum bildeten. Er lag noch genau dort, wo man ihn abgelegt hatte. Sein Röcheln hatte an Kraft eingebüßt. Als sie sich über ihn beugte, standen seine Augen weit offen. Seine Haut war bläulich angelaufen, und beide Iris rutschten bereits weg. Sie flüsterte seinen Namen, versuchte, seinen Blick festzuhalten. Keine Chance. Nein! Sie packte seine Hand, mit der er sich die eigene Brust hielt. Ihr Griff hielt ihn für einen kurzen Moment auf. Einen unendlich kurzen Moment lang sah er sie an, dann formte sein Mund mühsam Worte.

»Es … tut mir leid.«

Marina schüttelte den Kopf. *Muss es nicht, das muss es nicht.* Er schloss die Augen, und Marina wollte schon laut nach Hilfe rufen, da bewegten sich seine Lippen noch einmal. Sie musste ihr Ohr dicht an seinen Mund halten, um etwas zu verstehen.

»… so bereut. Aber jetzt …«, ein quälend tiefer Atemzug, »… ist die Schuld beglichen.«

Der Abend brach herein, und die Sonne begann ihren langen Weg hinab ins Meer. Und während die ersten Umstehenden auf

sie aufmerksam wurden, während auch Matteo zu seinem Vater kroch und ihn umklammerte, laut weinend, währenddessen löste sich Carlo Vassallos Seele langsam von seinem Körper und verließ ihn für immer.

*

Nur eine Woche später, am Morgen nach der Beerdigung, brachte Matteo seine Mutter und seine Geschwister zum neuen Bahnhof von *Savona*. Ein futuristischer Bogen aus Stahl und Glas überspannte nun die alte Trasse, die die *Riviera di Ponente* mit Genua und allem verband, was weiter im Süden lag.

Marina Vassallo trug Schwarz, wie es sich gehörte, und auch Flora hatte alles Farbenfrohe fast so tief in ihrem Koffer verbannt wie ihr Lächeln. Selbst das Wetter war trübe an diesem Tag. Matteo schleppte ihr Gepäck, hatte jede Hilfe abgelehnt, auch wenn er zugeben musste, dass der Stich der *tracina* noch schmerzte. Nur Raffi hopste mit der Unbekümmertheit eines Vierjährigen an der Hand seiner Mutter über den Bahnsteig und zählte mit glänzenden Augen die Waggons.

»Acht, *mamma!* Die Acht hier!«, rief er und versuchte, sie zur Waggontür zu zerren. Seine Mutter nickte, blieb jedoch neben dem Waggon stehen. Matteo wollte nicht, musste sie dann aber trotzdem ansehen. Ein anderer Mensch erwiderte seinen Blick. Scharfe Furchen gruben sich um Marina Vassallos Mundwinkel, ihre Lebendigkeit schien erloschen, ihre Augen blickten starr. Niemand in Rom würde ihr, der trauernden Witwe, die in ihre Heimatstadt zurückkehrte, den Respekt versagen. Niemand würde sie betrachten können, ohne mit ihr zu fühlen. Niemand außer Matteo.

»Und du bist dir sicher?« Als seine Mutter ihn ansprach, zitterte ihre Stimme. »Du willst wirklich nicht mitkommen? *Zia* Sofia schafft es hier bis zum Ende des Sommers, wenn du nach

Turin gehst, auch allein mit dem Salon. Und falls nicht, suchen wir uns eben noch schneller einen Pächter.«

Er schwieg. Dachte an seinen Vater. *Du hast alles gelernt, was du brauchst.*

Marina wartete, dann seufzte sie. »Du kannst jederzeit nachkommen, wenn du es dir anders überlegst. Ich bin immer für dich da«, sagte sie. Sie stockte einen Augenblick, dann ganz leise: »Wir sind doch eine Familie.«

Matteo wandte den Kopf ab, griff nach dem Koffer und wuchtete ihn in den Waggon. Wut stieg in ihm auf. *Du bist immer da für deine Familie, Scheiße ja, natürlich! Allerdings nur, wenn du nicht gerade deinen Liebhaber triffst. Dann könnte es sein, dass du so viel Wichtigeres zu tun hast, dass du gar nicht merkst, wie dein kleiner Sohn gerade absäuft. Und dann muss dein Mann kommen, dein dummer, gehörnter Mann mit dem Loch im Herzen, und der krepiert dann für dich, damit du hier weiter von Familie daherreden kannst. Natürlich! Fahr zur Hölle! Doch jetzt Schluss damit.* Er umarmte Flora lange und fest und flüsterte ihr aufmunternde Sätze ins Ohr, während sie an seiner Schulter schniefte. Er hob seinen Bruder hoch, drückte und küsste ihn, vergrub seine Nase in dessen Halsbeuge. *Leb wohl, Raffi,* dachte er und sog den vertrauten Geruch tief in seine Lunge. *Wenn ich dich das nächste Mal sehe, erkennst du mich vielleicht kaum wieder.* Er legte Raffis Hand in Marinas, ohne sie anzusehen. Dann ertönte das Abfahrtssignal, und seine Mutter stieg mit den Geschwistern ein. Matteo lief auf dem Bahnsteig am Waggon entlang, suchte die Schiebefenster ab, in denen sich der wolkenverhangene Himmel spiegelte. Wenigstens Raffi würde winken wollen. Doch alle Fenster blieben verschlossen, und der Zug rollte an. Rollte schneller, noch schneller, verließ den Bahnhof und verschwand dann aus Matteos Sichtweite.

*

Spät am Abend dieses Tages betrank er sich. Er tat es langsam und methodisch, unten am Strand – wo sonst – und mit einer fast vollen Flasche Bourbon, die er beim Aufräumen im Büro des Frisiersalons ganz unten in einem Schränkchen gefunden hatte. Als Matteo die Flasche geleert hatte und sicher sein konnte, dass er würde einschlafen können, stemmte er sich aus dem Sand und wankte hoch zur Uferstraße.

Dort herrschte kaum mehr Verkehr zu dieser späten Uhrzeit. Nur auf dem Parkplatz vor Beppes Strandbar parkte ein Dutzend Motorräder – Matteo tippte auf *Moto Guzzis* und *Ducatis* –, und von drinnen kam Lärm und Gelächter, vermutlich ein Trupp zechender Motorsportler. An einer der Maschinen lehnte eine schmale Gestalt und rauchte. Ihre scharfe Kontur hob sich schwarz gegen den beleuchteten Eingang ab. Auch Hemd und Hose des Mannes waren schwarz, und als Matteo an ihm vorbeikam, schwieg er, anstatt zu grüßen. Im Licht der Leuchtbuchstaben schimmerten silbrige Abzeichen in Höhe seines Hemdkragens. Ein Faschistenschwein etwa? Seit wann ließ Beppe Parodi Faschisten in seine Bar? Erhitzt vom Whisky spielte Matteo kurz mit dem Gedanken, vor dem Mann auszuspucken, ließ es dann aber bleiben. Zu heikel. Er schlug den Kragen seiner Jacke hoch und kreuzte die Uferstraße. Dann trabte er, das Echo seiner eigenen Schritte in den Ohren, die Abzweigung hoch zur Altstadt. Kurz bevor er die erste Quergasse erreichte, kam von jenseits der *Via Aurelia* ein leiser, melodischer Pfiff.

Hatte er Aufmerksamkeit erregt? Matteo ging schneller, und mit jedem Schritt schmerzte die Wunde an seinem Bein. Verdammt. Und gottverdammter Bourbon, was soff er auch wie ein *americano*. So was trank man zu Hause, ohne Zuschauer. Nicht hier draußen, wo einen alle möglichen Leute abfangen konnten, während man kaum mehr geradeaus laufen konnte.

Da, ein zweiter Pfiff. Wie eine Antwort auf den ersten. Matteo

humpelte noch schneller, dröhnenden Pulsschlag im Kopf. Er erreichte die Piazza vor der Kirche, in der Wohnung über der *Bar Centrale* brannte sogar noch Licht. Konnte er noch klingeln? Aber was sollte er Ottavio und Lidia sagen? Noch dazu in seinem Zustand. Schweiß brach ihm aus, klebte ihm am Rücken. Nein, weiter, es waren keine hundert Meter mehr bis nach Hause. Matteo versuchte zu laufen. Hinter sich hörte er auf einmal den Motor eines Motorrads aufheulen. Dann noch einen, dann einen ganzen Chor.

Er hatte von vornherein keine Chance. Sie schwärmten aus und schossen mit jaulenden Motoren durch die handtuchschmalen Torbögen. Fünf, sechs atemlose Minuten später hatten sie ihm alle Fluchtwege abgeschnitten, obwohl er in den Gassen Haken geschlagen hatte wie ein Hase. Es war ihnen sogar gelungen, ihn ein gutes Stück wieder aus *Sant'Amatos* Altstadt hinauszutreiben, er hatte es in seiner Trunkenheit und Panik nicht verhindern können. Beim alten Geräteschuppen, wo der alte Testa ausgeschlachtete Karosserien und sonstigen Schrott lagerte, überholte ihn nun einer der Jäger und schnitt ihm scharf den Weg ab. Matteo versuchte ein Ausweichmanöver, strauchelte und fiel zu Boden. Der Rest des Schwarms holte ihn ein und umzingelte ihn mit dröhnenden Motoren. Dann bremsten sie, hielten an und stiegen langsam von ihren Maschinen. Sie waren schwarz gekleidet und ihre Gesichter nicht zu sehen, alle trugen Schutzbrillen und Halbschalenhelme.

»Du Schwuchtel, jetzt gib schon auf!«, rief einer. Doch das hatte Matteo nicht vor. *Ihr hört erst auf zu kämpfen, wenn ihr wieder im Bus sitzt.* Kaum wieder auf den Füßen, hechtete er in den Durchgang zwischen dem größten Schuppen und einem alten Generatorhäuschen. Er war kaum durch den Gang, da kam ein Schlagstock aus dem Nichts und krachte ihm direkt in den Magen. Schmerz explodierte in seinem Inneren, Matteo

würgte, spuckte, ging in die Knie und kippte dann um, gekrümmt wie ein Embryo.

Sie packten ihn rechts und links unter den Achseln und schleiften ihn durch den Gang zurück und über das Straßenpflaster bis vor den Schuppen. Sie ließen ihn in den Schmutz fallen, umringten ihn lachend, traten nach ihm und zogen schnell die Füße weg, als er sich in mehreren Schüben übergab.

Sausäcke! Matteo schmeckte bittere Galle in seiner Kehle, Uringeruch stach ihm in die Nase, er musste immer wieder würgen. Einer der Motorradfahrer, der Haltung nach vielleicht ihr Anführer, zündete sich eine Zigarette an.

»Ja, piss dich nur voll, armes Schwein, tät ich an deiner Stelle auch.«

Der Mann nahm einen langen Zug und sah sich dann um. Neben dem Schuppen parkte ein Kleinlaster, beladen mit allerlei Werkzeug. Er schlenderte hin und prüfte die Gerätschaften, während die anderen ihn stumm beobachteten. Dann entfuhr ihm ein Laut, als habe er einen Fund gemacht, und er angelte sich ein Metallwerkzeug von der Ladefläche. Einen Wagenheber. Er wog ihn in der Hand und kehrte mit ihm zu den anderen zurück.

Matteo lag in ihrer Mitte wie ein Käfer auf dem Rücken, im Kreuz den harten Asphalt. Über ihm wölbte sich der Sternenhimmel, ein nachtschwarzer Palast aus Sternen, gleichgültig und kalt. *Ja, schaut nur weg,* dachte er.

Die Männer umstanden ihn stumm in lässiger, fast schon gelangweilter Haltung. Matteo blinzelte, der Himmel, die Sterne, alles verschwamm vor seinen Augen, verblasste vor dem Schmerz in seinen Gedärmen. Einer der Männer ging an seiner Seite in die Hocke und stellte mit ruhiger Sorgfalt sein rechtes Bein auf, das Knie angewinkelt. Der Anführer warf die Kippe weg und trat hinzu. Dann hob er den Wagenheber.

*

1944

»Una mattina mi son svegliato …«

Titel: »Bella ciao«, Musik/Text: Volkslied, Jahr: 1943–45.
Der Legende nach Anfang des 20. Jahrhunderts ein Protest- und Arbeitslied der Reispflückerinnen der Po-Ebene (wobei dies dem neuesten Forschungsstand nach fraglich ist), schrieben Kämpfer der italienischen Resistenza den Text um und schufen damit das (neben »Fischia il vento« von Felice Cascione) berühmteste Partisanenlied des Zweiten Weltkriegs.

Dodici

In den Morgenstunden des 4. Juni 1944, nur zwei Tage vor der Landung der Alliierten in der Normandie, verließ eine Kolonne schwer beladener Wehrmachts-Lkw die letzten Außenbezirke Roms Richtung Norden. Sie folgten dem Rest der deutschen Truppen, die vor den anrückenden Amerikanern und Briten flohen.

Damit endete die deutsche Besatzung Roms, fast neun Monate Schreckensherrschaft in der Hauptstadt des abtrünnigen Achsenpartners Italien. Neun Monate, in denen die Besatzer gegen den erbitterten Widerstand der Römer alles daransetzten, die Stadt ausbluten zu lassen. Sie deportierten die römischen Juden nach Auschwitz, kaum einer kehrte zurück. Sie verhafteten willkürlich Zivilisten in den Straßen und verschleppten sie als Zwangsarbeiter nach Deutschland. Sie erschossen jeden, der in der Stadt Fahrrad fuhr, aus Angst vor Attentaten. Sie reduzierten die Brotrationen derart, dass einige besonders verzweifelte Frauen und Mütter begannen, die Bäckereien zu plündern. Sie erschossen auch diese. Federführend bei vielen dieser Maßnahmen waren SS-Obersturmbannführer Herbert Kappler, in jenen Monaten Chef der SiPo und des SD in Rom, sowie sein Stellvertreter SS-Hauptsturmführer Erich Priebke. Kappler und Priebke organisierten auch die größte Vergeltungsmaßnahme für einen Anschlag der *Resistenza*, bei dem dreiunddreißig Angehörige des SS-Polizeiregiments »Bozen« ums Leben gekommen waren: Dreihundertfünfunddreißig italienische Geiseln, die jüngsten nicht älter als fünfzehn Jahre alt, wurden in die *Ardeatinischen Höhlen* im Süden Roms getrieben und dort durch Genickschuss exekutiert, Reihe um Reihe, fünf Stunden lang. Und als die Leichenberge anwuchsen, mussten sich die nächsten Opfer auf die bereits getöteten knien.

Zum Schluss wurden die Höhlen gesprengt, um jede Spur des Verbrechens zu verwischen. Eine Aktion ganz nach Kapplers Geschmack, er selbst erschoss zusammen mit Priebke die ersten Geiseln.

Auch im Keller des SS-Polizeireviers, einem senfgelben Monstrum in der *Via Tasso,* verschwanden jede Woche Menschen. Und selbst an diesem letzten Morgen, einem Sonntag, als Kappler sich längst aus Rom abgesetzt hatte und die Geschütze der US-Panzer schon hinter den südlichen Hügeln der Stadt donnerten, ließ sein Vize Priebke es sich nicht nehmen, aus der *Via Tasso* noch vierzehn Gefangene mitzuschleppen – mehr Platz war nicht auf der Lkw-Ladefläche – und diese vor den Toren Roms, quasi als Abschiedsgruß, im Straßengraben zu erschießen.

Zuvor jedoch tätigte Erich Priebke noch ein Telefonat bei seinem für die Provinz *Imperia* zuständigen Amtskollegen. Er rief in der dortigen Kommandantur im Stadtteil *Oneglia* an und instruierte SS-Oberscharführer Josef Reiter, einen bestimmten Gefangenen freizulassen – ja genau: freizulassen! Das habe schon seine Richtigkeit, der Mann sei verdeckt für einen geplanten »Ida«-Einsatz als Doppelagent tätig, er selbst sei auch bereits auf dem Weg nach Norden und könne, falls nötig, alles Weitere persönlich erklären. Doch dazu sollte es nicht mehr kommen, denn es ging an diesem Tag so einiges schief: Kaum hatten Priebke und seine Schergen die Gefangenen im Straßengraben liquidiert, wurden sie von alliierten Kampffliegern beschossen. Priebke selbst konnte sich nur mit knapper Not hinter die Gotenlinie retten, wo ihn ein Eilbefehl direkt nach Mailand abberief. Auch war bei dem Telefonat mit *Oneglia* der Name des Gefangenen verwechselt worden, vielleicht hatte man Priebke nicht richtig verstanden, vielleicht hatte er den Namen in der Eile auch falsch buchstabiert. Doch seine Weisung zur Freilassung, die wurde befolgt.

Nach einer längeren Kette ausgeführter Befehle, geprüfter Akten und entriegelter Stahltüren trat ein Mann langsam aus dem Mauerschatten des Gefängnistrakts der *capitaneria di porto* von *Oneglia* auf die in der Mittagshitze flirrende östliche Hafenmole. Seine vorsichtigen Bewegungen und die Schonhaltung, in der er seinen linken Arm hielt, verrieten, dass er erst kürzlich befragt worden war, sogar eingehend befragt. Und wäre dabei ein ausgewiesener Verhörexperte wie Priebke zugegen gewesen, hätte der in den Augen des Mannes vielleicht das Wissen erahnt, das dieser trotz aller Bemühungen nicht preisgegeben hatte. Aber es war nur ein unterbesetztes SS-Lokalkommando und ein Rest der 356. Infanterie-Division vor Ort gewesen, die jedoch schon einpackte. Keine Woche später sollte diese durch die österreichische 42. Jäger-Division ersetzt werden, die als besonders erfahren bei der »Bandenbekämpfung« galt. Deren Stab in Turin rüstete sich bereits, um der Truppe über die Berge vorauszueilen, eskortiert durch eine SS-Einheit unter dem Kommando des Partisanenjägers und »Schlächters von *Pontenuovo*«, SS-Sturmbannführer Heinrich Hoeth.

Doch hier und jetzt in *Oneglia,* wo der Wind über das Hafenbecken pfiff, war dies nur Eingeweihten bekannt, und auch der Freigelassene auf der Mole wusste es nicht, dabei wäre es für ihn nicht unwichtig gewesen.

Der Mann warf einen kurzen Blick zur Halbinsel *Porto Maurizio* hinüber und zum dortigen Pier, wo seit einem Luftangriff im Februar ein halb versenkter deutscher Zerstörer im Wasser dümpelte wie ein gestrandeter Wal. Dann ging er den Hafenkai hinunter, langsam und zielsicher, hitzeglühenden Stein unter den Sohlen.

Er war groß, sehr groß, mit mächtigen Schultern, über denen der verkrustete Stoff seiner Jacke spannte. Seine kräftigen Züge und der dunkle Bart ließen einen Süditaliener vermuten, doch sein Mund war schmal und geschwungen wie bei vielen Män-

nern hier an der Küste, und seine Augen, die er jetzt gegen das grelle Sonnenlicht zusammenkniff, so hell wie die eines Piemontesen. Direkt hinter der *Basilica di San Giovanni Battista* bog der Mann ab in eine Sackgasse, lief fast bis zu ihrem Ende und klopfte dort an eine windschiefe Tür. Eine uralte Frau öffnete, und als sie ihn erkannte, schlug sie ein Kreuz.

Keine drei Stunden später bekam Davide Lanteri pünktlich zu seinem siebzehnten Geburtstag das schönste Geschenk seines Lebens. Er half seiner Mutter Gioia gerade im Keller der *frantoio* dabei, das Öl der ersten Pressung des letzten Jahrgangs in die dafür vorgesehenen, reich verzierten Flaschen umzufüllen. Eine seiner Lieblingsaufgaben, er versah sie schon, seitdem er als Kind den Zinktrichter gerade halten konnte; und er tat es auch jetzt noch, wo fast das ganze Öl zwangsrequiriert wurde und sie nur einen winzigen Teil davon abzweigen konnten, um ihn unter der Hand zu verkaufen. Sie arbeiteten allein. Davides jüngere Schwestern waren noch unterwegs im Ort, Mehl besorgen, und Davide genoss es, Gioia ganz für sich zu haben. Die Luft war kühl im Abfüllraum, das Öl glänzte grüngolden im Halbdunkel, und wie immer summte und sang seine Mutter leise vor sich hin. Sardische Weisen, über Ehre und Land, den Tod und die Liebe. Sobald sie mit ihrem Gesang aufhörte, stieß er sie sachte an.

»Sing, *mamma,* sing noch mal vom Teufel und seiner Frau.«

»Ach nein, warum denn immer nur das eine Lied.«

»Weil's so blutig ist.«

»Was brauchst du Blut«, rief sie dann, »gibt doch jetzt weiß Gott genug davon in der Welt!« Aber sie stimmte das Lied an, das Davide sich wünschte. Und er wusste, wenn es ihn nur glücklich machte, würde seine *mamma* ihm auch noch jedes andere Teufelslied aus ihrer Heimat singen.

In diesem Moment klingelte jemand Sturm oben an der

Haustür, dann rief eine Stimme den Namen seiner Mutter. Ein Blick in ihr Gesicht reichte, und Davides Herz machte einen Satz. Konnte das tatsächlich …?! Es klingelte erneut, dann polterte jemand gegen die Tür.

»Jetzt macht schon auf! Ich bin zurück! Gioia, ich bin's, mach auf, *mia bella.*«

Sie rannten die Kellertreppe hoch, seine Mutter riss die Haustür auf, und dort stand er: Leo Lanteri. Sein Vater.

*

Ja, Leonida Lanteri war zurück, nach fast drei Monaten in Haft, er saß hier in ihrer Küche – ein Wunder! –, und sie konnten es alle kaum fassen.

Davides Mutter Gioia reichte ihrem Mann mit zitternden Händen ein Glas Wasser, das er sofort austrank. Seine Schwestern Anna und Laura, gerade heimgekommen, klammerten sich an ihren Vater und heulten beide so laut, dass Gioia sie schon ermahnen musste. Davide selbst hockte in einer Ecke des Raumes, bearbeitete ein Stück Holz mit dem Schnitzmesser und beäugte den Mann, der ihm dieses Messer einst geschenkt hatte. Wie wüst sein Vater aussah mit dem wuchernden Bart, und wie streng er roch. *Ein Fremder.* Und dann die Augen! Was hatten sie gesehen, dass sie so brannten? Wusste er, dass sie ihn in den ersten Tagen für tot gehalten hatten? Selbst seine Mutter schien nicht recht zu wissen, wie sie ihrem Mann begegnen sollte.

»Und die haben dich einfach freigelassen«, fragte sie jetzt und reichte ihrem Mann eine Zigarette. »Einfach so?«

»Ich sag's dir doch, *mia bella*. Sie haben's getan. Haben mir sogar alles zurückgegeben, Jacke, Uhr, Geldbörse.«

Gioia runzelte die Stirn. »Das ist ein Trick. Diese Schweine planen doch etwas. Ich habe ein ganz schlechtes Gefühl, Leo.« Seine Mutter spielte mit dem beinernen Amulett um ihren Hals.

Eine sardische *spina,* gefertigt aus den Knochen neugeborener Lämmer. Nur wer das Sehen im Blut hatte, wie Gioia Lanteri, durfte sie tragen. Und die *spina* behielt stets recht, das wusste auch Davide. Doch sein Vater schüttelte den Kopf und zündete sich die Zigarette an.

»Kann sein, aber ich glaub's nicht«, sagte er dann, die Zigarette im Mundwinkel, während er sich aus den staubbedeckten Stiefeln quälte. »Ich stand dort doch schon auf der Liste …« Ein schneller Blick zu Davide und den Schwestern. »Die haben nichts mehr mit mir geplant, du verstehst?«

Nach den Stiefeln kam die Jacke dran, ein ursprünglich teures Stück mit Lederbesatz, handgenäht, das nunmehr als unförmiger Fetzen an seinem Körper klebte.

Sein Vater atmete auf, als auch die Jacke von seinen Schultern glitt. »Kinder, jetzt noch ein Bad – und ich werde mich schon fast wieder wie ein Mensch fühlen.« Er seufzte und sah seine Frau an. »Aber danach, es tut mir leid, muss ich noch einmal hoch …« Er zögerte. »… zur alten *frantoio.*«

Davide ließ fast das Schnitzmesser fallen, so heftig durchfuhr es ihn. *Es geht wieder los,* dachte er, und sein Herz begann zu rasen, während er die Klinge mechanisch weiter über das Holz zog, bis die Bleistiftspitze nur noch aus Kohle bestand. *Es geht los!* Und jetzt war er siebzehn, jetzt nähme ihn sein Vater bestimmt mit in die Berge, zu den Partisanen, hoffentlich, wenn *mamma* endlich nachgäbe.

»Nein!« Die Stimme seiner Mutter bebte vor Wut.

»Gioia, ich …«, begann sein Vater, wurde jedoch sofort unterbrochen.

»Was soll das?! Hast du nicht genug gelitten? Hat euer feines ›Komitee zur nationalen Befreiung‹ auch nur einen Finger krumm gemacht, um dich aus der Zelle zu holen?«

»Das ist auch nicht die Aufgabe des CLN, da gibt es Wichtigeres.«

»*Bene!* Dann kann der CLN ja auch hier ab sofort übernehmen. Außerdem bringt ihr uns mit euren Aktionen in Gefahr. Und das gerade jetzt, wo die Alliierten womöglich schon bald landen! Du warst nicht da, du weißt nicht, wie sich die Stimmung geändert hat. Alle werden nervös: die *Salò*-Faschisten und ihre Schergen vom UPI und den *Brigate Nere,* aber vor allem die Deutschen. Sie fangen an, die Dörfer zu durchkämmen. Sie prügeln die Leute und Schlimmeres, weil sie sie für Partisanenfreunde halten. Erst letzte Woche hat ein SS-Kommando deswegen einen Priester ganz in der Nähe von *Porto Maurizio* exekutiert. Einfach so. Einen Priester, Leo!« Sie blickte auf Davide und ihre Töchter, biss sich auf die Lippen. »Und hast du im Gefängnis nichts von *Pontenuovo* gehört? Es passieren schreckliche Dinge drüben in der *Versilia*. Grauenhafte Dinge …«

Leonida seufzte. »Ich will bei der *frantoio* nur kurz etwas erledigen. Morgen bin ich wieder zurück.«

»Aber du bist gerade erst vor nicht mal einer Stunde zurückgekommen!«

»… und wenn du mit deiner Ahnung recht hast, kommen die in der Kommandantur vielleicht gerade auf die Idee, mich doch wieder zurückzuholen. *Bella,* ich muss …«

Die Stimme seiner Mutter bekam einen scharfen Unterton.

»Aber das geht nicht! Frag deine Schwester! Mafalda war die letzten Wochen als *staffetta* unterwegs. Sie sagt, oben in den Bergen geht es jetzt erst richtig los, alle Wege sind vermint, ständig Kontrollen, die Deutschen und die Schergen der UPI überall, ganze Dörfer zünden sie an.«

»So viel anders war es im März auch nicht«, konterte Leonida. »Ein Grund mehr für mich zu gehen.«

Er seufzte und schien sich für das Kommende innerlich zu wappnen. »Ich habe noch eine Bitte: Lass mich Davide mitnehmen, wenn er will. Nur dieses eine Mal. Ich habe sonst kein Geschenk für ihn.«

Ein Blick seines Vaters ließ Davide aufspringen. In die Berge, zur alten *frantoio!* Vielleicht sogar zur Einheit, wer konnte das bei einem Mann wie Leonida schon sagen, von dem nur eine Handvoll Menschen im Ort wusste (Davide eingeschlossen), dass er eine Partisanenbrigade im Hinterland von *Sant'Amato* anführte, von deren Kommandant man nur den Kampfnamen kannte: *Biancone,* der Schlangenadler. »Hast du gehört? *Biancone* hat die Bahnstrecke nach *Cuneo* gesprengt, im *Val Bormida.*«

»*Bravo!* Ich sag dir, die Deutschen kriegen ihn nie.«

»Ach was, *bravo?!* Unser aller Leben riskiert er mit seinen Aktionen!«

»Hör zu, du Feigling. *Biancone* ist unsere Rettung. Der schickt die Deutschen zur Hölle.«

Ja, und wenn das geschah, wollte er dabei sein! Davide starrte gespannt zu seiner Mutter, doch diese schüttelte entschieden den Kopf. »Auf keinen Fall! Zu gefährlich, nein.«

»Ich pass auf ihn auf. Morgen sind wir noch vor dem Mittagessen zurück.«

»Nein, sag ich!«

Er sah sie nur an.

»Guck mich nicht so an. Nein, sag ich!«

Er ging auf sie zu, legte ihr seine Hände auf die Schultern. Dann ließ er sie langsam an ihren Armen hinabgleiten, bis sie seufzte und sich ihre Augen mit Tränen füllten.

»Oh, bitte tu das nicht …«

*

Sie waren kaum aufgebrochen, nutzten noch die Kieswege in den Hainen und hatten den Glockenturm von *San Pietro* im Rücken, da stoppte Leonida an einem der Grenzsteine und wies Davide an, zu warten.

»Carlo kommt hierher, ich habe nach ihm geschickt und will kurz mit ihm sprechen.«

Sie hockten sich auf eine niedrige Steinmauer, legten ihre Taschen mit Proviant ab und warteten. Nach einer Weile knirschten eilige Schritte auf dem Kies, und zwischen den Bäumen erschien der Friseur des Ortes und enge Freund seines Vaters, Carlo Vassallo.

»Leo, *sei tu?!*«, rief er völlig außer Atem. »Ja wirklich, du bist es, Testa hat recht gehabt, ich werd verrückt!«

Er fiel Davides Vater förmlich in die Arme und konnte sich kaum fassen vor Glück. Leonida ließ es geschehen, nur als Carlo gar nicht mehr damit aufhören wollte, ihn rechts und links auf die Wange zu küssen, schob er ihn von sich. Davide rutschte derweil auf seinem Platz hin und her und studierte die Fugen zwischen den Steinen. Carlos offene Begeisterung für den zehn Jahre Älteren und die Freundschaft der beiden Männer versetzten ihm jedes Mal einen Stich. Was sollte die Schwärmerei, sein Vater hatte schon einen Sohn! Andererseits begegnete ihm der junge Friseur stets mit so viel Freundlichkeit, dass Davide es einfach nicht schaffte, ihn nicht zu mögen. So verstummte er in Carlos Gegenwart, gab sich desinteressiert und tat auch diesmal wieder so, als höre er nicht richtig hin. Was ihm schwerfiel, denn als sein Vater Carlo etwas zuraunte, vermutlich das Ziel ihrer Wanderung, da wurde dieser ganz ungewohnt heftig.

»Nein! Nein!«, rief er immer wieder und wurde kreidebleich. Und dann begann er sogar, Leonida zu verbieten, in die Berge zu gehen. »Das darfst du nicht tun, das lass ich nicht zu!«

Davide sah seinen Vater an, gespannt auf dessen Reaktion. Redete man so mit *Biancone?* Doch dieser schwieg. Leo legte seinen Arm um Vassallos Nacken und zog ihn zu sich heran, bis sich ihre Gesichter fast berührten.

»Es muss sein, Carlo«, sagte er leise. Er hielt Vassallo umarmt und wiederholte dessen Namen, bis dieser einen gequälten Laut

von sich gab und sich mit einem Ruck abwandte. Davide schmeckte etwas Bitteres im Mund. *Mit mir hat* papà *noch nie so geredet,* dachte er. Vassallo stolperte den Hang hinunter, mit unsicherem Tritt, als sei er verletzt oder betrunken.

»Was ist mit ihm? Wovor hat er Angst?«, fragte Davide.

Sein Vater schüttelte den Kopf und seufzte. »Carlos Herz ist zu schwach für diese Welt.«

»Aber er nimmt doch diese Medikamente. Mir hat er gesagt, dank der Medikamente wäre er ein Kämpfer wie jeder andere in deiner Einheit.«

»Das ist er auch. Einer der fähigsten *sabotatori* und mein bester Mann.« Leonida griff sich seine Tasche und schulterte sie. »Aber was ich meine, hat mit Medikamenten nichts zu tun. Los, lass uns aufbrechen!«

Er wandte sich wieder dem Berg zu. Davide schulterte ebenfalls seinen Rucksack und fragte: »Was hat er gemeint, *papà,* was sollst du lassen?«

Leonidas breiter Rücken blieb stumm.

Als sie einige Stunden später den ersten Bergkamm hinter *Sant'Amato* passierten, stand die Sonne schon in ihrem Rücken und überzog die Olivenhaine mit flüssigem Gold.

Unser Land, dachte Davide, *Lanteri-Land. Glauben die wirklich, wir lassen es uns einfach so kaputt machen?*

Sie kamen nur langsam voran, was vor allem daran lag, dass sie die Straße in der Talsohle mit ihren Patrouillen und Kontrollpunkten mieden und sich oberhalb querfeldein durch die Steinterrassen schlugen. Leonida marschierte wie immer vor seinem Sohn und sondierte die Lage. Gleichzeitig berührte er hier und da einen der Bäume, strich über aufgerissene Rinde und vergeiltes Geäst. Sein Blick war starr, seine Kiefer arbeiteten. Es tat Davide weh, seinen Vater so bestürzt zu sehen, aber was hätten sie ihm gleich nach seiner Rückkehr auch sagen sol-

len? Dass der Teil der Haine, den die Mörsergeschütze noch nicht zerfetzt hatten, gerade verkam? Was drei Monate Wildwuchs für einen bewirtschafteten Hain bedeuteten? Das wusste der Herr über die besten Lagen *Sant'Amatos* selbst. Bei fast jeder neuen Terrasse fluchte sein Vater leise vor sich hin.

»Eine Schande ist das.«

Ja, eine Schande. Und was hatte er, Davide, getan gegen das Verwildern? Gegen den Beschuss? Sein anfängliches Hochgefühl brach ein, und er schlich hinter seinem Vater her, bis dieser abrupt stehen blieb und sich umdrehte.

»Es sind nur Bäume!«, rief Leonida, und vor Wut wurden seine hellen Augen ganz dunkel. »Einfach nur Bäume! Nicht so schlimm, *poco male,* ist doch kein Drama.«

Er legte Davide seine schwere Hand auf die Schulter. »Wir bringen sie wieder in Ordnung. Bei Gott, wir bringen alles wieder in Ordnung.«

Ein gutes Stück weiter überquerten sie geduckt die Straße nach *Villa Faraldi,* bevor sie nach einem steilen Aufstieg über einen Kamm das *Valle Corvino* erreichten.

Kuppe um Kuppe türmten sich hier die bewachsenen Hügel hinter- und übereinander, bis sie unmerklich ins Gebirge übergingen, wo sich die Kuppen in Grate verwandelten und der Bewuchs in Eis. Doch so weit würden sie nicht wandern müssen. Die alte Ölmühle lag etwa eine Stunde strammen Fußmarsches entfernt, fast am Ende des Tals. Und kaum hatten sie die ersten hundert Höhenmeter geschafft, da verrenkte sich Davide schon fast den Hals, um zwischen den Olivenzweigen einen Blick auf sie zu erhaschen. Seine *frantoio!*

Ein winziger Weiler auf einer Anhöhe, drei windschiefe Tuffsteinhütten um einen gepflasterten Hof und weit und breit kein fließendes Wasser. So hatte die Welt der Olivenbauern Lanteri ausgesehen, bevor das Stammhaus und die Ölmühle von Davides Urgroßvater weiter nach unten an die Küste verlegt worden

waren. Inzwischen sackten die Hütten jeden Winter ein wenig mehr in sich zusammen, die Lanteris nutzten sie nur noch als Unterschlupf zur Erntezeit oder bei Jagdausflügen. Doch für Davide gab es keinen Ort, an dem er sich stärker mit seiner Heimat und seinem ganzen Sein verbunden fühlte. *Ein heiliger Ort*. Und wenn er mit seiner Beobachtung richtiglag, galt das auch für seinen Vater. Leonida Lanteri schien mit jedem Schritt, den er der alten *frantoio* näher kam, zu wachsen. Sein Körper richtete sich auf, gewann an Kraft, seine Augen glitten über krumme Mauern und hängende Firste und begannen wieder zu leuchten. Und als Davide eine Bemerkung über den Zustand des Daches machte, da fand sein Vater auch das dröhnende Lachen wieder, von dem Davide erst in diesem Moment wusste, wie sehr es ihm gefehlt hatte.

»Ein neues Loch im Dach? Auch das ist kein Drama!«, rief er und stieß mit dem Stiefel gegen die bröcklige Umfriedung der kleinsten Hütte, sodass die Steinchen flogen. »In unserer liebsten Bruchbude hier gibt's jedes Jahr neue Löcher.«

*

Während Davide auf Geheiß seines Vaters an der Quelle hinter dem Weiler einen Krug mit Wasser füllte, sah er diesen in der größten Hütte verschwinden und kurz danach wieder auftauchen. »*Tutto a posto*«, sagte er nur, als Davide ihn darauf ansprach. Dann setzten sie sich auf eine niedrige Mauer, verzehrten einen Imbiss aus Brot, Oliven und *pecorino,* den Gioia ihnen mitgegeben hatte, und sahen zu, wie die Sonne über den Bergen im Westen unterging. Sie verloren nicht viele Worte, wozu auch, doch nachdem er einen kräftigen Schluck aus der Flasche genommen hatte, sagte sein Vater unvermittelt: »Dein Geburtstag. Genau hier war es. Hier hab ich dich das erste Mal in den Armen gehalten, wusstest du das?«

Hier? Davide wartete auf eine Erklärung, doch Leonida nahm erst einen weiteren Schluck, ehe er fortfuhr. »Deshalb wollte ich mit dir heute herkommen, an deinem Geburtstag. Denn hier wurdest du geboren. Vor genau siebzehn Jahren.« Er blinzelte in die Sonne und lächelte. Im Tal war es still.

Hier draußen? Nicht in Sant'Amato?

»Gioia und ich waren an dem Tag allein hier oben, niemand hat damit gerechnet, dass du es so eilig hättest. Hier hab ich dich auf die Erde gelegt, in die Sonne, und dich gereinigt, mit dem Öl der Bäume. Hier hast du geschlafen, bei mir im Arm, deine Mutter musste sich ausruhen. Das ist unser Platz, und ich wollte noch einmal mit dir herkommen.«

Leonida verstummte. *Noch einmal?* Bevor was geschah? Davide wagte nicht, die Frage zu stellen, aber sein Vater sprach schon weiter.

»Ich weiß, was die Leute reden. Dass wir aus Italien ein zweites Russland machen wollen. Dass wir die Dörfer in Gefahr bringen. Dass uns das egal ist. Doch das stimmt nicht. Zumindest nicht für mich und meine Leute. Wir sind vor allem Italiener.« Er stockte, fuhr dann leise fort: »Was wir tun, tun wir für euch. Damit ihr hier irgendwann wieder Oliven ernten könnt.«

Wieso denn nicht er selbst? Was sollte dieser Ausflug hier sein, ein Abschied? Davides Kehle zog sich zusammen. *Jetzt sag schon was,* ermahnte er sich. Er wollte mit seinem Vater reden, wollte ihm erklären, wie sehr er ihn brauchte, wie sehr sie alle ihn brauchten, und wie viel Angst sie ausgestanden hatten, solange er in Haft gewesen war. Doch Davide wusste nicht, wie er anfangen sollte, und so tat er wie immer das, was ihm in Gegenwart anderer Menschen am leichtesten fiel: Er schwieg.

Keine Viertelstunde später beendeten sie die Rast.

»Lass uns einpacken und von hier verschwinden«, sagte sein

Vater. »Ich habe gesehen, was ich sehen musste, und will nicht, dass die Bastarde mich gleich wieder einfangen. Wir schlafen oben unter den Kastanien, das ist sicherer.«

*

Am Vormittag des nächsten Tages kehrten sie zum Gut nach *Sant'Amato* zurück. Als sie den Hof erreichten, sahen sie, dass die Haustüre offen stand, und kurz bevor sie sie erreichten, trat ihnen Enzo Morone aus dem Schatten des Hausflurs entgegen.

Davide wäre es nie in den Sinn gekommen, ihn »Onkel« zu nennen, auch wenn Enzo vielleicht meinte, dies stünde ihm zu. Womöglich glaubte er sogar, das Einzige, was ihn von Leonida und dem Erbe der Lanteri trennte, wäre ein knappes Jahr Lebenszeit und das unterschiedliche Blut ihrer Mütter. Vielleicht war er so dumm. Doch wer wusste das schon zu sagen? Wer wusste schon, was ihn umtrieb? Ein Tagedieb war Enzo, ebenso närrisch wie listig, mit einem Händchen für's Geld, einer, der mit jedem konnte, natürlich auch mit den Faschisten (und das so gut, dass man ihn tatsächlich vom Kriegsdienst befreit hatte). Einer, der sonntags lieber ins Kino als in die Kirche ging und an dem die Frauen klebten wie Fliegen am Leim. Dem zum Trotz hatte Enzo noch nicht geheiratet, wohnte weiterhin bei seiner Mutter, dem ehemaligen Dienstmädchen der Familie Lanteri, und blieb Leonida auf seltsam unverbrüchliche Weise verbunden. Oder wie Davides Mutter, die Enzo nicht leiden konnte, stets zu ihrem Mann sagte: »Er bleibt dir auf den Fersen, Leo.«

Enzo wirkte aufrichtig erfreut, seinen Halbbruder zu sehen. Er umarmte und küsste den Rückkehrer mit großer Geste, wobei er ignorierte, dass ihm der Straßenstaub von Leonidas Jacke das teure Jackett ruinierte. Stattdessen bekundete er mit Verve seine Erleichterung über dessen plötzliche Freiheit.

»Ein Wunder!«, rief er immer wieder und lachte. Auch Davide kassierte einen jovialen Knuff und ein Zwinkern aus unruhigen Augen. Gott sei Dank nur das, denn Davide hätte nicht gewusst, was geschehen wäre, hätte Enzo ihn an seine nach *acqua di Colonia* duftende Wange gepresst. Nun ja, eher nichts. Gegen einen wie Enzo kam man eh nicht an, der war nicht greifbar. »Wie Quecksilber« charakterisierte ihn *zia* Mafalda einmal. Die verwitwete Schwester seines Vaters hatte vor ihrer Ehe mit dem unglückseligen *americano* Vincente Amoretti in einer Batteriefabrik bei Genua gearbeitet und garnierte ihre Rede immer noch gerne mit Begriffen aus der Chemie. »Wie Quecksilber ist er, mal hier, mal dort. Immer in Bewegung und auf lange Sicht toxisch.«

Davide schüttelte Enzos Hand ab. Sollte man ihn nicht langsam wie einen Mann behandeln? Gottverdammt, er hatte die letzte Zeit geschuftet wie ein Erwachsener, traf kaum mehr Freunde, ging in die Haine statt auf den Bolzplatz. Er trug längst lange Hosen, er fuhr Motorrad – wenn es denn Benzin gab! Und ins Kino ginge er auch gerne mal, verdammt, am liebsten mit einer der Cousinen von Rossi. Oder meinetwegen auch mit Nunziata Parodi, dieser Betschwester, die ihm immer verstohlene Blicke zuwarf. Und überhaupt! Jetzt, mit siebzehn, konnte er jederzeit ins Visier des Militärs geraten; wenn die ihn einziehen wollten, würde man ihn sowieso in die Berge bringen. Was also verbargen sein Vater und Enzo vor ihm? Wozu noch diese Heimlichtuerei? Jetzt gerade zum Beispiel senkte Enzo seine Stimme und schien seinem Vater etwas mitzuteilen. Davide verstand zuerst nur Wortfetzen, dann ein Wort, das wie »Hut« oder »Hot« klang. Bei diesem Wort wurde Leonidas Blick plötzlich starr, er fing sich jedoch blitzschnell und schüttelte den Kopf.

»Geht mich nichts mehr an, ich bin raus«, sagte er und schüttelte entschieden den Kopf. »Niemand, der bei Trost ist, geht

jetzt noch in die Berge.« Dann klopfte er Enzo auf die Schulter und rief: »Erzähl lieber, wie's dir geht, alter Schwerenöter. Was treibst du so, was machen die Mädchen, eh?«

Enzo grinste. Und warum auch immer sein Vater das Thema so schnell gewechselt hatte, die Taktik ging auf. Denn über Frauen, egal welche, konnte Enzo *immer* reden. »Nicht schlecht, oh, gar nicht schlecht. Ich hab da ja jetzt so ein Fräulein …«

»Eine Deutsche?«

Enzo zuckte mit den Schultern. »Es ist nur ein Mädchen, irgendein Mädchen. Was soll ich tun, Leo, die Fräuleins rennen mir die Bude ein. Die steh'n auf Italiener, ich sag's dir, die sind wie läufige …«

Mit einem Blick in seine Richtung gab sein Vater Enzo einen Wink.

»Schon gut. Ich hoffe, es ist nicht die Ehefrau irgendeines hohen Tiers bei der SS oder so?«

»Gott bewahre, nein! Nur eine von Reiters Dolmetscherinnen aus der Provinz-Kommandantur in *Imperia*. Ja, musst du mir nicht sagen: Immer noch heikel, aber *Madonna mia*, ist die Kleine heiß.« Enzos Blick bekam einen träumerischen Ausdruck. »Die macht Blitzkrieg mit dir. Wenn die dich nur anfasst, hast du den Stahlpakt in der Hose.«

»*Ah, ti prego,* das reicht jetzt!«, rief sein Vater. »Pass einfach auf, ja? Wer mit dem Teufel isst …«

Enzos Augen verengten sich kaum merklich, dann erwiderte er: »Pass lieber selbst auf, Leo Lanteri. Die Deutschen erhöhen den Druck, mein Fräulein hat die neue ›Verordnung zur Bandenbekämpfung‹ übersetzt, bald weht von *Imperia* ein noch viel kälterer Wind herüber. Und ich sag dir eins: Die sind nervös. Und die machen garantiert keine Fehler mehr, sobald hier der neue SS …«

»Lass uns nicht streiten«, unterbrach ihn Leonida. »Komm, wir gehen zum Lager, und ich füll dir etwas ab. Erste Pressung

vom letzten Jahr, kennst du noch nicht, das reinste Gold in Flaschen.«

Er klopfte Enzo auf die Schulter und schob ihn vor sich her zu den Lagerschuppen, die sich ein Stück weiter bergab an den Hang schmiegten. Als die beiden Männer an Davide vorbeikamen, ließ sein Vater sich etwas zurückfallen und raunte ihm zu:

»Geh zum Salon und hol Carlo.«

Davide sah seinem Vater in die Augen. Etwas stimmte nicht. Ganz und gar nicht.

»Ist was?«, kam es von Enzo, der sich zu ihnen umdrehte.

»Nichts, wieso?«

»Was ist mit Carlo?« Enzos Stimme bekam einen hellen Klang. »Was ist es, was du nur mit Carlo besprichst, aber nicht mit mir. Leo, sind wir keine Freunde? Nicht nur Freunde, sondern …«

Sein Vater ging auf Enzo zu, fasste ihn bei den Schultern, umarmte ihn.

»Genau. Genau deshalb, lass es gut sein. Es ist nichts Wichtiges, nur eine kleine Sache unter Hobbyjägern hier. Je weniger du weißt, desto besser. Bitte, zerbrich dir nicht den Kopf, amüsier dich und mach dir einen netten Abend mit deinem Fräulein …«

Sie sahen sich an. Enzo wirkte einen Moment lang nachdenklich, dann lachte er plötzlich und winkte ab.

»*Va bene!* Und schade, dass du nicht einmal mitkommst nach *Alassio*. Da ist dieses geheime Tanzlokal, im Hotel *Paradiso,* ich sag dir, es ist fantastisch. Gut, du musst natürlich aufpassen wie ein Luchs, da feiern alle: die Wehrmacht, die SS, UPI-Leute, Schwarzbrigadisten, was weiß ich. Aber eine Stimmung! Verrückt, oder? Tja, das ist wohl der Krieg.«

Die beiden Männer schlenderten weiter bergab, und sein Vater öffnete Enzo die Tür zu dem Lagerschuppen, in denen sie

ihre Schätze für den Schwarzmarkt aufbewahrten. Kurz bevor er ihm ins Innere des Schuppens folgte, warf er einen Blick zurück, und es war Davide, als formten seine Lippen einen lautlosen Befehl.

Los jetzt!

*

Davide suchte den Freund seines Vaters im Frisiersalon, im Haus der Vassallos in der *Via della Rivolta* und in der Werkstatt bei Testa, fand ihn aber nicht – Carlo war scheinbar verschwunden. Hatte er seine Sachen gepackt und sich schon zu den Partisanen abgesetzt? Jede Woche gingen in diesem vierten Kriegssommer Dutzende Männer und Burschen in die Berge, aus Überzeugung oder aus Furcht vor der Zwangseinberufung. Die Jüngsten trieb meist die Abenteuerlust zu den *banditi e rebelli*, wie man sie offiziell nannte. Davide hatte viele gehen sehen: Luca, Ottavio, Luigi Testa, Francesco und seine Brüder. Sie alle schlossen sich den kommunistischen Garibaldinern an, der stärksten Kraft hier in der Gegend. Wer blieb da noch zurück? Außer den Faschisten nur die Alten, Mütter und Kinder. Kriegsversehrte wie Genio Barberi, dem eine Mine das Bein zerfetzt hatte. Und er selbst, verdammt! Davide hinterließ eine Nachricht für Carlo bei dessen Schwester Sofia für den Fall, dass dieser doch noch auftauchte, dann kehrte er etwa anderthalb Stunden später wieder nach Hause zurück.

In der Küche der *frantoio* stieß er auf *zia* Mafalda, die mit fahrigen Bewegungen ein Stück Brot und einen Rest *pecorino* in Leonidas Jagdbeutel stopfte. Sie trug über ihrem Baumwollkleid eine alte, schäbige Jacke, wie man sie für die Jagd in den Bergen benutzte. *Moment, ist das nicht meine Jacke?* Davide wollte schon etwas sagen, doch da kam ein ungewohntes Geräusch aus dem Wohnzimmer, und er beschloss nachzusehen. Einem Im-

puls folgend, dämpfte er seine Schritte. Hinter der angelehnten Tür hörte er Schluchzen. Er spähte durch den Spalt.

Seine Eltern standen im schwächer werdenden Licht des Tages mitten im Zimmer. Sie hielten einander eng umschlungen und wiegten sich hin und her. Das hatten sie auch früher schon getan. Viel früher, als noch kein Krieg war und sein Vater am Wochenende Schallplatten auflegte, viel *swing italiano,* von Rabagliati, von Kramer, vor allem vom Trio Lescano. Sie versammelten sich im Wohnzimmer und hörten Musik, alle zusammen. Und manchmal tanzten seine Eltern dann, am liebsten zu »Tornerai«, dem größten Hit des Trios. Davide und seine Schwestern sahen zu, Musik erfüllte das Haus, und stets war ihm dabei gewesen, als bliebe auch die Welt einen Moment lang stehen, um zuzusehen und sich zu freuen.

Vorbei. Die Musik war fort, der Schallplattenspieler längst versetzt, und im Wohnzimmer blieb es still. Still bis auf das Schluchzen seiner Mutter. Davide hatte sie kaum je weinen sehen, doch jetzt umklammerte sie die Schultern seines Vaters, und die Tränen liefen über ihr Gesicht.

»Du kommst zurück, versprich es.«

Leonida, fast einen Kopf größer als seine Frau, vergrub sein Gesicht in ihrem Haar. Er schien etwas zu flüstern, Davide konnte es nicht verstehen.

»Das musst du versprechen«, wiederholte Gioia, »hörst du? Die Alliierten stehen schon vor dem Petersdom, Rom ist frei. Du kommst zurück, und dann nehmen wir die Kinder und fahren dorthin. Irgendwie. Nach Rom, alle zusammen! Wie schön das wird …«

Leonida presste sie wortlos an sich, und sie wiederholte es wie eine Beschwörung.

»Wir in Rom. Vergiss es nicht.«

Davide schloss die Augen, erst jetzt bemerkte er die Tränen, die ihm übers Gesicht liefen. *Wir in Rom.*

In diesem Moment kam von hinten ein Ruf. *Zia* Mafalda drängte sich an ihm vorbei ins Zimmer, den Jagdbeutel in der Hand und nackte Angst im Gesicht.

»Sie kommen!«

Hektik brach aus, seine Mutter wischte sich über die Augen, Leonida setzte sich die Kappe auf und nahm den Beutel aus der Hand seiner Schwester. Mafalda nickte ihm zu, sagte leise seinen Namen. Davide konnte kaum einen klaren Gedanken fassen, schon war sein Vater bei ihm an der Tür.

»Carlo?«, fragte er nur.

»Nicht da. Ich habe Sofia Bescheid gesagt …«

Leonida fluchte leise, dann sah er Davide fest in die Augen. »Jetzt hör gut zu: Wenn er kommt, sag ihm, er soll zum alten Lager kommen. Mehr nicht. Er weiß dann schon.«

Zum Lager? Davides Mund wurde trocken, sein Herz begann zu rasen. »Nimm mich mit«, brach es aus ihm heraus, »lass mich endlich mitkämpfen …«

»Das geht nicht.«

»Aber, *papà!* Ottavio, Luca Parodi, der jüngste Perretti aus *Cervo,* sie alle sind mit dabei in den Bergen. Schon lange! Luca ist sogar ein Jahr jünger als ich und …«

»Luca Parodi ist ein kleiner Idiot«, unterbrach ihn sein Vater, »verspielt sein Leben und stürzt seine Familie ins Unglück! Die Mutter trägt Schwarz, auch Nunziata läuft herum, als sei er schon tot, und Benedetto hätten sie in Genua fast aus dem Priesterseminar geworfen, weil sein Brüderchen jetzt Bomben baut. *So was* willst du auch?«

»Luca ist bei der Gramsci-Einheit. Tiefrote Extremisten. Wir dagegen sind normale Garibaldiner.«

Leonida machte eine wegwerfende Handbewegung. »Blödsinn! Es gibt kein WIR, du bist Zivilist. Und wir haben 1944. Ob hellrot, dunkelrot, blau, gelb oder bunt kariert, das ist jetzt egal. Für die meisten Leute hier sind alle, die in die Berge gehen, ein-

fach nur Banditen. Aber *du* bleibst, Gott sei Dank, hier und passt auf.«

»Aber …«

Sein Vater packte ihn an der Schulter.

»Nimm es als Auftrag deines *commandante*. Du hältst hier die Stellung, beschützt *mamma* und die Mädchen. Kapiert?«

Davide zögerte, dann nickte er. Gottverdammter Auftrag. Seine Augen brannten. Die Wärme von seines Vaters Hand noch auf der Schulter, folgte er diesem zur Hintertür und auf den engen Hof hinaus. Dahinter, vom Gemüsegarten aus, gelangte man direkt in die Olivenhaine. Davides Schwestern, *zia* Mafalda und seine Mutter hatten sich dort schon versammelt. Leonida umarmte und küsste alle, seine Frau zum Schluss. Noch eine Umarmung, noch ein letzter Kuss.

»Bella, ciao«, hörte Davide ihn flüstern.

Dann eilte er die Stufen zwischen den Beeten mit den *fagioli* und den Flaschentomaten hinauf und tauchte ins silbergrüne Dickicht des Hains ein.

*

Sie hatten Glück, es kam nur die Geheime Feldpolizei, keine Schwarzbrigadisten. Und die Deutschen – zwei Wagen, vier Uniformierte – blieben überraschend höflich. Sie trieben sie nicht mit erhobenen Händen an die Wand, sie fuchtelten nicht mit ihren Waffen herum, und sie prügelten nicht, so, wie es die *Brigate Nere* taten. Noch mehr erstaunte Davide die Befragung. Ein Deutscher mit sauber gezogenem Scheitel erkundigte sich nur kurz nach dem Verbleib des »Häftlings Leonida Lanteri«, dann rasselte er eine Reihe scheinbar willkürlicher Fragen herunter, zu den Gebäuden, Lagerstätten, Grundstücken der Familie. Dazu kritzelte er etwas in ein rotbraunes Notizbuch. Zum Schluss schnauzte er einen deutschen Befehl, und die schweren

Wagen brausten wieder los, durch das Dorf hinab zur Uferstraße und von dort zurück Richtung *Imperia.* Es fiel tatsächlich kein einziger Schuss.

Trotzdem konnte Davide später im Bett nicht einschlafen, diesmal nicht, weil ihm sein leerer Magen zu schaffen machte, sondern weil sein Herz und seine Gedanken rasten. *All diese seltsamen Fragen …* Er wälzte sich im Bett herum, unruhiges Kribbeln im ganzen Körper, und erst, als er entschied, etwas zu tun, wurde es langsam besser. Sobald es im Haus still geworden war und er sicher sein konnte, dass alle schliefen, stand Davide auf und zog sich leise an.

Er nahm den gleichen Weg wie sein Vater neun Stunden zuvor und erklomm die Steilhänge hinter dem Haus. Es stand kein Mond am Himmel, es wehte kein Wind, und die Luft war schwer von Düften. Auch *Sant'Amato* blieb nur ein schwarzer Schatten, zum Schutz vor nächtlichen Luftangriffen hatten die Deutschen Verdunkelung angeordnet. Er tastete sich den Steilhang hinauf, in den Ohren den nächtlichen Chor der Frösche und im Rücken tief unten das spiegelglatte Meer. Er sah sich kaum um. Wenn er in dieser Finsternis heil zur alten *frantoio* kommen wollte, brauchte er alle seine Aufmerksamkeit für den Weg. Denn es musste die *frantoio* sein, das war ihm klar geworden, es konnte gar kein anderes Lager gemeint sein als dieses, wo sein Vater gerade erst etwas hatte »nachsehen« wollen. Sicherlich gab es dort ein Versteck, vielleicht hatte *il Biancone* auch etwas hinterlassen? Eine Botschaft für seine Einheit? Zu Hause hatten sie über die Rolle seines Vaters bei den Partisanen kaum ein Wort verloren, seine Mutter duldete das nicht, aber in *Sant'Amato* redete man sich längst die Köpfe heiß über die Garibaldi-Einheit in den Bergen und ihren waghalsigen Anführer. Davide vermutete, dass man seinen Vater auch deshalb bei der Razzia im März nicht einfach nur wie einen einfachen Partisanen verhaftet und erschossen, sondern zum Verhör nach *Impe-*

ria gebracht hatte. Wo die Deutschen saßen, die gleichen Deutschen, die sich jetzt für die Lagerhütten der Lanteri interessierten. Verdammt, er musste sich sputen!

Davide erreichte den Kamm des ersten Hügels und hastete weiter, begleitet vom nächtlichen Lärm der Grillen und Zikaden. Eine Stunde nach Mitternacht querte er einen niedrigen Bergsattel und erreichte das *Valle Corvino* von Nordosten her. Es war so finster, dass er seine eigenen Füße kaum erkennen konnte, und er stolperte mehrmals, als er zur alten *frantoio* abstieg. Er lauschte angestrengt in die Dunkelheit. War die Einheit hier? Nach einer langen Weile wagte er ein leises Gurren, ähnlich dem Ruf eines Steinkäuzchens. Ein Trick, den sein Vater ihm auf früheren Jagdausflügen beigebracht hatte. Wenn dieser dort irgendwo steckte, würde er ihm mit dem gleichen Ruf ein paar Tonlagen tiefer antworten. Doch nichts geschah, etwas Wind kam auf, sonst blieb es still. Davide gurrte erneut und wartete. Nichts.

Er ließ zwei weitere Minuten verstreichen, dann entschied er sich, nachzusehen. Das Lager musste einfach dort sein, vielleicht war die Einheit ja auch unterwegs, um eine Sabotageaktion vorzubereiten oder etwas auszukundschaften. *Zia* Mafalda hatte ihm doch erzählt, wie die Partisanen vorgingen, nachts, zum Schutz vor Patrouillen und *rastrellamenti*. Oder galt auch das nicht mehr?

Er huschte hinunter zu den Hütten, schwarze Schemen in der Finsternis. Sein Herz raste. Still, jetzt! War da nicht ein Knacken? Er presste sich mit dem Körper eng an die Holzwand eines größeren Lagerschuppens und lauschte erneut. Eine Sekunde. Zwei Sekunden. Nein, nur leises Rauschen in den Baumkronen über dem Dachfirst. *Niemand, der bei Trost ist, geht jetzt in die Berge.* Der Satz hallte in seinem Inneren wider, wer hatte ihn gesagt, sein Vater? Enzo? Dieses elende Unvermögen, ohne das entsprechende Gesicht zu dem Satz fehlte ihm auch alles andere.

Nach weiteren zwei Minuten beschloss er, sich in den Schuppen hineinzuwagen, und durchsuchte nur wenig später mit dröhnendem Herzschlag das Innere. Er wagte nicht, das Feuerzeug zu entzünden, und tastete sich wie blind durch den Raum. Nichts, nur Lumpen in einer Ecke und auf dem Boden altes Stroh bis fast zum Knöchel. Er wollte schon wieder hinausgehen, da stieß er sich den Zeh an einer überstehenden Kante. Er unterdrückte einen Schmerzlaut, dann bückte er sich. Wühlte im Stroh und ertastete eine Art Bodenklappe. *Eine Klappe wohin?* Er ging in die Knie und suchte nach einem Griff. Nach kurzer Zeit ertasteten seine Finger einen Metallring, eingelassen in einer Vertiefung im Holz. *Na also. Und jetzt?* Davide fegte das Stroh ein wenig zur Seite und hob die Klappe an. Er erahnte eine grob gezimmerte Stiege aus Astwerk, weiter unten lichtlose Schwärze. *Ein Versteck.* Davide brach der Schweiß aus. *Jetzt kein Zurück mehr!* Es lockte ihn zu sehr, er musste da runter. *Das hier sind auch mein Erbe und mein Schuppen. Ich darf das.*

Mit zittrigen Knien kletterte er ein Stück die Stiege hinunter, hinab in die Schwärze. Mehr seinem Instinkt als einem bewussten Plan folgend, hielt er dabei die Klappe fest, als er weiterkletterte, und ließ sie dann über sich zufallen. Besser, er war hier unten ungestört. Außerdem würde er sich auf diese Weise leuchten können, ohne dass ihn draußen der Lichtschein verriet.

Am Ende der Stiege angekommen, entzündete er sein Feuerzeug. Rohe Lehmwände tauchten auf, ein kleiner Raum, vielleicht drei Meter im Quadrat. In einer Ecke ein angerosteter Rechen, eine Sackkarre, Seile mit zerfaserten Enden, leere Weinkisten. Und eine längliche Metalltruhe, wie man sie für Werkzeug benutzte. Auf allem lagen dichte Spinnweben, als wäre seit Monaten niemand mehr hier gewesen. Zuerst untersuchte er die Weinkisten, fand aber nur verdorrte Maronen und Kartoffeln mit handspannenlangen Keimen darin. Dann

öffnete er den Deckel der Truhe – und hätte ihn fast wieder fallen gelassen. Rundstäbe in Stapeln, umwickelt mit brauner Hartpappe, dazwischen dunkle Schnüre. Niemand musste Davide erklären, was er da sah. Seit vier Jahren stand die Provinz *Imperia* im Krieg, seit einem Jahr versuchte sie, sich aus diesem Krieg zu befreien, die Ketten zu sprengen, in welche die faschistische Republik von *Salò* und die Nazideutschen das Land und die Menschen gelegt hatten. Und hier lag genug Dynamit, um die SS-Kommandantur, die Garnison, ja das gesamte Hafenbecken von *Imperia* in die Luft zu jagen. Davide atmete tief durch – einmal, zweimal – und versuchte, seinen Atem zu kontrollieren. *Das ist groß. Richtig groß,* dachte er und ließ mit zitternden Händen den Deckel wieder hinab. Das blaugraue Stahlgehäuse der Truhe schimmerte kalt im Licht des Feuerzeugs. Und jetzt?

Er überlegte, wie er zu den Besitzern der Truhe gelangen könnte, überlegte, was er sagen sollte. Musste sein Vater überhaupt erfahren, dass er von der Truhe und ihrem Inhalt wusste? War das nicht sogar gefährlich? Oder musste dieser ihn dann, sozusagen als Mitwisser, nicht erst recht bei den Partisanen aufnehmen? Ach, es war alles kompliziert, und was sollte überhaupt …

Au, verdammt!

Davide verbrannte sich am heiß gelaufenen Feuerzeug und löschte kurz das Licht. Stockduster war es nun im Verschlag, er sog an dem Finger und fluchte lautlos, da hörte er es.

Ein leiser Wortwechsel. Draußen. Dann die Schritte mehrerer Menschen auf den Holzdielen über seinem Kopf. Zwei Männer? Drei?

Er blieb ganz still stehen, wo er war, und hörte auf zu atmen. Die Stimmen waren jetzt genau über ihm, hastig, von leichtem Rascheln übertönt. Ja, es mussten zwei sein. Oder mehr, aber dann waren die anderen stumm, denn er hörte nur zwei reden.

Davide platzte fast der Schädel, während er versuchte, die Stimmen zuzuordnen. Es waren Männer, das war sicher, aber mehr auch nicht. Verfluchte Schwäche. Er schaffte es einfach nicht! Er kniff die Augen zusammen, konzentrierte sich, so gut er konnte. Kannte er die Tonlage nicht sogar, war das nicht …? Ach, hoffnungslos. Allein schon die Stimmen zu unterscheiden kostete ihn alle Kraft. Doch jetzt redeten die Männer lauter, und einzelne Sätze schälten sich aus dem Gemurmel heraus.

»Reiter kann etwas für ihn tun«, hörte Davide den einen sagen, »ein Verfahren beim hiesigen Richter, leichte Haft, keine Deportation. Ganz so, als sei er nie freigekommen, er sagt, dabei sei auch was schiefgelaufen. Reiter hat mir das zugesichert. Aber nur, wenn man ihn vorher verhaften kann.«

Die Stimme des anderen Sprechers zitterte leicht. »Was verlangst du von mir …«

»Ich verlange, dass du ihn schützt. Denn es wird nicht klappen! Die wissen jetzt, dass er plant, die Brücke zu sprengen, deshalb bringen sie den Konvoi schon heute Abend rüber. Und noch etwas: Hoeth und seine Leute sind auch dabei und sichern die ganze Schlucht.«

Davide in seinem Versteck wurde eiskalt. *Hoeth!* Jeder kannte den Namen. Heinrich Hoeth, der brutalste Partisanenjäger in ganz Norditalien, spätestens seit den furchtbaren Vorfällen in der *Versilia,* von denen die Leute im Ort hinter vorgehaltener Hand erzählten. Ganze Dörfer, hieß es, gingen auf das Konto seiner Leute. Im Örtchen *Pontenuovo* hatten sie Dutzende Menschen aus ihren Häusern gezerrt, sie zusammengetrieben wie Vieh und niedergeschossen. In einem Weiler in der Nähe hatten sie vier Frauen, mutmaßliche Stafetten, in einen Stall zu den Schweinen gesperrt und Handgranaten hineingeworfen – nur zwei, damit das Sterben länger dauerte. Seitdem nannte man Hoeth auch *il Macellaio,* den Schlächter. Und jetzt kam der Schlächter hierher?

Aber wen wollte Hoeth jagen? Etwa seinen Vater? Oder doch die Gramsci-Einheit, die erst letzte Woche den faschistischen Vizebürgermeister von *Dolcedo* verschleppt und erschossen hatte? *Warum hat keiner mit mir geredet!* Er schloss die Augen, konzentrierte sich ganz auf sein Gehör. Da war wieder der Sprecher mit dem Zittern in der Stimme.

»Von wem hast du das?«

»Von Reiter. Ich bitte dich, stell dich doch nicht so blöd. Er hat keine Chance. Und womöglich muss das ganze Dorf dann dafür herhalten. Was er auch plant, es ist Selbstmord. Du weißt das, ich weiß das, alle Garibaldiner wissen es! Ist dir das egal? Willst du die Waffe noch halten, mit der er sich umbringt?«

Schweigen über ihm. Dann der Zweite, ganz leise: »Es kann auch gelingen.«

»*Ma certamente!* Und die Alliierten landen morgen früh in der Delfinbucht. Ich bitte dich, ich bitte dich bei der heiligen Madonna, du liebst ihn doch ebenso wie ich, oder nicht? Also *hilf* ihm und schütze ihn vor sich selbst.«

Was soll das Gerede von Liebe, wunderte sich Davide in seinem Versteck und hörte noch einmal genau hin. Nein, kein Zweifel, so wenig Sicherheit ihm sein verdammtes Unvermögen, Stimmen ihren nicht sichtbaren Sprechern zuzuordnen, auch ließ: Dort oben sprachen Männer.

»Ich kann das nicht«, jammerte der Zweite jetzt.

»Doch, du kannst es«, sagte der Erste. Er machte eine Pause, bevor er fortfuhr: »Sag einfach nur wo?«

Der Befragte gab einen gequälten Laut von sich.

»Lass mich doch, lass … Ich bitte dich.«

»Wo, verdammt! Sei doch nicht so eine Memme. Brauchst auch sonst nichts sagen. Nur wo …«

Leises Ächzen über seinem Kopf. Schweigen. Dann wieder der erste Mann, immer ärgerlicher.

»*Madonna Maria,* ich fass es nicht, du willst es wirklich ge-

nau wissen? Soll ich dir erzählen, was Hoeths Rottenführer mit ihm machen, wenn Reiter nicht schneller ist? Kennst du das Gestapo-Hauptquartier in Genua? Ja? Weißt du, wie lange es dauert, bis ein Mann im »Keller der Qualen« redet? Willst du das *genau* wissen?!«

Das Ächzen des Zweiten hatte sich zu lautem Jammern gesteigert, er rief etwas, das wie »Hör auf! Hör doch auf!« klang, dann wimmerte er nur noch. Davide, unten in seinem Versteck, konnte die Not des Mannes förmlich riechen, ihm wurde übel davon, wie ihm auch übel wurde, wenn er an den Keller in Genua dachte. Gott im Himmel, um wen geht es da oben? Ein weiterer Wortwechsel, übertönt von lautem Geheul, dann verstummten beide Sprecher. Und irgendetwas an dem Schweigen oberhalb der Dielen sagte Davide, dass das entscheidende Wort bald fallen würde. Der erste Sprecher seufzte, dann senkte er seine Stimme, bis sie unterhalb der Bohlen kaum mehr zu hören war:

»Du liebst ihn. Seit einer Ewigkeit liebst du ihn. Ich weiß das. Ich werd's keinem sagen. Aber denk an den Keller ...« Er wisperte jetzt. »Willst du das?«

Ein letztes Wimmern. Darauf die Antwort.

»Colle dell'Orso.«

Eine kurze Stille folgte. Dann raschelte das Stroh, jemand stand auf und sagte: »Danke. Und, glaub mir, auch Leo wird es dir irgendwann danken.«

Es dauerte zu lang, bis die Stimmen endlich verschwanden. Es dauerte auch zu lang, bis er es riskieren konnte, den Schuppen wieder zu verlassen. Viel zu lang, bis er endlich die Klappe aufstemmen und aus dem Loch herauskriechen konnte. Bis er loslaufen konnte, so schnell er es vermochte, während die Verzweiflung sein Herz zusammenpresste.

Denn der *Colle dell'Orso* lag fast einen ganzen Tagesmarsch

weiter oben in den Bergen, und Davide wusste, zu Fuß hatte er gegen einen Wagen der Wehrmacht fast keine Chance. Doch er rannte weiter, hinein in die schwarze Nacht.

Papà, *ich komme.*

*

Eine Stunde vor Sonnenaufgang, Davide hastete gerade über einen verkarsteten Bergkamm, hörte er ein Dröhnen am Himmel, und wenig später erschienen hinter ihm die Umrisse schwerer Bomber.

Eine gigantische Formation der Alliierten, die von einem Luftangriff auf eine der südlichen ligurischen Küstenstädte, vielleicht *Sanremo* oder *Ventimiglia,* zurückkehrte. Die viermotorigen Kolosse gewannen gerade erst wieder an Höhe, schoben sich so dicht über die Bergkuppen, dass die Erde unter seinen Fußsohlen bebte. Davide warf sich flach auf den Boden. Er hielt die Arme schützend über den Kopf und sagte sich immer wieder, dass die Bomber ihre Fracht schon abgeworfen hatten und dass der Tod in ihren stählernen Bäuchen, den er über sich hinwegziehen sah, nur seiner Fantasie entsprang. Außerdem interessierte sich dort oben in den Cockpits ohnehin niemand für ihn hier unten, einen dummen Jungen, der sich vor Angst fast in die Hosen machte und dem nun auch noch die Blasen an den Füßen aufgingen. *Aber so ist das eben als Partisan,* dachte Davide und schob sich tiefer zwischen die verdorrten Grasbüschel.

Die Bomber zogen in einem weiten Bogen Richtung Westen ab, während es südlich in Richtung der Küste hinter den Gipfeln krachte und wetterleuchtete. *Ganz sicher Sanremo oder Ventimiglia,* dachte Davide und schickte ein stummes Dankesgebet gen Himmel, dass seine Familie nicht dort lebte, sondern in einem so kriegsunwichtigen Nest wie *Sant'Amato*. Da lohnte keine Bombe, *Sant'Amato* würde nicht brennen.

Er lief weiter, mit blutenden Fersen, Stunde um Stunde. Währenddessen ging die Sonne auf, wanderte über den Himmel und gewann dabei an Kraft. Er drehte sich längst nicht mehr um, von hier aus konnte er das Meer sowieso nicht mehr sehen. Er nutzte den Schutz der Bäume und hielt sich oberhalb der Straßen, umging auch die uralten Dörfer, die hier im Hinterland auf den Anhöhen thronten.

Testico.

Cesio.

Calderara.

Acquetico.

Irgendwann war er von seinem Zuhause und von *Sant'Amato* so weit entfernt, dass er die Namen der Orte nur mehr erraten konnte. Kurz vor Mittag krachten auf einmal Schüsse ganz in seiner Nähe, ein MG ratterte los, und es geschah, was er schon die ganze Zeit befürchtet hatte. Er war ins Visier einer verborgenen Stellung des UPI geraten.

Ebenso wie die Schwarzen Brigaden half die Geheimpolizei der faschistischen Republik von *Salò* den Deutschen bei der Partisanenjagd in den Bergen. UPI-Leute töteten mit der gleichen Freude wie Schwarzbrigadisten, doch sie galten als schlauer und besaßen laut *zia* Mafalda die weitaus bessere Ausrüstung. Deshalb schätzte Davide, als er sich in die nächste Bodenvertiefung warf und das MG sein Versteck unter Beschuss nahm, dass ihm nur noch wenig Zeit blieb, bis seine Gegner mit dem beginnen würden, was Mafalda »UPI-Boccia« genannt hatte: dem gezielten Einsatz von Eihandgranaten.

Er duckte sich tiefer in die flache Senke zwischen Abhang und Baumgruppe, in die er beim ersten Schuss gehechtet war. Ein kleiner Steinhaufen gab ihm Deckung, doch auch den würde die Granate zu Pulver verarbeiten. Er musste den Steilhang hoch, in den Schutz des Waldes, sofort. Bergauf würden sie nicht werfen, sondern mussten sich auf das MG und ihre

Scharfschützen verlassen. Davides Herz raste. Was hatte sein Vater ihm beim Jagen im Gebirge beigebracht? *Misstraue der Angst und fürchte den Mut. Vertrau nur der Ruhe.*

Er atmete tief durch und wartete die nächste Feuerpause ab. Dann sprang er auf und rannte geduckt den Hang hinauf. Von unten kam Geschrei, dann schlugen Geschosse rechts und links von ihm im Gestrüpp ein. Nur noch ein paar Meter. Zehn, vielleicht sogar weniger. Grasbüschel und Geröll flogen unter ihm hinweg. Noch vier Meter. Ihm ging die Luft aus, er begann zu keuchen. Zwei! Dicht an seinem Ohr das Sirren eines Querschlägers. Ein Meter noch und geschafft! Als er unter die breiten Äste der Kastanien stürzte, bekam er einen Schlag gegen den Arm. Was war das? Egal jetzt, weiter. Er rannte, bis sein klopfendes Herz die Schüsse und das Geknatter des MGs übertönte und er glaubte, seine Lungen würden gleich platzen. Erst dann sah er an sich herab und erkannte, dass sein rechter Ärmel troff vor Blut. Trotzdem rannte er weiter, immer weiter, bis ihn unvermittelt eine Art Schwäche überkam, alles vor seinen Augen verschwamm und die Knie unter ihm nachgaben. Er krachte in dichtes Myrtengebüsch und robbte mit letzter Kraft in Deckung. *So ist das eben als Partisan,* dachte er noch, bevor er ohnmächtig wurde.

Als sein Bewusstsein zurückkehrte, war es dem Licht nach zu urteilen schon früher Abend. Wie viele Stunden hatte er verloren? Davide setzte sich mühsam auf, kroch aus dem Gebüsch und sah nach seinem Arm. Das Blut war getrocknet und hatte sich mit dem Stoff seines Hemdes zu einer zähen Einheit verbunden, die auch die Schusswunde schützte. Also riss er nur unten am Hemd den Saum ab und band diesen zu einer Armschlinge. Er prüfte sorgfältig die Umgebung, erhob sich langsam und machte sich an die letzte Etappe seines Wegs.

Als der *Colle dell'Orso* in Sicht kam, lag über den Hügeln

schon die Abendsonne. Er schleppte sich bergan, im Ohr das hitzetrunkene Sirren der Zikaden, ansonsten rührte sich nichts. Seine Kehle brannte, die Zunge lag ihm wie ein vertrockneter Aal im Mund, und seine Augen tränten. *Durst.* Er konnte an kaum etwas anderes denken. Er erklomm den dicht bewachsenen *Colle* über einen Fußweg, den er vor vielen Monaten einmal mit seinem Vater gegangen war. Bald schon befand er sich mitten im Hochwald. Hier irgendwo mussten sie sein.

Die Partisanen sicherten ihre Lager mit verborgenen Wachen, hatte er gehört. Diese Wachen mussten entscheiden, ob Freund oder Feind kam, Kampfgefährte oder Spitzel. Und seitdem die Deutschen gezielt Maulwürfe in die Reihen der Partisanen schmuggelten, war das eine Entscheidung über Leben und Tod.

Sein Blick tastete das Unterholz der Steineichen und Kastanien vor ihm ab, darauf gefasst, plötzlich auf einen Gewehrlauf oder lauernde Augen zu stoßen. Haben sie mich schon im Visier? Zielen sie schon auf mich? Er versuchte, langsam zu gehen, den unverletzten Arm mit der Hand leicht erhoben als Zeichen dafür, dass er nichts im Schilde führte. Ab und zu probierte er den Ruf des Käuzchens, stoppte dann und wartete auf Antwort. Falls sein Vater ihn hörte, würde er seinen Männern verbieten zu schießen. Er folgte dem Weg weiter bergauf. Hier am Südhang schien die Hitze gegen Ende des Tages noch zuzunehmen. Der Schweiß lief ihm in die Augen, und er überlegte, ob er noch einen Fetzen Stoff abreißen und ihn sich um die Stirn winden sollte. Ach was, er wäre sicher bald dort. Oder totgeschossen.

Dann plötzlich, etwas entfernt, ein Knacken.

»Ich bin es, der Sohn!«, rief er verhalten. *»Il figlio.«*

Die Haut zwischen seinen Schulterblättern kribbelte, es kam ihm so vor, als würden ihn versteckte Blicke durchbohren. Ja, jemand war hier. Davide blieb stehen.

»Ich will zu meinem Vater«, ließ er das Dickicht wissen und hob die Hände. »Ich bin unbewaffnet.«

Für einen Moment herrschte Stille. Dann erwachte ein Busch ein paar Meter vor ihm plötzlich zum Leben, und eine plumpe Gestalt, bepackt mit Pistolenhalfter, Rucksack und Munitionsgürtel, ging langsam auf ihn zu, ein leichtes Gewehr im Anschlag. Der Wachtposten hinkte, und erst als er ganz nah herangekommen war, entdeckte Davide in dessen geschwärztem Gesicht bekannte Züge.

»Bist du das, Ottavio?«

Der jüngere Sohn des Metzgers von *Sant'Amato* grinste.

»Benvenuto dai partigiani!«, rief er und blies seine Pausbacken auf, sodass Davide vor Erleichterung schon fast loslachte. Auch wenn ihre Welt bald unterging, solange Ottavios Gesicht so rund blieb wie jetzt, bestand noch Hoffnung.

Sie tauschten freundschaftliche Hiebe aus, und Davide sagte, er habe eine Nachricht für seinen Vater. Genaueres erklärte er nicht, doch sein Zustand und seine Verletzung reichten wohl aus, denn Ottavio sagte nur: »Ich bring dich zum Lager.«

Sie schlugen sich ins Unterholz und folgten einem verschlungenen Pfad. Der Hang wurde steiler und steiler, und Davide fragte sich schon, wie sein Vater hier oben eine ganze Partisaneneinheit verstecken wollte. Doch nach einer scharfen Kehre landeten sie plötzlich auf einer Lichtung vor einer schroffen Felswand mitten im Hochwald, an deren Basis ein tiefer schwarzer Spalt klaffte. Über dem runden Platz vor dieser Höhle hing der Geruch gekochter Kastanien, die vermutlich in dem großen Blechkessel über der provisorischen Kochstelle unweit des Höhleneingangs garten. Rundherum lagerten im Schatten der Bäume kleine Grüppchen von Kämpfern.

»Isst du mit?«, fragte Ottavio. »Es ist immer der gleiche Kastanienbrei, was gäbe ich nicht für eine frische Salami oder wenigstens ein Stück echtes Brot, aber in der Not …« Er blies wieder seine Backen auf und fügte hinzu: »Jetzt, wo der *commandante* zurück ist, kommen wir wahrscheinlich sowieso nicht

mehr zum Essen. Ich glaub, es ist was Großes geplant. Aber das erfährst du wahrscheinlich eher als ich. Komm.«

Ottavio zog ihn zum Kessel, und schon bald wurden sie von den Kämpfern umringt. Davide erkannte den alten Bragadin, den früheren Pressmeister der *Frantoio Lanteri,* und einige Landarbeiter seines Vaters – jetzt alle Partisanen.

Man grüßte ihn mit ehrerbietigem Kopfnicken, und Davide wusste nicht, wie er antworten sollte, ohne sein Erschrecken zu verraten. Seitdem sein Vater verhaftet worden war – nein, schon früher! –, hatte er darauf gebrannt, ebenfalls in die Berge zu gehen. Nur die Sorge um seine Mutter und seine Schwestern hatten ihn davon abgehalten. Nachts hatte er davon geträumt, heldenhafte Träume, in denen er als Partisan durch die Wälder streifte, in jeder Hand eine Pistole, Träume, in denen er Granaten warf und das Gefängnis überfiel, in dem die deutschen Schweine seinen Vater gefangen hielten. Diese Träume hatten immer mit großem Jubel geendet, indem seine Kameraden, allesamt strahlende Freiheitskämpfer, ihre Gewehre schwenkten und ihm zujubelten. *So sehen Partisanen aus,* hatte er gedacht – und merkte jetzt, dass er nicht falscher hätte liegen können. Denn die Gestalten, die sich hier um den Blechkessel drängten, sahen nicht aus wie Freiheitskämpfer, sondern wie ein Zug Bettler.

Sie trugen als *Garibaldini* zwar allesamt etwas Rotes am Leib und so viele Waffen wie möglich: britische Sten MP, erbeutete Wehrmachtspistolen, Jagdflinten, sogar leichte Äxte. Doch ansonsten wirkten sie auf Davide elend und verwahrlost, ein zusammengewürfelter Haufen aus Jungen und Alten, bebrillten Studenten und stämmigen Bauern, Aktivisten und Deserteuren, in abgetragener Zivilkleidung oder zerschlissener Uniform.

Sie alle bildeten die bunte Gefolgschaft des Mannes, der jetzt aus der Tiefe der Höhle stiefelte: Leonida Lanteri, *il Biancone.*

»Was zum Teufel!?« Die vertraute Stimme dröhnte über die

Köpfe der Männer, und Davide straffte die Schultern unter dem Blick seines Vaters. »Wie kommst du hierher? Und was ist mit deinem Arm?«

Hinter Leonida kam ein weiterer Mann aus der Höhle, mit wachen Augen hinter den runden Gläsern einer Nickelbrille. Auf seiner Kappe prangte ein roter Stern, und er verfolgte die Szene interessiert. Überhaupt schien das ganze Rund auf einmal zu lauschen. Davides Gesicht begann zu glühen, und er hätte sich am liebsten irgendwo verkrochen.

»Können wir reden?«, begann er und sah seinem Vater fest in die Augen. Nach einem schnellen Blick über das Flickwerk der Uniformen – auch schwarze waren darunter –, fuhr er fort: »Wenn möglich allein?«

Leonida setzte schon zu einer Antwort an, da bemerkte er die Anwesenheit des Mannes mit der Brille hinter sich und befahl Davide knapp, ihm zu folgen. Er marschierte mit langen Schritten zum Rand der Lichtung und dort zu einem breiten Felsvorsprung, von dem man durch eine Lücke zwischen den Bäumen über das Tal und das Wipfelmeer des Waldes blicken konnte. Weit im Westen berührte die Abendsonne schon fast die Höhenzüge der Gebirgsketten. Dicht unterhalb des Felsvorsprungs rauschte ein Bach. Sein Vater setzte sich auf einen Gesteinsblock direkt darüber und winkte ihn heran. Als Davide tat, wie ihm geheißen, sagte sein Vater: »Hier sind wir ungestört. Sprich trotzdem leise.«

»Wo ist *zia* Mafalda?«

»Läuft Stafette für die Gramsci-Einheit, in der auch der junge Parodi ist. Macht nichts, wir sind sowieso alle im CLN, kämpfen für die gleiche Sache.«

»Auch der Mann mit dem Stern an der Mütze?«

»Diego? Ja, der gehört auch zu denen. Ist dort Vizekommissar, ein brutaler Hund, aber ein grandioser Stratege. War schon im Spanienkrieg dabei und versucht jetzt, mir meine Leute zu

radikalisieren. Aber das schafft er nicht. Wir sind hier zuallererst Italiener, sag ich. Und erst nach dem Krieg wird man sehen, wie der Kommunismus dazu passt.« Er runzelte die Stirn und sagte dann: »Aber du bist nicht hier, um dich nach irgendwelchen Leuten zu erkundigen, oder?«

Davide presste die Lippen aufeinander, sofort war auch die Angst, die ihn hierhergetrieben hatte, wieder da. Er erzählte, was er, in der alten Ölmühle versteckt, mitgehört hatte, und als Leonida ihn am Ende des Berichts ansah, schüttelte er den Kopf und flüsterte: »Nein, ich hab keinen erkannt, leider.«

Er blinzelte durch Tränen der Scham hindurch und fragte sich, ob aus ihm jemals auch nur annähernd so ein Mann wie sein Vater werden würde. Doch Leonida legte ihm seine Hand auf die Schulter und drückte sie.

»Dann sei es so«, sagte er. Er stemmte sich hoch und ging zum äußersten Rand des Vorsprungs. Dort verharrte er eine ganze Weile im schwächer werdenden Gegenlicht der Sonne, bevor er sich wieder zu seinem Sohn umdrehte.

Als Davide sah, wie sein Vater ihn anlächelte, überkam ihn hilflose Verzweiflung. *Nein,* papà. *Tu das nicht.*

»Danke für die Warnung, das hast du gut gemacht«, sagte Leonida. »Jetzt geh zurück zur Höhle und lass dich von Bragadin richtig verbinden. Aber danach musst du wieder gehen. Nein, ich will nichts hören, *es muss sein.* Nutze die Nacht und lauf nach Hause. Denn du musst auf *mamma* und die Mädchen aufpassen. Verhaltet euch ruhig, und sobald jemand kommt, egal wer, lauft ihr und versteckt euch in den Hainen, ja?«

Davide konnte nur nicken, und Leonida fuhr fort:

»Du passt auf sie auf, ja? Und sag den Mädchen und deiner Mutter, dass ich sie liebe.«

Aber wie kann ich dich verlassen? Wie kann ich das?!

»Lass dir auch noch Wasser und ein paar Kastanien mitgeben. Aber dann gehst du, verstanden?«

Wieder nickte Davide. Er wollte sich abwenden, doch die Stimme seines Vaters hielt ihn zurück.

»Eines noch …«

Leonida schob den rechten Ärmel seines Hemdes hoch und löste seine Uhr vom Handgelenk. Eine schöne Uhr, Schweizer Handwerk, schon der alte Lanteri hatte sie getragen. Jetzt betrachtete sein Vater diese Uhr einen kurzen Moment, bevor er Davides Hand nahm und sie in diese hineinlegte.

»Meine Zeit ist jetzt deine Zeit«, sagte er mit rauer Stimme, »mach das Beste draus. Und jetzt geh – geh!«

Davide nickte und ging zum Platz vor der Höhle zurück.

Keine Stunde später stolperte er den gleichen Pfad hinunter, den er gekommen war, vorbei an den ausgewechselten Wachen. Seine Wasserflasche gluckerte neu befüllt in seinem Rucksack, und sein rechter Arm lag in einer sauberen Schlinge. Der Stoff der Schlinge scheuerte etwas, und auch das Band der Armbanduhr um sein Handgelenk fühlte sich komisch an. Doch dafür war jetzt keine Zeit, bis zum nächsten Morgen wollte er zu Hause sein, selbst wenn es ihm die Haut vom Knochen scheuerte.

Es muss sein, hatte sein Vater gesagt.

Er kehrte dem *Colle dell'Orso* den Rücken, es kam gar nicht infrage, dass er noch einmal umkehrte, undenkbar, dass er Leonidas Befehl ein zweites Mal missachtete.

*

»Jetzt hör endlich auf, *mamma*. Kannst mich totschlagen, aber ich weiß *auch* nicht, wo er sich versteckt!«

Nunziata Parodi griff nach ihrem Rosenkranz und ließ ihn in die Tasche ihres schwarz gefärbten Wollrocks gleiten, den sie seit dem Winter trug. Es war noch nicht so heiß, kaum Mittag,

und im Innern von *San Pietro* hatte sich die Kühle der Nacht noch ein wenig länger gehalten. Trotzdem scheuerte der schwere Stoff an ihren Schenkeln und klebte ihr auf der Haut, ebenso wie der Schleier aus billiger Spitze. Umkehr und Buße, Schweigen und Gebet. Und die Trauerkleidung. Alles dies half, sich an die Prüfung zu erinnern, die Gott ihrer Familie in der Gestalt eines Kommunistensohns auferlegt hatte.

»Wenn du Nachricht von Luca haben willst, musst du selbst in die Berge gehen. Die roten Teufel lassen ihn doch keine Postkarte schicken.«

Sie hievte sich aus der Kirchenbank und sah auf ihre Mutter hinab, die dort noch immer kniete. *Was jammerst du deinem Liebling nach? Kümmere dich lieber um Benedetto und mich, wir sind nicht weggelaufen.*

»Sieh es endlich ein«, sagte Nunziata, knickste Richtung Altar und bekreuzigte sich, »Luca ist verloren. Du kannst ihn betrauern, so wie ich, aber du solltest aufhören, für ihn zu beten. Die Leute im Dorf reden schon.«

Der bange Ausdruck im Gesicht ihrer Mutter reizte sie, und sie fügte hinzu: »Er ist tot, *mamma*. TOT.«

Ihre Mutter, gezeichnet von früher Witwenschaft und dem Los, drei Kinder ohne Vater aufzuziehen, schüttelte heftig den Kopf und murmelte etwas, doch Nunziata fiel ihr ins Wort.

»Vergiss ihn endlich! Luca ist jetzt ein Kommunist. Ein widerlicher, gottloser Kommunist.«

Mit jedem Satz sackte ihre Mutter ein Stückchen mehr in sich zusammen, dann begann sie leise zu schluchzen. Madonna mia, *bloß nicht wieder das Geheule!* Nunziata packte ihre Mutter am Arm und zog sie aus der Bank.

»Jetzt komm schon. Oder willst du, dass Benedetto vor leeren Tellern sitzt, wenn das Seminar ihn zum Sonderurlaub nach Hause lässt?«

Die beiden Frauen verließen die Kirche und gingen über die Piazza nach Hause. Ihre Mutter schniefte immer noch vor sich hin, und Nunziata musste sie mehr als einmal in die Seite puffen, wenn ein Nachbar zu grüßen war oder die Frau des faschistischen Präfekten. Wie leid sie das alles war, den Hunger, die schäbige Kleidung, *mammas* pausenloses Gejammer. Warum sprach Gott nicht mehr mit ihr – so wie früher –, warum strafte er sie mit Schweigen? Dabei sehnte sie sich so nach seinem Wort! Benedetto, ja, dem ging es gut, Männern wie ihrem Bruder hörte Gott zu. Und früher hatte Benedetto ihr dann auch erzählt von Gott, alles mit ihr geteilt, wie die Psalmen und Tagesgebete. Doch Benedetto lebte jetzt in Genua im Priesterseminar, bekam dort gut zu essen, trug eine fabrikneue *sottana* und kam nur noch am Wochenende für die Wäsche heim. Was würde aus ihr werden, wenn Benedetto irgendwann ganz wegbliebe? Sie konnte doch nicht den Rest ihrer Tage mit *mammas* Jammer füllen! Irgendwann war dieser Krieg zu Ende, was täte sie dann? Heiraten?

Und Gott der Herr sprach: Es ist nicht gut, dass der Mensch allein sei …

Ja, sie wusste es eigentlich längst. Unter den jungen Burschen in *Sant'Amato* gab es nur einen, dem sie ihr Herz geschenkt hätte – und noch mehr. Den *Einzigen,* sie wagte nicht einmal in Gedanken, ihn beim Namen zu nennen. Wenn er nur einmal mehr als zwei, drei Worte an sie richten würde! Aber an ihn durfte sie nicht denken. Zumindest nicht in dieser Weise. Nunziata bekreuzigte sich unauffällig und beschleunigte ihren Schritt, sodass ihre Mutter Mühe hatte, mit ihr Schritt zu halten.

Sie hatten die Piazza überquert und wollten in die *Via dei Fossi* einbiegen, da eilte ihnen die Mutter des *Einzigen* entgegen, blanke Angst in den Augen. Was war los? Gioia Lanteri bemerkte Nunziata und ihre Mutter nicht, sondern rannte wie von tausend Teufeln gejagt über das Pflaster. An der Ecke angekom-

men, bog sie ab und stürzte zwei Häuser weiter in die *macelleria.* Dabei riss sie die Türe so heftig auf, dass das Glöckchen hysterisch bimmelte. Hinter ihr fiel die Tür krachend ins Schloss.

Was im Himmel …? Oh, Gott, ist etwas mit ihm?

Nunziata tauschte einen Blick mit ihrer Mutter, und die beiden Frauen änderten kurzerhand ihren Kurs in Richtung *macelleria.* Hier war *Sant'Amato,* ihr Revier seit Generationen. Und es gab nichts, was eine Parodi stärker lockte als der Kummer anderer Leute. Als sie eintraten, in den salzigen Dunst von Rauchspeck und *salsiccia,* vernahmen sie als Erstes den panischen Unterton in Gioia Lanteris Stimme.

»… und er macht nicht auf, Fabio, ich klingle Sturm, und er macht nicht auf! Dabei hörte ich ihn oben im Haus Musik spielen, ganz laut. Ich schreie: ›Carlo! Wo sind sie? Komm raus, sag es mir!‹ Aber er rührt sich nicht, er hockt in seinem gottverdammten Haus und rührt sich nicht.« Sie ächzte, rieb sich die Augen, und der Metzger eilte hinter seiner spärlich bestückten Auslage hervor und nahm sie in den Arm. *Da tröstest du aber gern, Fabio, nicht wahr?*, dachte Nunziata. Gioia Lanteri war einst so schön wie die Sünde gewesen, als Leo Lanteri sie aus Sardinien herbrachte, zusammen mit ein paar uralten Olivensorten, die, eingekreuzt in die hiesigen *taggiasche,* den Grundstock legten für den Erfolg der Lanteri. Vor dem Krieg. Und jetzt? Jetzt verdorrten die Haine, und auch Gioia Lanteri mit ihrem fadenscheinigen Kleid aus Uniformstoff wirkte im Arm des Metzgers blass und verbraucht. »Jetzt kannst nur noch du mir helfen«, sagte sie zu Fabio. »Wo sind sie? Das musst du doch wissen, Ottavio ist doch auch bei ihnen.«

Sobald der Name fiel, verzog sich das Gesicht des Metzgers zu einer undurchdringlichen Maske. Er streifte die Parodi-Frauen mit einem Blick und löste Gioias Finger von seinem Arm. Dann hob er bedauernd die Schultern.

»Ich kann dir leider nicht helfen. Mein Junge ist schon lange weg, irgendwo da oben. Er hat nicht gesagt, wo. Und besser, man rührt nicht daran.«

Gioia trat einen Schritt zurück.

»Du lügst«, sagte sie scharf, »als ob du einen Tag überleben könntest, ohne zu wissen, wo dein kleiner Tavio ist. Gerade jetzt, wo euer Ältester als vermisst gilt. Du weißt es genau. Sag es mir!«

»Gioia, ich bitte dich …«

»Sag's mir auf der Stelle! Davide ist bestimmt auch dort. Und ich schwör bei Gott, wenn meinem Sohn da oben etwas zustößt, weil *du nicht daran gerührt hast*«, betonte sie, »dann komm ich her, nehme dein größtes Messer und mache *cotolette* aus dir.«

Die Atmosphäre in der Metzgerei war nun hitzig, doch Nunziata wurde auf einmal ganz kalt.

Er ist fortgelaufen? Er ist fort, und niemand weiß, wohin?

Ihre Gedanken rasten, und sie hörte kaum mehr, was gesprochen wurde. »Da oben«, das war in den Bergen. Wo sich die Deutschen, diese gottlosen Schweine mit ihrem Götzendienst, und das rote Partisanenpack gegenseitig die Köpfe wegschossen, und er war auch dort. Dort, mitten in der Hölle.

Aus der Tiefe rufe ich, Herr, zu dir, höre meine Stimme …

Erst mit dem vertrauten Psalm fand Nunziata wieder zu sich. Was nun? Gioia war gerade aus dem Geschäft gestürmt, ihre Mutter hing mit vor Neugier fast hervorquellenden Augen an ihrem Arm, und Fabio kritzelte etwas auf einen Quittungsblock. Dann riss er das oberste Blatt ab und rief hektisch in den Gang, der in den hinteren Bereich des Hauses führte. Eine der zahlreichen Töchter des Metzgers erschien, ein dickliches Kind von etwa sieben Jahren, und Fabio steckte ihr den Zettel zu, gefolgt von einer hastig geflüsterten Anweisung. Oha, jetzt musste sie schnell sein! Nunziata packte den Arm ihrer Mutter, die das mit einem erschreckten Quieken quittierte, und verließ mit ihr im

Schlepptau schnurstracks die Metzgerei. Dann hielt sie sich ein paar Meter vor dem Haus für den Moment bereit, in dem das Mädchen an ihnen vorbeikommen müsste.

»Aber Kind, was ist mit dir?«, fragte ihre Mutter. »Was schaust du so?«

»Nichts. Jetzt lass uns hier warten, nur einen Moment.«

»Nunziata, was hast du vor? Ich kenne dich. Ist das eins deiner Spielchen? Aaah, Gott allein weiß, woher du dieses heikle Wesen hast.«

»Still jetzt!«, zischte Nunziata und packte ihre Mutter so hart am Arm, dass diese aufstöhnte. »Ah, da …«

Das Mädchen, den zusammengeknüllten Zettel noch in der Faust, wollte gerade an ihnen vorbeilaufen, da schob Nunziata ihren Fuß ein wenig vor und …

»Hoppla, ein kleines Missgeschick, *piccolina*. Hast du dir etwas getan? … Nein? Lass mich dir aufhelfen … Tut es noch weh, ja? Komm, ich wisch dir die Tränchen ab, hier. Und hier, etwas zum Trost: ein Pfefferminz. Ja, ist was ganz Feines, nimm es dir ruhig … Schmeckt es? Hier, kannst noch eins haben, zur Reserve.«

Sie hielt dem Kind das Bonbon hin, zog den Arm dann aber blitzartig zurück.

»Moment, ich habe eine Idee. Gib mal eben das Stückchen Papier, was du da hast, ich wickle es lieber dort ein, dann klebt es dir bei der Hitze nicht so in der Hand, ja? Gib schon her, schau«, die gekritzelten Buchstaben tanzten vor Nunziatas Augen, »ich tu direkt noch ein drittes Pfefferminz dazu. So, jetzt hast du alles, was du brauchst.«

Und ich auch! Zufrieden gab Nunziata dem Kind einen leichten Schubs. »Auf geht's. Weiter …«

Ihre Mutter wartete fast den ganzen Heimweg, bis sie es wagte, ihre Tochter wieder anzusprechen. »Warum hast du das getan?«, fragte sie argwöhnisch. »Was hast du vor?«

Nunziata blieb stehen, kurz vor der Haustür.

»Ach, *mamma,* vielleicht hast du ja doch recht«, sagte sie dann leichthin. »Vielleicht ist es Gottes Wille, dass wir mal nachsehen, wo Luca steckt.«

Sie brach in aller Hast auf, noch bevor Benedetto eintraf, sie vergaß sogar ihr Kopftuch. Denn was hätte sie getan, hätte er das Unterfangen verboten? Und er hätte ihr zweifellos verboten zu gehen, ein junges, unverheiratetes Ding, ganz allein im Bandengebiet unterwegs, zu einem Ort, den es nur vom Hörensagen kannte. »Du musst von Sinnen sein«, hätte Benedetto geschimpft, und Nunziata musste ihm zustimmen. *Ja, das bin ich wohl: von Sinnen.*

Keine zwei Stunden später erwischte sie an der *Via Aurelia* mit viel Glück einen Lastwagen, der sie immerhin bis nach *Mendatica* mitnahm. Auf der offenen Ladefläche, ungeschützt vor der Sonne, verbrannte sich Nunziata prompt den Scheitel. Und in jeder Haarnadelkurve schwankte der Laster so stark, dass sie sich an die Ladung klammerte – schwere Säcke voller requirierter Zitronen – und laut zur Muttergottes betete. Nachdem sie schier endlos durch die Berge geholpert waren, über halb zerstörte Straßen und durchlöcherten Asphalt, erreichten sie den Ort, und Nunziata beschloss, den Rest des Weges – nur noch wenige Kilometer – lieber zu laufen. Die Hitze wurde immer schlimmer, und sie freute sich wie ein Kind, als sie, nun schon hoch im Gebirge, hinter einer Straßenkehre auf einen kleinen Bach stieß. Das Wasser des Baches war eisig und rann ihr über Kinn und Hals in den Ausschnitt der Bluse. Nunziata trank in tiefen Zügen. *Kaltes, klares Wasser, welch ein Balsam!* Während sie über das Tal schaute, überkam sie tiefer Friede, und sie hörte wieder Benedettos monotone Stimme, wie er ihr aus der Bibel vorlas – *La rivelazione di Giovanni* natürlich, sein Liebstes.

»Und er führte mich hin auf einen großen und hohen Berg …«

Gott wohnt auf dem *Monte Saccarello,* sagten die Alten, vielleicht hatten sie ja recht? Nunziata beschirmte ihre Augen und suchte die Christusstatue dicht unter dem Gipfel. Ohne Erfolg. Doch dafür entdeckte sie, halb verdeckt vom nächsten Bergkamm, den *Colle dell'Orso,* keine Stunde Fußweg entfernt. Würde er sich freuen, sie zu sehen? Was würde er sagen? Über dem weiten Tal herrschte Ruhe, ein Greifvogel drehte hoch über ihrem Kopf träge seine Kreise.

Derart in Gedanken versunken, hatte sie den Armeelaster nicht kommen hören. Und als er sie so dicht überholte, dass die davonspritzenden Steinchen gegen ihre Waden prasselten, war es bereits zu spät. Der Wagen bremste ab und kam vor ihr zum Stehen. Die Plane wurde zur Seite geschlagen, aus dem Halbdunkel der Ladefläche lugten Uniformierte. Feldgrau und schwarz. Deutsche SS-Leute und Schwarzbrigadisten, sicher zwei Dutzend. Einer der Männer lachte.

Und er tat den Brunnen des Abgrunds auf …

Die Beifahrertür flog auf, und ein SS-Mann stieg aus. Er ging auf Nunziata zu und hob gemächlich sein Gewehr. Über der Mündung des Gewehrlaufs blitzten zwei babyblaue Augen in einem jungenhaften Gesicht, beschattet vom Schirm einer Feldmütze mit Totenkopf.

»Achtung!«, bellte der Deutsche, gefolgt von einem Satz, den Nunziata nicht verstand. Dann entsicherte er seine Waffe.

Klick.

*

Davide erklomm den *Colle dell'Orso* diesmal von der anderen Seite. Die Dunkelheit brach herein, und er setzte darauf, dass die Wachen auf der Nordseite, einem mit Brombeergestrüpp überzogenen Geröllhang, nicht so dicht gesetzt waren. Hatte er

in der Nacht zuvor ob des fehlenden Mondes noch Dankesgebete gen Himmel gesandt, wünschte er jetzt, es bliebe wenigstens genug Licht, dass er nicht jede Dornenranke mitnahm.

Er wird außer sich sein, wenn sie mich hier entdecken, dachte er. Und das zu Recht. Was bin ich denn für ein Partisan, wenn ich nicht gehorche? Und was bin ich für ein Sohn?

Oben angekommen, kroch er zum Rand der Steilwand über der Höhle und spähte hinunter. Alle Partisanen hatten sich um die Feuerstelle vor der Höhle versammelt, unter ihnen auch Ottavio, Bragadin und der Mann mit der Nickelbrille, Diego. Ihnen gegenüber, etwas abseits vom Feuer, stand sein Vater und redete auf sie ein. Davide rutschte vorsichtig seitlich ein Stück den Abhang hinunter, so platt wie eine Ameise und mit der Nase am Boden. Noch ein paar Meter, dann wäre er in Hörweite.

»... schneller sein«, sagte sein Vater gerade. »Wir müssen jetzt schon losschlagen. Denn sie kleben uns an den Fersen. Spätestens morgen früh sind sie hier.«

Der Vizekommissar verzog skeptisch das Gesicht.

»Ich weiß nicht, *Biancone*. Woher nimmst du die Sicherheit? Ich meine, diese Geschichte deines Jungen in allen Ehren, aber jetzt mal ernsthaft: Da soll es Verräter in deinem engsten Umfeld geben? Gleich zwei? Und dein Sohn will alles mit angehört haben und schwört, er kennt die Stimmen – aber er kann nicht sagen, wem sie gehören? Also ...«

Diego streckte die Arme aus, die Handflächen nach oben.

»... da würde ich an deiner Stelle erst einmal abwarten.«

Leonida fixierte den Vizekommissar.

»Das könntest du tun, ja, Diego. *An deiner Stelle.* Aber hier und jetzt habe ich das Sagen.«

Er baute sich vor seinen Leuten auf und wartete, bis sich die Aufmerksamkeit aller auf ihn richtete.

»Ihr kennt den Plan«, sagte er dann. »Jetzt müssen wir ihn abändern: Wir brechen sofort auf – alle. Ich brauche euch als

Rückendeckung. Und später dann einen Freiwilligen, der mit mir auf den Weinkarren geht. Aber das hat noch Zeit …«

Er musste husten, und jemand reichte ihm eine Feldflasche. Währenddessen trat Bragadin vor und umschloss seine altmodische Jagdflinte mit festem Griff.

»Wenn du mich als Freiwilligen nehmen willst, *commandante?* Du weißt, dass mein Leben deiner Familie gehört, seit der Sache am *Monte Grappa.* Mehr ist dazu nicht zu sagen.« Sein Vater schwieg. Dann ging er auf den alten Pressmeister zu und umarmte ihn. »Ich könnte mir keinen besseren Kampfgefährten wünschen.« Er fuhr sich kurz über die Augen und drehte sich dann wieder zu den anderen.

»Freunde! Ich bin Leonida Lanteri. Ein Olivenbauer, so wie mein Vater und mein Großvater. Ich bin kein edler Mann. Meine Ahnen haben Schafe über den *Monte Saccarello* getrieben, so wie eure auch. Ja, auch wir Lanteri haben da oben in Lehmhütten gehaust. Auch wir haben von *pecorino* und Kastanien gelebt, und auch wir haben ›Scheiße!‹ gebrüllt, wenn uns die Tiere wieder einmal in die Stube geschissen haben.«

Gelächter kam auf. Sein Vater nahm einen kräftigen Schluck aus der Feldflasche und fuhr dann fort.

»Ja, ihr kennt mich. Ihr wart teilweise schon mit mir in der Schule, ihr habt mit mir gekämpft, gearbeitet, gegessen, bei meiner Hochzeit und der Taufe meiner Kinder mit mir getrunken! Euch kann ich nichts vormachen, ihr wisst selbst, dass dies womöglich unser letzter gemeinsamer Tag ist. Und ich habe Angst. Ja, Angst …«

Leonida stockte und verstummte. Viele Männer nickten, einige sprachen es aus. *Wir auch.* Davide krallte seine Finger ins Moos. *Mein* papà *hat Angst.* Ihm war, als geriete der Boden unter ihm ins Wanken. Auch in der Senke herrschte einen Moment lang beklommenes Schweigen. Dann fuhr Leonida fort, zuerst ganz leise, dann immer lauter. »Und wisst ihr was? Viel-

leicht kommt sogar einmal der Tag, an dem unsere Angst gewinnt. Doch dieser Tag ist noch fern. Denn heute, heute kämpfen wir!«

Den letzten Satz donnerte er über die Köpfe der Männer hinweg, und diese antworteten mit Gebrüll. Davide hörte alles in diesem Gebrüll: die Wut, die Angst, den Blutdurst, den Hass. *Ja, wir kämpfen,* dachte er, und seine Augen brannten so sehr, dass er blinzeln musste. Er hörte die schrillen Rufe dort unten vor der Höhle: »Tötet sie alle!«

»Jagt die Faschistenschweine in die Luft!«

»Lasst sie bluten!«

Und ihn grauste es. *Ja, so ist das eben als Partisan.*

Auch sein Vater erschien ihm verändert, größer und gewichtiger, durchglüht von einem inneren Feuer. Ein Heerführer. Einpeitscher. Das war sein Vater jetzt, ein Riese mit hassverzerrtem Gesicht, zum Töten bereit, zum Fürchten schön. Leonida goss den letzten Schluck Wasser aus seiner Feldflasche auf den Boden, kniete sich hin und vermengte das Wasser mit dem Lehm des Bodens.

»Der Moment ist gekommen, an dem wir in die Schlacht ziehen. Für unsere Erde und für unsere Heimat.«

Er zog sich zunächst zwei breite Lehmstreifen der Länge nach übers Gesicht, dann quer über Kiefer und Wangen. Als er aufsah, erkannte Davide ihn kaum wieder.

»Das ist unsere Losung ab jetzt«, sagte Leo, »*per la terra. Per la patria.*« Der Satz begann zu wandern, von Mann zu Mann, jeder kniete nieder, markierte sich mit Staub, rieb ihn sich ins Gesicht.

Per la terra! Per la patria!

Die Parole hallte von den Felswänden wider. Leonida nahm seinen Rucksack, steckte die Flasche hinein und griff nach seinem Gewehr. Dann drehte er sich um, marschierte los und verschwand ohne ein weiteres Wort im Dunkel des Waldes. Braga-

din, der Vizekommissar, Ottavio und zwei andere folgten ihm. Und ohne weiteres Aufheben griffen auch alle anderen Partisanen nach ihren Waffen und Rucksäcken und rüsteten sich zum Aufbruch. Das Ganze geschah in aller Stille, nur hin und wieder hörte Davide leises Flüstern. *Per la terra! Per la patria!* Einer der letzten verbleibenden Partisanen schüttete Sand auf die verbliebene Glut des Lagerfeuers, der Platz verschwand im Dunkel der Nacht.

Dann waren sie weg.

Davide hockte in der Finsternis, unfähig, sich zu rühren. *Nein,* dachte er, *das ist alles zu groß für mich.* Er sah wieder das starre Gesicht seines Vaters vor sich, hörte das Gebrüll der Männer und sehnte sich wie verrückt nach dem Summen seiner Mutter in der Stille des Ölkellers. Was hatte er geglaubt, was er hier draußen finden würde? Davide barg den Kopf in seinen Händen. Die Worte seines Vaters hallten in seinem Innern nach, schienen ihm etwas sagen zu wollen. Doch was? Nur langsam schälte sich ein Satz aus dem heraus, was er gehört hatte. Der Satz verhakte sich in seinem Gehirn und brachte ihn auf die Beine. Er rutschte den Hang hinunter zur Feuerstelle und nahm dann den Pfad, über den Ottavio ihn am Nachmittag hergebracht hatte. Den, von dem er hoffte, er brächte ihn am ehesten nach Hause. Er marschierte bergab, zuerst langsam, dann immer schneller, angetrieben von diesem einen Satz. *Sie kleben uns schon an den Fersen.*

*

Und er öffnete den Brunnen des Abgrunds, und es ging auf ein Rauch aus dem Brunnen …

Sie hatten Nunziata vom Wegesrand gepflückt wie eine Beere, die man im Vorbeigehen von der Ranke reißt. Sie hatten sie aufgeladen und in eine dunkle Ecke der Ladefläche unter die Plane gestoßen, wo schon drei andere Frauen hockten, die laut-

los die Lippen bewegten und beteten. Und dann fuhren sie weiter, immer weiter, sie konnte nicht erkennen, wohin, nur dass es stets bergauf ging. Irgendwann, es dämmerte schon, hielten sie an einem großen Gebäude, womöglich ein altes *borgo* oder eine Lagerhalle. Dort trieben sie die Frauen in einen leeren Schafstall, und Nunziata verbrachte die Nacht, wie die anderen wartend und horchend in der Dunkelheit, auf stinkendem Stroh, während von draußen vereinzelte Rufe kamen oder Motorengeräusch oder das Klapp-Klapp von Fahrzeugtüren.

Früh am nächsten Morgen holte der SS-Mann mit den babyblauen Augen sie wieder aus dem Stall. Er führte sie zu einem Lkw, der mit laufendem Motor auf dem Vorplatz auf sie wartete und von dessen Ladefläche ihr sicher zwei Dutzend Soldaten entgegensahen. Wieder die SS und die *Brigate Nere* in schwarzen Uniformen.

Und es ward verfinstert die Sonne und die Luft von dem Rauch aus dem Brunnen.

Der Babyblaue wies auf die geöffnete Tür der Fahrerkabine.

»Einsteigen!«

Nunziata verstand die Geste und kletterte in die Kabine. Er folgte ihr auf dem Fuß, drängte sie näher zum Fahrer in die Mitte der Bank und setzte sich so dicht neben sie, dass sich ihre Schenkel berührten.

Nach einer weiteren Fahrt durch das Gebirge, in der Nunziata durch die Frontscheibe auf die Schotterpiste starrte und versuchte, die taxierenden Blicke ihres Sitznachbarn auszublenden, hielten sie an einer breiten Furt durch einen Gebirgsfluss. Der Fluss führte Wasser, anders als viele andere zu dieser Jahreszeit. An manchen Stellen stand es allerdings nur knöchelhoch und schoss auch nicht schnell dahin, sondern ließ sich Zeit in seinem Bett aus glatt geschliffenen Kieseln. Auf einen Befehl hin verließen die Soldaten den Laster. Auch der Baby-

blaue stieg mit ihr aus, dirigierte sie mit vorgehaltener Waffe vom Führerhaus zum Ufer und befahl ihr dort, durch den Fluss zu waten. Nunziata stockte. Sie trug ihr einziges Paar Schuhe, die vorn an den Zehen noch nicht aufgingen, dazu neue, selbst gestrickte Socken.

»*Scusi*«, sagte sie leise und bat, die Schuhe vorher ausziehen zu dürfen. Ein Schwarzbrigadist übersetzte für sie. Der Babyblaue nickte und zuckte mit den Achseln.

Und aus dem Rauch kamen Heuschrecken auf die Erde; und ihnen ward Macht gegeben …

Nunziata hockte sich hin, während ihr die Männer mit vor der Brust verschränkten Armen zusahen. Ihre zitternden Finger taten sich schwer mit den Schnürsenkeln und Sockenbündchen. Über ihren Kopf hinweg wurde weiter gesprochen, um sie herum nur Deutsch, sie verstand von dem kehligen Krächzen des Mannes allenfalls Wortfetzen. Dann ein Wort, das sie von den Razzien her kannte: »Zurück! Zurücktreten!!«

Was ging hier vor? Nunziata rollte ihre Socken zusammen, steckte sie in die Schuhe und stellte diese sorgfältig neben den Fahrweg. Dann richtete sie sich wieder auf. Der Babyblaue lächelte. Als er seine Hand auf ihre Schulter legte, fest und warm auf ihrer Haut, erfüllte sie dies mit größerem Entsetzen als alles andere. Er drehte sie mit dem Rücken zu sich und schob sie zum Wasser. Dann gab er ihr einen Stoß, sodass sie vorwärts stolperte, und hob wieder sein Gewehr.

»Los!«

Sie raffte ihren Rock etwas und tappte vorwärts, in den eisigen Bach. Eine ungewisse Spannung lag in der Luft, es war Nunziata, als ob alle auf etwas warteten. Die Luft vor ihr flirrte vor Hitze, das Licht reflektierte auf dem dahinrauschenden Wasser und stach ihr in die Augen. Im Rücken die leisen Stimmen der Männer, nervöses Lachen, dann ein paar italienische Satzfetzen.

»Klopp spinnt. Hör zu, ein Päckchen Zigaretten, dass der Fluss doch sauber ist. Abgemacht?«

»Hm, besser nicht. Wenn da doch ’ne 43er drin ist, geht die schon bei ’ner Fliege hoch.«

Und da wusste Nunziata endlich, wozu man sie brauchte.

Erster Schritt. Wasserrauschen um ihre Knöchel und glatte Kiesel. Eiskalt. Nunziata machte sich leicht, ganz leicht und kämpfte gegen das Zittern an, das ihren ganzen Körper erfasste. Nicht gut, gar nicht gut fürs Gewicht. Der Puls dröhnte ihr in den Ohren, übertönte fast die Stimmen ihrer Peiniger. Die Befehle auf Deutsch. Auf Italienisch.

»Weitergehen!«

»*Vai! Vai!*«

Zweiter Schritt, und ein Blick zurück. Die Männer waren fast alle in Deckung gegangen, nur der Babyblaue – wie riefen ihn die anderen noch mal? Klopp? – verharrte an der Uferböschung. Sein Gewehr hatte er gegen einen kompakten Fotoapparat eingetauscht, mit dem er sie jetzt ins Visier nahm. Der Kies knirschte unter ihren Fußsohlen, schnitt ihr in die Haut, sie tastete mit den Zehen über das Flussbett. Was fühlte sie da unten? War das ein Stein? Fels? Metall? Ein leises Klicken traf sie bis ins Mark, doch es war nur der Auslöser von Klopps Kamera. Dieser ging jetzt in die Knie, um für sein Foto den besten Winkel zu erwischen. Er grunzte und schnaubte, wirkte unzufrieden. Dann nahm er seine Mütze ab, strich sich das glatt gekämmte Haar zurück und legte sich längs auf den Boden.

»Los! Weiter!«

Noch ein dritter Schritt. Gelächter. Johlen. Aufgekratztes Flüstern. Und wieder das Klicken des Auslösers.

»Da machen Sie aber ein hübsches Foto – *bella foto, eh?*«, rief ein Schwarzbrigadist Klopp zu und setzte in schnellem Dialekt hinzu: »*Cazzo,* der Depp tut, als würde er sich ’ne Urlaubspostkarte knipsen.« Klopp feixte und hantierte mit der Kamera.

»Definitiv *bella*, ja. Ein *bella foto.*« Das Wasser rauschte, eiskalt, Nunziata hatte kein Gefühl mehr in ihren Füßen.

Und es ward ihnen gegeben, dass sie sie nicht töteten, sondern sie quälten fünf Monate lang …

Nunziata tappte weiter. Tränen liefen über ihr Gesicht, sie heulte und registrierte es nur vage. Ein letzter Schritt, ein letztes Knirschen unter ihren tauben Zehen und dann das andere Ufer. *Geschafft.* Etwa ein Dutzend Meter weiter voran, oberhalb einer Böschung, breiteten Kastanien und Buchen ihre Äste aus wie Schwingen. Dort begann der Wald. Die Bäume reckten sich ihr entgegen, ein leichter Wind wisperte in den Blättern. Was flüsterte er ihr zu?

Fürchte kein Unglück, denn wir sind bei dir …

Nunziata wischte sich den Rotz von der Oberlippe. Hinter ihr ertönte erneut Gelächter. Jemand rief, sie solle umkehren. Dann startete der Laster den Motor. Sie stand still, zögerte. Sah sich nicht um. Bis zu den ersten Bäumen, das war nicht weit. Sie konnte es schaffen, mit Gottes Hilfe würde es gelingen. Als sie lossprintete, begann sie lautlos zu beten, verschiedene Psalme, die ihr gerade in den Sinn kamen. *Und ob ich schon wanderte im finsteren Tal …* Sie wanderte nicht, sie rannte. Stieß sich die Zehen an Baumwurzeln, stolperte über Äste. *Du weidest mich auf einer grünen Aue.* Nunziata hetzte über verbranntes Gras und alte Minenkrater, nur weiter den Berg hinauf. Neben ihr sirrten Geschosse ins Gras, und hinter ihr gellten Schreie. Die Jagd war eröffnet. Sie rannte. Rannte, so schnell sie konnte. Über Stock und Stein, Wurzeln und totes Astwerk. Sie spürte ihre nackten Füße nicht mehr, achtete nicht mehr darauf, wohin sie trat. Besser nicht schauen. Die Rufe kamen näher. Wie weit waren sie weg? Besser nicht hinhören. Und dann erreichte sie den Wald. Hier am Nordhang des *Monte Saccarello* begannen die Höhenzüge der Seealpen, die sich bis hinüber nach Frankreich zogen. Eine einsame Gegend, eine Welt der Schafe und der Stille. Doch

jetzt peitschten Schüsse durch den Hochwald, krachten genagelte Stiefel durch das Unterholz. Nunziata hastete weiter bergauf. Jeden Augenblick erwartete sie den tödlichen Schlag einer Kugel in ihrem Rücken. Ihre Lungen fingen an zu brennen, jeder Atemzug tat weh. Sie atmete flach, konzentrierte sich auf den nächsten Schritt. Nur nicht stürzen. Und dann, während sie weiterlief, durchströmte sie auf einmal eine Energie, eine Energie der puren Güte, und sie fühlte, nein sie wusste: Sie war nicht mehr allein.

Ich bin bei dir, meine Tochter, alle Tage.

Nunziata entfuhr ein Schluchzen. *Er spricht wieder mit mir!*

Hier mitten im Wald, während ihr die Dornen und scharfkantiges Gestein die Fußsohlen aufrissen, hier endlich wandte er sich ihr wieder zu. Nannte sie seine Tochter. Nunziata konnte nicht anders, sie begann zu weinen.

Doch, Vorsicht, die Häscher blieben ihr auf den Fersen – ihre Rufe waren mal weiter entfernt, kamen dann wieder aus der Nähe. Da! Sie stürzte jählings in einen Erdkrater, den der Wurzelteller einer sterbenden Kastanie beim Fall aufgerissen hatte. Das Loch war randvoll mit Blättern und abgestorbenen Zweigen gefüllt und nicht zu erkennen gewesen – eine natürliche Fallgrube. Sie lag in dem Krater, diesem Blättergrab, und rang nach Luft. Einen Moment lang wünschte sie sich, nie mehr aufzustehen. Beim Sturz hatte sie sich das Knie verletzt, es pochte in ihm und stach wie Feuer. *Lieber Gott, lass mich sterben,* flehte sie in Gedanken. *Lass mich sterben, ich kann nicht mehr.* Doch die Antwort, die sie bekam, klang fast streng: *Was maßt du dir an, meine Tochter. Steh auf! Steh auf und folge deiner Bestimmung.*

Welcher Bestimmung?

Der, Zeugnis abzulegen. Komm …

Nunziata stemmte sich erneut hoch und stolperte los. Jeder Schritt bereitete ihr Schmerzen, und hinter sich hörte sie wieder

die Stimmen ihrer Verfolger. Wo konnte sie sich nur verstecken? Sie würde diese Hatz nicht mehr lange durchhalten. Sie schlug sich in ein verstecktes Seitental, das immer enger wurde, je tiefer sie kam. Das ausgetrocknete Bett eines Baches bohrte sich hier ins Gestein und formte einen verborgenen Hohlweg. Rechts und links überwucherte dornige *macchia* das Gelände wie Stacheldraht, den einzigen Weg hindurch bot der Geröllpfad des Bachlaufs. Den einzigen Weg? Nunziata nahm den Bachlauf. Sie tappte über die scharfkantigen Kiesel, das Echo ihrer Schritte in den Ohren, und folgte dem gewundenen Lauf des Bachbetts, färbte es rot mit ihrem Blut. Je tiefer sie kam, desto leiser wurden die Rufe ihrer Verfolger. Gut, weiter so! Nach einem Dutzend Kehren endete der Hohlweg abrupt über einem Steilhang und eröffnete den Blick weit auf ein tief eingeschnittenes, felsiges Tal. Nunziata sah hinab, und ihr schwindelte. Tief unter ihr, weiter talabwärts, spannten sich fünf gigantische Steinbögen über den schroffen Einschnitt des Tals. Die Brücke über die *Brigasca*-Schlucht. Was nun? Sie duckte sich still zwischen zwei Felsblöcken und lauschte. Eine halbe Minute verging. Dann eine. Und noch eine. Hatten ihre Jäger aufgegeben? Sie konnte nichts weiter tun, als abzuwarten und zu beten. Sie betete zwei Vaterunser. Keine Rufe mehr währenddessen. Sie ließ drei Ave-Maria folgen, um sicherzugehen, und lauschte erneut. *Nichts.* Dann begann sie ganz vorsichtig mit dem Abstieg ins Tal. Gott hatte sie bewahrt, denn er wollte, dass sie Zeugnis ablegte? *Aber wofür und für wen?*

Etwa eine halbe Stunde später, auf einem Felsvorsprung direkt über dem Viadukt, der die Schlucht überspannte, fand Nunziata die Antwort auf diese Frage.

Denn dort unten, am diesseitigen Brückenkopf, gewahrte sie einen deutschen Kontrollposten. Die Deutschen stoppten soeben einen mit Holzfässern beladenen Lastwagen, der die Brü-

cke passieren wollte. Und aus diesem Lastwagen kletterte Bragadin, der frühere Pressmeister der Familie Lanteri und ihr direkter Nachbar in *Sant'Amato*. Bragadin, der im Dorf seit zwei Tagen nicht mehr gesichtet worden war und von dem man zu wissen glaubte, wohin er verschwunden war: zur Einheit seines ehemaligen Dienstherrn Leonida.

*

Davide war die ganze Nacht gelaufen. Nun sah er schon die Röte am Horizont und erreichte die alte *frantoio,* als die Uhr seines Vaters an seinem Handgelenk gerade fünf anzeigte. Alles blieb still hier, verlassen.

Er rastete nur kurz, trank einen Schluck Wasser aus der Feldflasche, aß von den Kastanien. Dann eilte er weiter. Hier lief er schon über Lanteri-Land, bald war er zu Hause. Kurz vor dem letzten Bergkamm veränderte sich das Licht, und Davide kamen Zweifel. Wie seltsam satt die Morgenröte heute leuchtete. Und war Osten nicht weiter zu seiner Linken? Ein Gedanke setzte sich in ihm fest. Zuerst versuchte er ihn noch wegzuschieben, dann ließ er zu, dass dieser die Führung übernahm und seine Beine schneller, immer schneller die letzte Anhöhe vor *Sant'Amato* hinauftrieb.

Zwei Schritte bevor er den Kamm des Hügels erreichte, platzte die Blase an seinem rechten Fuß auf, und stechender Schmerz schoss ihm in die Ferse. Doch als er strauchelte und hinfiel, mit Blick über die vertraute Bucht, da keuchte er nicht deswegen. Der rote Schein erhellte jetzt sein ganzes Gesichtsfeld. *Gott steh uns bei,* dachte er, *Gott steh uns bei.*

Sant'Amato brannte.

*

Im ersten Moment zweifelte Nunziata, ob sie richtig gesehen hatte, zu absurd erschien ihr das Bild.

Dort unten gähnte die Schlucht, über deren Abgrund sich der Viadukt mit seinen gewaltigen Steinbögen spannte. Und direkt unter ihrem Spähposten, zum Greifen nah, befand sich die Straßensperre mitsamt einer Holzbaracke, gesichert von einem leichten Feldgeschütz und zahlreichen Soldaten. Und mitten unter den Uniformierten stand, jämmerlich wie Hiob in seiner fadenscheinigen Jacke, tatsächlich ihr alter Nachbar.

Sie hatte so gute Sicht, dass sie nicht nur Bragadin erkannte, sondern auch die Gesichtszüge der Soldaten studieren konnte, bartlose Burschen mit harten Augen, denen die topfartigen Helme zu groß geraten schienen. Nunziata erkannte sogar die Adjustierung: Dort unten wachte ausschließlich deutsche SS.

Nach einem kurzen Wortwechsel folgte der alte Pressmeister den zwei Wachtposten in die Baracke. Was ging da vor sich? Und warum wimmelte es hier nur so von Deutschen? Sie hatte noch nie so viele von ihnen eine einzelne Straße bewachen sehen. Sicher, unten an der Küste, wo man fest mit der Landung der Alliierten rechnete, hatten die Kontrollen zugenommen. Doch soweit Nunziata wusste, hatten die Deutschen die Berge mit ihren zahllosen Pässen bisher ihren faschistischen Helfershelfern von den *Brigate Nere* und der UPI überlassen.

Jetzt aber bewachten diese abgelegene Schlucht zwei Dutzend Schwerbewaffnete. Und alle richteten ihre Aufmerksamkeit auf die Brücke und die Straße gegenüber, die sich vom *Brigasca*-Pass weit oben bis hierher hinabschlängelte.

Aber warum? Auf wen wartete das Aufgebot?

Nunziata überlegte gerade, ob Klopps Trupp ebenfalls auf dem Weg hierher gewesen war, vielleicht mit dem Befehl, mögliche Gefahrenpunkte zu prüfen und freizuräumen, da bemerkte sie eine Bewegung auf dem Lastwagen mit den Weinfässern.

Auf der dem Kontrollhäuschen abgewandten Seite bewegte sich etwas zwischen den Fässern. Zuerst war da ein tastender Arm, dann schob jemand ganz langsam eines der Fässer ein wenig zur Seite. Von den Wachen unbemerkt wand sich ein Mann zwischen den Fässern hervor. Leo Lanteri hatte sich das Gesicht geschwärzt, trotzdem erkannte Nunziata ihn sofort.

Herr im Himmel, sein Vater ist hier! Er etwa auch?!

Voller Angst beobachtete sie Lanteri, wie er sich von der Ladefläche des Lasters gleiten ließ. Wie er sich unter dem Fahrzeug zwischen die Reifen duckte. Verrückt, wie genau sie von ihrem Posten aus alles beobachten konnte, während die SS-Leute ahnungslos vor der Baracke standen und rauchten, alle Blicke auf die Brücke gerichtet. Als fände die ganze Szene nur für ihre Augen statt, auf einer Bühne zu ihrer alleinigen Unterhaltung. Doch dieses Schauspiel unterhielt sie nicht, am liebsten wäre sie weggelaufen, weit weg, und hätte sich kleingemacht, oder wenigstens Augen und Ohren zugehalten, doch sie tat nichts davon. *Du sollst Zeugnis ablegen,* so lautete das Gebot. Und als Nunziata zusah, wie Leo Lanteri dort unten zwischen den Lkw-Reifen eine Handgranate aus seiner Jacke zog, schlug sie schnell ein Kreuz. *Allmächtiger.*

Doch da, ein Krachen im Innern der Baracke. Lanteri verschwand unter dem Wagen. Was war das, ein Schuss? Bragadin stürzte aus der Barackentür und rannte auf seinen krummen Beinen zum Laster. Er schrie etwas und hob warnend die Arme. Dann krachte es erneut, der alte Pressmeister zuckte wie unter einem Hieb zusammen, machte einen Satz und fiel vornüber aufs Gesicht.

Unter den Wachen entstand Tumult. Aus der Baracke stürzten zwei Soldaten mit Gewehren, die anderen rissen ebenfalls ihre Waffen hoch, schrien und zielten in alle Richtungen. Doch die Schlucht antwortete nur mit dem Echo ihres eigenen hilflosen Gebrülls.

Nunziata kniff die Augen zusammen, musterte den reglosen Körper ihres Nachbarn im Staub – Friede seiner Seele! –, fixierte den Lastwagen, studierte jede Bewegung dort. Nein, Lanteri blieb verschwunden. Verlassen stand der Laster nun mitten auf der Straße, voll beladen mit Wein, wie ein zurückgelassenes Geschenk. Konnten sie eine solche Gabe zurückweisen? Ein Offizier stiefelte nun aus der Baracke, offensichtlich der Kommandeur des Kontrollpostens. Er schnauzte seine Männer an, scheuchte sie, dass sie an allen Ecken Stellung bezogen, die Waffe im Anschlag. Dann näherte er sich vorsichtig dem Wagen. Er strich gerade mit der Hand über die großen Lettern auf der Heckklappe der Ladefläche – *FRATELLI PERRETTI CERVO* –, als er plötzlich den Kopf hob und lauschte. Und dann hörte es auch Nunziata.

Ein tiefes Brummen kam von der gegenüberliegenden Seite der Schlucht. Hinter einer Kehre der Passstraße tauchte eine Kolonne Motorräder, Fahrzeuge der deutschen Wehrmacht, auf. Immer paarweise nebeneinander fuhren sie die Straße herab, wie fette, schwarze Fliegen im Anflug auf einen Misthaufen. Den Motorrädern folgten ein blitzblank geputzter Militärwagen mit Hakenkreuzfähnchen rechts und links der Scheinwerfer sowie eine Kolonne schwerer Armeelaster mit geschlossenem Verdeck, derart überladen, dass sie schon schwankten. Der ganze Zug rollte langsam hinab zur Brücke, ein Tausendfüßler mit schwarzen Gliedern, auf denen weiß gezackte Runen prangten. Nunziata duckte sich tiefer auf den Boden ihres Ausgucks und erschauerte.

Die böse Schlange, das gehörnte Tier …

Die Besatzung des Kontrollpostens wurde rege. Der Befehlshaber brüllte wieder einen Befehl, ließ von den Weinfässern ab und eilte zum diesseitigen Brückenkopf. Auch seine Untergebenen entwickelten jetzt eine erstaunlich zielgerichtete Geschäftigkeit. Der provisorische Schlagbaum wurde gehoben. Schützen reihten sich auf, standen Spalier, hoben den gestreckten Arm zum Gruß,

dem Gruß zum Götzendienst. Auch auf dem Brückenkopf gegenüber hob sich langsam der Schlagbaum. Das lackschwarze Militärfahrzeug hupte, und Nunziata fasste sich an das Kruzifix, das um ihren Hals baumelte, so als könne sie damit das Böse bannen, welches dort unten die Schlucht überflutete.

Der Antichrist.

Noch einmal hupte der Wagen, dann war der Weg frei, und die Kolonne rollte langsam auf die Brücke.

Eine Bewegung dicht unter ihr machte Nunziata stutzig. Was war das? Auch der Weintransporter regte sich, unbemerkt von den Wachtposten, deren ganze Aufmerksamkeit der Brücke galt und der Ankunft ihres Götzen. Langsam und so sachte, als hätte jemand allenfalls die Handbremse gelöst, rollte er Stück für Stück voran, schlich der Brücke entgegen. Lanteri? Im Fahrerhaus konnte Nunziata niemanden erkennen. Dann, kaum dass die Kolonne den Schlagbaum gegenüber passiert hatte, röhrte der Laster auf und gab Vollgas.

Und vom Himmel kam ein Brausen, als die Engel herabfegten …

Nunziata schrie auf. Ihr Schrei ging im Motorengeräusch und dem mörderischen Geknatter des MG-Feuers unter, das sich jetzt aus allen Richtungen erhob. Der Weinlaster raste auf die Brücke zu, der Kolonne entgegen, schwankend und schlingernd. Und dann plötzlich sah sie ihn, ja bei Gott, sie sah ihn! Lanteri, wie er bei voller Fahrt aus dem Fahrerhaus kletterte, die Granate zwischen den Zähnen. Lanteri, gekrümmt hinter der Wagentür, halb auf der Ladefläche. Lanteri, der ausholte und mit langem Arm die Granate zwischen die Fässer warf. Und der dann absprang und zur gemauerten Brüstung hechtete, wo ihn die erste MG-Salve traf. Lanteri. Ihr Engel mit dem Flammenschwert.

Von dort wird er kommen, zu richten die Lebenden und die Toten …

Nunziata begann laut zu beten, wirre Verse und Psalmen. Auf der Brücke herrschte nun Chaos. Der Geleitschutz der Kolonne feuerte mit allem, was er hatte, auf den Weinlaster, der ihm führerlos entgegenraste. Gleichzeitig kamen von der Passstraße Schüsse. Jemand schnitt der Kolonne den Rückzug ab, die Partisanen ließen die Falle zuschnappen.

Lanteri zog sich mühsam auf die Brüstung der Brücke. Im gleichen Moment raste der Laster in die Kolonne und explodierte.

Und der Engel nahm das Feuer vom Altar und schüttete es auf die Erde …

Die Druckwelle fegte hoch bis zu Nunziatas Versteck, drückte ihr den Staub in die Lunge, riss an ihrem Haar. Die Explosion war so laut, dass ihr rechtes Trommelfell platzte. Alles Weitere geschah in ohrenbetäubender Stille und so langsam, als sei es Gott wichtig, dass sie auch ja alles sah, sich alles gut einprägte.

Stimmen und Donner und Blitze und Erdbeben.

Der Feuerstoß fraß sich durch die Kolonne, fegte über die Straße, erfasste die Baracke, die aufflackerte wie ein papiernes Streichholzbriefchen. Laster wurden durch die Luft geschleudert wie Blechspielzeug. Wolken aus Stein, Staub und Aschefetzen schossen in den Himmel. Die Pfeiler der Brücke taumelten, Steinblöcke stürzten in die Schlucht. Und dort oben auf der Brücke, kurz bevor diese zusammenbrach und alles mit sich in die Tiefe riss, sah Nunziata ihren Engel ein letztes Mal. Leo Lanteri stand auf der Brüstung, inmitten der Flammen, und es kam ihr für einen Moment fast so vor, als breite er seine Arme aus, um sie zu segnen. Dann stürzte er, mit dem Kopf voran, hinab in die Schlucht.

*

Die Brände wüteten im ganzen Ort, Flammen fraßen sich in Dachstühle, schwarzer Rauch zog durch die Gassen. Davide taumelte an Menschen vorbei, die eine lange Kette gebildet hatten und sich Eimer anreichten, aus denen Wasser schwappte. Überall Chaos und Geschrei, daneben still daliegende Körper auf dem Asphalt und das schreckliche Krachen berstender Balken. Als er an einem Hauseingang in der *Via dei Fossi* vorbeihastete, entdeckte er dort eine Freundin seiner Mutter: Maria Bruzzone. Das Haar stand ihr wirr vom Kopf ab, und sie wiegte den schwangeren Leichnam ihrer Tochter in ihren Armen hin und her. Eine Straßenecke weiter lag ein Mann mit dem Gesicht zu Boden in einer breiten Blutlache. Daneben eine Krücke. Genio Barberi?

Schau nicht hin! Weiter, weiter!

Davide hetzte über die Piazza. Der Dachstuhl von *San Pietro* brannte lichterloh, und dicker Rauch quoll aus dem offenen Portal. Davide rannte an der Kirche vorbei und die Treppen hoch, erreichte die Zufahrt zur *Frantoio Lanteri*. Und je näher er seinem Zuhause kam, je mehr er sehen konnte, desto kälter wurde ihm.

So ist das eben als Partisan.

Die Flammen hatten vom Dach nicht viel übrig gelassen. Schwarz verkohlt stachen die Balken des Dachstuhls in die Luft. Es herrschte Stille, das furchtbare Summen und Knacken des Feuers war hier längst verstummt. Als wäre die *frantoio* als Erstes angezündet worden. Davide rief. Nach seiner Mutter, nach den Schwestern. Keine Antwort. Er stieg über Trümmer, rief erneut, seine Stimme klang seltsam dünn in seinen Ohren und schrill wie die eines Kindes.

Stille.

Minuten später, er hatte sich schon fast heiser gerufen, öffnete sich die Tür des Lagerschuppens weiter unten am Hang, und eine Frau mit einer alten Uniformjacke trat auf den Hof. Ihr

Gesicht war geschwärzt, und sie musterte den Hof mit prüfendem Blick, ehe sie langsam auf ihn zuging. Hinter dem Rücken hielt sie einen blechernen Gegenstand verborgen. Nur an ihrem Gang erkannte er sie.

Mafalda?

Jede Bewegung bereitete seiner sonst so energiegeladenen Tante Mühe. Sie setzte einen Fuß vor den anderen, und ihre Last schien mit jedem Schritt, den sie zurücklegte, schwerer zu werden. Anfangs hielt sie den Kopf noch gesenkt, doch als sie näher kam, blickte sie auf und sah ihm in die Augen. Und da wusste er es. Er brauchte nicht mehr zu fragen. Das Wissen krallte sich in sein Herz und presste es zusammen, so fest, dass er ächzte. Einen Moment lang sahen sie sich nur an.

»Und die Schwestern?«, fragte er dann.

»Waren bei Sofia Vassallo. Reiner Zufall. Ich hatte sie dortgelassen.«

Erneutes Schweigen. Davide flüsterte, er wolle sie sehen.

Mafalda schüttelte den Kopf, verweigerte sich auch jeder Frage, wo er suchen müsse. Dabei versäumte sie es, den Gegenstand weiter hinter ihrem Rücken zu verbergen. Den Zinktrichter, dessen Tülle blutverschmiert war. Davide fragte weiter, immer lauter, und Mafalda schüttelte erneut den Kopf. Sie sah ihn dabei nicht an, sondern ließ den Blick über die verbrannten Mauern und rauchenden Pfeiler gleiten, suchend, so als gäbe es dort irgendwo Hilfe. Als er zum fünften Mal fragte, verriet Mafalda sich selbst. Denn Davide erkannte, dass sie ihren Blick über alle Gebäude gleiten lassen konnte, das zerstörte Haupthaus, die Lagerschuppen, die halb verbrannte Garage, doch zum Presshaus verirrte sich ihr Blick nicht ein einziges Mal. Und die Tür zur Presse stand offen.

*

1980

»E intanto il tempo se ne va …«

Titel: »Il tempo se ne va«, Musik/Text: Toto Cutugno/Cristiano Minellono/Claudia Mori, Interpret: Adriano Celentano, Jahr: 1980, Nr. 2 der italienischen Single-Charts: 30 Wochen.
Als Mitautor dieses Songs startete Toto Cutugno in die erfolgreichste Dekade seiner Karriere als Sänger und Songwriter. Mit Titeln wie »Serenata«, »Insieme« und natürlich »L'italiano« prägte Cutugno den italienischen Pop der 1980er-Jahre und nahm insgesamt fünfzehn Mal am Sanremo-Festival teil.

Tredici

Niemand in Rom, sie selbst eingeschlossen, hatte damit gerechnet, dass ihr größenwahnsinniger Ausflug ins Theaterfach ein Erfolg werden würde. Marina Vassallo, eine aus der *Cinecittà,* auf der gnadenlosen Bühne des *Teatro Argentina?* Mit vierundfünfzig? Als Medea? Ein Wahnsinn. Doch sie hatte gewonnen, spätestens der frenetische Beifall des Premierenpublikums an diesem Abend bewies es ihr. Gewonnen wie zwölf Jahre zuvor schon einmal, als sie, auch schon in mittlerem Alter, in *Cinecittà* neu anfing und binnen Jahresfrist zum »Wunder aus der Provinz« avancierte.

Nun saß Marina in ihrer persönlichen Garderobe vor dem Spiegel, starrte in die Milchglasbirnen, die ihr Abbild umrahmten, und wischte sich mit Vaseline und einem Schwämmchen die antikweiße Schminke aus dem Gesicht. Sie tat es bedächtig, mit den sicheren Handbewegungen eines Menschen, der sich seit Jahrzehnten abschminkt. Als sie dem Blick ihrer Augen im Spiegel begegnete, seufzte sie.

Und jetzt? Hast du endlich genug? Mehr geht nicht, nicht in diesem Leben. Du hast alles erreicht. Du kannst dich zurücklehnen, nachher mit Raffi heimfahren und auf deinem Balkon die Abendsonne genießen. Raffi klettert zwischen seinen Pflanzkübeln herum, wässert die Zitronen und den Lorbeer, so wie immer. Und du schaust ihm zu, deinem kleinen giardiniere, *die Stadt zu Füßen, während die Sonne hinter der Kuppel des Doms untergeht. Das ist es doch, was du wolltest. Was also noch? Warum fühlst du dich schon den ganzen Tag so verdammt elend?*

Sie legte das Schwämmchen hin und zündete sich eine Zigarette an. Dachte nach und rauchte. Ihr Herz geriet mit einem Mal aus dem Takt, stotterte wie ein alter Motor. Wie lange war es her, dass sich ihr Herz gemeldet hatte. Zehn Jahre? Zwölf? Als

ihr Sohn Raffaele in die Garderobe kam, fiel Marina wieder ein, dass aus dem gemeinsamen Abend auf dem Balkon nichts werden würde. Als Zorro verkleidet fegte er durch die Tür, mit aufgemaltem Oberlippenbärtchen und Augenbinde, hinter ihm blähte sich sein pechschwarzer Mantel.

»Ach ja, hatte ich fast vergessen, die Kostümparty zum Examen«, sagte sie. »Musst du schon los?«

»Tut mir leid, dass ich nicht bleiben kann, ausgerechnet heute. Ich lauf gleich rüber zum *liceo,* sind ja nur ein paar Schritte. Jetzt bin ich auch nur gekommen, weil draußen vor der Tür Besuch steht. Ein richtiger *gentiluomo*. Will mit dir reden und sagt, er kennt dich von früher.«

»Ein feiner Herr?«

»Ja, ein Kahlkopf mit Dreiteiler, ziemlich geschniegelt.«

»Alter?«

»Uh, schwer zu schätzen. Alt. Siebzig? Also, sechzig ganz sicher.«

»Das bin ich in ein paar Jahren auch.«

»Verzeih, *mamma* – also siebzig mindestens! Soll ich ihn reinholen?«

Marina nickte. Wer konnte das nur sein? Eine vage Idee formte sich an den Rändern ihres Bewusstseins zu einer Gestalt, da klopfte es auch schon an der Garderobentür. Gleichförmig wie ein Uhrwerk und hartnäckig. Dieses Klopfen. Auch damals hatte er damit nicht aufgehört. Er hörte einfach nicht auf, bis sie …

Die Gestalt bekam ein Gesicht, und Marina sprang auf. Sie wollte Raffi noch am Arm erwischen und ihn zurückhalten, doch er war schon an der Tür und öffnete.

»*Buonasera*, einen schönen Abend wünsche ich.«

Enzo Morone war inzwischen tatsächlich kahl, und auch der Maßanzug konnte nicht darüber hinwegtäuschen, dass ihn das Alter bereits fest in seinen Klauen hielt. Der teure Stoff des

Dreiteilers warf Falten, er wirkte abgezehrt und stützte sich beim Gehen auf einen Stock. Doch seine nun tief in ihren Höhlen liegenden Augen erfassten ihr Ziel noch immer mit der Präzision des geborenen Jägers.

»Was willst du hier?«, sagte Marina statt einer Begrüßung. »Du weißt, dass ich keinen Film für dich mache.«

Der Kahlköpfige nickte und zuckte mit den Achseln. »Also bitte, wer macht heute denn noch Kino? Ich produziere nur noch für den Videomarkt. Aber Sie vielleicht, junger Freund?«, sagte er und zwinkerte Raffi zu, der neben ihm an der Tür stand. »Kommen Mantel-und-Degen-Filme wieder? Steht Ihnen.«

Raffi lachte verlegen und zupfte an seiner Maske. *Die charmante Tour also wieder,* dachte Marina. *Hat sich nichts geändert. Aber Hauptsache, er erkennt Raffi nicht.* Sie ging zu ihrem Sohn, schob sich schweigend vor ihn. Besser, sie wartete einfach ab. Jedes Wort zu viel lieferte diesem Schwein doch nur mehr Futter.

Morone tat unbeteiligt. Er ging zu einem Sessel in der Garderobenecke, setzte sich mit einem leisen Aufseufzen hin und lehnte den Stock sorgfältig an die Armlehne.

»Ich komme wegen einer anderen Sache.« Er zog ein Kuvert aus teurem Papier aus der Innenseite seines Jacketts und hielt es Marina hin. »Deswegen.«

Marina zögerte einen Moment. Dann durchquerte sie den Raum und schnappte sich das Kuvert mit spitzen Fingern.

Als sie es öffnete und die elfenbeinfarbene Faltkarte herauszog, brauchte sie einige Zeit, um die handgeschriebene Botschaft über dem gedruckten Datum zu entziffern.

»Was steht in dem Brief?«, kam es von Raffi, der noch immer an der Tür stand, doch Marina achtete nicht auf ihn, sie studierte Morones Gesicht. Was sollte das? Welchen Plan verfolgte der Alte?

Laut sagte sie: »Das ist ein Trick. Warum sollten die beiden auf einmal deine Erlaubnis haben?«

Morone seufzte erneut, und Raffi fragte: »Wer?«

Ohne hinzusehen, reichte Marina ihm die Karte. Ihre Kehle war auf einmal wie ausgedörrt, und sie sehnte sich nach einem Schluck Wasser. Doch ihr Wasserglas stand auf dem Schminktisch, und der Schminktisch befand sich in der Nähe des Sessels, auf dem ihr Besucher saß. Also lieber nicht.

»Ich habe eine Enkelin«, sagte Morone unvermittelt. »Rosita ist ihr Name.«

»Ja, und?«, fragte Marina.

Dadurch, dass Matteo sie nicht sehen wollte, war der Kontakt nach *Sant'Amato* brüchig geworden. Und während der schlimmsten Zeit damals im Krankenhaus, als die Ärzte erfolglos um Matteos Bein kämpften, hatte Marina kaum hingehört, wenn Sofia ihr Neuigkeiten aus *Sant'Amato* zutrug. Doch daran, dass Morone seine Tochter Isabella nach Argentinien geschickt und mit einem Rinderbaron und hochrangigen Mitglied der dortigen Militärjunta verheiratet hatte, erinnerte sie sich noch gut. Denn am gleichen Tag, an dem jemand Matteo anonym die Verlobungsanzeige ins Krankenhaus schickte, hatte ihr Sohn versucht, sich aus seinem Krankenzimmer im dritten Stock zu stürzen.

»Rositas Vater ist gestorben«, erklärte Morone. »Er wurde abgeholt, von einem schwarzen Wagen der Regierung, niemand weiß Genaues. Isabella bekam nach zehn Tagen den Totenschein zugeschickt. Vielleicht hat er ja auch einen Fehler gemacht, das passiert da unten im Moment ja häufiger.«

»Was wird das? Ein Kommentar zur weltpolitischen Lage? Und willst ausgerechnet *du* mir erklären, wie das läuft, wenn Leute plötzlich abgeholt werden.«

Sie verfluchte den brüchigen Klang ihrer Stimme und bereute, dass sie nicht hatte schweigen können. Doch Raffi war klug, vielleicht sogar das Klügste ihrer Kinder, er würde sich schon seinen Teil denken. Schlimmer noch, er würde sie später in die

Mangel nehmen und nicht eher lockerlassen, als bis er alles erfahren hätte. Alles über Väter. Alles über schwarze Autos. Alles über die Vergangenheit seiner Mutter.

»Du bist ungerecht«, sagte Morone jetzt. »Ich habe dich damals beschützt.«

»Wie ein Geier sein Aas.«

»Ich habe wirklich alles getan, *giudea,* um wenigstens für dich einen sauberen Pass zu organisieren.«

»Wohl eher, um dir dafür deinen schmutzigen Lohn zu sichern, du Schwein.«

Marina erschrak ob des Hasses in ihrer Stimme. *Sag nichts mehr,* mahnte sie sich, doch das Wort, mit dem er sie schon früher als junge Frau angeredet hatte, brachte alles wieder hoch. Die Schüsse in den nasskalten Straßen am Tag der Bekanntgabe von »Polizeiweisung Nr. 5«. Die zusammengetriebenen Nachbarn. Das Versteck. Die Angst, wochen-, monatelang. Morones Hände auf ihrem Körper. Fast ein Jahr später dann das Treffen mit seinem Freund aus Ligurien. Die Kellerwohnung mit dem Ölofen in diesem letzten Kriegswinter. Das Feilschen der Männer. »Sie ist schön. Aber in dem Zustand, nein, ich kann sie nicht nehmen.«

»Doch, das tust du, Carlo, sonst erzähl ich den Lanteris, dass du derjenige warst, der geredet hat.«

»Aber dann bist du auch dran!«

Morones schallendes Lachen. »Glaubst du, ich hätte mich nicht abgesichert? Jetzt komm, hab dich nicht so. Du liebst doch eh, wen du willst, also nimm sie. Und wenn's am Leben bleibt, zahl ich.«

Die Tränen stiegen Marina in die Augen, und sie wandte sich ab. Dann war Raffi bei ihr, fragte leise, was denn wäre. Nahm sie in den Arm, mit seinen großen Händen.

Wenn's am Leben bleibt …

Ihr erster Sohn. Namenlos. Wie groß wären seine Hände spä-

ter geworden? An dem winzigen Körper hatte nichts gefehlt, Kopf, Ärmchen, Beinchen – alles da. Die Haut sehr dünn, durchsichtig fast und an einigen Stellen violett verfärbt. Ein verdrehtes Leben, erst gestorben, dann geboren. Und von Carlo begraben. *Gott ist mein Feind. Schon immer gewesen.*

»Gott allein weiß, wie leid es mir tut, dass du das Kind damals verloren hast«, sagte Morone und langte nach seinem Gehstock. »Ich habe Fehler gemacht. Viele Fehler. Es sollen nicht noch mehr werden. Und ich habe nicht mehr viel Zeit.«

Erst jetzt, beim Aufstehen, bemerkte Marina den Infusionsbeutel in der Innentasche seines teuren Jacketts.

»Und du denkst, das nehme ich dir ab? Dass du die Hochzeit aus Reue erlaubst?«

Morones wächserner Mund verzog sich zu einem schiefen Grinsen. »Nicht ganz. Isabella droht, dass ich meine Enkelin nie wiedersehe, wenn ich mich gegen die Heirat mit deinem Sohn stelle.« Er stemmte sich aus dem Sitz. »Tja, *giudea*, wir werden einander einfach nicht los. Jetzt sind wir also die Eltern des Hochzeitspaars.«

Nachdem er gegangen war, sah Raffi sie verständnislos an.

»Willst du mir vielleicht etwas erklären?«

Marina seufzte. Sie hatte Carlo nie nach seinem Pakt mit Morone gefragt – womit dieser ihn damals in der Hand gehabt hatte. Vielleicht wurde es Zeit, darüber nachzudenken?

»Hör zu, Raffi«, sagte sie. »Wenn ich von den Probeaufnahmen in Mailand zurückkomme, was würdest du sagen, wenn wir zusammen zu Matteos Hochzeit fahren. Ich meine, du weißt doch bestimmt längst, dass dein Bruder heiratet, oder?«

Raffi machte ein schuldbewusstes Gesicht. »Du willst mitkommen?«, fragte er dann. »Aber das wird Matteo nicht gefallen.«

*

Quattordici

Nino Lanteri, als Trauzeuge dicht neben dem Brautpaar ganz vorne beim Altar, suchte die Bankreihen hinter sich ab.

War sie schon da?

Die Orgel begann mit dem Eingangslied, und durch den Mittelgang schritt Don Benedetto in vollem Ornat, begleitet von gleich einem Dutzend Messdiener. Inzwischen Weihbischof in Genua, hatte Benedetto sich nach einer großzügigen Spende des Brautvaters bereit erklärt, diese Trauung in seiner alten Heimatgemeinde durchzuführen.

Die Musik hallte von den stuckverzierten Bögen wider, die Sonne ließ die Buntglasfenster aufleuchten und die winzigen Staubpartikel in den Lichtstreifen tanzen. Es war angenehm kühl, viel kühler als draußen, wo man die Hitze schon jetzt, am späten Vormittag, kaum mehr aushielt. Als sich auf Benedettos Geheiß hin alle setzten, spähte Nino erneut hinter sich in die Bänke. Sicher, Matteos Geschwister Flora und Raffaele würden erst zum Fest abends hier sein, der große Bahnstreik legte halb Italien lahm. Und seine Eltern hatten ebenso wie einige andere Verwandte wegen Agnese Parodis Beerdigung abgesagt, die es tatsächlich endlich nach Venedig geschafft hatte, dort aber mit Herzschlag in einen Kanal gekippt war. Ansonsten sah es so aus, als wären alle gekommen.

Sie vielleicht auch?

Direkt gegenüber, in einem Rollstuhl im Mittelgang, saß der Vater der Braut, Enzo Morone. Seit Alices Überdosis und ihrer Beerdigung vor zehn Jahren hatte Nino den Alten nicht mehr gesehen. Morones Gesicht hatte einen gelblichen Farbton, und er wirkte erschöpft. Neben ihm saß seine Haushälterin *signora* Gassner – an ihrer Hand Isabellas kleine Tochter, die vierjährige Rosita.

In der Bank direkt hinter Nino saß Sofia Vassallo. Matteos Tante betupfte sich schon jetzt mit einem Taschentuch die Augenwinkel. Dann beugte sie sich zu ihren Sitznachbarn, den Perrettis aus *Cervo*. »Friede seiner Asche«, schniefte sie leise, »unsern Carlo hätte es doch gefreut, oder?«

Zwei Reihen dahinter entdeckte Nino seine Schwester und Großtante Mafalda. Daneben Onkel Gianni, mit reichlich genervtem Gesichtsausdruck inmitten seiner fünf Teenagertöchter. Eine Bank weiter die Familie des Metzgers und daneben Ottavio mit Lidia. Die uralte *signora* Pertini, obwohl ebenfalls in einer der vorderen Reihen, hätte Nino in der Kirchenbank fast übersehen. Und dann entfuhr ihm ein freudiger Laut, denn weit hinten in einer der Bankreihen erwartete ihn eine Überraschung: Beppe Parodi, mit dem er am Morgen noch telefoniert hatte, hatte es also doch schon zur Trauung geschafft.

Als sich ihre Blicke trafen, grinste sein Cousin breit, zwinkerte ihm zu und spitzte leicht die Lippen. Nino schüttelte den Kopf und rollte lachend mit den Augen. *Träum weiter, Süßer! Außerdem, was würde Karim sagen?* Nino grüßte Beppes Begleiter mit einem respektvollen Nicken, und der Libyer erwiderte den Gruß. *So finden wir uns wieder zusammen,* dachte Nino und sah sich und seine Freunde für einen Moment wieder hier vor dem Portal auf dem Kirchplatz herumhängen, Schuljungen am Beginn der Ferien, die den Mädchen nachsahen und Pläne für den Sommer schmiedeten. Er sah sich selbst mit kurzen Hosen, Beppe mit seinen Segelohren und dann den Neuen im Ort, Matteo Vassallo, noch ganz ohne Bauchansatz, in einem verwaschenen *Juventus*-Trikot. Und jetzt?

Jetzt stand sein bester Freund hier neben ihm, kaschierte seine Hamsterbacken mit einem Vollbart, trug die Hemden nur noch über der Hose und kam mit seiner Prothese keine hundert Meter mehr weit. Aber er heiratete die Liebe seines Lebens. War er unter den Freunden nicht der Glücklichste?

Der Stoß von links traf ihn unerwartet, und ihm wäre fast der Samtbeutel aus der Hand gerutscht.

»Die Ringe, du Pennbruder.« Matteos Augen funkelten in seinem bärtigen Gesicht, und seine Mundwinkel zuckten. »Mal wieder abgetaucht, was?«

Nino reichte seinem Freund das Verlangte, und der Rest der Trauungszeremonie verlief ohne Überraschung. Nicht dass er eine erwartet hätte: In der gesamten Kirche gab es wohl kein Paar, fand er, das Gottes Segen mehr verdient hätte als Matteo und Isabella. Der Unfehlbare und die Giraffe. Kein Paar hatte länger gewartet. Keines störrischer an seiner Liebe festgehalten. Und für den Kuss am Ende der Zeremonie mussten beide sich ein wenig verrenken.

Als Nino nach der Trauung Isabella am Eingang zur Kirche gratulierte, weinte sie immer noch vor Freude. Die Tränen lösten ihre Wimperntusche auf und hinterließen dunkle Rinnsale auf ihren schmalen Wangen, doch sie lachte, als er sie umarmte.

»Ach, Nino«, sagte sie immer wieder, »ach, Nino. Danke.«

Auch Matteo rieb sich verstohlen die Augen, als er die Glückwünsche der Trauzeugen entgegennahm. Doch er presste dabei die Lippen zusammen, und als Nino ihn umarmte, raunte er: »Nur ein einziger Glückwunsch von Morone zur Hochzeit, und ich prügele ihn aus seinem verdammten Rollstuhl …«

»Lass es gut sein, Matè. Du hast gewonnen.«

»Genau, du sagst es! Ich hab gewonnen, verdammt!«

»Und schau doch, Rosita liebt ihren Großvater.«

Morone ließ sich von *signora* Gassner aus der Kirche fahren, ein schweigender alter Mann, neben dessen Rollstuhl ein kleines Mädchen herlief. Morone sah niemanden an, hatte nur Augen für seine Enkelin.

»Ich hab gewonnen«, wiederholte Matteo.

»Hast du. Aber jetzt lass es gut sein. Tu es für Rosita. Tu es auch für dich. Das Leben geht weiter.«

»Mein Leben fängt jetzt erst wieder an, Ninù.«

Matteo hatte erregt gesprochen, mit Schweißtropfen auf der Stirn und gerötetem Gesicht, sodass Nino von der Erstarrung, die seinen Freund auf einmal befiel, völlig überrascht wurde.

Hinter ihm, am Eingangsportal, herrschte auf einmal erwartungsvolle Stille. Dann kam von dort eine Frauenstimme, immer noch warm und melodisch, gerade so, als könne sie jederzeit zu singen beginnen. Inzwischen kannte jeder Kinogänger Italiens diese Stimme, doch für Nino blieb sie für immer mit der Küche der Familie Vassallo und ihrem altersschwachen Radio verbunden.

»Matteo.« Dann, schon ein wenig näher, erneut: »Matteo. Mein Junge.«

Tatsächlich, sie war gekommen! Isabella hatte es angedeutet, hatte ihn auch gebeten, ihrem Bräutigam nichts zu verraten. »Er bringt es sonst fertig und verschiebt die Hochzeit«, hatte sie gesagt. »Aber ich denke, sein Vater ist jetzt zwölf Jahre tot, und es wird Zeit, dass er ihr vergibt. Sie hat ihm in den ersten Jahren noch oft geschrieben, wusstest du das? Ich hab die Briefe in seinem alten Büro über dem Salon gefunden, als wir ausgemistet haben. Schließlich brauchte Rosita ein Kinderzimmer. Und da waren sie, ihre Briefe, unter Stapeln alter Fußballmagazine. Ich schätze, es waren über dreißig Stück. Die ersten Briefe hat sie ihm noch direkt in die Klinik geschickt, keine zwei Tage nachdem er sie dort hat hinauswerfen lassen, dieser Dickschädel.«

Jetzt stand dieser Dickschädel neben dem Taufbecken, klammerte sich an seine Seidenkrawatte und studierte die Marmorierung der Bodenplatten, während seine Mutter auf ihn zukam.

»Matteo, ich bitte dich. Ich bitte dich von Herzen.«

Marina Vassallo hatte zugenommen, sogar mehr, als in ihrem letzten Film zu sehen gewesen war. Dank der Kunst römischer Friseure leuchtete ihre Haarfarbe noch immer so satt wie dunk-

le Schokolade, doch anders als früher trug sie kaum Make-up. Es stand ihr, fand Nino. Sie sah blass aus, die Wangen waren schmaler, die Konturen schärfer – doch ihre geschwungenen Lippen und die Zahnlücke lockten wie eh und je, und er musste lächeln.

Sono innamorato di Marina …

Er trat einen Schritt zurück, bis er neben Matteo stand. Dann gab er seinem Freund einen Stoß mit dem Ellbogen.

»Was hast du grad gesagt?«, raunte er ihm zu. »Dein Leben fängt grad erst wieder an? Dann mach was draus.«

Matteo blieb starr stehen, auch noch, als Isabella auf Marina zuging und ihre Schwiegermutter umarmte. Erst als die Glocken zu läuten begannen und nicht mehr aufhörten, da seufzte er und ließ seine Krawatte los.

»*Mamma!*«

*

Das Fest nach der Trauung fand in der ehemaligen *Villa Olimpia* statt. Beppe Parodi hatte das Anwesen schon einige Jahre zuvor Morone abgekauft und sich seinen lang gehegten Traum vom eigenen Hotel über der Bucht von *Sant'Amato* erfüllt.

»Du glaubst es nicht!«, hatte er durch den Hörer gebrüllt, als Nino ihn – noch von San Francisco aus – anrief und zur Eröffnung gratulierte. »Mein Schätzchen hier schlägt ein wie eine Bombe! Sie kommen alle – die ganze Riviera. Guy Barone war der Erste, der wollte natürlich schauen, was ich aus seinem Startkapital gemacht habe. Aber dann kamen auch die anderen: Sachs, Delon, Agnelli, du weißt schon. Alle! Und zum *Sanremo*-Festival dann die ganzen Sänger, die Muti, die Mori und Celentano ja sowieso. *Cazzo,* es ist der Wahnsinn! Und sag jetzt nicht, ich soll mich feiner ausdrücken, ich weiß das.«

Seit der Geburtstagsparty für Alice damals war Nino nicht

mehr in der Villa gewesen, und er staunte, wie Beppe den großen Salon modernisiert hatte. Die Kugellampen und das Aquarium waren verschwunden, ebenso die Sofalandschaft. Dafür blitzte jetzt überall Chrom und Glas, und über dem Kamin prangte in dünnen Neonröhren der Schriftzug: *Villa Olimpia, gli anni '80. Typisch Beppe,* dachte Nino, *lebt immer schon in der Zukunft.*

Den Worten seines Freundes nach diente der Salon nun meist als Frühstücksraum für die Hotelgäste. Anlässlich der Hochzeit waren die Tische und Stühle allerdings an die Wand geschoben worden, um Platz zum Tanzen zu schaffen.

Nebenan, in der Loggia mit Blick in den exotischen Park, hatte Beppe drei lange Tafeln aufbauen lassen. Dort versammelte sich jetzt die Gesellschaft zum Essen, während draußen über der Bucht die Sonne ins Meer tauchte und die Dämmerung hereinbrach. Nino hatte Glück und saß zwischen dem Bräutigam und Flora Vassallo, die sich ihren bissigen Humor bewahrt hatte und ihn mit einer Beschreibung ihrer streikbedingten Odyssee hierher unterhielt. Gang folgte auf Gang, sie aßen, tranken, redeten und lachten, und hätte Nino nicht Enzo Morones stumme Gestalt im Rollstuhl am gegenüberliegenden Ende des Tisches vor Augen gehabt, er hätte glauben können, dies sei eine Hochzeit wie jede andere auch.

Matteo, der Bräutigam, lachte und trank von allen am meisten. Und wenn es wieder so weit war und der begeisterte Ruf »*Bacio! Bacio!*« aufbrandete, dann stemmte er sich hoch, zog Isabella mit sich und küsste sie, dass dieser schier die Luft wegblieb. *Keiner hat es mehr verdient als ihr,* dachte Nino und fiel in den Beifall der Gäste ein, *weiß Gott, keiner!*

Sie hatten das Essen fast beendet und löffelten schon Beppes hauseigene Spezialität *sorbetto al basilico,* als Marina Vassallo zu ihrem ältesten Sohn ging, ihm etwas zuraunte und dann unauffällig den Saal verließ.

»Ist was?«, fragte Nino.

Matteo winkte ab. »Sie geht Luft schnappen und kurz aufs Zimmer. Sie fragt sich, wo Raffi bleibt, er müsste längst heruntergekommen sein.«

»Und du? Sorgst du dich auch?«

Matteo schüttelte den Kopf. »Raffi macht sein Ding, hat er immer schon gemacht. Was soll ich ihm da vorschreiben? Dazu haben wir uns auch viel zu selten gesehen. Aber ich freu mich, dass er hier ist.« Er lächelte. »Das wird was! Raffi ist naturverbunden, der geborene Bauer, sagt *mamma,* wusstest du das? Den Park hier wird er lieben, dann die Olivenhaine, die Berge. Ich frage mich, ob er etwas wiedererkennt – er war damals ja noch so klein.«

Nach dem Dessert wechselten alle in den Salon, wo vor dem Kamin inzwischen eine kleine Bühne aufgebaut worden war. Matteo und Beppe, die beiden früheren Kontrahenten, hatten zusammengelegt, um Celentano für einen Auftritt zu bekommen. Und der rebellische Entertainer kam, allerdings nur aus Verbundenheit mit Beppe und wegen der gemeinsamen glorreichen Zeit in dessen alter Strandbar *Club Elisio*. Der Auftritt war ein voller Erfolg, die Gäste sangen lautstark mit, und als der Mann mit der heiseren Stimme seinen aktuellen Hit anstimmte, hielt es niemanden mehr auf seinem Stuhl. *Il tempo se ne va,* die Zeit vergeht, hallte durch den Saal. Nino hatte das Bedürfnis nach frischer Luft und verließ den Saal. Er schlenderte gerade die breite Marmortreppe hinunter zum Vorplatz des Haupteingangs, an den sich der hoteleigene Park anschloss, da hielt in der Einfahrt der braune Fiat seiner Eltern. Die Beifahrertür flog auf, und heraus sprang seine Mutter. Kaum hatte Nunziata ihn entdeckt, steuerte sie auch schon zielstrebig auf ihn zu.

»Kannst mich totschlagen, aber ich werde mit dem nicht mehr fahren. Stumm wie ein Fisch die ganze Fahrt von *Alassio* herunter! Gott hilf mir, dieser Mann ist eine Strafe. Eine Strafe, genau wie die Post dieses Landes!«

»Post?«

»Die Idioten streiken wie alle anderen. Agneses Urne hängt immer noch in Venedig fest. Ja, und was sollten wir da beerdigen? Also sind wir sofort zurückgefahren und hierher.«

Nach einem schnellen Kuss auf die Wange ihres Sohnes eilte Nunziata ins Haus. »Ich muss uns bei *signor* Morone entschuldigen, dass wir so spät sind. Und schau, die Villa jetzt als Hotel, schick, oder? Tja, Beppe hat schon Geschmack. Aber das ist bei *denen* ja oft so.«

Davide Lanteri folgte ihr langsam nach, begrüßte Nino mit einem leisen Lächeln und umarmte ihn.

»Gehen wir ein wenig in den Park?«, fragte er dann. Er sah erschöpft aus, wie ein Mann, an dem sich seine Frau eine ganze Autofahrt lang abgearbeitet hatte.

»Da wollte ich gerade hin«, antwortete Nino.

»Na, denn.«

Im Park steuerten sie kurz vor der Aussichtsterrasse eine Bank im Schatten an. Es dämmerte schon, und die ersten Laternen sprangen an, die die Kieswege zwischen den Pergolen und Palmenreihen beleuchteten. Beppe, der Geschäftsmann, hatte über den Park geschimpft: »Ein Dschungel! Und voller Exoten, allein die Pflege kostet ein Vermögen«, doch Nino fühlte sich zwischen den Agaven, den Schmucklilien und den korallenroten Blüten der Klettertrompeten so wohl, als tauche er durch ein tropisches Riff.

Ohne große Worte zündeten sie sich Zigaretten an und rauchten. Celentanos Stimme wehte von der Villa zu ihnen herüber, und Nino erzählte seinem Vater von der Trauung und den Gästen. Als er Marinas verspätetes Erscheinen in der Kirche beschrieb, warf dieser seine nur halb gerauchte Zigarette in den Kies und trat sie aus.

»*Signora* Vassallo ist also doch gekommen?«

»Ja, und Matteos Geschwister auch. Stell dir vor, er hat Raffae-

le in den letzten zehn Jahren vielleicht dreimal gesehen. Und immer nur tageweise in Rom bei der Schwester. Schlimm, wenn eine Familie so auseinanderfällt, oder?«

Sein Vater murmelte etwas Unverständliches, dann fragte er Nino nach seiner letzten Exkursion, nach dem Stand der Dinge im Institut und wie es jetzt weitergehe. Ob er jetzt, wo er die Leitung übernommen hätte, vielleicht einmal daran dächte, auch im Privaten ... Davide stockte, räusperte sich, und Nino merkte, wie viel Überwindung es ihn kostete, fortzufahren.

»Hm. Deine Mutter hat mich vorhin im Auto gebeten, dich zu fragen, wann du deine neue Freundin einmal mitbringst? Es scheint ja was Ernsteres zu sein, und deine Mutter will ...«

»Das hat sich schon wieder erledigt.«

»Erledigt?«

»Ja.«

Sein Vater sah ihn stumm an, und in Nino stieg Ärger auf.

Was willst du hören, papà? *Dass ich das schade finde? Dass ich euch gern eine süße kleine Verlobte präsentieren würde? Die euch süße, kleine Enkel gebiert? Wollt ihr das hören?*

Nino seufzte. »Ich will keinen Fehler machen, verstehst du das denn nicht? Wenigstens du?«

Davide drehte an seinem Ehering. »Ich verstehe«, sagte er. Sie schwiegen, beobachteten, wie das Licht der Laternen im Park flackerte.

In diesem Moment kam Marina Vassallo über die Treppe von der Loggia hinunter in den Park. Sie bemerkte sie nicht und steuerte die steinerne Balustrade am Rande der Terrasse an, unter der sich die Bucht von *Sant'Amato* und das mittlerweile mondbeschienene Meer erstreckte, ein glitzernder Teppich, unterbrochen nur von den Zacken der *Isola Nera*.

Marina lehnte sich an die Balustrade und sah aufs Meer. Irgendwo schrie eine Möwe, doch sie rührte sich nicht, stand ganz still. Nino räusperte sich und drehte sich zu seinem Vater.

»Ich war einmal verliebt in sie«, murmelte er, »als Junge. Wusstest du das?«

Auch Davide Lanteri beobachtete die einsame Gestalt auf der Terrasse. Ohne den Blick abzuwenden, schüttelte er langsam den Kopf.

»Ja, so war das«, fuhr Nino fort, »ich war regelrecht besessen von ihr! Gott, was hab ich sie begehrt. Aber immer nur aus der Ferne. Im Geheimen. Ich glaube, am nächsten bin ich ihr gekommen, als sie mir mal die Haare geschnitten hat. Ich weiß noch, du bist einmal mit mir zu Vassallo gegangen, und an diesem Tag waren Marina und Sofia allein im Salon. Erinnerst du dich vielleicht? Es war an einem Samstag Ende Juni, die Ferien hatten gerade begonnen.«

»Ich erinnere mich.«

»Sie war meine erste Liebe. Und heute denke ich manchmal, sie bleibt meine einzige.«

»Hm«, machte sein Vater und schwieg. Nino entdeckte tiefe Ringe unter seinen Augen. *Müde sieht er aus und irgendwie geschrumpft. Nicht mehr* il Giovane, *nein, schon lange nicht mehr.* Nino betrachtete seinen Vater, er hätte ihn gern umarmt, ließ es dann aber bleiben. Zu viel Gefühl würde er nicht schätzen. Aber wenigstens die Versuche, ihn zu verheiraten, sollten endlich aufhören.

»Hör zu, *papà*«, begann er. »Irgendwie klappt das bei mir mit der Liebe nicht. Die Frauen kommen, sie gehen, und es ist mir gleich, verstehst du? Ich habe zwischendurch auch Dummheiten gemacht, hier und drüben in San Francisco. Irgendwann erzähl ich dir mal davon. Aber am Ende berührt es mich nicht. Manchmal denk ich, richtig glücklich bin ich nur im Wasser da unten.« Er zeigte hinaus auf die Bucht. »Im Meer. Da bin ich allein, aber …«

»… nicht einsam.« Sein Vater sah ihn an, mit einem seltsam abwesenden Gesichtsausdruck, so als trenne ihn eine unsicht-

bare Wand vom Rest der Welt. »Ja, eine Frau zu finden, mit der man sich nicht einsam fühlt, das ist pures Glück.«

»Hast du es mit *mamma* gefunden?«

»Das Glück in der Liebe?«

»Ja.«

»Ach, weißt du«, seufzte Davide, »ich habe früher alles getan, um dem Glück möglichst aus dem Weg zu gehen. Und ich dachte einmal, die Liebe kommt von allein, wenn man nur lang genug durchhält. Aber so läuft das nicht. Liebe muss brennen, muss uns verfolgen. Bis wir glauben, wir könnten ohne den anderen nicht mehr leben. Wenn es nicht so anfängt, wie soll es dann enden?«

Er blickte wieder in den Garten. Marina ging jetzt langsam über den Kiesweg in ihre Richtung, sie hatte sie immer noch nicht entdeckt. Sein Vater schien zu schwanken.

Dann fuhr er leise fort: »Weißt du, Nino, dein Großvater Leonida war ein glücklicher Mann. Der hatte sein Leben, der hatte meine Mutter, der wusste, wofür er steht. Und dann ist er in einem großen Knall gestorben. Und ich? Wie werde ich einmal sterben?«

Nino erschrak. Wie viel Überdruss lag in diesen Sätzen! »*Papà,* komm«, sagte er, »vergiss meine dummen Fragen. Lass uns wieder reingehen, ja? Vor dem Feuerwerk sollten wir uns wenigstens die Ansprachen ...«

Davide schüttelte den Kopf.

»Ich will hier noch etwas klären.«

»Gut, dann gehe ich schon vor.«

»Nein, bleib hier, bitte.«

Drinnen im Hotel beendete Celentano seinen Auftritt, und der Jubel ging sofort in rhythmisches Rufen nach einer Zugabe über. Während Nino auf Davides Weisung hin auf der Bank zurückblieb, verließ sein Vater die Laube. Marina Vassallo hob

erstaunt den Blick, als er ihr in den Weg trat. Einen Moment schwiegen beide, dann fragte sie:

»Agnese?«

»Die Beerdigung wurde verschoben, die Urne fehlt. Hm, Pech.«

»Ja, Pech. Und jetzt seid ihr hier.«

»Nunziata hat keine Ruhe gegeben.«

»Natürlich. Denn sonst …« Was klang Marinas Stimme plötzlich so bitter, wunderte sich Nino, doch sein Vater fiel ihr bereits ins Wort. »Nein! Das meinte ich nicht. Nicht so.«

Pause.

»Wie geht es Nunziata denn?«, fragte Marina.

»Gut.«

»Und wie läuft das Geschäft?«

Sein Vater schwieg. Wo war sein *tutto a posto,* das stets kam, wenn Nino fragte, wie die *frantoio* lief? Auch noch im letzten halben Jahr, in dem ihn seine Mutter fast wöchentlich angerufen hatte, um ihn anzuflehen, er solle seinen Vater überzeugen, wenigstens die Ölmühle an Beppe Parodi zu verkaufen, der daraus Ferienappartements machen wollte. Denn auf sie würde er nicht hören, der alte Sturkopf, dabei sei nichts mehr mit *tutto a posto,* sie stünden praktisch vor dem Bankrott.

»Geht's nicht gut mit der Ölmühle?«, fragte Marina jetzt. »In Rom findest du *Taggiasca*-Öl nur in den teuersten Lokalen.«

»Tatsächlich.« Nur dieses Wort kam von Davide, doch sie verstummte sofort. Nino stutzte. Woher wusste Marina Vassallo so genau, wann sein Vater ärgerlich wurde? Und was bezweckte sein Vater damit, ihn hier zum geheimen Zeugen seines Gesprächs zu machen? Die letzten Takte der Musik verklangen, Jubel brandete auf und ebbte ab. Keine weitere Zugabe, Celentano packte zusammen, *il tempo se ne va.*

Marina Vassallo und sein Vater hatten sich nicht gerührt,

und Nino überlegte schon, seinen unfreiwilligen Horchposten zu verlassen, da kam wieder die Stimme seines Vaters.

»Warum fragst du nur nach dem Geschäft, warum fragst du nicht, wie es mir geht?«

»Bekäme ich denn eine Antwort?«

Langes Schweigen breitete sich aus. Dann, sehr leise und brüchig: »Ja.«

Sein Vater setzte etwas hinzu, es klang wie Marinas Name. Dann, als hätten sie es in den letzten zwanzig Jahren jeden Tag getan, nahmen sie sich in den Arm.

»Und du wohnst immer noch in *Trastevere?*«, hörte Nino seinen Vater nach einer Weile sagen. *Wie spricht er mit ihr?!* Sein Hals wurde eng, und er sah, wie Marina nickte.

»Kommst du mal vorbei?«

Es blieb völlig still im Park. Und doch hätte Nino schwören können, dass es in der Ferne leise donnerte, ähnlich dem Donner eines Seebebens am anderen Ende des Ozeans, das fast unmerklich die Luft erzittern ließ, bereits Stunden bevor die Flutwelle kam.

*

Nach dem Feuerwerk, das Nino mit den anderen Hochzeitsgästen auf der Terrasse bewundert hatte, wechselte im Salon der Musikstil. Der Bandleader kündigte übers Mikrofon »Musik aus der guten, alten Zeit« an, und viele der Älteren folgten seinem Ruf.

Nino überlegte kurz, ob er noch etwas draußen bleiben sollte, bei Matteo, Isabella und den anderen. Doch sein Gespür riet ihm, lieber ein Auge auf seine Eltern zu werfen, die soeben wieder hineingingen, Nunziata voran, sein Vater langsam hinterher. Auch wenn er immer noch hoffte, dass er die Szene falsch deutete, zu deren Zeuge ihn Davide gemacht hatte. Denn konn-

te das *wirklich* sein? Marina Vassallo und sein Vater? Aber die waren bereits im Alter der Leute, die eine Brille zum Lesen brauchten! Denen man lang und breit erklären musste, wie ein Videorekorder zu bedienen war. Und die jetzt ähnlich seinem Vater mit einer gemurmelten Entschuldigung zum wiederholten Mal Richtung Waschraum verschwanden. *Ältere* eben.

Nino konnte es sich einfach nicht vorstellen. Gleichzeitig fühlte er sich auf seltsame Art und Weise betrogen. Hatte man ihm die ganze Zeit über etwas vorgespielt? Und was mochte noch kommen? Er wehrte die Bilder ab, die in ihm aufstiegen, und zurück im Salon, suchte er unauffällig die Nähe seiner Mutter.

Nunziata hatte die Abwesenheit ihres Mannes genutzt und sich am Tisch der Morones gleich neben der Tanzfläche niedergelassen. Sie nippte am Wein und redete auf Enzo Morone ein, der reglos wie eine greise Echse ihren Ausführungen lauschte. Neben Nunziata thronte Don Benedetto in schwarzer Soutane. Gleichwohl schien ihn nicht einmal die Bischofswürde davon abzuhalten, weiterhin gern die Hand seiner Schwester zu halten. Etwas, das Nino wie immer seltsam berührte. Er wollte sich zu ihnen gesellen, da fing er einen scharfen Blick seiner Mutter auf. »Nicht jetzt!«, sagte der, gepaart mit einem unmerklichen Wink. *Gut, dann macht, was ihr wollt.* Nino ließ sich weitertreiben, ein stiller Beobachter, allein in der Menge.

Die Hotelband stimmte die ersten Takte eines verstaubten Foxtrotts an. Nino orderte einen *Negroni* bei einem der vorbeieilenden Kellner und postierte sich am Rand des Parketts, das sich jetzt mit ergrauten Tanzpaaren füllte.

Die Zeit vergeht …

Ihm gegenüber, ab und zu verdeckt von vorbeitanzenden Paaren, saß Marina Vassallo an einem der Tische, den die älteren Damen von *Sant'Amato* – Stella, Sofia, Lidia – besetzt hatten. Zum ersten Mal bemerkte Nino, dass sie nicht nur weniger

Schminke, sondern auch keinen Schmuck mehr trug. Um sie herum blitzten Goldringe und Perlenketten, an Marina entdeckte er nicht einmal ihren Ehering. Doch ihre Augen strahlten, und auf ihrem Gesicht lag ein glückliches Lächeln. Sie lauschte der Musik, wippte mit den Füßen im Takt und bewegte lautlos die Lippen, und mit einem Mal fühlte sich Nino ganz leicht. *Ach, Marina! Du singst noch mit, kannst gar nicht anders. Du bist immer noch so voller Leben, voller Liebe, was hab ich denn geglaubt, dass ich der Einzige wäre, für den du gesungen hast? Und du bist schön, genauso schön wie damals. Ich kann verstehen, dass man dich nicht vergisst. Und ich kann es verzeihen. Jedem.*

Der Foxtrott verklang, und die Band ging noch weiter in der Zeit zurück, spielte Swing. Nino kannte das Stück aus der Plattensammlung seiner Eltern. Er hatte es als Kind gern gespielt, auf Nunziatas striktes Geheiß hin allerdings niemals in Gegenwart seines Vaters. *Tornerai* lautete der Titel, *Komm zurück*, die französische Version hatte es sogar um die ganze Welt geschafft. Auf der Platte seiner Eltern hatte ein Trio in mehrstimmigem Sopran gesungen, hier übernahm der Bandleader den Gesangspart.

Ninos Blick glitt suchend über die Tanzpaare und Zuschauer. Hatte sein Vater das Lied erkannt und war erst gar nicht in den Salon zurückgekehrt? Vermutlich. Doch nein, da war er! Etwas verloren stand er auf dem glänzenden Parkett, ein untersetzter Herr mit Geheimratsecken. Sein Vater. Er setzte sich in Bewegung, schob sich durch die Tanzpaare, vorbei an Ottavio und Lidia, vorbei an Cousin Gianni und dessen Frau, vorbei an den tanzenden Perrettis. Dann hatte er das andere Ende der Tanzfläche und Marinas Sitzplatz erreicht. Er sagte etwas. Reichte ihr die Hand und wartete.

Marina zögerte. In der Nähe klirrte Glas. An Morones Tisch entstand Unruhe, dann hörte Nino einen unterdrückten Schrei.

Auf dem Tischtuch vor Nunziata lag ein Weinglas in Scherben. Benedetto bekreuzigte sich, und seine Mutter presste ihre Hand in eine Stoffserviette. Nur Morone blieb völlig reglos. Die Serviette um Nunziatas Handgelenk färbte sich rot, doch sie achtete nicht darauf. Ihr Blick verharrte reglos auf dem Tanzparkett und auf dem Mann, den sie vor dreiunddreißig Jahren geheiratet hatte, fast auf den Tag genau neun Monate vor Ninos Geburt.

Nein, das tut er nicht, dachte Nino, *nicht hier. Nicht so!* Er überlegte fieberhaft, was er sagen oder tun konnte, schließlich war er der älteste Sohn, der Erbe. War es nicht seine Pflicht, einzugreifen?

Doch Marina Vassallo stand auf, ergriff die Hand seines Vaters, und Nino erkannte, dass die Entscheidung schon gefallen war, dort in der Mitte des großen Salons; dass sie längst gefallen war, vielleicht schon zuvor im Park, vielleicht sogar bereits vor vielen Jahren.

Und dann begannen sie zu tanzen.

Sie bewegten sich mit einer Vertrautheit, die Nino so peinlich berührte, dass er sich nun doch erhob. Er ging zu seiner Mutter, die ebenfalls aufgestanden war und den Arm ihres Bruders Benedetto umklammerte. Im verzweifelten Bemühen, die Fassung zu bewahren, verzerrte sich ihr Mund zu einer schiefen Grimasse. Sie schluckte krampfhaft, als stecke ihr etwas im Hals fest. Nino nahm ihre Hand, begutachtete ihre Verletzung.

»*Mamma*, komm. Wir müssen das versorgen …«

Sie sah ihn mit leeren Augen an, aus ihrem Mund kam ein erstickter Laut. Sie wollte etwas sagen, doch stattdessen ließ sie den Arm ihres Bruders los, drehte sich abrupt um und stolperte aus dem Saal. Nino wollte ihr nacheilen, wurde jedoch von Benedetto zur Seite gedrängt, der ihm barsch befahl zu bleiben und dann seinerseits seiner Schwester folgte.

Tornerai.

Die zweite Strophe des Liedes setzte ein, und Nino blieb nichts anderes übrig, als diesem Tanz zuzusehen.

Marina und sein Vater Davide.

Und wie sie tanzten! Sie überließen sich der Musik und verschwanden in der Menge. Achteten auf nichts mehr. Bemerkten nicht den späten Gast, einen jungen Mann, der sich vom Eingang zum Tisch der Brautleute vorarbeitete, mit suchenden Augen, deren Schnitt Nino vertraut vorkam. Sie hörten auch nicht, wie dieser ausgerechnet ihn ansprach und fragte, ob er zufällig seine Mutter, *signora* Vassallo, gesehen habe?

Sie sahen nicht, wie Enzo Morones wässrige Augen beim Anblick des Jungen auf einmal hervortraten und er lautlos zu japsen begann wie ein Fisch auf der Mole. Sahen nicht, wie Morone in seinem Rollstuhl zusammensackte und von *signora* Gassner hinausgefahren wurde. Und sie wussten nicht, dass diesem der alte Bruderneid und die Erkenntnis seiner Niederlage das Herz sprengte angesichts des Jungen mit den olivgrünen Augen – und hätten sie es gewusst, es hätte sie vermutlich nicht einmal mehr interessiert.

Denn das Leben der anderen spielte jetzt keine Rolle mehr. Sie tanzten einen Tanz, der allein ihnen gehörte, und es schien Nino, als wollten sie damit nicht mehr aufhören. Zumindest nicht, solange Musik lief.

*

Sie war spät dran, Davide würde sich bestimmt fragen, ob sie den Zug verpasst hätte. Marina eilte den Treppenaufgang vom Bahnsteig, an dem sie gerade mit dem Acht-Uhr-Express aus Mailand angekommen war, hoch zur Bahnhofshalle.

»Ich kann dich in Bologna vom Bahnhof abholen, und wir fahren den Rest der Strecke mit meinem Wagen«, hatte er vorgeschlagen. Er hatte extra nochmals deswegen angerufen:

»Also, natürlich nur, wenn dich der Umweg über Bologna nicht stört.« Sie hatte gelacht. So viele Umwege hatte sie in Kauf genommen, was störte da ein weiterer?

Im Wartesaal der 2. Klasse herrschte Hochbetrieb. Dies war der einzige Raum im Bahnhof, der über *air condition* verfügte, eine dieser modernen Klimaanlagen, wie sie Nino zufolge in Amerika längst üblich waren. Marina zog das Seidentuch, das sie sich um den Kopf gewunden hatte, noch etwas tiefer ins Gesicht. Doch niemand schenkte ihr besondere Beachtung, niemand erkannte sie. Und was sollten die Leute auch schon in ihr sehen? Eine alternde Filmschauspielerin, etwas dicklich und ungeschminkt, eine, die ihre beste Zeit bereits hinter sich hatte. Ja, das würden sie denken. Und nicht wissen, wie falsch sie lagen. Denn ihre beste Zeit, die begann genau jetzt.

Ich warte direkt unter der Wanduhr beim Ausgang zum Parkplatz, hatte er gesagt. Ich freue mich auf dich, hatte er hinzugefügt, und *amore mio,* meine Liebe. Er sagte das sehr oft, *amore,* auch *tesoro* und *bellezza,* als wolle er etwas nachholen. Als fürchte er, der Rest ihres gemeinsamen Lebens reiche nicht für all die Kosenamen, mit denen er sie noch rufen wollte. *Doch jetzt ist unsere Zeit,* dachte Marina, *jetzt, wo sich alles gefunden hat.*

Zuerst war Davide mit Raffi hoch in die Berge gegangen, in die Täler der Lanteri und zur alten *frantoio*. Ganze drei Tage blieben sie dort oben, und als sie wieder zurückkamen, lachte Davide, und Raffi trug dessen alte Armbanduhr am Handgelenk. Danach die Formalitäten. Sie hatten mit allen Kindern gesprochen, Marina hatte mehrere Telefonate mit ihrer Bank in Rom geführt, am Schluss standen dann vier Termine beim Notar an. Nunziata, bereits bei ihrem Bruder in Genua, nahm an keinem einzigen teil. Und dann war alles geregelt.

»Nehmt das Gut, macht was draus, habe ich gesagt«, erzählte Davide ihr später am Telefon vom letzten und wichtigsten Ter-

min – sie war schon abgereist, wegen des Drehs in Mailand –, »und dann habe ich ihnen den Schlüssel in die Hand gedrückt. *Amore,* du hättest es sehen müssen! Ich hätte beinah gelacht. Die Älteren – Nino, Flora, Matteo –, die standen herum und wussten nichts zu sagen. Nur Raffi, der hat sofort geschaltet. Hat den Schlüssel genommen, mich umarmt und ist erst mal losgerannt, zum Presshaus. Ein verrückter Bursche, dieser Junge! Ich denke, mit etwas Hilfe von den anderen wird er's schaffen.«

In der Wartehalle klackte der Minutenzeiger auf die Drei. Marina eilte quer durch den Saal, über die Quadrate der Marmorplatten, die sich unter den dünnen Sohlen ihrer Sandalen glatt und kühl anfühlten. Dann entdeckte sie ihn am Ausgang zur Innenstadt, direkt unter dem Zifferblatt. Er hatte extra für sie seinen guten Anzug angezogen, trug wegen der Hitze jedoch bereits das Jackett über dem Arm und hatte die Hemdärmel aufgekrempelt. Sein Blick wanderte über die Masse der Reisenden. Im nächsten Augenblick hatte er sie entdeckt, und ein Leuchten überzog sein Gesicht. Er hob die Hand zum Gruß. Sie winkte und begann zu laufen.

Alle Bewegung um sie herum verlangsamte sich. Selbst die Sekundenzeiger der gigantischen Wanduhr direkt über Davides Kopf schienen auf einmal zu erstarren, stecken zu bleiben im zähen Fluss der Zeit. Dann war sie bei ihm, umarmte und küsste ihn, seinen Mund, seine frisch rasierten Wangen.

»*Amore mio*«, flüsterte er in ihr Haar, sein Arm hielt sie fest. »Jetzt komm«, sagte er dann und lachte, »der Wagen steht gleich hier draußen. Komm schnell.« Und er zog sie mit sich. *Wieso schnell?*, dachte sie. *Bleib doch. Genau hier, denn unsere Zeit ist jetzt.*

Jetzt, am 2. August, zehn Uhr vierundzwanzig, hier am Bahnhof von Bologna.

Epilog

Am 21. August, knapp drei Wochen nach dem Bombenanschlag, den die Presse schon bald als *strage di Bologna* – das Massaker von Bologna – bezeichnete, meldete sich bei Luca Parodi die Staatspolizei aus Rom. Die Verbindung war schlecht, es knackte und rauschte in der Leitung, als der Polizeibeamte Luca bat, er möge ihnen bei einer Identifizierung helfen und mögliche Freunde oder Verwandte informieren.

Man habe, sagte er, unter den Opfern des Anschlags zwei Personen gefunden, die möglicherweise aus *Sant'Amato* stammten. Diese Personen, einen Mann und eine Frau, habe man aus einem braunen Fiat geborgen, der zum Zeitpunkt des Anschlags um zehn Uhr fünfundzwanzig vor der am schlimmsten betroffenen Wartehalle parkte und den die Wucht der Explosion meterweit in eine Seitenstraße geschleudert hatte. Aus dem Gepäck der Personen, welches leider fast vollständig verbrannt sei, habe man den Pass des Mannes sichern können. Dort stünde als Geburtsort *Sant'Amato*, daher wolle man nun die Angehörigen verständigen. Ob er das übernehmen könne? Es würde sicher noch dauern, bis die Identität der zweiten Person feststünde. Unter den Opfern des Anschlags – ja, wohl eindeutig diesmal ein Werk der Neofaschisten – habe man bislang nur wenige Personen identifizieren können, man gehe allerdings zahlreichen Hinweisen nach, um die als vermisst Gemeldeten endlich zu finden.

Der Beamte nannte den Vor- und Nachnamen sowie das Geburtsdatum des Toten. Dann dankte er Luca und nannte diesem eine Nummer, unter der er für weitere Hinweise oder Auskünfte erreichbar wäre. Zum Schluss hörte Luca nur noch einen gleichförmigen Summton in der Leitung.

Das Gespräch war zu Ende.

Nachwort

Im Sommer 1960 krachte meine gerade zwanzigjährige Mutter zu Beginn ihres ersten Urlaubs an der Riviera in *Arma di Taggia* mitsamt einem maroden Hotelbalkon vier Stockwerke in die Tiefe und brach sich das Rückgrat.

Im Anschluss an diesen Sturz lag sie zehn – übrigens eher ereignislose – Wochen in einem Krankenhaus in *Sanremo,* und es erscheint uns noch heute wie ein Wunder, dass ihr Unfall, abgesehen von sporadischen, starken Rückenschmerzen, keine gravierenderen Folgen hatte.

Der Italienleidenschaft meiner Mutter tat das keinen Abbruch, vertiefte sie eher noch. Spätestens nach der Heirat mit meinem Vater – dieser hatte als Opernregisseur sowieso öfter beruflich in Italien zu tun – ging es fortan mit dem Auto fast jedes Jahr durch den Gotthardtunnel südwärts: an die Riviera, nach Kampanien, in die Toskana oder zu den oberitalienischen Seen. Anfangs fuhren meine Eltern allein, später kamen wir Kinder dazu. Und im Autoradio lief während dieser Touren die Musik von Domenico Modugno, von Mina, von Umberto Tozzi und natürlich auch die von Adriano Celentano.

Als ich mich im Sommer 2016 in die Idee zu diesem Roman verliebte, stand von Anfang an fest: Der Balkonsturz muss ins Buch, ebenso die typisch deutsche Italiensehnsucht der 1950er-/1960er-Jahre. Dennoch sollte dieser Aspekt nur eine Nebenrolle spielen, als ein Teil der wechselvollen deutsch-italienischen »Beziehungsgeschichte«, die einen umso mehr bewegt, wenn man sich damit beschäftigt, was gerade in Nord- und Mittelitalien Schreckliches während der deutschen Besatzung 1943–45 geschehen ist.

Primär wollte ich eine *italienische* Geschichte erzählen, mit

italienischen Hauptfiguren vor dem Hintergrund der jüngeren Geschichte Italiens, die hochinteressant ist und von der viele Deutsche meiner Erfahrung nach immer noch zu wenig wissen.

Daneben fanden ein paar Dinge ihren Weg in die Handlung, die mich persönlich seit Langem begeistern: Puccini-Opern, Shakespeares »Romeo und Julia« (die gesamte Balkonszene ab Seite 174 ist als Hommage an die Zeffirelli-Verfilmung gedacht) und die *canzoni italiane,* Filme von Giuseppe Tornatore und Federico Fellini – die Christusstatue unter dem Hubschrauber auf Seite 234 fliegt auch durch dessen »La dolce vita« –, die Eleganz der Holzboote von Carlo Riva und die ebenso üppige wie schroffe Schönheit der ligurischen Steilküste.

Vor allem aber wollte ich von der Liebe erzählen. Von der Liebe, die uns alle bindet – Männer, Frauen, Eltern, Kinder – und die uns umso mehr zeichnet, je mehr sie uns fehlt.

Vieles in diesem Buch ist historisch verbürgt, so beispielsweise der Bombenanschlag auf den Bahnhof in Bologna am 2. August 1980, das ebenso illegale wie florierende Abtreibungsgeschäft im erzkatholischen Nachkriegsitalien oder der Einsatz des Gipsbetts bei Wirbelsäulenverletzungen in der Medizin Anfang der 1960er-Jahre. Auch Davide Lanteris »Schwäche« entspricht einem seltenen, aber medizinisch belegten Unvermögen, die Identität von Personen anhand ihrer Stimme zu erkennen – der sogenannten *Phonagnosie.*

Ebenso hat manches Detail im Roman einen wahren Kern – wie Nunziata Lanteris Gang durch das Flussbett, zu dem mich das unerträglich zynische Kriegsfoto »Die Minenprobe« inspirierte (Teil der Ausstellung »Fremde im Visier«, zuletzt in Wien 2016, es lässt sich auch im Internet leicht finden).

Vieles habe ich allerdings auch frei erfunden. Den Ort *Sant'Amato* und seine Bucht samt *Isola Nera* sowie manchen

Handlungsort in den Bergen – die *Brigasca*-Schlucht, das *Valle Corvino,* den *Colle dell'Orso* (oder das Örtchen *Pontenuovo* in der Versilia) – wird man auf der Landkarte nicht finden, sie basieren in ihren Details jedoch auf realen Örtlichkeiten. Auch die handelnden Personen sind fiktiv bis auf ganz wenige Ausnahmen, wie zum Beispiel Herbert Kappler, Chef der Sicherheitspolizei (SiPo) und des Sicherheitsdienstes (SD) während der deutschen Besatzung Roms 1943/44 und sein Stellvertreter Erich Priebke.

Den Tenor Mario Lanza habe ich ein paar Monate länger leben lassen – er starb schon am 7. Oktober 1959 mit 38 Jahren –, und von den Bibelzitaten und Psalmenfragmenten, die meiner Figur Nunziata in mancher Szene wirr durch den Kopf schwirren, habe ich einige vermischt, verkürzt, verdichtet. Man möge es mir verzeihen, es geschah allein im Dienst der Figurenzeichnung und der jeweiligen Dramaturgie.

Ich habe mir überdies einige Freiheiten bei der Interpretation der Stärke und des Aufbaus der ligurischen Partisaneneinheiten im Juni 1944 erlaubt, die dort historisch korrekt erst etwa ab dem Frühherbst jenes Jahres verstärkt in Erscheinung traten, auch als Reaktion auf die ab August 1944 tatsächlich immer brutaler werdenden Maßnahmen zur »Bandenbekämpfung« durch ihre faschistischen Gegner.

»Se non è vero, è molto ben trovato«, wenn es schon nicht wahr ist, ist es doch gut erfunden, schrieb der italienische Philosoph Giordano Bruno vor über vierhundert Jahren. Diesem Ideal habe ich versucht zu entsprechen. Denn am Ende sollte kein historisches Sachbuch stehen, sondern ein Roman, der die Atmosphäre jener vergangenen Zeit einfängt und der einen voll und ganz in die Geschichte eintauchen lässt.

Giordano Bruno landete für seine Überzeugung bekanntermaßen auf dem Scheiterhaufen. Ich hoffe, Sie, liebe Leserinnen und Leser, lassen mehr Milde walten.

Haben Sie vielen Dank fürs Lesen!

Grit Landau,
im Juli 2018

Rezepte

AGNELLO AL FORNO

(im Buch Seite 14)

Zutaten für 4 Personen:

1 kg Lammfleisch (Keule oder Schlegel), zerteilt in faustgroße Stücke
2 Zweige Rosmarin
2 Zweige Thymian
1 Zweig Oregano
2 Zehen Knoblauch, gehackt
2 rote Zwiebeln, grob geviertelt
800 g Kartoffeln (festkochend), geviertelt
reichlich Olivenöl, Salz und Pfeffer

Zubereitung:

Rosmarin, Thymian und Knoblauch in einem gusseisernen Bräter oder einer ofenfesten Pfanne im Öl andünsten, das Lammfleisch hinzugeben und anbraten. Dann Oregano, Kartoffeln und die Zwiebeln um das Fleisch legen und nochmals mit einem Schuss Olivenöl übergießen. Alles in den vorgeheizten Backofen schieben und bei 180 Grad etwa ein bis eineinhalb Stunden braten. Das Fleisch dabei öfter wenden und bei Bedarf mit etwas Flüssigkeit, Wasser oder Tischwein benetzen.

Dazu passt ein kräftiger italienischer Rotwein, zum Beispiel ein Chianti oder ein Montepulciano aus den Abruzzen.

SUGO ALLE VONGOLE
(im Buch Seite 38, 42, 45)

Zutaten für 4 Personen:

1,2 kg Venusmuscheln
3 Knoblauchzehen, in Scheiben geschnitten
30 ml trockener Weißwein
200 g kleine Datteltomaten, halbiert
50 g Peperoncini
reichlich Olivenöl
einen Spritzer Chinotto- oder Zitronensaft
Salz

Zubereitung:

Die Venusmuscheln circa dreißig Minuten in Salzwasser wässern und danach unter fließendem Wasser abspülen. Beschädigte und offene Muscheln wegwerfen. Dann etwas Olivenöl in einer tiefen Pfanne erhitzen, den Knoblauch hinzufügen und andünsten. Muscheln beigeben, mitkochen, bis sich die Schalen öffnen. Geschlossene Muscheln entfernen – sie sind nicht genießbar. Mit Weißwein ablöschen und etwas einkochen lassen. Mit Zitrone oder Chinotto würzen. Halbierte Datteltomaten und Peperoncini hinzufügen und nochmals ein wenig reduzieren, fertig.
Der Sugo schmeckt perfekt mit Pasta oder auch solo mit frischem Weißbrot aufgetunkt.

SORBETTO AL BASILICO

(im Buch Seite 347)

Zutaten für 4 Personen:

3 unbehandelte Limetten
2 Bund Basilikum
1 Eiweiß
125 ml trockener Weißwein
75 g Zucker

Zubereitung:

Den Weißwein mit dem Zucker in einem Topf aufkochen. Ungespritzte Limetten heiß waschen und die Schale in den Sud hineinreiben, die Flüssigkeit im Kühlschrank auskühlen lassen. In der Zwischenzeit die Limetten auspressen. Basilikum waschen und trocken schütteln. Die Blättchen abzupfen und mit dem vollständig abgekühlten Limettensirup fein pürieren. Das Eiweiß steif schlagen und unter die Basilikum-Limetten-Masse heben. Wer eine Eismaschine besitzt, lässt die Masse darin gefrieren. Wer keine Eismaschine besitzt, füllt die Masse in eine kleine Schüssel und lässt diese circa fünf Stunden im Tiefkühlfach gefrieren. Zwischendurch immer wieder mit einer Gabel durchrühren, damit das Eis nicht klumpt, sondern geschmeidig bleibt.

Das Sorbet mit Basilikumblättchen dekorieren. Es schmeckt fruchtig und erfrischend als Dessert, man kann aber auch eine Kugel in ein Glas geben, mit Prosecco auffüllen und als Aperitif reichen.

Musik

Wer die erwähnten Musiktitel und ihre Interpreten nachhören möchte, hier in der Reihenfolge des Erscheinens im Buch:

MARINA – Rocco Granata

24 MILA BACI – Adriano Celentano

QUANDO QUANDO QUANDO – Tony Renis

SAPORE DI SALE – Gino Paoli

VISSI D'ARTE (TOSCA) – Giacomo Puccini (Interpretin: Maria Callas)

IN GINOCCHIO DA TE – Gianni Morandi

SATISFACTION – The Rolling Stones

LA COPPIA PIÙ BELLA DEL MONDO – Adriano Celentano / Claudia Mori

AZZURRO – Adriano Celentano

TORNERAI – Trio Lescano

BELLA CIAO – Diverse

IL TEMPO SE NE VA – Adriano Celentano

Dank

… an Dr. Anna-Kathrin Warner für das Überprüfen der italienischen Begriffe. Außerdem für die wunderbaren Gespräche über italienische Sprache und Lebensart.

… an Tobias Hollweck für das fachkundige Feedback zu den von mir oft so leichthin erdachten Notfällen, Schusswunden, Kampfszenen und sonstigen Gefahrensituationen. Ohne seine Expertise wäre ich in mindestens zwei weitere dicke Fettnäpfchen getreten.

… an Dr. Carlo Gentile vom Institut für Judaistik an der Universität Köln. Dr. Gentile ist Mitglied der Deutsch-Italienischen Historikerkommission für die Erforschung der deutsch-italienischen Kriegsvergangenheit (besonders während der deutschen Besatzung 1943–45), und ich kann ihm gar nicht genug danken für die wertvollen Hintergrundinformationen, mit denen er mich für das »Kriegskapitel« versorgte. Darüber hinaus stammt er aus der Gegend von *Imperia*, ein Zufall, von dem dieses Buch immens profitiert hat.

… an meine Lektorin Christine Steffen-Reimann, die an »Marina, Marina« schon geglaubt hat, als es dazu nur eine gesummte Melodie, eine Romanskizze und vier Seiten Dialog gab. Sie hat mich ermutigt weiterzuschreiben und dem Buch bei Droemer Knaur ein wunderbares Zuhause gegeben. Das werde ich ihr nie vergessen.

… an meine Redakteurin Dr. Heike Fischer für die ebenso harmonische wie intensive Arbeit am Text. Jederzeit gerne wieder!

… überhaupt an alle Mitarbeiter bei Droemer Knaur. Eine Geschichte zu schreiben ist oft eine einsame Sache. Daraus dann aber ein Buch zu machen – inklusive Lektorat, Korrektorat, Satz, Cover-Entwurf und Klappentext, dazu Marketing, PR und Vertrieb –, das ist Teamarbeit, und ich bin mehr als froh, als Autorin dabei die Profis von Droemer Knaur an meiner Seite zu wissen.

… an meine Agentin Lianne Kolf, die kluge Füchsin mit dem großen Herzen für Debütautoren (und den besonders leckeren Schokokeksen).

… vor allem an meine Familie, die mich bei allem unterstützt, was mich umtreibt, und die den Abendbrottisch im vergangenen Jahr mit Jazz-Sängern, Apnoetauchern, Filmikonen, Olivenbauern, SS-Schergen und verwirrend vielen *partigiani* teilen musste. Danke für eure Geduld!

… schlussendlich noch an Gino Paoli, Adriano Celentano, Maria Callas und das Trio Lescano, die meine Figuren und mich sicher durch diese Geschichte getragen haben.

Glossar

Achsenpartner

Die sogenannten Achsenmächte – das nationalsozialistische Deutsche Reich und das faschistische Italien unter Mussolini – pflegten von 1936 bis 1943 eine rege Zusammenarbeit. Mit seiner Kapitulation und dem Waffenstillstand von Cassibile 1943 schied Italien aus diesem Bündnis, dem ab 1940 zudem noch das Japanische Kaiserreich angehörte, aus.

Adesso basta!

Italienisch für: »Es reicht jetzt!«

agnello al forno

Italienisch für: Lamm aus dem Ofen, in Italien ein beliebtes Gericht zu Ostern, siehe auch das Rezept auf Seite 367.

alla pescatora

Italienisch für: nach Art der Fischerin

Amore regge senza legge!

Italienisches Sprichwort: »Liebe kennt kein Gebot!«, was in etwa dem Deutschen »Wo die Liebe hinfällt!« entspricht.

Andiamo!

Italienisch für: »Auf geht's!/Lass(t) uns gehen!«

appuntamento

Italienisch für: Verabredung, Besuchstermin, Rendezvous

Aquarama

Ein Motorboot der Luxusklasse aus Holz, gebaut ab 1962 von der Firma RIVA am norditalienischen Lago d'Iseo. Gunter Sachs besaß eine RIVA Aquarama, ebenso Gianni Agnelli, Ingrid Bergman und Sean Connery.

Ardeatinische Höhlen

Die *Fosse Ardeatine* befinden sich im Süden Roms nahe der Via Ardeatina. Sie waren Schauplatz des bekanntesten deutschen Kriegsverbrechens in Italien, der Massenerschießung von 335 italienischen Geiseln als »Sühnemaßnahme« nach einem Attentat italienischer Widerstandskämpfer auf eine deutsche Polizeikompanie.

assessore municipale

Italienisch für: Gemeinderat

baci

Italienisch für: Küsse, gleichzeitig auch die Bezeichnung für eine lokale Leckerei und Spezialität aus Alassio. »Baci di Alassio« sind Schoko-Makronen mit einer dicken Kakaofüllung.

Bacio! Bacio!

Italienisch für: »Ein Kuss! Ein Kuss!«, ein italienischer Hochzeitsbrauch. Auf den Ruf »Bacio! Bacio!« hin muss sich das frisch angetraute Brautpaar küssen. Dies geschieht viele Dutzend Male während des ausgedehnten Hochzeitsessens und der anschließenden Feier. Ist der Kuss dem Publikum nicht leidenschaftlich genug, wird einfach erneut gerufen, und das Paar muss nachlegen.

bambini

Italienisch für: Kinder

Belìn!

Ursprünglich ordinärer Kraftausdruck im ligurischen Dialekt, inzwischen genutzt als verstärkendes Füllwort wie: »Mensch …!«

Bianchina

Die »Bianchina« des italienischen Automobilherstellers Autobianchi war ein Kleinstwagen mit anfangs 15 PS. Hergestellt zwischen 1957 und 1969, gab es ihn als Klein-Coupé sowie als Cabrio und Kombi.

borgo

Italienisch für: Weiler, Ortschaft

***brigasca* (Brigasca-Schlucht)**

Das Hirtenvolk der Brigasker ist eine der unbekanntesten Minderheiten in den Alpen. Ihr Hauptsiedlungsgebiet ist der höchste Berg Liguriens, der Monte Saccarello (2201 m) an der Grenze zu Frankreich. Im 19. Jahrhundert war die brigaskische Kultur dort noch verbreitet, inzwischen ist sie nahezu vergessen. Wichtige Siedlungsorte der Brigasker sind La Brigue auf der französischen Bergseite sowie Realdo und Mendatica auf der italienischen. Die Brigasker waren Schafhirten, die brigaskische Sprache kennt allein neun verschiedene Ausdrücke für Schafe und vier Ausdrücke für das Läuten ihrer Glocken.

Brigate Nere

Italienisch für: Schwarze Brigaden (siehe weiter hinten auch den Eintrag zu: Schwarzbrigadisten). Die *Brigate*

Nere waren faschistische Paramilitärs gegen Ende des Zweiten Weltkriegs. Sie standen im Dienst der faschistischen Republik von Salò und kämpften gegen die Alliierten sowie Partisanen. Darüber hinaus verfolgten und ermordeten sie alle politischen Gegner, darunter auch Juden und Zivilisten, die sich ihren mörderischen Schwadronen entgegenstellten.

campionato europeo

Die erste durch die UEFA organisierte Fußball-Europameisterschaft, damals noch »Europapokal der Nationen« genannt, fand 1960 in Frankreich statt und wurde auch schon weitgehend im Fernsehen übertragen. Den Titel holte sich damals die Sowjetunion.

cara

Italienischer Kosename, entspricht im Deutschen: meine Liebe/meine Teure

Carlo Pedersoli

1929 in Neapel geboren, errang Carlo Pedersoli während seiner Laufbahn als Schwimmer unzählige Medaillen, nahm für Italien auch an den Olympischen Spielen von 1952 und 1956 teil. Der Welt unweit bekannter wurde er allerdings durch seine zweite Karriere als Filmschauspieler und Komiker ab 1967, für die er sich ein amerikanisch klingendes Pseudonym zulegte: Bud Spencer.

carruggi

Ligurisch dialektale Bezeichnung für: enge Gasse. Besonders schöne *carruggi* findet man in Apricale, Dolceacqua, in Cervo und in der Altstadt von Genua.

Cazzo!

Italienischer Vulgärausdruck für das männliche Geschlechtsteil, vielfach verwendet auch als Kraftausdruck: »Scheiße/Mist!«

Che diavolo!

Italienisch für: »Was zum Teufel!« oder: »Teufel auch!«

Cinecittà

Italienisch für: Filmstadt; ein Filmstudio-Komplex im Südosten Roms, Hollywood-Streifen wie »Ben Hur«, »Quo Vadis?« oder »Ein Herz und eine Krone« entstanden hier. Auch Federico Fellini hat fast alle seine Filme in der Cinecittà gedreht.

CLN

Als das Deutsche Reich unter Hitler nach dem Sturz Mussolinis am 8. September 1943 Nord- und Mittelitalien besetzte, formierte sich auf Initiative der Kommunistischen Partei Italiens (PCI) das **C**omitato di **L**iberazione **N**azionale (das Komitee zur nationalen Befreiung) als Zusammenschluss der verschiedensten Partisanengruppen (Garibaldi-Einheiten, königstreue Badogliani, die Anhänger von Giustizia e Libertà etc.).

Come?

Italienisch für: »Wie bitte?«

concorso di bellezza

Italienisch für: Schönheitswettbewerb, Miss-Wahl

Crooner

Ein »Crooner« (engl. »to croon« = summen) ist die Be-

zeichnung für einen männlichen Sänger, der im warmen, melodischen Stil Musikstücke meist aus dem Bereich der Jazzstandards singt. Seine große Zeit hatte das »Crooning« in der ersten Hälfte des 20. Jahrhunderts, vor allem in den USA. Als legendäre Crooner der 1940er-/1950er-Jahre gelten Interpreten wie Bing Crosby, Frank Sinatra oder Dean Martin. Es gibt aber bis zum heutigen Tag Sänger, die diesen Stil pflegen, beispielsweise Harry Connick jr. oder Michael Bublé.

crucchi

Eine meist abfällige Bezeichnung im Italienischen für Deutsche, abgeleitet von crucco = Kraut, ähnlich dem »Krauts«, wie die Amerikaner und Engländer vor allem während des Zweiten Weltkriegs die Deutschen nannten.

Emilio Pucci

Emilio Pucci war ein italienischer Modedesigner, der in den 1960ern mit seinen farbenfrohen Entwürfen und schrillen Mustern Furore machte.

Eukodal

Ein opiathaltiges, starkes Schmerzmittel, sehr beliebt in der ersten Hälfte des 20. Jahrhunderts. Erst 1990 wurde das Opioid wegen seines sehr hohen Suchtpotenzials vom Markt genommen.

frantoio

Italienisch für: Ölmühle, Ölpresse, auch Name einer gängigen Olivensorte

Freitauchen

Ein anderer Begriff für die Sportart Apnoe-Tauchen, das

heißt Tauchen ohne Sauerstoffflasche. Viele der weltweit besten Freitaucher stammen aus Italien, darunter die Apnoe-Legende Enzo Maiorca, dessen Lebensgeschichte Luc Besson zu seinem Kultfilm »Le grand bleu« inspirierte.

Garibaldiner

Während der deutschen Besetzung Italiens 1943–45 formierten sich die Partisanengruppen mit kommunistischem Hintergrund mehrheitlich unter dem Namen »Garibaldi-Einheiten«, »Garibaldi-Brigaden« oder »Garibaldiner« nach Giuseppe Garibaldi, dem berühmten Freiheitskämpfer Italiens im 19. Jahrhundert.

Geheime Feldpolizei

Die **G**eheime **F**eld**p**olizei (GFP) war Teil der Ordnungstruppen der Wehrmacht während des Zweiten Weltkriegs. Zu ihren Aufgaben gehörte vor allem die Abwehr von Spionage und Sabotage in den vom Deutschen Reich besetzten Gebieten. Die Führung der GFP rekrutierte sich mehrheitlich aus Kräften der Gestapo.

giudea

Italienisch für: Jüdin, Judäerin

Glasmine 43

Die Glasmine 43 war eine deutsche Antipersonenmine, sie wurde im Zweiten Weltkrieg ab Frühjahr 1944 eingesetzt. Ihr Glaskorpus ist mit herkömmlichen Minensuchgeräten kaum zu orten, insofern ähnelt sie modernen Kunststoffminen. Sie explodiert bei einer Belastung von zehn Kilogramm. Ihre Glassplitter sind bei überlebenden Opfern auf Röntgenaufnahmen nahezu unsichtbar, lassen

sich schwer entfernen und führen dadurch zu lebensgefährlichen körperlichen Infektionen.

gli anni '80

Italienisch für: die Achtzigerjahre

Gotenlinie

Als Gotenlinie (alternativ auch »Gotenstellung« oder »Grüne Linie«) wurde Ende des Zweiten Weltkriegs die befestigte Verteidigungslinie bezeichnet, die die italienische Halbinsel zwischen Massa-Carrara am Ligurischen Meer und Pesaro an der Adria quer durchschnitt und hinter der sich die deutschen Besatzer im Zuge des Vormarsches der Alliierten zurückzogen.

***granita* (Plural *granite*)**

Eine aus Sizilien stammende gefrorene Süßspeise ähnlich einem Sorbet. Am gängigsten ist die Variante mit Zuckersirup und frischem Zitronensaft »granita di limone«.

il Giovane

Italienisch für: der Junge, der Jüngere (als Beiname)

Isonzoschlachten

Die Isonzoschlachten waren zwölf große und besonders blutige Kampfhandlungen zwischen Italien und Österreich-Ungarn im Ersten Weltkrieg zwischen 1915 und 1917. Sie wurden nach dem Fluss Isonzo benannt, durch dessen Tal sich der maßgebliche Frontabschnitt (größtenteils im heutigen Slowenien) zog.

Itaker

Deutsches Schimpfwort der 1960er-Jahre für Italiener. Ur-

sprünglich stammte der Begriff aus der deutschen Landser-Sprache des Zweiten Weltkriegs, eine Abkürzung für **Ita**lienischer **Ka**merad, an das dann später noch ein **r** angehängt wurde.

Karmann Ghia

Der überaus beliebte deutsche »Hausfrauenporsche« (alternativ auch »Sekretärinnen-Ferrari«) der 1950er-/1960er-Jahre war ein zweisitziger, kleiner Sportwagen und das erfolgreichste Fahrzeug des inzwischen vergessenen Autobauers Wilhelm Karmann unter dem Dach des Volkswagen-Konzerns. Der Karmann Ghia (von den damaligen Kundinnen in Deutschland gern »dschia« ausgesprochen) hatte zwar nur 30 PS und fuhr maximal 115 Stundenkilometer, dafür gab es ihn nicht nur als Coupé, sondern auch als bildhübsches Cabrio.

Keller der Qualen

Der »Keller der Qualen« befand sich in den Luftschutzräumen der »Casa dello Studente« in Genua, die ab 1943 als Sitz der deutschen Gestapo fungierte und als Hauptquartier des Kriegsverbrechers und »Schlächters von Genua«, SS-Obersturmbannführer Friedrich Engel. In dem ehemaligen Verhör- und Folterzentrum befindet sich inzwischen eine Gedenkstätte.

La rivelazione di Giovanni

Italienisch für: die »Offenbarung des Johannes« aus der Bibel

lungomare

Italienisch für: Uferpromenade

Ma che cazzo vuoi?
Italienisch für: »Was zum Teufel willst du?«

Ma ti prego!
Italienisch für: »Aber ich bitte dich!«

macchia
Die Macchia ist eine typische Vegetationsform immergrüner Gebüsche und Sträucher im mediterranen Raum. In Ligurien findet man vor allem Wacholder, Erdbeerbaum, Mastixstrauch, Zistrose, Myrte, rote Spornblume und spanischen Ginster.

macelleria
Italienisch für: Metzgerei, Fleischerei

***mastino* (*napoletano*)**
Eine alte Hunderasse, auch »italienische Dogge« genannt. Der *mastino napoletano* stammt aller Wahrscheinlichkeit nach von molosserartigen Kampfhunden ab, die im antiken Rom bei Kriegshandlungen und Zirkusspielen eingesetzt wurden. Er ist wachsam, seinem Herrn treu ergeben und verteidigt sein Territorium mit aller Macht.

mazzancolle, aragoste, gamberi rossi
Italienisch für: Garnelen, Langusten, rote Gambas

minestrone
Eine in Italien sehr beliebte, gehaltvolle Suppe. Je nach Provinz enthält sie neben verschiedenen Gemüsen und Bauchspeck *(pancetta)* regionaltypische Zutaten wie Reis (Lombardei), Nudeln (Toskana) oder Pesto (Genua, Ligurien).

***motorino* (Plural *motorini*)**

Italienisch für: Moped, kleiner Motorroller

MS

Eine italienische Zigarettenmarke (eingeführt Ende der 1960er-Jahre, im Buch taucht sie jedoch schon 1962 auf). Ursprünglich war die MS ein Produkt der 1927 gegründeten L'Amministrazione autonoma dei monopoli di Stato (AAMS). Der Staat hatte sich zu dieser Zeit das Monopol auf die Herstellung und den Vertrieb bestimmter Produkte wie Salz, Tabak und Briefmarken ausbedungen. Seit 2004 befindet sich die MS im Besitz des britischen Konzerns BAT. MS stand als Kürzel für das lateinische Messis Summa, auf Italienisch »il migliore raccolto«, also »beste Ernte«.

Muretto

Auch »Muretto di Alassio« genannt. Am berühmtesten »Mäuerchen« der Riviera, beliebt auch als Treffpunkt verliebter Pärchen, haben sich seit Jahrzehnten zahllose Künstler und andere Prominente mit ihren Autogrammen auf Keramik-Kacheln verewigt (u. a. Ernest Hemingway, Zarah Leander, Dario Fo, Adriano Celentano).

No-Limit-Tauchen

Eine besonders heikle Disziplin beim Frei- bzw. Apnoe-Tauchen. Dabei gibt es keine technischen Beschränkungen, es geht vor allem um das Erreichen der größtmöglichen Tauchtiefe. Viele No-Limit-Tauchgänge enden mit schweren Unfällen oder dem Tod der Freitaucher.

Non me ne frego!

Italienisch für: »Ist mir egal/gleichgültig!«

Offene Stadt

Der Begriff bezeichnet eine Stadt oder einen Ort, der im Krieg nicht verteidigt wird und daher laut Haager Abkommen nicht bombardiert oder angegriffen werden darf. Rom wurde Anfang Juni 1944 von den abziehenden deutschen Truppen zur »offenen Stadt« erklärt.

OGGI

Eine in den 1950er-/1960er-Jahren besonders auflagenstarke Wochenzeitung in Italien

ospite d'onore

Italienisch für: Ehrengast

***paparazzo* (Plural *paparazzi*)**

Das Wort taucht erstmals in Federico Fellinis Kultfilm »La dolce vita« (1960) für die Nebenfigur des aufdringlichen Pressefotografen mit dem Nachnamen Paparazzo auf, verselbstständigt sich danach und bezeichnet nicht nur in Italien bis heute Fotoreporter und Medienvertreter, die Prominenten mit ihren Kameras nachstellen.

pappagallo

Italienisch für: Papagei, in übertragenem Sinn die Bezeichnung für einen südländischen, vor allem italienischen jungen Mann, der auf erotische Abenteuer aus ist – besonders gern am Strand und mit hübschen Urlauberinnen

***paranza* (Plural *paranze*)**

Italienische Bezeichnung für ein kleines, offenes Fischerboot

parrucchiere

Italienisch für: Ein Friseur für beide Geschlechter, mehrheitlich für Damen. Ein reiner Herrenfriseur wäre ein *barbiere.*

***partigiano* (Plural *partigiani*)**

Italienisch für: der Partisan

pecorino

Sammelbegriff für italienische Hartkäsesorten, die ursprünglich aus reiner Schafmilch hergestellt wurden

pediatra

Italienisch für: Kinderarzt

Per la terra, per la patria!

Italienisch für: »Für die Erde, für die Heimat!«

poco male

Italienisch für: nicht so schlimm

Polizeiweisung Nr. 5

Mit der »Polizeiweisung Nr. 5« verfügte die faschistische Republik von Salò am 30. November 1943 die Verhaftung aller Juden in Italien und deren Einweisung in Konzentrationslager.

poliziotto

Die umgangssprachliche italienische Bezeichnung für einen Verkehrspolizisten

Pronto?

Italienisch am Telefon für: »Hallo?/Ja, bitte?«

Quadraro

Ein römisches Arbeiter- und Arme-Leute-Viertel unweit der Cinecittà

RAI

Die RAI (ursprünglich »Radio Audizioni Italiane«, seit 1954 »Radiotelevisione Italiana S.p.A.) ist die öffentlich-rechtliche Rundfunkanstalt Italiens; ihr sind verschiedene Fernseh- und Radiosender angeschlossen.

rastrellamenti

Italienisch für: Razzien/Durchsuchungen/Durchkämmaktionen

»*razza ebraica*«-Stempel

Mit dem J-Stempel wurden nach Verschärfung der italienischen »Rassegesetze« (mehrstufig ab 1938) die Pässe und Personalakten italienischer Juden versehen.

Republik von Salò

Nach dem Waffenstillstand von Cassibile 1943 formierte sich in Norditalien aus dem Rumpf-Regime Mussolinis die Italienische Sozialrepublik (**R**epubblica **S**ociale **I**taliana, abgekürzt RSI), auch »Republik von Salò« genannt. Ein Satellitenstaat unter militärischer Protektion des Deutschen Reiches.

Resistenza

Bezeichnung für die italienische Widerstandsbewegung gegen den Faschismus im Zweiten Weltkrieg nach 1943

Riva

Ein italienischer Hersteller von Motorbooten. Berühmt für

seine Vollholzboote der Luxusklasse, die man als »Rolls-Royce der Meere« bezeichnet. Besonders bekannte RIVA-Modelle sind TRITONE und AQUARAMA.

Riviera dei Fiori

Die »Küste der Blumen« oder die sogenannte Blumenriviera ist der südwestlich gelegenste Teil der *Riviera di Ponente,* ungefähr zwischen den Ortschaften Cervo und Ventimiglia.

Riviera di Ponente

Italienische Bezeichnung für einen Teil der italienischen Westküste, den Küstenabschnitt von Genua bis hin zur französischen Landesgrenze bei Ventimiglia

***sabotatore* (Plural *sabotatori*)**

Italienisch für: Saboteur

sagra

Italienisch für: Volksfest. Oft wird bei einer italienischen *sagra* auch eine lokale Spezialität oder Eigenheit gefeiert (Kastanien, Weintrauben, Wildschwein, Sardinen). Küstenorte feiern beispielsweise eine »sagra del pesce« (Fischfest).

Sanremo-Festival

Das »Festival della canzone italiana« ist der wichtigste Musikwettbewerb Italiens und der älteste Popmusik-Wettstreit Europas. Vor allem in den 1960er-Jahren besaß der in der ligurischen Stadt Sanremo stattfindende Wettbewerb auch international große Strahlkraft.

***santamatino* (Plural *santamatini*)**

Italienisch für: jemand aus Sant'Amato oder Einwohner von Sant'Amato

scamorza

Eine italienische Kuhmilch-Käsesorte aus Mittel- und Süditalien

Schwarzbrigadisten

Die Schwarzen Brigaden *(Brigate Nere)* waren faschistische Paramilitärs gegen Ende des Zweiten Weltkriegs. Sie standen im Dienst der faschistischen Republik von Salò, kämpften gegen Alliierte sowie Partisanen. Dabei verfolgten und ermordeten sie politische Gegner, Juden und auch sonst jeden, der sich ihren Schwadronen entgegenstellte.

Schwarzhemden

Als *camicie nere* bezeichnete man inoffiziell die Mitglieder der faschistischen Kampfbünde und paramilitärischen Milizen in Italien. Von 1919–1923 nannten sie sich *squadristi* und unterstützten Benito Mussolini bei seinem »Marsch auf Rom«, 1923–43 formierten sie sich zur faschistischen Miliz (**M**ilizia **V**olontaria per La **S**icurezza **N**azionale, abgekürzt: MVSN), und während der faschistischen Republik von Salò 1943–45 stellten sie die **G**uardia **N**azionale **R**epubblicana (GNR) sowie die Schwarzen Brigaden *(Brigate Nere)*. Viele Namen, ein Ziel: faschistischer Terror.

scirocco

Italienische Bezeichnung für den heißen Wind aus südlicher bzw. südöstlicher Richtung, der von der Sahara in Richtung Mittelmeer weht

SD

Der **S**icherheits**d**ienst (SD) des Reichsführers SS hatte innerhalb des NS-Regimes und während des Kriegs in den besetzten Gebieten Europas die Aufgabe, politische Gegner auszukundschaften, sie zu bekämpfen und zu vernichten.

Sei pazzo?

Italienisch für: »Bist du verrückt?«

sfortunato al gioco, fortunato in amore

Italienisches Sprichwort, entspricht dem deutschen »Pech im Spiel, Glück in der Liebe«

SiPo

Die **Si**cherheits**po**lizei (SiPo) stellte im Deutschen Reich während der Zeit des Nationalsozialismus die Kriminalpolizei sowie die Geheime Staatspolizei, abgekürzt Gestapo.

sposato, sposata

Italienisch für: der/die Verlobte

staffetta

Italienisch für: Staffel (Sport) oder Eilbote/Kurier (Person). Während des Partisanenkampfes in Italien kam den meist weiblichen Stafetten der italienischen Resistenza eine oft entscheidende Rolle zu: Stafetten überbrachten Informationen, schmuggelten Essen und Waffen, bereiteten Anschläge vor, stellten die Verbindung zwischen den einzelnen Partisaneneinheiten her. Dabei riskierten sie ihr Leben und liefen bis zu achtzig Kilometer am Tag, zu Fuß durchs Gebirge, in unwirtlichem Gelände oder vorbei an feindlichen Kontrollposten.

***stenella* (Plural *stenelle*)**

Italienisch für: der Streifendelfin, eine der häufigsten Delfinarten im Ligurischen Meer

Steve Reeves

Ein US-amerikanischer Bodybuilder und Filmschauspieler, der vor allem durch italienische Sandalenfilme Bekanntheit erlangte, z. B. »Herkules und die Königin der Amazonen« (1958)

strage di Bologna

Das »Massaker von Bologna« war ein verheerender Bombenanschlag auf den Hauptbahnhof von Bologna am 2. August 1980, bei dem 85 Menschen starben und über 200 verletzt wurden. Eine in einem abgestellten Koffer versteckte Zeitbombe detonierte exakt um 10:25 Uhr, die Wartesäle der 1. und 2. Klasse wurde vollkommen zerstört.

stronzo

Italienisch für: Arschloch; ein *stronzo corrotto* für: korruptes Arschloch

***taggiasca* (Plural *taggiasche*)**

Die *Taggiasca*-Olive (italienisch für: »aus Taggia stammend«) ist eine der besten Olivensorten Italiens, manche sagen sogar weltweit. Ihre Farbe ist grünlich beige bis mittelbraun, und sie besitzt ein mildes, nussiges Aroma.

tedesco, tedesca

Italienisch für: der Deutsche, die Deutsche

***terrone* (Plural *terroni*)**

(Nord-)italienisches Schimpfwort für Süditaliener (»Erdfresser«)

tracina

Die *tracina* ist ein Fisch mit giftigen Stacheln (im Deutschen kennt man ihn als harmlos klingendes »Petermännchen«), er wird auch »Kreuzotter des Meeres« genannt. Dieser weit verbreitete Grundfisch lebt in Küstenregionen und laicht in Strandnähe, wo man ihn, im Sand verborgen, meist kaum entdeckt. Sein Stich führt zu heftigen Schmerzen, Gelenkschwellungen, Übelkeit, Fieber und im schlimmsten Fall zu einem lebensbedrohlichen, allergischen Schock.

tramontana

In Ligurien umgangssprachlich *tramuntana,* ist in Italien, Kroatien, Südfrankreich und Nordspanien der kalte Wind aus nördlicher Richtung

Trastevere

Eines der lebendigsten Stadtviertel Roms, jenseits des Tibers

un attimo …

Italienisch für: »Einen kleinen Moment …«

un pochino

Italienisch für: ein klein wenig/ein kleines bisschen

UPI

Das **U**fficio **P**olitico **I**nvestigativo, abgekürzt UPI, war eine Polizeiorganisation der Republik von Salò und ähnel-

te in ihren Aufgaben und Praktiken der deutschen Gestapo. In der Provinz Imperia während der Besatzung 1943–45 waren die UPI-Leute vielerorts gefürchteter als die deutsche SS oder die Schwarzen Brigaden.

Verordnung zur Bandenbekämpfung

Anfang Juni 1944 verfügten die deutschen Besatzer in Italien eine »Neuregelung in der Bandenbekämpfung« (alle Widerstandsgruppen wurden meist abfällig als »Banden« oder italienisch als »banditi e rebelli« – Banditen und Rebellen – bezeichnet). Neben Organisatorischem enthielt die Weisung vor allem die klare Sanktionierung deutscher Vergeltungsaktionen, eine Art Freibrief für Kriegsverbrechen, Terror und willkürlichen Mord.

Die Weisung zeigte Wirkung. Schon ab Ende Juni 1944 häuften sich die blutigen »Sühne-« und Säuberungsaktionen dramatisch – die Eskalation der Gewalt gipfelte dann in den Massakern von Civitella in Val di Chiana (Ende Juni 1944, 250 Opfer), von Sant'Anna di Stazzema (August 1944, 560 Opfer) und von Marzabotto (September 1944, 770 Opfer).

Versilia

Die Versilia ist ein Küstenlandstrich in der nordwestlichen Toskana.

Via Aurelia

Die Via Aurelia (heute ausgeschildert als »SS 1«) ist eine ehemalige Römerstraße, die von Rom aus zunächst an die Küste nach Civitavecchia und von dort aus weiter nordwärts die ganze Riviera entlang hinauf bis nach Ventimiglia und Südfrankreich führt.

Via Veneto

Die Via Veneto in Rom galt in den 1950er-Jahren als beliebte Ausgehmeile und ihre Cafés und Restaurants als Treffpunkt der Reichen, Schönen und Berühmten. Federico Fellini hat dieser Straße mit seinem Film »La dolce vita« ein Denkmal gesetzt.

vongole

Italienisch für: Venusmuscheln, siehe auch das dazugehörige Rezept auf Seite 368.

Ein Roman über die Macht der Bücher,
die Liebe und die Magie des südlichen Lichts

NINA GEORGE

Das Lavendelzimmer

ROMAN

Er weiß genau, welches Buch welche Krankheit der Seele lindert: Der Buchhändler Jean Perdu verkauft auf seinem Bücherschiff »pharmacie littéraire« Romane wie Medizin fürs Leben. Nur sich selbst weiß er nicht zu heilen, seit jener Nacht vor einundzwanzig Jahren, als die schöne Provenzalin Manon ging, während er schlief. Sie ließ nichts zurück außer einem Brief – den Perdu nie zu lesen wagte. Bis zu diesem Sommer. Dem Sommer, der alles verändert und Monsieur Perdu aus der kleinen Rue Montagnard auf eine Reise in die Erinnerung führt, in das Herz der Provence und zurück ins Leben.

»Dieser Geschichte wohnt ein
unglaublich feiner Zauber inne.«
Christine Westermann (WDR)

KNAUR

Nur wer zurückblickt, kann nach vorne blicken

CHARLOTTE ROTH

Als wir unsterblich waren

ROMAN

Berlin 1989: In der Nacht des Mauerfalls lernt die junge Ostberlinerin Alexandra den Geschichtsstudenten Oliver kennen, zu dem sie sich sofort hingezogen fühlt. Doch seine Familie reagiert ablehnend auf die Beziehung, und als Alexandra ihrer Großmutter den jungen Mann vorstellt, bricht die alte Frau zusammen. Welches Geheimnis der Vergangenheit verbindet die beiden Familien? Die Suche führt das Paar in das Berlin Anfang des 20. Jahrhunderts, eine Stadt, deren Menschen auf dem Vulkan tanzen und in der sich die Studentin Paula leidenschaftlich für die Rechte der Frauen und Arbeiter engagiert. Ihre Träume von Gerechtigkeit und Frieden teilt sie mit dem charismatischen Clemens – doch ihre Ideale zählen wenig in einer Welt, die aus den Fugen geraten scheint …

Brillant recherchiert, hochdramatisch erzählt – Charlotte Roth erfindet in diesem Roman die Familiensaga neu und lässt den Leser gleichzeitig an den dramatischen Umbrüchen des 20. Jahrhunderts teilhaben.

KNAUR

Ein aufwühlender Roman über den Mauerbau und über zerrissene Familien und Freundschaften

CHARLOTTE ROTH

Wir sehen uns unter den Linden

ROMAN

Berlin nach dem Zweiten Weltkrieg: Von ihrem geliebten Vater Volker, einem Lehrer, hat Susanne gelernt, an den Sozialismus zu glauben. Ohne je das Vertrauen in die Menschheit zu verlieren, hat er gegen das Naziregime gekämpft – und wurde vor den Augen seiner sechzehnjährigen Tochter kurz vor Kriegsende erschossen. Um sein Vermächtnis zu erfüllen, widmet sich Susanne von ganzem Herzen dem Aufbau eines besseren Deutschland. Erst als sie den lebenslustigen Koch Kelmi kennen und lieben lernt, beginnt sie allmählich zu begreifen, was um sie herum passiert. Zu tief jedoch ist der Glaube an den Sozialismus im Osten Deutschlands in ihr verwurzelt, zu stark das Band, das sie mit dem toten Vater verbindet.

Dann kommt der 13. August, und plötzlich verstellt die Mauer Susanne jegliche Möglichkeit einer Alternative …

KNAUR